U0815598

魅丽文化 飞言情工作室

别这么对我

水蜜桃味　著

江苏凤凰文艺出版社
JIANGSU PHOENIX LITERATURE AND ART PUBLISHING

图书在版编目（CIP）数据

别这么对我 / 水蜜桃味著 . -- 南京 : 江苏凤凰文艺出版社 , 2022.8
ISBN 978-7-5594-6894-9

Ⅰ . ①别… Ⅱ . ①水… Ⅲ . ①长篇小说 - 中国 - 当代 Ⅳ . ① I247.5

中国版本图书馆 CIP 数据核字 (2022) 第 095256 号

别这么对我

水蜜桃味 著

出版统筹 曾英姿
责任编辑 张 倩
特约编辑 何 进
封面设计 殷 舍
封面绘图 HENG-YUE
出版发行 江苏凤凰文艺出版社
南京市中央路 165 号，邮编：210009
网 址 http://www.jswenyi.com
印 刷 湖南天闻新华印务有限公司
开 本 880mm × 1230mm 1/32
印 张 10
字 数 279 千字
版 次 2022 年 8 月第 1 版
印 次 2022 年 8 月第 1 次印刷
书 号 ISBN 978-7-5594-6894-9
定 价 45.00 元

江苏凤凰文艺版图书凡印刷、装订错误，可随时向承印厂调换

目 录

目 录

第一章

重逢

温柠没想到自己刚从国外回来，就这么巧地遇见了沈屹。

回到南溪没两天，她组了个局，跟多年没见的老同学见见面，聚聚餐。

席间，有人问起温柠的感情状况。

温柠正低头看手机，闻言将手机翻转，将放大的微信头像展示给众人看。她抬手拨了下大波浪卷发，嘴角牵起笑："单身，看不出来啊？"

周原贱兮兮地调侃："不是吧，一个微信头像能看出什么？难道你脱单后会用情侣头像？快奔三的人了，还玩这么纯情的戏码？"

温柠抬腿踹了周原一脚，笑骂道："我就是在棺材上印情侣头像，也没人管得着。"

温柠一如既往地肆意张扬，明艳鲜活。聊了一会儿，她指间夹了支烟，放下酒杯起身："我出去抽支烟，透透气。"

她正打算关上包间门，便听见骆云心嗓门极大地跟其他人爆她的料："小男生还上着学呢，追人追得可紧了。"

"怪不得。"其他人了然。

"不过这位姐什么时候连学生都不放过了，真是祸害啊。"

"看你一脸酸相，你是巴不得她来祸害你吧？"

"我愿意，大美女尽管来祸害我吧。"

"长得丑，想得倒挺美。"

人家明明已经成年，怎么到骆云心嘴里就成了小男生？不过这种玩笑话，温柠懒得跟一群醉鬼解释。

拉上包间门，缭绕的白色烟雾和热闹声响都被关在隔音很好的门后。周围一下子静下来，也暗下来。

温柠刚转过身就忍不住打了个寒战——这家老店沿袭以前的装修，走廊是镂空的，外面正下着雨，夜风吹得雨丝斜斜地飘进来，在旧地板上洇出一团团深色。

温柠左手挡风，右手熟练地点着了火。她穿得单薄，却毫不在意地走向走廊拐角，风最大的地方。

高跟鞋踏着木地板发出声响，巧妙地融进雨声。

红裙黑发的女人站在栏杆后抱臂抽烟，饶有兴致地看向廊外细雨，唇边烟雾和雨丝缠绕在一起，难舍难分。雨丝打湿了衣服，但她没放在心上。

旁边的包间门“哗啦”一声被人拉开，似乎有人走了出来。

温柠起初没注意，察觉到一道视线过于专注地看着自己，才疑惑地望过去。她撞入一双漆黑的眼睛。仅凭这双眼睛，温柠已经认出他来。

沈屹。

从前的无数个黄昏，她一转身就能看到这样一双眼，盛满了痴迷和恋慕，专注地望着她。

在她看过来的瞬间，沈屹已经下意识地挪开视线，但还是因着心里那点儿不舍慢了半拍，被她逮了个正着。他强逼着自己收回目光，故作平静地和同伴说话，仿佛这样就能当刚才什么都没发生过。

沈屹从她身旁走过。温柠听到他和旁人驴唇不对马嘴地交谈，看到他夹在指间没点的烟在轻微颤抖。

温柠忍不住笑了起来。多年不见，他怎么还是傻乎乎的，一见到她就大脑空白？

看到他这样，她心里的小恶魔作祟，莫名想逗逗他。于是等沈屹快走远了，她故意喊他：“沈屹，看到老同学怎么也不打声招呼啊？”

他立刻停下了脚步。娇娇甜甜的嗓音入耳，仿佛生出无形的钩子，钩得沈屹被钉在原地动弹不得。

曾经他最受不了她这样撒娇般的语气，可他越是受不了，她越是喜欢这么喊他，还故意往他的耳朵里吹热气。

沈屹被一股莫名的力量驱使着回头。明明他上一秒还在想，这个女人最擅长做戏玩弄人，自己再也不会靠近她被她欺骗，结果下一刻身体就不受控制地转向她。

廊外夜雨连绵，廊下站着的红裙女人左手抱胸，右手懒懒地夹着一支烟。她裸露在外的肌肤欺霜赛雪，小脸只有巴掌大，眼眸水亮，眼尾微微下垂，分明是容易让人觉得无辜的眼形，偏偏让她演绎出几分娇媚撩人。

寂寥的雨夜，她亭亭地立在那里，像一株黑夜中悄悄绽放的带刺的玫瑰。

沈屹一眨不眨地盯住她噙着笑意的红唇，看她呼出的烟雾很快消散，淡淡的白，仿佛一团团尚未成形的灵魂。他自己的灵魂也好似被她捉去，握在掌心来回玩弄。

直到身旁的唐琛突然出声，将他拉回现实：“你认识她？”

沈屹不知回想起什么，脸色忽然变得冷峻，硬邦邦地回了句：“不认识。”

说完他又忍不住用余光去看她的表情，可她脸上没什么变化，甚至连唇畔的笑意都一如既往，弧度完美，让人分不出是真心还是假意。

温柠眼含笑意，摇曳生姿地一步步向他走来。梦中幻想过无数次的场景忽然成真，沈屹像是被拿捏住了七寸的蛇，动弹不得。

沈屹身边的朋友互相交换了一个意味深长的眼神。他们还从没见过沈屹跟哪个女人走得近，怎么他今天一看到这位陌生的大美女，就失了魂似的？

唐琛无声地用嘴型跟身边的朋友沟通，说的是“前女友”三个字。有人觉得不只是前女友，摇头反驳，小声道：“初恋。”

这个说法得到了众人的肯定，看沈屹的样子，这绝对是初恋，而且是刻骨铭心的那种。

唐琛拍了拍沈屹的肩膀，识趣地跟其他人先行离开了。

于是长长的走廊只剩下沈屹和温柠两个人，她终于来到他面前。

温柠语调云淡风轻，似乎还带着笑：“这么多年没见，怎么一看到我就走，还装不认识？你就没什么话想跟我说啊？”

她像是真的不明白他为什么躲着她——可她明明知道答案的，不是吗？为什么她当初离开得那么决绝，现在却能装作什么都没发生过，这么平静地和他说话？

沈屹蜷了蜷手指，声音比外面的夜雨还要寒凉：“我跟你没什么好说的。”

温柠全然不在意他冷硬的态度，没事人一样继续说着：“我刚从国外回来，还没来得及联系你。”

沈屹抿唇，一言不发。什么还没来得及，是根本没想过要和他联系吧。

“对了，我换号码了，今天好不容易遇到，我们留个联系方式吧。”

不知为何，在她说出这句话后，沈屹的神情变得更加抗拒：“不用。”

温柠又笑了，这次眼尾眉梢都是笑意。她又道：“你怎么态度这么冷漠？好歹我们大学那会儿谈过一阵儿，再说我们还是高中同学呢，你就这么不想见到我啊？”她说话的声音还像从前那样甜腻勾人，尾音打着转，亲昵得好似他们仍是恋人。

沈屹绷紧了下颌："我还有事，先走了。"冷冷地说完，他转身便走。

"唉……有空一起吃个饭吧。好久没见，我还挺想你的。"温柠摁灭已经开始发潮的半截烟，丢进旁边的垃圾桶，鲜红的指甲划开沉闷的夜色。

她轻飘飘的"想你"两个字，紧紧地拉住了沈屹要走的脚步。他僵立在原地，垂在身侧的手握紧。

沈屹没有回头，嗓音无端低哑："你到底想做什么？"

身后响起脚步声。温柠踩着细高跟缓步绕到他面前，真诚地开口道："没想做什么，就想和你叙叙旧。"

"我说过，我跟你没什么好说的。"沈屹垂下眼，视线却恰好落在她雪白的胸口。他像被烫到，忙移开目光。心里却忍不住想，她穿得太少了。

冷空气中散开一道微不可察的叹息，温柠无奈道："真对我这么绝情？"

听到这句话，沈屹蓦地抬起头，深不见底的黑眸直直望向她，眼中情绪浓烈得让人心惊。四目相对，温柠读出了他眼神的含义——分明是你绝情在先，现在你怎么好意思倒打一耙？可惜温柠不会为自己的所作所为感到愧疚，所以压根没有被他眼神中暗含的控诉刺到。

温柠在他面前少有地主动服软，轻轻地叹了声气，道："我知道，当初的事是我做得不对。你能给我一次弥补的机会吗？你对我这么冷淡，我想补偿你都没办法。"

听出她语气中的低落，沈屹的心跟着一紧。就算再怎么不想承认，他还是被她说的"补偿"打动了。玩弄他的感情，又一声不吭地消失了这么多年，她要怎么补偿他？

温柠现在故意装可怜，眼里漾起盈盈的水光，轻轻咬住嫣红的唇瓣，很容易让人心疼。

看她这样，沈屹居然忍不住开始反思，自己刚才的态度是不是真的很差，让她伤心了。

女人直直地望进他点漆般的眼瞳，诚恳地道歉："以前是我不好，那时候我年纪小，不懂事，不小心伤害了你。但我现在已经改了，和以前不一样了。"

话落，温柠清楚地看见，沈屹眼底升起两团微弱的火。他在动摇。

一阵寒风吹过。趁着沈屹心里犹豫，温柠假装无意地轻轻搓了搓胳膊。沈屹还来不及思考，已经下意识地将身上的外套脱了下来。

衣服拿在手里，他自己都愣住了。可能是觉得刚说完那些话，立马就反悔对她好，很没面子，沈屹没有把外套递给她，而是搭在自己的臂弯。高大英俊的男人神情有些不自然，耳尖微微泛红。

温柠差点儿绷不住笑出来。她将鬈发拨到小巧的耳后，借着手臂的遮挡看向廊外，扬了扬嘴角。

转回头，温柠仍是一脸楚楚可怜的模样，嗓音轻柔得像风："沈屹，虽然我们分手了，但……毕竟已经过去了这么久，我希望我们能做朋友，可以吗？"

她从未这样殷切地望着他过，仿佛只要他拒绝，她立马就会哭出来。可他哪里舍得让她哭。

沈屹觉得自己可能被鬼迷了心窍。明知道温柠是什么性子，明知道温柠花言巧语、嘴里没一句真话，可一对上她的眼神，他这些年在心里筑起的厚重城墙就瞬间轰然倒塌。半晌，沈屹听到自己低低地说："好。"

接下来的事情顺理成章，温柠重新保存了沈屹的手机号，还加了他的微信。看到他的手机号，温柠才明白，为什么刚才自己说留联系方式的时候，沈屹的脸色那么白。他一直用的旧号码，这么多年都没变。只要她想，她随时都能重新联系上他。可她一次都没有。

沈屹不明白自己为什么还不离开。已经交换了联系方式，她想说的话好像也说完了，他为什么还不走呢？

在沈屹思考的时候，温柠肆无忌惮地打量着他。许多年没见，沈屹似乎没什么变化。他没像很多同学那样发福，身材反倒比以前更清瘦了，挺拔地站在那里，身上依然带着少年感。

廊道灯光影影绰绰，给他的鼻梁打出侧影，越发显得他五官立体，轮廓分明。温柠记得沈屹是单眼皮，但他的眼睛黑白分明，清澈干净，比很多大外双的人都好看。所以学生时期，跟他搭讪告白的女生一直不少。

温柠谈过的男朋友里，沈屹长得最好看。她和他在一起的时间也最长，他称得上给她留下印象最深刻的一个。

手机在这时突兀地响起，打破了两人之间的沉默。

温柠看到屏幕上的备注，眉梢微扬："朋友在找我，我先回去了。"

沈屹努力让自己忽略那一瞬间心里涌出的失落感，然后故作平静地颔首，"嗯"了一声。

温柠刚走出去两步，又停下，回头对沈屹笑了笑。她眼眸灿亮，嘴角上扬，整张小脸都鲜明生动起来。

沈屹手上一空，等回过神，再抬头去看时，温柠已经抢走他的外套披在了自己身上，娇笑着冲他挥手："谢啦，下次见面再还你。"

沈屹愣怔地望着她的背影消失在视野中，心跳不期然地漏了一拍。她居然肯穿他的衣服，她的心里是不是仍有他的位置？还有……她刚刚说，下次见面。

唐琛等人和沈屹不只是朋友，同时还有生意上的来往。聚完餐，大家换了个地方谈合作。不过今天所有人都没心思谈正事，注意力都放在沈屹身上——因为他从刚才起，就一直坐在角落里出神，实在太反常了。

"你衣服呢？"刚才分开的时候，他明明还穿了件外套。

沈屹瞬间收敛所有情绪，恢复了平时的寡言，淡声道："丢了。"

可到底是丢了衣服，还是丢了魂，是个人都能看出来。

温柠一回到包间，就将沈屹的外套脱了下来，随手搭在空位的椅背上。

周原手贱地拿起衣服，在衬衣里找到一串品牌名，顿时嚷嚷起来："你出去这么一会儿又勾搭到哪个大款了？这个牌子的衣服可不便宜。"

温柠眼皮都没抬，没觉得多意外。毕竟今时不同往日，沈屹的身价早已不可估量。她在国外都看过不少他的新闻。

骆云心晃晃悠悠地走到她身边，大着舌头，含混不清道："柠柠，刚才那个小男生给我打电话查岗来着。"

"哦，"温柠应了一声，"他刚给我打电话我没接，我待会儿发个消息跟他说一下。"

身边的朋友热闹地起哄："这才十点多就查岗？年轻人就是沉不住气。"

"不是年轻不年轻的问题。就温柠这样的，谁能放心啊？"周原伸手指了指旁边的男式外套，"一支烟的工夫她就能认识穿这种衣服的大款。这衣服上的香水味还挺有品位，这人肯定比那个小男生的段位高。他有危机感也正常。"

温柠越听越不对，眼神嫌弃地看向周原，说：“你有病吧，怎么还闻人家衣服？”

周原脸皮厚，完全没觉得有问题：“都是男的，闻一下衣服怎么了？”

“有毛病……”

说起来，刚才她穿沈屹的衣服的时候，确实闻到了一股清冽的气息，雪松的气味与其他几种气味完美地融合在一起，共同构成了一种独特的针叶木香。清新又冷冽，很符合他的气质。

温柠莫名回忆起大学时代。那时，她最喜欢赖在沈屹怀里，闻他衣服上淡淡的皂粉香和晒过太阳后温暖又干净的气息。他体温偏高，心跳很快，在她面前似乎总是悸动。都过去那么久了，难得她还能回想起这些细节。

其他人吵吵嚷嚷地讨论起了其他话题。

温柠打开微信，本来准备给陆舒扬发消息，又被新加的沈屹的微信勾起了好奇。这其实是她和沈屹第一次加微信。因为当初分开的时候，大家用的联络工具还是 QQ。她不自觉地点进对话框，又点了一下他的头像。他的昵称是中规中矩的单字：沈。头像看起来有些眼熟，但温柠一时想不起来在哪儿见过。

周原觍着脸凑了过来，见她盯着一个放大的头像看，忍不住多嘴：“这一看就是情侣头像，你没戏了。”

温柠被他这么一提醒，才终于想起来，曾经她和沈屹也是用过情侣头像的，好像就是这个。

简笔画小男孩的头像在如今看来已经过时，难以想象他一个成功的企业家会用这种幼稚的简笔画头像。而且距离那个时候都过去十年了啊。她的 QQ 也早就弃用了，那个和他配对的情侣头像应该一直是灰色的。为什么他要特意用这个当微信头像呢？

“你看人家的头像，一眼就能看出来是情侣专用。哪儿像你的，一看就知道你是老手。”

温柠嫌弃地推开周原的脑袋：“滚一边去。”

周原顺着她的力道倒向旁边。

温柠给陆舒扬发消息，解释了一下刚才为什么没有接电话。

陆舒扬是她一个朋友的弟弟，温柠回国后，朋友让她帮忙多关照一下他，她便答应了。

陆舒扬过来接温柠时，她正好也累了，又跟朋友们聊了会儿，就准备跟他一块儿回去。

她刚站起身，周原便不怕死地挑事："哎，柠柠，你衣服忘拿了。"

他指的是沈屹的外套。

那衣服一看就是男款，说是女性朋友的衣服根本说不过去。

所有人都朝温柠看过来，一时间包间内静得出奇。有人已经在默默帮温柠想借口。

温柠却一脸淡定地捞起椅子上的衣服，对周原似笑非笑道："知道了，回去帮你洗。"她转头看向穿着卫衣牛仔裤的白净男生，说，"我把烟灰弄周原身上了，这人小气得要命，非要我把衣服带回去洗。"

陆舒扬显而易见地放松下来。温柠和他相携离去，出门前还回头丢给周原一个鄙视的眼神。

包间门刚关上，里面就传来周原的惊天爆笑："这就是强者的反应能力吗？我刚才都差点儿蒙了。"

"柠姐这么厉害，小男生追得再紧也没用啊。"

"周原你搞完事居然还笑得出来，你就等着温柠整你吧。"

陆舒扬开车送温柠回家。

温柠现在自己在外面租房子住，这还是陆舒扬第一次来她家里。

"想喝点儿什么？果汁还是牛奶？"换了拖鞋，温柠走到客厅打开冰箱，回头问他。

"姐姐，我能喝点儿别的吗？"陆舒扬红着脸，羞涩紧张地看向她。

温柠单手扶着冰箱门，笑着挑眉："你想喝点儿什么？"

"我想喝酒……"

"那你待会儿怎么回去？我也喝酒了，可没法送你。"

男生脸庞更红，支支吾吾道："那就，那就不回去了。外面的雨下得太大了，而且今天我爸妈都不在家……"

温柠听着窗外几乎已经快停下的雨声，哪儿能听不懂他的暗示。

平心而论，陆舒扬长得不错，高鼻梁，单眼皮，个子高瘦，皮肤白得反光。温柠关上冰箱门，拧开冰水瓶喝了一口，问他："你想留下来？"

"嗯。"陆舒扬羞赧地点头。

温柠缓缓地走到他面前，捏了捏他柔软的肚子，声音有些嫌弃："啧，怎么没有腹肌？"说完，她打了个哈欠，自顾自朝主卧走，背影窈窕潇洒，"我睡觉去了，你想留下就睡客卧。"

陆舒扬羞得从脖子红到了耳根，在原地站了会儿，掏出手机找健身私教。

洗完澡，温柠穿着香槟色真丝浴袍坐在羊毛地毯上。细雨敲打着窗子，空调吹出的热风扫在身上，暖洋洋的，很舒服。

她习惯性地拿起手机，第一件事却是去看沈屹的消息。不出所料，消息页面除了开始的一句"您已经添加了沈为好友，现在可以开始聊天了"，再也没有其他消息。

温柠猜，如果她不给他发消息的话，他是绝对不会主动发消息过来的。毕竟当初在一起和分开，都是她一时兴起的任性妄为，从头到尾受到伤害的只有沈屹而已。他那个人想法多又闷骚，就像流浪猫一样，被咬过自然会变得警惕。

这会儿，沈屹的头像已经换成了公司的文化墙。温柠脑海中蓦地闪过一个念头——沈屹一直用那个简笔画当微信头像，是不是为了哪天她心血来潮搜他的手机号，看到这个头像就能知道是他？下一秒，她就抛开了这个荒唐的想法。都过去十年了，哪儿有人会一直等在原地？他八成只是懒得换头像。

温柠关上手机，没急着联系沈屹。

几天后，温柠才给沈屹发消息，问他公司在哪儿，说衣服洗好了，找个时间给他送过去。

十分钟后，沈屹发来一个地址。

温柠看到就笑了。回国后，温柠没进自家公司，而是去了朋友开的游戏公司。没想到她工作的地方正好和沈屹的公司挨着。仔细一想倒也正常，毕竟这里是南溪市最发达的金融科技中心，龙头公司几乎都集中在这附近。

温柠的办公地点在 B 座二十三层。沈屹和朋友合开的公司就在隔壁 A 座，一整栋大厦都是他们的。

两栋楼被称作"双子塔"，二十三层和二十七层都有空中天桥，她可以直接去对面，方便极了。

趁着午间休息，温柠提前在微信上确认过沈屹在办公室后，便从包里拿出他的外套，走上空中天桥。整座天桥被玻璃外墙围起来，能看到下方来来往往走动的白领。

走到A座，温柠再坐那边的电梯去顶层总裁办。可能是沈屹提前打过招呼，她一路畅通无阻。

“笃笃”的敲门声传来。沈屹刚才已经让助理下去了，普通员工来不了顶层，那么来人是谁就不用猜了。他放下根本没看进去的提案，原地踟蹰了片刻，才过去开门。

门外，女人穿着黑色的缎面吊带裙，胸口有同色蕾丝边做点缀，衣服贴身，很轻薄。肌肤瓷白胜雪，唇瓣是娇艳欲滴的红，连长长垂下的珍珠耳饰都仿佛在发光。她的出现一扫以黑白灰为主色调的办公区的沉闷，带来了几分鲜活的气息。

沈屹的视线游移不定，最后落在她小巧的耳垂上——对他来说，这里比较安全。他不敢看她明亮勾人的眼睛，更不敢多看她的嘴唇，怕自己会忍不住吻上去。

“我来还衣服。”温柠弯唇露出浅笑，明眸琼鼻，无一不精致。

“拿来吧。”语气公事公办，完全没有要请她进去坐坐的意思。沈屹心想：她是来还衣服的，那么只要他接过她手里的衣服，她应该就会离开。

温柠将手里的外套交还给他。面前的门眼看就要关上，她又娇滴滴地开口：“沈屹——”

沈屹停下关门的动作，目光沉静地望向她：“还有事？”

他还真是冷漠啊，跟交往时对她百依百顺的样子完全不同。看来当初的事对他造成的伤害真的很深，所以他的防备心才这么重。

女人蝶翼般的睫毛颤动，水蒙蒙的眼睛看向他，声音很软：“我脚崴了，有点儿疼，能让我进去休息一会儿吗？”

沈屹视线下移，掠过笔直的长腿，看到她莹白娇小的脚。高跟鞋系带搭着细瘦的脚踝，左脚虚虚踩地，像是真的受伤了。鞋跟又高又细，难怪会崴脚。

沈屹下意识就要答应，却在话语即将出口的瞬间，突然反应了过来。他掩饰般地快速眨了两下眼睛，到嘴边的话换成另外一句："外面有休息室。"

顶层空间这么大，当然不可能全是总裁办。除了会议室以外，还有为会客准备的休息室。

居然让她一个人去休息室待着。温柠气得牙痒痒，恨不得咬他一口。

对上温柠难以置信的水眸，沈屹以为她会像从前那样肆无忌惮地发脾气。可她没有。她只是垂下眼帘，失落地点了点头，说："好吧，那我去那边休息，再见。"说完，她转过身，一瘸一拐地朝左边的休息区走去，纤瘦的背影透出几分落寞。

沈屹望着她离去的背影，眉心不自觉地蹙起。他看过温柠前段时间发的朋友圈动态，知道她在B栋一家游戏公司工作，似乎很忙，经常加班到夜里。

她不是大小姐吗，哪里需要这么辛苦？是家里出了什么问题，还是跟家人闹矛盾了？可是……她遇到什么事情，跟他又有什么关系，他们早就分手了，不是吗？

沈屹强迫自己狠心关上门，回到办公桌后坐下。他本想继续看之前的提案，脑海中却不断地浮现出温柠临走前委屈却强忍着不让自己哭出来的神情。

温柠有多娇气，沈屹最清楚不过，她时刻需要有人在身边照顾。

夏天被蚊子咬了她会发脾气，必须在他身上同样的地方咬一口才能解气，所以沈屹会常备驱蚊的花露水，还得是她喜欢的香味。到了冬天，她手脚容易发凉，又不喜欢用暖手宝，总是会霸道地将冰凉的小手伸进他的衣领，让他用体温给她暖手。下雨天地上有积水，为了不弄脏她的鞋和裙子惹她生气，沈屹会一路背着她。一起出去玩，沈屹会带上拖鞋。等她累了，他便帮她换上舒服的拖鞋；她脚疼，他就背她走。

再后来他们一起过夜，如果他不小心压到她的头发，或是弄疼她了，少不得要被她上手掐几下，在身上留下几道青紫痕迹……

温柠很娇气，一点儿苦都不能吃。崴脚对她来说都算是天大的委屈，更何况他刚才的态度还那么冷淡伤人，怪不得她会红了眼眶。

沈屹心里好似有无数爪子在挠，坐立难安。他总忍不住去想她最近是不是过得不好，是不是没人照顾她，现在是不是很难过，正一个人偷偷哭。就算他不打算再和她在一起，看在老同学的分上，他也不该冷眼旁观。

想到这里，沈屹再也坐不住，深吸一口气，站起身，准备去看看她。

可刚拉开门，他便看到了正准备敲门的助理宋高朗。

沈屹迅速调整好心情，恢复了平时的严肃冷峻：“有事？”

“帮您订的餐到了。”宋高朗恭敬地问，“沈总，您要出门吗？”

沈屹看向休息区的方向，手掌微微握起。被这么一打断，理智重新归位，他最终打消了出去看她的念头。

“不出门。放我桌上吧。”他揉了揉太阳穴，又坐了回去。

宋高朗心下觉得奇怪：刚才自己还没来得及敲门，门就开了，说明老板应该是准备出门的，怎么他又不出门了？但他不是多嘴的人。

宋高朗默默地走到桌边，放下午餐，正准备离开，忽然听到沈屹问：“外面有人吗？”

宋高朗一时没反应过来，看向他问道：“什么？”

沈屹的神情有些不自在：“外面休息室，有人在吗？”

宋高朗点头，回道：“有一个穿黑裙子的女人在那里，她说她脚崴了，休息一会儿。”

她这个时间点过来，应该还没吃午饭。想到温柠此时心情低落，还要忍受脚痛和肚子饿，沈屹的眉头皱得更深。

而“委屈却强忍着不哭”的温柠颤颤巍巍地离开沈屹的视野后，立刻恢复了正常。她大步流星地走到休息区坐下，在心里默默骂了沈屹无数遍。虽然心里很不爽，但是做戏做全套，她肯定不能现在就离开，还是得留下休息一会儿。

手机响了一下，是温以棠发来了消息。

温以棠：“提前回来怎么不跟老妈说一声？还偷偷入职了一家小公司。要不是骆云心她妈说漏嘴，我到现在都以为你在国外呢。”

在温以棠眼里，这家只占据大厦一层的公司，规模的确小了点儿。毕竟B座一整栋楼都是温家的。

温柠懒洋洋地敲字回复：“没正式入职，只是帮朋友带带新人。”

她大学时就在社交平台上分享自己平时的绘画作品，到现在她也算是网络上颇有名气的画师，约稿档期经常爆满的那种。耐不住朋友的三催四请，她便过来帮他指导新人，好心给他们当一段时间的老师。

温以棠："你要在这里待多久？"

温柠："带完这个项目就走。我打算自己开工作室。"

温以棠："行，抽空回家一趟。需要资金、场地的话，妈给你提供。"

"请问，您是温小姐吗？"身前传来声音，温柠抬起头，看到一个穿西装的陌生男人，他的胸前挂着蓝色工牌，她看到了"总裁助理"四个字。

"是我，怎么了？"温柠放下手机，回道。

看到她精致明艳的正脸，宋高朗眼中快速掠过惊艳。不过他很快回过神，将两袋东西放在桌上："这是沈总让我送来的午餐，这个里面装着冰袋。"

休息室的门没关，所以刚才宋高朗提着餐盒经过，温柠正好看到。如果是特意给她买的午饭，他刚才应该直接送过来，没必要先送到里面再拿出来。而且她也不是什么重要的客户，按理说，沈屹不会特意给她订餐才对——所以这是沈屹的午餐。

嘴上说不管她，结果他还不是巴巴地把自己的午饭送过来了，还细心地让人给她准备了冰袋？温柠的心情顿时由阴转晴，红唇微弯，漂亮的眼眸中漾开笑意："知道了，替我谢谢他。"

"我会转告沈总的。"宋高朗点点头，从休息室退了出去。

正好肚子有点儿饿，温柠就拆开了这份饭。出乎意料，所有菜都符合她挑剔至极的口味。

温柠不吃肥肉，不吃羊肉，鸡肉只接受裹面包糠油炸的做法，但吃之前必须去皮；不吃香菜，但是葱可以；不吃河鱼，但是海鱼可以；不接受豆类的食物；每道菜至少得有三种颜色。

这么苛刻的要求，眼前这份午餐居然全部满足——就连番茄炒蛋都放了青椒，恰好有三种颜色。

温柠还记得第一次和沈屹出去吃饭，点餐的时候，他问她有没有忌口。当时温柠就说出了上面的一大串。她其实没想过，这么多条要求沈屹能全部记住。可是后来跟他在一起，她好像从来没有吃到过不满意的菜。

在一起那段时间，沈屹一直迁就着她的口味。久而久之，他养成了和她一样的饮食习惯。一想到沈屹板着冷冰冰的面瘫脸吩咐助理注意这些琐碎的用餐习惯的场景，温柠就觉得好笑，莫名还觉得他有点儿可爱。

她慢悠悠地吃到一半时，他的公司好像来了几位重要客户。温柠瞧见沈屹陪着客户走进会议室。助理关上了会议室的门，百叶窗也从里面拉上了，看样子他要打一场持久战。

原来沈屹这么忙，中午还要工作。温柠没见他的助理再下去取餐，应该是还没做好送过来，那么他自然没吃上午饭。

堂堂大公司的总裁，居然要饿着肚子工作。温柠难得地同情起沈屹。之后她觉得，饭菜的味道更香了。

吃完沈屹的午饭，温柠回到朋友的公司。她只是来帮朋友的忙，时间自由，不怎么忙。至于她为什么要发那些加班的朋友圈是为了让沈屹看到她的变化。她既然说自己和以前不一样了，总得把“改变”摆在他面前吧？

从前娇气不能吃苦的她，变得上进努力，这样的变化还不够大吗？

下午五点，合作终于谈到尾声。沈屹忽然感到胃里一阵烧灼，眼前发黑，意识模糊，仿佛下一秒就会昏过去。

见沈屹脸色苍白如纸，宋高朗知道，老板肯定是低血糖又犯了。他不理解，老板明知道自己有低血糖的毛病，必须按时吃饭，为什么还要把午饭给别人？直接让他给那个女人重新订一份饭不就行了吗？只不过要让她稍微多等一会儿，半个多小时又不是等不得。她又不像老板，行程紧凑，吃午饭的时间都没多少。

沈屹没吃午饭，又经历了高强度的谈判，体力消耗巨大，能坚持到现在实属不易。

趁着客户们正在看合同，宋高朗悄悄退出会议室，给大家重新倒上茶水。沈屹拿起自己的杯子喝了一口，入口沁甜——不是茶，是蜂蜜水。喝完一整杯蜂蜜水，稍微补充了一些体力，沈屹才觉得头晕的症状缓解了一些。

会议室很安静，只剩几人翻看合同、低声讨论的声音。

沈屹终于可以暂时放空大脑，休息一会儿。可能是身体虚弱的时候很容易控制不住自己，也可能是今天又见到了温柠，让他的心没办法保持平静，沈屹又在不经意间回忆起了过去。

他从初中起就一个人住了，因为照顾不好自己，长期营养不良，所以落下了低血糖的毛病。高中转学之后认识了温柠，她知道他容易低血糖之后，每天都会督促他按时吃饭。

一个九月份的周末，温柠跟他一起去上奥赛班的课。炎热的夏天，她明明可以待在家里休息，却还是跑到学校和他一起坐在没有空调的教室后排，上她完全听不懂的课。

头顶的旧风扇“吱呀吱呀”转动，却带不来多少凉意。窗边的白色纱帘时不时随风飘动，窗外吹来的风也是闷热的。

那天，温柠一直趴在桌子上发呆，肯定无聊坏了。沈屹想着下了课一定要好好陪她。可是听着听着课，他忽然觉得头晕，耳鸣“嗡嗡”，浑身无力到连手中的笔都握不住。笔“啪”地掉到了地上，他开始喘不上气，无意识地捂住自己的胸口，第一次清晰地体会到濒死的感觉。

意识恍惚间，他似乎看到温柠脸上掠过担忧的神色，他想安慰她，让她不要担心，却没力气开口。身子摇摇欲坠，他分不清是不是有人在摇晃他的胳膊。

迷迷糊糊中，有人往他嘴里塞了一小块软软的东西，刚落到舌尖它就绽放出清甜的果香——是橘子味的软糖。

沈屹凭借本能咀嚼吞咽，拉回了一丝意识。他半抬起眼，看到温柠着急地将整包橘子软糖倒在白嫩的手心，然后凑过来往他嘴里塞，逼他吃下去。软糖甜腻得要命，沈屹却莫名觉得鼻酸。

温柠给他吃了糖和巧克力，让他趴在桌子上休息。她从他的桌上拿来笔和本子，认真地听老师讲课，帮他做笔记。她听不懂奥赛题，只是一味地抄板书，画老师说的重点题型和重点公式。

温柠知道他没钱去报补习班，也知道对于他这样家庭穷困的孩子来说，成绩比命重要。所以她才会认真记下那些让她平时嚷嚷着头疼的公式，想让他安心休息。

沈屹趴在课桌上，因为疲惫和困倦连眼睛都不怎么能睁开，只能看到她朦胧的轮廓。少女穿着单薄的白色雪纺裙，夏日的阳光落在她身上，她整个人都在发光。

沈屹永远记得，那天炙热干燥的风从窗外吹来，树梢聒噪的蝉叫个不停，旧风扇转动的噪声在头顶响着，而她就在他身边。

后来，温柠每次路过他的教室，都会敲敲窗户，然后笑吟吟地丢给坐在窗边的他一包橘子味的软糖，再甜甜地叮嘱他“记得好好吃饭呀”。

温柠让人念念不忘是有原因的，不只是因为她漂亮鲜活。可会在他低血糖的时候喂他吃糖、帮他记笔记的温柠，提出分手时也那么冷漠决绝地和他一刀两断。

在他们分开后很长一段时间里，沈屹只要看到跟橘子相关的事物，心脏就会抽痛。

“沈总，沈总？”宋高朗的声音拉回了沈屹飘远的思绪。原来客户已经看完合同，还有一些细节需要沟通。

沈屹垂睫，遮住了眼中翻涌的复杂情绪。很快他就若无其事地抬头，和客户沟通起来。他声音低沉淡漠，语速不疾不徐，像个提前被设定好程序的机器人，不会被任何人、任何事引起情绪波动。可事实并非如此。有一个人，她甚至不需要特意做什么，只要稍稍对他主动，就足以打破他所有伪装出的平静。

室内放着轻柔舒缓的纯音乐，温柠躺在浴缸里，修长的脖颈连着白皙莹润的肩膀，形成漂亮的直角。随着她撩水的动作，瘦削的蝴蝶骨前后扇动，似振翅欲飞。

手机“丁零”响了一下。温柠擦干净手上的泡沫，拿起手机——是发小群里有人发来了消息。

这个群只有她、骆云心和周原三个人。

骆云心：“柠柠，最近什么情况？”

温柠：“怎么了？”

骆云心：“我看你最近发朋友圈的频率有点儿高啊，还都是加班生病装可怜之类的。从实招来，你是不是有新目标了？

温柠感到好笑，回复：“猜中了一半。有目标了，但不是新目标。”

骆云心：“不是新人，那是谁啊？我跟周原认不认识？”

温柠：“认识。”

温柠本想给骆云心提供更多信息让她猜，可她输入框里的“以前的老同学”这几个字还没发出去，骆云心就发来了答案：“沈屹？”

温柠：“你怎么知道？”

骆云心：“你刚回南溪就有情况，对方还是我们认识的人，我猜应该是我们以前的同学，但是让我到现在还有印象的就只有沈屹了。”

温柠：“是他。”

骆云心：“都过去十年了，他应该有对象了吧？要是他着急点儿，说不定婚都结了。”

温柠：“他没对象。”

沈屹不像温柠，他是个对感情极其专一和认真的人。如果他有对象，上次在餐厅碰到时，他绝对不会那么失态地盯着她看。所以温柠确定他是单身。

骆云心：“可是你们当初闹得那么不愉快，他就算没对象，应该也不会有吃回头草的念头了吧？我感觉你这次的挑战难度有点儿大。”

这时，一直没说话的周原冒出一句：“柠柠，我劝你还是放弃吧。要我说，沈屹要还是个男人，就不可能同意跟你复合。”

下一秒，他又撤回了那句莫名其妙的话。

之后，温柠追问，周原就开始打哈哈，说自己刚才脑抽，胡乱说了那么一句。温柠觉得他有事情瞒着自己，打定主意，下次见面要好好问问他。

泡得差不多了，温柠裹着浴巾从浴室出来，之后她坐在羊毛地毯上，往脚指甲上涂红色的指甲油。她正为如何接近沈屹而发愁。衣服已经还回去了，她还能用什么理由找他呢？

就在这时，陆舒扬的电话打了进来。

温柠接通电话，将手机放到一边，按了免提。

男生声音清越，带着藏不住的期待和开心：“姐姐，你现在在家吗？我让家里的阿姨炖了鸡汤，待会儿给你送过去。”

温柠小心地把红色的指甲油涂匀，漫不经心地问：“给我送鸡汤干什么？”

“看你的朋友圈，你最近好像经常加班，我就想给你送鸡汤补充营养。虽然里面放了不少药材，但是我尝过了，味道一点儿都不苦，很好喝的。”

温柠不喝鸡汤，也从来不吃炖煮的鸡肉。她正准备拒绝，话到嘴边，突然想起一件事，涂指甲油的动作一顿。她不是正愁没理由接近沈屹吗？现在机会不就来了？

第二章

靠近

第二天中午，温柠跟昨天一样走过空中天桥，从B座来到A座，又乘观光电梯来到顶层。她今天也是来送东西的。

温柠站在门口，敲了两下门，没多久，门就从里面被人拉开了。

沈屹正垂眸看腕表，以为是宋高朗回来了，低声吩咐道："你先下去跟……"话说到一半，余光瞥见来人白皙笔直的一双腿，他本能地觉得不对劲，剩下的话突兀地停住。

沈屹目光上移，定定地望着温柠，十几秒后，他才终于确定眼前人不是自己的幻觉。他若无其事地收回视线，态度依旧冷漠："有事？"

高大的男人干净的衬衣袖口上卷，臂弯搭着黑色西装外套，看样子是要出门。

"要出门啊？"温柠眼里有光，笑吟吟地看着他道，"我怕你来不及吃饭，就过来给你送鸡汤。"

沈屹这才注意到她手里提着的保温桶，小巧的一只，银色的，造型很有商务性，不是那种花哨的卡通外包装。

"鸡汤？"他的大脑空白了一瞬，脱口而出道。

"嗯，我自己炖的，味道应该还行。"温柠脸不红心不跳，让人丝毫看不出来她在说谎。

沈屹愣住，似乎是难以理解眼前发生的事。

温柠直接把保温桶塞到沈屹的手里，笑着说："你工作那么忙，如果来不及吃饭，可以吃这个。我刚才看到你的助理在电梯那边等你，你快过去吧，我先走了。"说完，没给他任何拒绝的机会，她便转身离开了。

没多久，陆舒扬发来消息："姐姐，鸡汤你喝了吗？味道喜不喜欢？"

温柠回想了一下沈屹震惊的眼神，打字回复："喝了。很喜欢。"

陆舒扬："我明天早上继续给你送饭吧。我让阿姨多做点儿营养餐，我开车给你送过来。"

温柠："好，辛苦你了。"

直到坐上车，沈屹才从巨大的不真实感中清醒过来。温柠那样十指不沾阳春水的大小姐，居然会给他做饭？做的还是她讨厌的鸡汤？

沈屹小心翼翼地拧开保温桶的盖子，鸡汤浓郁的香气扑面而来，汤汁金黄澄澈——看上去很好喝。她特意做这个，应该费了不少心思吧。

沈屹不傻，他当然看得出来，温柠在故意接近他。可他猜不到她这么做的原因。他们不是早就分手了吗？她为什么还要费尽心思接近他？难道是……对他余情未了？沈屹呼吸滞住，心脏快速跳了跳。可他下一瞬便抛开了这个荒唐的念头，唇边扯出一丝无力的苦笑。

温柠那般张扬明艳，怎么可能喜欢古板无趣的他？或许，她真的只是想补偿他吧。

宋高朗将沈屹的餐盒递过来，就见他正对着鸡汤发呆。

“沈总，这是……”

“别人送的。”

刚才看到老板下楼的时候手里突然多了个保温桶，宋高朗还觉得奇怪呢，原来是别人送的。

不过那人显然不够用心，连老板从来不喝鸡汤都不知道。

“我帮您把它丢了吧。”宋高朗说的是鸡汤。

沈屹却误以为他说的是午餐：“嗯，丢了吧。”

宋高朗将餐盒放在车载办公桌上，准备去拿保温桶的盖子，拧上一起丢了。

沈屹蹙眉问：“做什么？”

“我帮您把鸡汤丢了吧。”

“不用。”

“可是，您不是不喝鸡汤吗？”沈屹微凉的视线移过来，宋高朗立刻噤声，不再多说，心下却越来越觉得怪异。

傍晚跟公司几个高管开会的时候，沈屹总觉得心神不宁，注意力难以集中，只好提前散会，改天再议。

下班后，沈屹留在公司处理剩余的工作。

晚上十点多，他忽然收到温柠发来的消息：鸡汤你喝了吗？

看到屏幕上弹出的信息，沈屹第一时间拿起手机。可犹豫了一下，他还是逼着自己将手机放到一旁，继续工作。他心不在焉地盯着电脑，时不时地看向手机，生怕错过她的消息。

十分钟后，沈屹终于忍不住回复她："尝了一点儿。"

实际上那个银色的保温桶早就空了，他洗干净后放在了桌角上。

温柠秒回："味道怎么样，合你的口味吗？"

这次沈屹又故意晾着她，十分钟后才冷淡地回："还好。"

温柠的消息很快发过来："你喜欢就好。"

沈屹瞳孔收缩，差点儿拿不稳手机。她这句话是什么意思？

紧接着，温柠又发消息问他："我中午会自己带饭去公司，要不然也给你做一份吧？"

不知不觉中，沈屹已经忘了自己刚刚定下的"十分钟后才能回她消息"的规矩，回了一句："不用麻烦了。"

温柠："不麻烦啊，反正我本来就要做饭，而且我们离得又不远。"

不等沈屹拒绝，她又发来一条消息："我怕你没时间吃午饭嘛。你忘了？你身体不好，不能饿肚子的。"

"砰"的一声，黑色手机摔到桌上。沈屹觉得自己的大脑忽然开始缺氧，有点儿转不过来。

温柠有多久没关心过他了？当初分手之前，沈屹已经隐隐有预感，因为她忽然之间就冷淡下来。她不再常常去找他，偶尔路过也脚步匆匆，不再像从前那样放慢脚步，隔着窗户对他笑。

沈屹不明白自己做错了什么。某天，他终于忍不住拉着温柠躲进无人的教室。几天几夜没合眼，他脸色苍白得可怕，眼里充斥着红血丝，眼下一片青黑。他抓着她的手，低声苦苦哀求："温柠，我是不是做错什么了？你跟我说，你说了我一定改。你别……别不理我。"

可温柠看向窗外，一言不发。她精致的小脸上没什么表情，局外人似的冷眼看着他。

那时沈屹才意识到，温柠本质上是一个冷血自私的人，就算他跪在她面前，她也不会有丝毫动容。

"是不是因为我上周末做兼职没有陪你，你生气了？我这周就不去了，我一直陪着你，好不好？"

"还是因为我前天没有主动去找你？我那天感冒了，怕传染给你，所以才没去找你。”

“或者是因为那个捡到我书的女生？我不知道她还给我的书里夹着情书，看到后我就丢了，我没和她说话。我以后不会再弄丢东西了。”

“温柠，你说话啊，你打我骂我都行，别不说话。”

沈屹努力回想着近段时间发生的一切，试图从中找出温柠态度转变的原因。到底是从什么时候开始的呢？到底是因为哪件事呢？

被他纠缠得烦了，温柠终于不耐烦地说：“你没做错什么。”

“那为什么……”为什么突然变得冷漠？

她皱眉打断他的话：“腻了。”

短短的两个字，却仿佛拥有万钧力道，将沈屹砸得怔住。像是有聒噪的蝉钻进耳朵，蝉鸣震击着耳膜，让他听不到任何声响。漫长的耳鸣过后，沈屹失神地眨了眨眼睛，声音颤得厉害，难以置信地问她：“什么？”

温柠只得耐着性子又解释道：“我说，跟你在一起没什么意思，我腻了。”

他那时还抱有一丝微弱的期望，以为自己仍有机会挽留她：“对不起，我的性格太无趣了，我会努力改变的……”

“你怎么就不明白？”温柠甚至不想听他把话说完，“我是对你这个人厌倦了，你再怎么改变都没用。”

她眼中的厌烦像世上最锋利的刀子，狠狠扎进沈屹的心口。

他红着眼眶看她，苍白的唇轻颤，喉咙哽咽得说不出话。

温柠深吸一口气，道：“我们就到这儿吧。”

曾说过无数甜言蜜语、与他缠绵亲吻的人，此时毫不留情地吐出冰冷至极的话语。

她要和他分手。

沈屹眼眶涌上一阵热意，本能地攥住她的手腕，嗓音低哑艰涩：“不，我不同意分手。我们之前明明相处得很好，这些问题都可以解决。温柠，不要说分手。”

他不小心使了劲，温柠蹙起眉，沈屹下意识地松了手上的力道：“抱歉，弄疼你了吗？”

趁此机会，温柠毫不犹豫地甩开他的手，冷冷地丢下一句：“就这样吧。”

说完她便离开了教室，大开的门板“咣当”一声撞上墙壁。

沈屹就那么轻易地被她抛下。他孤零零地站在空荡荡的教室里，整个人仿佛被揉碎了丢进洗衣机，最后只剩一堆残破的、无人问津的血肉。

当刺激和新鲜感很快褪去，昔日的恋人便毫无征兆地换上了另一副面孔。沈屹不能理解，也无法接受。为什么她的喜欢这么短暂？为什么一个人的态度可以变得这么快？为什么她当初明明还没有做好和他相伴一生的准备，就那么草率地牵起了他的手？时隔十年，再回忆起大学时那段沉重的过往，依旧有熟悉的钝痛蔓延至全身，让沈屹难以自控地乱了呼吸。

分手前的那段时日，温柠对他忽冷忽热，很少再像以前那样关心他。此时，久违地看到她发来的关心他的信息，沈屹不由得眼眶微涩。

不管他在心里如何告诫自己，别忘了温柠当初有多么绝情，别忘了她有多擅长花言巧语，都无济于事。她一句简单的关心，就足够让他所有的理智瞬间土崩瓦解。

看到屏幕上沈屹发来的“好”，温柠心满意足地退出微信。

接下来几天，她每天都会把陆舒扬送来的营养餐转送给沈屹，自己吃附近的酒店外送的餐食。

沈屹冷硬的态度有了显而易见的变化。

这天，温柠装可怜说自己脚疼，终于成功进了他的办公室。

温柠说那些饭菜是她自己做的。沈屹虽然疑惑于她不像以前那么挑剔了，但并没有怀疑她的话，每天都认认真真地把那些饭菜全部吃完。

他还是像以前一样，傻乎乎的，很好骗。温柠说什么，他信什么。

沈屹不太习惯和温柠待在同一个空间内。

他逃避似的故意不看她，如坐针毡地度过了二十分钟，正准备借口自己要工作让她出去，就听到温柠起身的动静，还有她甜媚的一声“沈屹”。

沈屹的目光被勾了过去。在他紧盯的视线中，女人踩着碎钻高跟鞋，腰肢纤细，袅袅娜娜地向他走来。

温柠停在胡桃木办公桌旁，红唇皓齿，眼眸水光潋滟。她随意地拨了下棕色的大波浪卷发，长长垂下的珍珠耳坠微晃，折射出闪耀的光芒。她身上清幽淡雅的香水味，无孔不入地侵袭鼻间。

沈屹不自觉地绷紧了身子。

她素白纤细的手搭在桌边，随意地轻敲了两下，问他："你下周有没有什么想吃的菜？"

她还要继续给他送饭吗？

沈屹抿了抿唇，余光被她手指的动作吸引，低声道："没有。"

"没有的话，那我就按照我自己的口味做了？"

"随你。"

温柠像是要转身离开，可脚尖刚转了个角度，又想起什么一样，转身重新面对他，道："对了，我问你个事儿。"

"什么？"沈屹掀起浓黑的睫毛，沉静地凝视着她。

"我每天给你送饭，你女朋友……"温柠望着他微微颤动的瞳仁，稍做停顿，继续道，"会不会吃醋？"

沈屹收回视线，快速地眨了两下眼睛，道："我单身。"

温柠瞥见他的胸腔剧烈起伏，眼底满是笑意，心情颇好地弯起红唇道："那就好。"

她说完这句话，沈屹明显一怔，直愣愣地望着她。

温柠却没继续这个话题："谢谢你让我进来休息。我的脚已经不疼了，不打扰你工作，我先走了。"

办公室的门关上，周遭一下子静下来。

沈屹卸去了冷漠的伪装，漆黑的眼中浮现出几分无措。

他听得出来，温柠只是在试探他的感情状况。可她为什么会这么问呢？他单身与否，她心里也会有那么一点儿在乎吗？而且在他回答完之后，她说"那就好"，还是如释重负的语气。所以他单身，于她来说是一件好事？

如果仅仅是为了补偿当年的亏欠，温柠完全没必要关心他有没有女朋友，是不是单身。再结合她最近的主动关心、主动送饭，沈屹喉结滚了滚，心底有个念头呼之欲出。

她是想和他复合吗？距离他们分手已经十年了，就算温柠对他还有一丁点儿感情，应该也早被时间磨灭了。

但是……万一呢？

门把手忽然被人拧动，沈屹以为是去而复返的温柠，立刻抬头看去。

门被人从外面大力打开，进来的却是闻尧。

“我刚才在电梯间里看到温柠了，她怎么会在这儿？”

他穿着黑色皮夹克，墨镜往上一推，架在染红的短发前面。

“你回来了。”沈屹垂下眼，掩饰住眼中一闪而过的失望。

闻尧气势汹汹地走进来：“唐琛那天跟我说，你们聚餐时遇到了一个美女，你看到人家时，眼睛都直了，我就猜是温柠。果然是她回国了。”

他结束在南城的工作后，立马赶最快的一班飞机回来，就是怕好兄弟再被那个女人欺骗。

沈屹打开电脑，开始处理工作上的事情，不咸不淡地应了声：“嗯。”

闻尧双手撑在电脑两侧，紧张地盯着他：“你不会跟她复合了吧？”

沈屹目不斜视地看工作邮件：“没有。”

“真没复合？”

“嗯。”

闻尧又盯着他看了一会儿，紧绷的心弦稍微放松。沈屹从不说谎，他说没有复合，应该是真的。不过——

“温柠怎么会来这里？”

“送饭。”沈屹言简意赅道。

闻尧像是听到了天大的笑话，夸张地张大嘴巴：“送饭？她给你送饭？”

“嗯，她在隔壁上班。”

“温柠什么时候这么贤妻良母了？”

沈屹没吭声。

闻尧从办公桌对面绕到他右边，一脸严肃认真：“沈屹，你可千万别再上她的当了。她那人对待感情的态度就是随便玩玩，跟你不合适。”

沈屹目光微凝：“我知道。”

闻尧在屋里走来走去，边走边分析：“她突然接近你，肯定别有用心，不管她说什么你都别信。我有个朋友是他们圈子里的，听说温柠在国外这几年交过很多男朋友，你要是不想再受到伤害，就听我的，离她远远的。”

闻尧絮絮叨叨叮嘱了很多。

沈屹神情冷淡，专心处理邮件，让人看不出他有没有把话听进去。

周末，温柠回了趟家。爸妈在她很小的时候就离婚了，她一直跟着妈妈温以棠生活。

温柠到的时候，家里除了温以棠，还有一个男人，长得白净清秀，一看就是乖乖仔。

“柠柠，你回来了。跟你介绍一下，这是妈妈的男朋友。”

温柠早就习惯了，所以她的表情没有一点儿波动。反正老妈不会跟这些男人结婚，对她毫无影响。

“你好。”温柠礼貌地打了声招呼，态度不冷不热。

温以棠让助理拿来一沓资料，交给温柠，说：“这些都是创业初期需要注意的地方，是我总结出来的经验，你拿去学习一下。后面还有一份办公楼地址清单，想要哪里跟我说。”

“好，我待会儿就看。”温柠拿着资料上楼。回到自己的房间，她打开电脑上网查一些案例，结合老妈给的资料，开始为创办工作室做准备。

温以棠是南溪市有名的女强人，可她的事业心不是一直这么强的。

温柠记得小时候爸妈经常吵架，那时候妈妈是全职太太，在家照顾她，爸爸则借着岳父家的人脉步步高升，事业有成后，就开始看不起妈妈，甚至在外面拈花惹草。等小三主动找上门，妈妈终于看清软饭男的真面目，果断离婚，带着温柠回了娘家。

温柠的外公外婆知道准女婿不靠谱，只是女儿非要下嫁，他们只好妥协。不过两位老人一直管控着公司，没让温柠的爸爸占到一点儿便宜。

后来温以棠接手了家里的公司。她毕竟是海归高才生，还有父母从旁协助，再加上离婚后时运亨通，一路把公司做到了业内顶级。而前夫没了资金人脉，事业一下子垮了，日子穷困潦倒，为了生计四处奔波，甚至差点儿入狱。

温以棠的过去，就是一部“恋爱脑清醒，回归事业逆袭”的现实爽文。温柠从小就被她灌输“爱情是最没用的东西”“恋爱脑坑人害己”“钱和事业比男人重要一百万倍”的思想，她甚至还鼓励温柠多谈恋爱。

所以温柠才形成了现在的恋爱观——自己的感受和成长永远最重要。想要就去追，不喜欢了就毫不犹豫地分手。不为任何人停留，也不让任何人有机会伤害自己。

接下来的一段时间，温柠都在为创业做准备，忙到只能抽出五分钟时间给沈屹送饭，送完就得回来继续忙碌。正好，她可以借此机会晾晾他。

如她所愿，沈屹果然坐不住了。自从上周五温柠试探了他的感情状况，沈屹就在心里暗暗期待着周末快点儿过去，工作日赶紧到来。可周一那天，温柠过来送了饭就走，来去匆忙，态度冷淡，甚至没有和他多说一句话，也没有找机会进他的办公室。

沈屹还以为那天是特例，没想到接下来好几天都是如此。所以温柠上次只是随口一问吗？其实她并不在乎他是否单身，也并没有要复合的意思，完全是他自作多情了？可如果不是想复合，为什么她突然对他这么好？

沈屹告诉自己不要急，或许温柠只是这几天工作太忙了，所以才顾不上和他相处。可不管怎么自我安慰，他总忍不住胡思乱想。温柠看出了他的焦虑不安，却故意对此视而不见。

温柠一忙就是大半个月，总算完成了工作室的初期准备工作。她选中的工作室地址就在本栋楼上——二十七层。正好这里有块空的办公区，上个公司倒闭了，场地还没来得及租出去。

温柠选这个地方跟沈屹完全没关系，纯粹是因为CBD附近互联网公司多，到时候好谈合作。而且这里交通便利，离她住的地方比较近，也省得她搬家。

彻底忙完那天，温柠又去给沈屹送饭。不知道是不是她的错觉，她总感觉沈屹开门的速度越来越快，简直就像是在这个点特意等着她过来。

看到她手里只提着一份饭，沈屹抿了抿唇。她是又打算送完饭就走吗？为什么她从来都不留下来和他一起吃午饭？温柠没注意到他微妙的表情变化。她只提着一份饭过来，是因为来之前她已经吃过饭了。

就在沈屹以为她又要离开的时候，她甜甜地说："我好累，能进去休息一会儿吗？"

温柠以手指掩唇，打了个小小的哈欠，水雾迷蒙的眼中浮现出几分倦意和疲惫，羽扇般浓密的睫毛被微微打湿。她的唇色比平时浅一些，像是累坏了。

意料之中，她一放低姿态，沈屹就只能妥协。他说："可以。"

总裁办配备了休息室，带床和卫浴的那种。温柠没得寸进尺地要求去里间，只在外面的长沙发上躺下。她最近确实忙得团团转，一直没机会好好休息。身下的沙发软得像一团棉花，没多久温柠就睡着了。

她做了很多零零碎碎的梦。而沈屹终于可以肆无忌惮地打量她。温柠总是对他若即若离，让人捉摸不透。这次她到底是怎么想的呢？

温柠半梦半醒间，轻轻地搓了搓手臂。沈屹起身进了里间，出来后，手里多了条灰色的空调毯。

他走到沙发旁，轻手轻脚地帮她盖上。

他刚转过身，衬衣却被她轻轻抓住，身后传来朦朦胧胧好似梦呓的一声"沈屹"，一下就将他的脚步钉在原地。

暧昧婉转的声音一入耳，沈屹顿时后背发麻，身子僵直。回过神后，他便自嘲地笑了笑：这么多年过去，自己还是毫无长进，轻易便能被她影响心神。

沈屹深呼吸两下，强自镇定地回身。

沙发上的女人坐起身，脸颊白里透红，神态慵懒得像猫，正仰起小巧的下巴，半眯起眼看他。

沈屹紧盯着她红润饱满的唇，几乎挪不开自己的眼睛。

温柠揉揉眼角，声音还带着初醒时的微哑："你给我盖的毛毯？"

对上她噙着水雾的双眸，沈屹心虚地否认："不是。秘书盖的。"

"哦，是秘书啊。"温柠没有拆穿他的谎话。

沈屹不自在地眨眼，正准备让她松开自己的衣服，一垂眸却见她抓着自己的手上贴了枚创可贴。深棕色的创可贴，贴在嫩白的指尖尤为醒目。

"手怎么了？"关心的话，在沈屹有意控制之前便跑了出来。他的手也开始不受掌控，精准地攥住了她的手腕。肌肤相贴，沈屹心间蓦地被酸涩的情绪涨满。他忍不住贪心地握得更紧。

温柠用另一只手拨了拨头发，轻描淡写地回答："不小心切到了，没事。"

沈屹猜测道："做饭的时候切到的？"

"嗯。"温柠没否认。其实是布置办公室的时候，不小心被美工刀划了一下，很浅的一道，根本不用特意贴创可贴。

沈屹盯着她受伤的手指，心绪翻涌。他猜不透温柠的心思。明明这段时间她对他很好，也特意问过他的感情状况，今天为了帮他做饭她还弄伤了手，为什么她偏偏绝口不提复合？难道她只是想随便逗弄他玩玩，并不想对他负责？

斟酌再三，沈屹还是没忍住，把埋藏在心里大半个月的问题问了出来："你为什么每天给我送饭？"

温柠轻笑，棕色的眼线微微上挑，像个魅惑人心的妖精："我不是说过，要补偿当初对你的亏欠？"

这不是他想要的答案。沈屹下颌绷紧，语气冷硬："我不需要你用这种方式补偿。"

"那你想要我怎么补偿？"温柠明知故问。

被她不上不下地吊了快一个月，换了别人，恐怕早就憋不住挑明了。可她知道，沈屹这人，越是想要什么，越是说不出口。

果然，沈屹陷入沉默。他漆黑的眼瞳一眨不眨地紧盯着她，眼眸深处仿佛暗藏着无数复杂的情绪。他想要他们重新在一起，他想要她用余生来补偿。可他说不出口。踟蹰了半天，最后只是含蓄地暗示："我们只是普通朋友，每天送饭太暧昧，过线了。"

他特意强调"不需要这种方式补偿""只是普通朋友"，任谁都能听出他的言外之意。

温柠却好似没听出他的本意，赞同地点头："你说得对，普通朋友不该这么暧昧。"

沈屹没想到她居然顺着他的话说了下去。一时间，他所有的情绪齐齐堵在喉咙里，脸色变得难看。他不信温柠听不懂他的意思。她故意这么说，就代表她并没有要和他复合的意思，完全是他自作多情了。

男人垂在身侧的手掌紧攥成拳，手背青筋凸起，内心极度不平静。他的眼神几度变换，最后他还是主动松开了温柠的手腕，声音很轻地说了句："那你走吧。"

就当这段时间她的关心和示好，都只是他的一场臆想。清醒后，这一切便会如潮水般消失。沈屹脸色苍白如纸，脆弱得仿佛一碰就会碎。

"我话还没说完呢。普通朋友是不该暧昧，但是……"温柠从沙发上站起来，弯起明眸，笑吟吟地望向他，“谁说我只想和你做普通朋友？”她语调慵懒，温热的鼻息钻入他的耳里，甜腻的香水味充满他的鼻腔，轻似羽毛的撩拨。

温柠轻飘飘的一句话，就让沈屹难以置信地抬起头，沉入谷底的心又开始回升。他艰难地说：“不想做朋友，那你想做什么？”

温柠却没有如他所愿地老实回答，而是说：“有句话不知道你听没听过。”

“什么？”

温柠红唇张合，温柔地念出情话：“第一眼就心动的人，要怎么做朋友？”

沈屹怔住：“你什么意思？”

他有种预感，接下来温柠要说的话，绝对是他梦寐以求的。

温柠站在沈屹面前，和他距离很近，身子几乎碰到一起：“你还记得吗？在学校旁边的便利店里，我一眼就记住了你。”

听她提起过去，沈屹眸色加深，迟疑片刻还是点了头：“记得。”

他当然记得。和她在一起的点点滴滴，他都记得清清楚楚，即使过去了十年也没忘。

温柠语调轻柔，仿佛对情人的喃喃细语：“沈屹，过去这么多年，不知道该说你一点儿没变，还是该说我的喜好一点儿没变……上次我们在餐厅重逢，我一看到你就很想吻你。又是一眼心动，你说，我们怎么做普通朋友？”

温柠的确没说假话。不过她口中的心动，不过是见色起意。谁让沈屹的长相太符合她的审美，让她看一眼就想得到。

沈屹瞳孔骤缩，呼吸滞了半拍。巨大的惊喜砸到头顶，他的眼眶却不受控地酸涩。一眼心动。当年，他对温柠就是一眼心动，而后把她放在心里很多年。

温柠不知道的是，和她在一起，对于沈屹来说，是多年的心愿实现，是白日的美梦成真，哪儿那么容易放下。

恍惚间，他听到温柠问他：“我现在可以吻你了吗？”

沈屹还沉浸在回忆中，没回过神，下意识地“嗯”了一声，然后她就吻了上来。

沈屹的大脑空白了一瞬。他忽然觉得自己像是被蛛网困住的猎物，再也无处可逃。

沈屹太热情，让温柠都有点儿招架不住。最后她和他拉开距离，调侃道：“还像以前那么好亲。”

沈屹没有说话。他眼底升起两团火，胸腔起伏剧烈。

温柠动作自然地帮他整理领带：“所以，要复合吗？”

沈屹深深地看了她一眼，垂下眼帘，嗓音低哑得好似被砂纸磨过：“我考虑考虑。”

就像当年面对她热烈大胆的追求，他明明早已按捺不住，却不肯轻易松口。目的不过是……想让她对他更用心一些，多喜欢他一点儿。

“不急，我愿意等你。”

最后，沈屹没坚持一周就同意了复合。原因仅仅是温柠在送给他的午餐里放了一包橘子味的软糖。

沈屹推掉所有工作，坐在办公室里思考了一下午。这是他经过深思熟虑后，最终做出的选择。

收到沈屹的消息时，温柠正和陆舒扬一起用晚餐。桌上的手机响了一下，温柠放下水杯，点进微信的新消息。

沈屹：“我答应你。”

看到他这么快同意复合，温柠并不意外。

沈屹有多好追，她一直很清楚。

大学的时候，她都没怎么用心追，沈屹就答应了和她在一起。那天，温柠正跟室友说笑，忽然有人喊她的名字：“温柠，外面有人找。”

她走出宿舍，往楼下看去，第一次在宿舍楼下看到了沈屹。他挺拔如竹地站在那里，年轻的面容清冷俊秀。

温柠眼睛一亮，早晨的困顿都消失了，立马抛下室友走了出去。他们站在宿舍门口的一侧，很多路过的女生都朝沈屹看过来。

沈屹双手递来一封信。温柠接到手中，挑眉问：“这是什么？”

那时候，大部分学生已经买了手机，平时都用手机联系，很少有人选择写信。

沈屹不敢跟她对视，嗓音压得很低：“我给你的回应。”

温柠这才想起来，她昨天晚上向沈屹表白了，他那时候说要考虑一下。

考虑了一晚上就想好了？真快。

“你回去再看，我先走了。”紧张地说完，沈屹落荒而逃。

温柠看着他的背影消失在宿舍楼拐角，隐约捕捉到他耳尖的一抹红，不知道那是被初秋清晨的寒意冻的，还是被羞的。

温柠打开手里的信封，漂亮的钢笔字落在洁白的纸上，苍劲工整，能看出是他一笔一画用心写下的。信上只有简短的一行字：温柠，我答应你。我承诺我将永远喜欢你，永远不和你分手。

信纸被她拿在手中，纸的边缘随晨风扬起。墨迹仿佛化作了流动的水，无比生动、温柔。

那个时候，温柠并不知道，沈屹为了写这封回信熬了通宵，写废了一个垃圾桶的信纸，才终于完成这份让他满意的回应。

全校闻名的优等生，第一次遇到让他这么头疼的难题。

那时，温柠并没有将沈屹的承诺放在心上。什么永远喜欢、永不分手，她不信，等他们分开了，沈屹能一直单身下去。

那封沈屹斟酌了一个晚上的回信，没在她的桌上待几天，就随着不要的旧漫画书，被丢进了垃圾桶。

"姐姐，姐姐？"陆舒扬的声音拉回了温柠飘远的思绪。

温柠给沈屹回了个"可爱"的表情，关上手机，看向对面穿校服的少年，解释道："抱歉，最近工作有点儿累，总走神。"

"没关系，姐姐能抽空陪我，我已经很开心了。"

对面的少年笑容开朗阳光，主动给她夹菜。温柠莫名回想起当年的沈屹，他和陆舒扬一样，都是单眼皮，高瘦白净的长相。不同的是，沈屹性格内敛早熟，即便笑也只是弯一弯眼睛，无比含蓄。

温柠举起酒杯，笑着祝贺："恭喜你被心仪的学校录取。"

陆舒扬和她碰了一下杯，因为待会儿要开车，他的杯子里装的是果汁："谢谢姐姐。溪大离你很近，这样我没课的时候就能回来找你玩了。"

"我有空了也会去看你。"

吃完饭，陆舒扬送温柠回家。

她到家后舒舒服服地泡了个澡，觉得有点儿累，早早地上床休息了，完全将沈屹忘在了脑后。

处理完所有事情，沈屹疲惫地靠在椅子上，捏了捏眉心。时间已经是晚上十点多，他拿上外套，坐电梯下楼。

电梯停在二十三层时，有两个人上来。

看到楼层数，沈屹临时改变主意，从电梯里走了出去。他走过昏暗无人的空中天桥，来到B座的二十三层。绕路去电梯间的路上，他路过温柠公司的办公区，隐约看到里面有几间办公室还亮着灯。

不知道温柠今天有没有加班，沈屹默默想着。

回去的车上，沈屹点进微信聊天框。在他给了温柠回应之后，她只不冷不热地回了一个表情。

从傍晚到现在，这么长时间，一条来自她的新消息都没有。

这天中午，沈屹坐在办公室里，心不在焉地处理事情。他一转头就能看到旁边的沙发上坐着的温柠。他看到她羽翼般的睫毛低垂，鲜红的指甲在手机屏幕上滑动，不知道在玩什么。

温柠正跟陆舒扬聊天。

陆舒扬："姐姐，我今天让阿姨把煎蛋做成了爱心形的，你看到了吗？"

温柠：看到了，很可爱。

今天的饭菜仍然被沈屹吃了，她都没打开看一眼。

陆舒扬又发来消息："姐姐，你可以跟我换情侣头像吗？"

温柠："为什么？"

陆舒扬："昨天有个女同学向我表白……我想让你帮我挡一下桃花。"

温柠思考了一下，回道："行。"

陆舒扬挑了几组头像发过来给她看。温柠选了一对简笔画头像，换上后，她就把男生的头像发给了沈屹。

放在桌上的手机亮了一下，沈屹发现是温柠发来的信息，他疑惑地点进去，然后就看到一个彩色的简笔画小男孩。

"这是什么？"沈屹抬眸看向她，问道。

"你看我的头像。"温柠关掉手机，身姿婀娜地朝他走去。

沈屹不明所以地点开她的头像，发现她的头像换成了穿着粉蓝色毛衣的简笔画小女孩。跟他刚才收到的那张图似乎是一对？

更重要的是，两个小孩都眯着眼睛在伸懒腰，跟他和温柠以前用的情侣头像很像。只不过这对头像不是黑白的，线条和色彩都丰富很多，就像是那对头像的升级版。

沈屹出神地凝望着她的头像，沉寂已久的心开始不受控制地发烫。仿佛又回到了以前，他们借着桌角台灯昏黄的光，趴在褪色的书桌上一起写作业。

“乞乞，我们也用情侣头像吧？”女孩拍了拍他的胸膛，忽然开口道。

沈屹放下手里的水笔，问她：“什么是情侣头像？”

“就是这样的两个头像，别人一看就知道我们是情侣。”温柠把粉色的翻盖手机举到他面前，展示给他看。

沈屹眼睛微亮，点了点头，应道：“好。”

“那你挑一对吧。”温柠把手机递给他。

沈屹看向手机屏幕，挑了个笑起来跟她有点儿像的女孩的头像：“这个。”

温柠换了头像后，又玩了会儿手机，忽然说：“怎么办？我的脚有点儿冷。”

“你去床上，床上开了电热毯。”

幸好他提前开了电热毯，不然怕是连被子都会冷硬得像石头。

电热毯还是沈屹在温柠过来之后特意买的，以前他从来没用过这东西，冬天都是硬挺过来的。

温柠莹白小巧的脚丫在他的胸口踩了一下，然后麻溜地钻进暖洋洋的被窝，只露出一个脑袋在外面，弯起眼睛笑着对他说：“沈乞乞，你的被子好香，有皂粉的味道。”

女孩冻得瑟瑟发抖，鼻尖都冻红了，却还在甜甜地对他笑。

沈屹眸光晦暗，握了握拳，压抑地对她说：“以后别过来了。”

有温柠陪在身边，他自然高兴，但他不舍得她在这个冬天没有暖气、四面漏风的老平房多待。连吃惯了苦头的他都觉得漫漫长夜难熬，她这个身娇肉贵的小公主哪里扛得住？

“我这不是想你嘛。你快去写作业，写完来陪我。”温柠裹着被子直起身，亲了一下他的嘴角，笑嘻嘻地催促道，“快去呀。”然后她又迅速趴回床上，盖好被子，守住那微弱的一点儿温度。

沈屹咽下所有情绪，哑声应下：“好。”

那时，沈屹写作业的间隙会习惯性地回头看，看娇俏的女孩把手伸到被子外面玩手机，过一会儿再将那只手塞进被子里焐着，换只手继续玩。整间屋子都是灰暗冰冷的，只有她在的那个角落鲜亮温暖。

每次看到这样一幕，沈屹的心都会软得一塌糊涂。仿佛自己只是个普普通通的大学生，可以暂时从生活的重担和苦痛中逃离，稍微喘口气。随之而来的，却是铺天盖地的愧疚、心疼和浓浓的无力感。

她这样明媚动人的女孩，应该住温暖明亮的大房子，而不是这样寒冷逼仄的小平房。沈屹不知道自己还能自私多久。

在沈屹沉思时，温柠已经走到他身边，问道：“在想什么？”

沈屹蓦然回过神：“没什么。”

温柠没多问，看了眼他的电脑屏幕，适时转移了话题：“在忙吗？”

“没有。”明明有一大堆工作要处理，沈屹却还是选择了否认。

于是温柠放心地坐到沈屹的腿上，细嫩的手臂如藤蔓般缠了上来搂住他的脖子。

沈屹凸起的喉结上下滚动，已经猜到她要做什么。

温柠今天穿着镶满碎钻与亮片的鱼尾裙，腰肢纤细，裙摆上移，露出细白的大腿。她笑着和他对视，眼里盛满了半真半假的浓浓情意，红唇微张，侧过脸，轻轻地亲了上来。

沈屹的回应依旧笨拙、生涩，好几次都差点儿撞到牙齿。温柠很有耐心地教导他，指引着他，像是回到了以前。

分开后，温柠好笑地打趣道：“你跟你的前女友在一起都不接吻吗？”技术这么差。

沈屹微怔，眸光闪了闪。他哪儿有什么前女友，这辈子，他只和温柠一个人谈过恋爱。

“我……我不太习惯。”他言语有些躲闪。

温柠漫不经心地笑着，又吻了上来。

这次，她的右手离开他的脖子，缓缓下移。

沈屹眉心直跳，忍不住攥住她作乱的手，偏头躲开她的唇，嗓音低哑：“做什么？”

温柠没想到他会忽然中断，疑惑地看向他，说出来的话语大胆又直白。

沈屹愣了两秒钟才反应过来，她的话是接着他的说下去的，脸上顿时一阵火烧火燎。

见他绷紧下颌，一副被她的话语惊到的模样，温柠觉得奇怪，好笑道：“你怎么这么排斥？”

成年人的恋爱，哪儿需要那么多循序渐进的步骤。她的语气太理所当然，倒显得是他小题大做了。

沈屹忍不住想，她和别人在一起时，进展也这么快吗？只是粗略地设想了一下那个场景，他的心便狠狠一痛。他快速地眨了眨眼，止住眼眶的酸涩，不敢再细想下去。

沈屹松开她的手，没有看她的眼睛，胡乱找了个借口：“我等下要开会。”

温柠没有起疑，从他怀里起来，还顺手帮他理了理衬衫上的褶皱。“那我就不打扰你了，头像记得换。”说完，她拿上手机离开了办公室。

馥郁甜蜜的花香远去，办公室的温度一下子降了下来。她这么果断地离开，让沈屹有种说不上来的奇怪感觉。没一会儿，宋高朗进来说工作上的事，打断了沈屹的思绪，他只得暂时忽略心头的怪异感觉。

温柠在朋友的公司带完项目，活动范围就从二十三层转移到了二十七层。好在这两层都有空中天桥，她中午去找沈屹并不麻烦。她刚把创办工作室的消息放出去，就有很多公司主动过来谈合作。

温柠身兼数职，比起之前忙碌不少。她中午没时间和沈屹腻歪，说不上几句话就得走。

这天，温柠刚忙完，听到助理兴致勃勃地跟男朋友打电话，约他周末一起看电影。助理将电影夸得天花乱坠，说是小众爱情题材，基调压抑，虐到极致，结局又美满得让人潸然泪下，很能引起观众的共鸣。

温柠随手在网上搜了一下，见这部电影好评如潮，正好是久别重逢的题材，便订了两张白天的电影票，把取票码发给陆舒扬，又在同一家影院订了两张夜场票，把取票码发给沈屹。

办公室里，沈屹正跟闻尧商量事情。

闻尧顺了顺他的红毛，道："来了笔大单子，南城有个房地产集团想邀请我们的集成安防平台入驻，配备最新的安保系统。见面约在下周，你去谈吧。"

"行。"

"图像分析处理自动报警这块，我们在国内是顶尖水平，不怕达不到他们的要求。就怕他们的老板不信任我们这种近几年快速崛起的企业，更倾向于选老牌的那几家……"

闻尧叽里呱啦说了一大堆，但他心里其实不怎么担心沈屹谈不下来。

沈屹虽然话少高冷，但思维敏捷，又善于洞察人心，简短的几句话便能说到点上。而且他习惯冷着张脸，少了生意人的市侩浮躁，多了份成熟稳重，反而容易让那些认人很准的大老板信服。

这么一个从小聪明到大的人，只在一个人身上栽过跟头。

"我把公司的官网地址发给你。"闻尧说着点开微信，正准备给沈屹发过去，却突然注意到他的头像变了，"哎，你的头像怎么又换回来了？"仔细一看才发现不是原来那个，闻尧猛地一拍大腿，语调上扬道，"你谈恋爱了？"

沈屹不咸不淡地"嗯"了一声。

"跟谁啊？"闻尧心里十分激动，这木头总算是开窍了。跟谁都行，只要不是跟温柠。

沈屹没有回答，催他办正事："东西发来，我待会儿还有事。"

"哦。"闻尧只好放下八卦的心思。

两个人又说了一会儿，闻尧起身正准备离开。拉开门的瞬间，他突然反应过来，刚才沈屹的态度不对劲。以他们这么多年的关系，沈屹谈个恋爱有什么好藏着掖着的？而且最近他也没见沈屹周围有女人，除了……

闻尧猛地转身，刚才有多激动，现在就有多愤怒，甚至态度有些咄咄逼人："沈屹，你别告诉我，你跟温柠复合了。"

沈屹顿了两秒，没有否认："嗯。"

"你是不是疯了？当年你们两个突然分手，你……"闻尧说到这里突兀地止住话头，把剩下的话咽了下去，"这件事还需要我提醒你吗？"

即便他没说完，沈屹也心知肚明他说的是哪件事。他眸光微暗，握着茶杯的修长手指泛白："我有分寸。"

"你在她面前有什么分寸！那女的根本没有心，就是跟你随便玩玩，你怎么想不明白呢？而且她在国外不知道谈过多少次恋爱，而你这辈子除了她，都没跟其他女人接触过，一点儿经验也没有，你怎么可能斗得过她？"

不管闻尧多么苦口婆心地劝，沈屹都不为所动。他放下水杯，起身走到办公桌后面，拿了份文件，说："我去找小林说点儿事情。"

见他又是这副油盐不进的模样，闻尧满肚子劝说的话都卡在了喉咙口。

"行，你就倔吧。我非得找到她居心不良的证据甩到你面前，到时我看你愿不愿意清醒！"恨恨地留下这句话，闻尧甩门而去。

沈屹将刚才随手拿出来的文件放下，坐回办公椅上，疲惫地合上眼。

手机响起，是温柠发来了消息，问他周末有没有空一起看电影。

沈屹没问具体的时间，直接发了句："有空。"

温柠："我那天要加班，订了晚上十一点半的票，你能来吗？"

这么晚，电影散场都半夜一点多了。

毕业后，沈屹没有任何和异性相处的经验，他并不知道成年人约晚场电影意味着什么，他以为温柠只有晚上十一点之后才有时间，便回了"好"。

第三章 捕获

周六下午，沈屹跟合作商见完面，走去停车场的路上，余光扫到一道熟悉的身影——纤细窈窕的年轻女人和一个白衣少年有说有笑地走着。看他们过来的方向，应该是刚从马路另一边的电影院里出来。

沈屹不自觉地盯着女人的背影看了很久，眼神微凝。

直到宋高朗的声音传来："沈总，您在看什么？"

沈屹这才收回视线，道："没什么，走吧。"

刚才无意间一瞥，他竟然觉得那个女人的侧脸很像温柠。他应该是看错了，按照温柠一贯的穿衣风格，她应该不会穿浅蓝色的棉布连衣裙，也不会在蓬松的鬈发发顶别上镶着珍珠的蝴蝶结。沈屹觉得他可能是太累了，所以才会把别人看成她。

想起温柠，沈屹打开他们空荡荡的聊天框，斟酌着发了一条消息过去："下午有空一起吃饭吗？"

他们复合之后，温柠几乎没有主动给他发过消息，而他发给她的消息也经常得不到回复。

沈屹难得休息，忍不住一次又一次地拿起手机看时间，再习惯性地点进微信。晚饭时间已经过去，聊天页面上最近的一条消息却还是他发出的那句话。

直到晚上九点钟，他才终于收到温柠发来的消息："不好意思，才看到，我已经吃过了。"

沈屹回复："晚上我去接你？"

温柠："好，我把我家的地址发你。"

温柠今天陪陆舒扬看了一场电影，又去电玩城玩了很久，最后两人一起吃了法餐。

陆舒扬平时的打扮都是白色T恤衫、牛仔裤，温柠担心她穿得太成熟，所以特意换了穿衣风格。

这大半天里她跟陆舒扬一直在玩，没时间看手机，直到晚上回到家，她才有空回沈屹的消息。

给沈屹发去家里的地址后，温柠走进浴室泡澡，敷面膜。出来的时候，她已经换上了她惯常的打扮，轻薄的黑裙勾勒出不盈一握的腰，长腿雪白，整个人明艳又昳丽。

看到沈屹说他已经到了，温柠放下香水，对着梳妆镜拨弄了下头发后，拿着手包走进电梯。

从楼里出来，温柠一眼就看到站在树下等待的英俊男人，他穿一身黑，身材高大清瘦，影影绰绰的光线下依稀可见清隽的轮廓。他时不时按亮手机看一眼，很快又熄灭屏幕，继续静静等待。

听到高跟鞋的声音，他抬眼望过去，黑眸在看到她的瞬间亮起。

“上车。”

这是温柠第一次坐沈屹的车，车内干净整洁，没有烟味，只有淡淡的香氛气息，似乎是柑橘的味道，带着一丝阳光炙烤后的甜。

沈屹双手搭在方向盘边缘，耐心地等着她系安全带，而温柠也在等着沈屹帮她系。

车内安静了半分钟，沈屹才反应过来，倾过身去帮她系安全带。

温柠微抬下巴，在他的侧脸落下了一个轻吻。可他们之间并没有这种习惯。这是她和别人养成的默契。

沈屹乌黑的睫毛颤了颤，喉间发涩。直到这一刻，他才察觉，他和温柠错过的十年到底意味着什么。他所有的恋爱经历都是温柠给的，很多习惯都是被她一手调教出来的。可她在没有他的地方，和别人携手同行，有了新的习惯。

“怎么了？”温柠敏感地察觉到他情绪不对。

沈屹深吸一口气，神色如常地发动车子：“没什么。”

没关系的，他们以后会度过更多个十年。他会把别人留给她的痕迹，一点一点地全部抹除。

黑色奔驰车平稳地驶出小区，汇入外面的车流。

他们看完电影出来，已经快凌晨两点，外面车灯寥落，夏夜细雨连绵。车子停在江边的树下，沈屹安安静静地听温柠说话。

车内回荡着轻柔舒缓的音乐，没开灯，细雨顺着车窗蜿蜒而下。

温柠放松地靠着座椅，明眸半合，嗓音听起来懒懒的：“刚刚看到电影里男主骑自行车带女主，我突然想起一件事。”

“什么事？”沈屹看向她。

温柠轻笑了一下，道：“我记得是高中吧，有天下雨，你去车棚里推自行车。结果看到车把上落了条毛毛虫，被吓了一大跳。你还记得吗？”

沈屹眼神带上几分怀念：“记得。后来是你用树枝帮我弄走了虫子。”

年久失修的车棚建在梧桐树下，棚顶破洞无数，一下雨就有虫子掉下来。

沈屹最怕这些东西。当时他吓得手一松，车子猛地摔在地上，生锈的车铃急促尖锐地响了一声，吸引了很多人的视线，同班男生纷纷打趣他。

温柠正好路过，看到他被虫子吓得脸颊发白，就笑着走过去帮了他。

沈屹记得，那个时候他羞愧难当。可温柠没有像其他人那样笑话他，她随手将树枝丢到一边，不在意道：“谁都有怕的东西嘛，这有什么。”

这是第一次有人跟沈屹说没关系，他身为男生怕虫子也没关系。

还有一件类似的小事，同样让沈屹印象深刻。

他从记事起就不能吃蓝莓，一吃就会吐，母亲却偏偏爱买蓝莓，买回来还非逼着他吃。她觉得蓝莓这么甜，他不爱吃很奇怪，他又没有过敏，故意不吃肯定是在装模作样。他往往会被逼着把蓝莓吃下去，再因为喉咙发痒全部吐出来，偏执的母亲会尖声骂他有病，把家里搞得鸡犬不宁。

后来有一次，温柠来他家里找他，带了一盒圆滚滚的蓝莓。

沈屹一看到这盒新鲜多汁还挂着水珠的水果，脸色就变了。

温柠不知道他不吃，捏着颗蓝莓送到他嘴边，笑着道：“尝尝看，很甜的。”沈屹怕惹她生气，硬着头皮吃了。

她又喂了他几颗。吃到第五颗的时候，沈屹终于忍不住喉咙里的痒，冲进卫生间狂吐。洗完脸从卫生间出来，他甚至不敢抬头看温柠的脸色。

他知道温柠不算脾气好的人，他这么糟蹋她的心意，不知道她会多生气。

出乎意料的是温柠没有生气，而是跑过来握住他冰凉的手，紧张道：“你吓死我了。你再不出来，我都打算叫救护车了。没事吧？”

沈屹先是微怔，然后艰难地动了动唇：“我没事。”

温柠又问：“你不能吃蓝莓？”

他踟蹰着点头。

“你刚才吃了几颗？有没有哪里不舒服？要不要去医院？”

沈屹摇头，道："我没有不舒服。"

"那就好。"女孩显而易见地放松不少，紧接着又娇嗔地叮嘱他，"以后你有什么不能吃的东西，千万要告诉我，别逼着自己吃。"

沈屹嗫嚅道："我怕你生气。"

"我哪儿这么容易生气？"温柠感到好笑，握住他的手道，"而且你根本不用在乎我怎么想，你自己的感受才最重要。"

那一刻，沈屹的心仿佛忽然塌了一角。明明那只是一件微不足道的小事，却像给他紧闭的心门打开了一条缝，有从未见过的明亮的光照进来。

这天夜里，他们说了很多过去的事。

说起温柠每次去沈屹家的小院子，最喜欢坐石榴树下的秋千。沈屹怕那个旧秋千不安全，每周都会搬着梯子反复检查、加固。后来，温柠知道后，还笑他太过紧张。

还说起高中时冬天上课的事。温柠被罚站时，会偷偷溜到沈屹他们班的教室外面，对着窗户玻璃哈一口气，然后在上面用手指写下他的名字。

他那时紧张极了，趁老师转身在黑板上写字，用眼神示意她快走。

各种琐碎的小事着实不少，那是只属于他们的记忆，是特别的，也是难忘的。所以温柠倾身吻过来的时候，沈屹没有躲。

安静的车里，只剩他们交织在一起的气息声，伴着音乐起伏。

沈屹忽然握住她的肩膀，和她拉开了距离。

温柠明知故问："怎么了？"

沈屹耳尖发烫，脑子里一团乱麻："你……你……"

温柠轻轻搂住他的肩，亲了亲他下颌和脖子的分界处，暧昧地调笑道："你不会打算送我回家，然后自己回去吧？"

怎么她只是碰他一下，他的反应就这么大？

沈屹面色一僵，总算回过味来。

看完电影，温柠说暂时不想回家，让他沿着江边慢慢开车，听外面淅淅沥沥的雨声。后来走到安静的地方，他们停了下来，开始讲那些美好的过去。气氛越来越好，在他正被回忆触动的时候，她吻了过来……

温柠看到沈屹的表情，就知道他真是这么想的——送她回去，然后自己回家。

她想不通，为什么他不愿意，却还是接受了夜场电影的邀约。

沈屹咽了咽口水，道：“我还没准备好。”

“你觉得什么时候可以？”温柠挑眉问道。

“再……再过两个月。”

温柠点了点头，一言不发地退回副驾驶的位置。

太久了，她没那个耐心。

后来沈屹跟她说，自己下周要去南城出差三天。温柠淡淡地“嗯”了一声，像是完全不感兴趣。

之前的暧昧氛围消失不见，车里骤然冷清下来。

沈屹握住方向盘的手不自觉用力，隐约知道了他之前心里的怪异感觉来自何处——温柠的目的性太强了。

她好像并不想和他恋爱，而是想跳过中间的步骤，直接到最后一步。

自从那天晚上不欢而散，温柠再也没主动找过沈屹。

上飞机之前，沈屹一直盯着手机看。他给温柠发过航班信息，可直到这个时候，一条来自她的信息都没有。因为他不答应她的要求，所以她连敷衍都不愿意敷衍一下了吗？她到底把他当什么？

助理看了眼时间，忍不住提醒道：“沈总，该登机了。”

沈屹攥着手机的手收紧，最后看了一眼温柠的头像，苍白着脸关上了手机。

陆舒扬快要开学了，温柠让他趁最后的时间多玩一玩，别再给她送饭。她自己则忙得团团转，既要谈项目、画图，又要带工作室的新人。偶尔有休息时间，她宁愿自己待着放空，也不会特意出去玩。

她的助理梁疏影跟她截然相反，一有时间就跟男朋友腻歪在一起，每天电话不断，消息不停。

温柠最近在跟一个因恋爱游戏而被人熟知的知名工作室合作，那边给的自由度很高，她可以随自己的喜好创作一个角色，不需要跟策划商量。

虽然温柠谈恋爱的次数多，但她还真不懂大多数女生想要的对象是什么样的。于是她把助理梁疏影叫到了休息室，开门见山地问她：“你跟你男朋友每天都聊些什么，方便跟我说说吗？”

小梁以为她不满自己的工作态度，连忙紧张地表态：“温老师，我绝对没影响工作，只是偶尔回一两条他的消息，以后不会了。”

“放松点儿，我没有责备你的意思。”温柠主动给她倒了杯水，“在我这儿，你上班时间干什么都可以，只要按时完成工作就行。”

小姑娘受宠若惊地说：“谢谢。”

“你知道我们最近在跟守骅合作吧，那边希望我在完成主角人设的同时发挥想象力创造一个彩蛋人物。但我没接触过这类恋爱游戏，所以来请教你。”

梁疏影被呛了一下，连忙放下水杯，难以置信地瞪大眼睛：“请教我？”

她怎么觉得温柠看起来明显是情场老手啊。

温柠将蓬松的鬈发拨到耳后，诚实地回答：“是的。”

梁疏影小心翼翼道：“温老师，我能不能问下，您的初恋是什么时候？”

温柠用指尖轻轻地点了点桌面：“很久了。连他叫什么、长什么样我都记不清了。”

“那您谈过的恋爱中，印象最深刻的是哪一段？”

“上大学的时候吧。”

“您喜欢那任男朋友吗？”

温柠想了想，道：“算是喜欢吧。”

“您可以回想一下，那任男朋友跟其他男朋友有什么不同，他身上有什么特质是让您留恋的，或许就会有灵感了。”

“特质？”

梁疏影点了点头：“对。比如我喜欢温柔贴心的男人，所以就偏好找这一类型的男朋友。”

“我想想……”

温柠微微眯起眼，开始回忆沈屹跟其他男朋友不同的地方。记忆里，沈屹跟其他男生最大的不同就是他总是很安静。不管是一个人待着，还是和一群人待在一起，他都不是话多的那一个。

沈屹还很怕黄昏，在家里时一到傍晚就会拉上窗帘，似乎是害怕那种濒临失去的感觉。

温柠一直觉得沈屹是个极其能忍耐又生性消极的一个人。她甚至想过，沈屹早晚会被自己的悲观和厌世推向深渊。在十年后看到功成名就的他，她着实被惊讶到了。所以总结下来，沈屹身上的特质就是：安静，忍耐，认真，脆弱，悲观……

温柠把沈屹的性格大概描述了一下，然后问梁疏影："如果让你用一种动物来形容这种人，你觉得会是什么？"

这款游戏里，所有角色都有对应的动物，除了大众所说的"犬系男友""猫系男友"，还有狼、狮子、鹰等。

梁疏影歪着脑袋想了半天也没想出来，道："这个好难形容啊，什么动物合适呢？忠犬？蛇？我记得好像都已经有了……"

"算了，改天再慢慢想吧，谢谢你帮我开辟了新思路。"

温柠一时间也想不到合适的动物，便暂且将这件事搁置到一边。她目前手上还有主要角色要画，这个彩蛋角色不着急要，她可以等灵感来了再创作。不过……她倒是可以再约一下沈屹，说不定他能让自己产生一些新的想法。想到这里，温柠打开微信给沈屹发消息——

温柠："你明天是不是就回来了？到时候我去机场接你吧。我最近发现一家餐厅的菜味道很不错，想跟你一起吃。"

发完消息给沈屹，正好看到周原和骆云心他们发来消息，邀她去酒吧。

温柠想放松一下，找找灵感也好，便回了个"好"。

沈屹回到酒店，看到温柠发来的消息，还以为看错了。毕竟，他们已经快一周没联系了。

沈屹性格内敛，自尊心又强，所以尽管内心十分焦灼，在飞机落地的时候，他也只是简单地告诉温柠他到南城了，暗暗期待着她的回复。没有得到回应，他就不好意思再主动打扰她。看到温柠突如其来的邀约，他有些意外。

她的语气如常，就好像他们这几天根本没有冷战，一直保持着良好的沟通和联系。上次他拒绝温柠后，她明显不高兴，一下车就冷漠地离开了，连招呼都没和他打。难道是过了几天，她气消得差不多了，便主动来找他了？

一时间，沈屹心里闪过许多念头。可最后落在发送框里的，只有一个简简单单的“好”。

合作谈得很顺利，明天他就可以回南溪了。复合后，他和温柠还没有一起吃过饭，这是第一次。

宋高朗奇怪地看了眼自家老板，挠了挠头。他怎么觉得，这几天都心情糟糕的老板突然间心情变好了呢？难道是因为合作谈得比较顺利？

到了约好的时间，温柠打车去酒吧。其他人已经到了，除了周原、骆云心外，剩下几个都是以前的同学。

周原看到温柠进来，热情地挥手打招呼：“柠柠，这里。”

坐下后，温柠刚跟骆云心打完招呼，周原就狗腿地给她倒了杯酒：“来来来，喝杯酒醒醒脑。”

温柠不解，拂开他的手：“醒什么脑？”

“这杯酒叫‘不回头’，很适合你。”

“跟我有什么关系？”

周原凑过来想要搂她的肩膀，说：“你跟那谁都错过十年了，别吃这个回头草了，行吗？”

“你离我远点儿。”温柠在他靠过来的一瞬间嫌弃地躲开，随后冷笑了一声，“还有，你说晚了。”

周原愣住：“什么说晚了？”

“草都吃到嘴里了，你跟我说不让吃，我还能给你吐出来？”温柠眉梢微扬，红唇艳丽，似笑非笑地看他。

周原惊得酒杯差点儿都没拿住，难以置信地看向温柠，声音拔高：“你俩复合了？”

温柠漫不经心地点头，懒洋洋地从鼻腔里“嗯”了一声。

“这就复合了？你俩怎么复合的？”周原一惊一乍，八卦道。

温柠凉凉地瞥他一眼：“你这么惊讶干什么？”沈屹又不是多难追的人。

周原僵硬地动了动嘴唇，欲言又止。

骆云心就喜欢看周原吃瘪，笑嘻嘻地凑过来：“你之前说过的豪言壮语还记得吗？”

“什么？”周原纳闷道。

骆云心给他看手机里的截图："虽然你那天撤回得快，但我还是截到了图。怎么样？"

那天周原信誓旦旦地说，沈屹要还是个男人，就不可能同意跟温柠复合。结果这才过去多久，他就被"啪啪"打脸了。

"等会儿，云心，你先让我静静。"

周原自闭地坐在角落，表情十分复杂，不像是觉得丢人，反倒像是在思考什么沉重严肃的问题。

温柠有些好奇，问他为什么说那句话。

周原后背冒了层冷汗，支支吾吾地说沈屹的朋友最近经常来找他，问他关于温柠的情况，想让沈屹躲开温柠。

"他哪个朋友？"

"闻尧，"说完，见温柠目露茫然，周原又解释道，"沈屹以前的同学，跟他关系很好。"

"哦。"温柠没再多言。她看得出来周原肯定还有事瞒着她，但她现在对沈屹没那么上心，也懒得深究。

玩到凌晨，温柠接到陆舒扬的电话，他说想过来接她。正好她今天没开车，回家只能打车，不太方便，她就让他过来了。

陆舒扬今天穿着宽松的白色T恤衫和黑色短裤，额前的黑色短发被打湿，搭在眉间："下车的时候突然下雨了。"

南溪夏季多雨，阵雨来得快去得也快。

"你先坐下，我让人拿毛巾过来。"温柠招呼他坐下，等服务员拿来新毛巾让他擦头发。

擦完头发，陆舒扬微低着头，乖得像只大型犬。他琥珀色的眼瞳亮晶晶的，认真地看着身旁的女人，任谁都能看出他眼中的爱慕。

外面下着雨，温柠和陆舒扬就没急着回去，坐在卡座角落聊着天。

女人含笑，美眸水光潋滟，带着说不出的勾人："我怎么觉得，你的胳膊好像变硬了？"

陆舒扬的心像是被人挠了一下，他红着脸小声回答："姐姐，我……我最近在锻炼呢。"

两人没注意旁边有朋友在举着手机录视频，正好把他们的身影拍了进去。

那人录完视频，随手就发了朋友圈，没多久居然看到毕业后从没联系过的同学留下评论，问他在哪个酒吧。他没多想，回复了地址。

闻尧转手把视频和酒吧地址发给了沈屹，附上一句：那个女人在酒吧跟人调情，你自己看。

沈屹在忙正事，原本没注意闻尧发来的消息，直到他打来电话提醒，才疑惑地点进微信。看到闻尧那句话以及视频封面混乱暧昧的酒吧，沈屹顿时有了不好的预感。犹豫片刻，他颤抖着手指点开了视频。大概在十几秒时，镜头拍到了坐在角落里的女人。

昏暗的光线下，女人穿着露背黑裙，腰肢纤细，言笑晏晏地坐在一个年轻男人旁边，正抬起下巴和他说话……

尽管只有短暂的几秒钟镜头，沈屹还是一眼就认出视频里的女人是温柠。那个前段时间还在关心他、每天给他送饭的女人，那个说对他一眼心动、说想要跟复合的女人，现在居然在酒吧跟别人调情。

看到这个视频，沈屹所有的理智几乎被烧灼殆尽。他放下手头重要的工作，向南城的朋友借了辆车，冒着雨连夜赶往南溪。

途中雨越下越大，雨丝连成了白茫茫的一片。蜿蜒的高速路尽头隐在细密的雨幕中，来往车辆稀疏，仿佛漫漫长途只剩他一人独行。

偶尔有车从对面驶来，远光车灯破开迷雾，朦胧的灯光如柱，带来短暂的光明，但很快就会被更浓重的黑暗吞噬。

沈屹觉得自己可能是疯了，他一定要温柠给个说法。

闻尧和宋高朗的电话接连不断地打进来，沈屹只接了后者的，告诉他合同资料都在自己的房间里，剩下的谈判就交给他了。

挂断电话后，他关了手机。

路上，沈屹翻来覆去地回想这段时间他和温柠相处的细节。他以为，温柠费尽心机地接近他、讨好他，即便目的不纯，至少对他还是有一分感情在的。不然她为什么不去找别人，偏偏来找他？可看到那个视频，沈屹才知道，原来都是他痴心妄想，原来温柠根本没把他放在心上。

这段时间因为她而有的痛苦挣扎和反复权衡，最后都成了笑话。最让沈屹觉得可笑的是，到了现在，他居然还在习惯性地替她想开脱的借口：说不定她和那个男人根本不是那种关系；说不定她喝醉了，不知道自己在做什么；说不定是视频的拍摄角度有问题，实际上他们并没有那么亲密……

可哪儿有那么多说不定。温柠的花心和多情，他以前不是就见识过吗？

大学的时候，他们不是同一个专业，偶尔沈屹也会去找温柠。他不敢打扰她的生活，很多次都只是假装路过，默默地在窗外看一眼。

某天，他就看到了那样一幕——温柠和一位男同学凑得很近，两个人在看同一本漫画书。似乎是看到了有趣的内容，温柠指着漫画书上的某个地方，笑着和男生说话。那个男生开玩笑地握住了她的食指，拿了块中间被钻出一个孔的橡皮，要往她的手指上套。然后温柠娇笑着打了下他的胳膊，他们就开始旁若无人地嬉闹起来。

周围人对此早已见怪不怪。

送出那纸回应后，沈屹从不跟任何女生有私下的接触。

女生送给他的情书和礼物，他都会礼貌地拒绝，并且告诉她们他已经有女朋友了。即使别人向他请教问题，他讲完题后就会闭上嘴，不会多说一句话。

他自觉地和所有女生保持距离，而温柠呢？她那样亲昵地和别人打闹，在别人眼里，好像他们才是真正的情侣。她忘了她是有男朋友的人了吗？她不知道戴戒指是有特殊含义的事情吗？怎么能随随便便拿戴戒指开玩笑？

那天下课后，沈屹去找温柠对峙。他在心里打定主意，这次可以给她机会，但如果以后再发现她那样，他绝对不会原谅她。

可他们一见面，温柠就主动贴上来抱住他，各种情话都砸了过来："沈乞乞，我好想你啊。你今天有没有想我？"

还不等沈屹说出那件事，少女就热情地踮起脚亲他。

沈屹踩着杂草后退几步，后背抵住长着爬山虎的教学楼后墙，犹豫片刻，他还是忍不住将她搂进怀里，低头认真地迎合她。

身后满墙的爬山虎翠绿葱茏，天边夕阳灿烂，她的眼睛弯弯的，眼里有光，如花的唇瓣娇艳又香甜。那之后很长一段时间，沈屹梦到的都是这样的场景。

之后，沈屹支支吾吾地提起他看到的场景。说完，他紧张地看向怀里的少女，生怕她会因为别人和他发脾气，温柠却不在意地说："我和他就是普通同学的关系，偶尔会一起看看漫画。如果你觉得不开心，那我以后不跟他说话了。”

沈屹没想到她会这么说，有些迟疑：“这样好吗？”

“没什么不好啊，男朋友当然比同学重要，你开心最重要。”

沈屹感动得一塌糊涂，用力地将她拥进怀里。

虽然沈屹很想自私地占据她全部的注意力，但他知道这样是不正常的，会吓到她。所以他故作大方地回答：“你不用完全不理他，只要……只要保持正常的同学之间的距离就可以了。”

他那时候那么傻，温柠三言两语就把他哄好了。可问题其实并没有得到解决。之后沈屹去温柠上课的教室找她，还是总能看到她和不同的男生打闹。

一开始温柠还能巧笑嫣然地哄他，笑着打趣道：“沈乞乞，你怎么这么爱吃醋啊？大家都是同学，真的没什么的，你还不相信我？”

次数多了，他再提起这些事，温柠的表情就变得冷漠和无所谓。而沈屹只能选择退让，只能一个人咽下所有的嫉妒和酸涩。不想再看到她和别人打闹的刺眼场景，沈屹之后便刻意避开，再也不去教室找她。仿佛这样，他就能自欺欺人地当温柠那些越界的行为不存在。

沈屹本以为十年过去，温柠有所改变，已经学会了如何认真对待一份感情。可到头来，她还是随便玩玩，只有他傻乎乎地当了真。

车窗外，倾盆大雨渐渐停歇。

沈屹抵达南溪时，天还没完全亮。他知道温柠这时候肯定已经不在酒吧了，但还是开车去了那里。

他站在已经打烊的酒吧门外，固执地想要透过漆黑的玻璃橱窗看看她当时是在哪个角落和别人调情的。像是自虐一样，他在脑海中不停地回忆他们所处的位置、当时的姿势。天色太暗，他什么都看不清楚，却被自己乱七八糟的想象折磨得痛不欲生。

在酒吧门外待了会儿后，沈屹去了温柠家楼下，虽然不知道她住哪一层，但他至少可以在楼下等待。

一片静谧中，“啪”的一声，打火机开盖的声音突兀地响起，有猩红的火焰跳动起来。火焰很快熄灭，被男人夹在指间的烟忽明忽暗。

缭绕的烟雾顺着车窗缝隙飘出去，男人的侧脸轮廓隐在烟雾和黑暗中，朦朦胧胧。

沈屹这两天一直没怎么休息，又开了夜车，身体早已处于极度疲惫的状态。他生怕错过她，只能一支接一支地抽烟，来缓解身体的困意。

沈屹不敢想，如果昨夜温柠根本没回家，他要怎么办。他也不敢想，如果她和那个男人一起出现，他又该怎么办。他什么都不敢想，像是被设定好了程序，只是沉默地等在楼下。

等到晨光熹微，朝霞旖旎，车窗外挂上了潮湿的露水，沈屹依然不知疲倦地睁着眼，盯着居民楼的出口。

直到早晨九点钟，他终于看到自己盼了一夜的人出现在大门口。

女人一看就睡得很好，面孔瓷白红润，明眸像是攒了一汪清泉。她像平时那样踩着高跟鞋，穿着吊带黑裙，细长的碎钻耳饰闪耀着晶亮的光芒——跟被折磨了一夜的他形成了鲜明的对比。

下车前，沈屹看到旁边一堆烟蒂，无意识地摸了摸口袋，想找片口香糖。可他很快就意识到：自己出来得匆忙，只来得及拿外套，哪儿能准备得这么周全？

温柠不认得沈屹朋友的车，目不斜视地从一旁走过。

刚走出居民楼没多久，忽然听到身后传来开车门的声音，紧接着一道沙哑疲惫的嗓音叫住她："温柠。"

温柠还以为自己听错了。低沉磁性，这分明是沈屹的声音。可他不是还在南城吗？她疑惑地转过身，目光陡然凝住。站在她面前的人的确是沈屹，可跟她平时见到的清冷疏离的沈屹完全不同，她差点儿没认出来。

之前几次，不管是在公司见面还是私下约会，沈屹穿衣都一丝不苟，挺括干净的衬衣系到最上面那枚扣子，连衣服的褶皱都很少。可现在，他身上的衣服像是被雨淋过又晾干。他脸颊苍白，嘴唇干涩起皮，眼里充斥着红血丝，毫无情绪地盯着她，怎么看都很不正常。

温柠在沈屹身上看到了穷途末路的绝望。她在原地站了片刻，像是没看出他的异样，神色如常地迈开步子，缓慢却坚定地走向他。

随着她走近，大波浪卷发裹着清甜的香气袭来，驱散了空气中的泥土气息。沈屹躁动不安的心，奇迹般地得到了安抚。

温柠在他面前停下，从包里抽出一包湿巾，没像平时那样浅笑，眉心微蹙，声音带着显而易见的担心：“不是今天晚上才回来吗，怎么提前回来了？怎么还把自己弄成了这样？”

她举起手，动作温柔地拿湿巾帮他润嘴唇。冰冰凉凉的湿巾抚过唇瓣，沈屹盯着近在咫尺的她，心里忽然一涩。

擦完唇，温柠又握住他冰凉的手，关切地问：“是不是昨晚没睡好？先去我家里吃点儿东西，休息一会儿吧。”

沈屹盯着她，缓缓点了点头。温柠带着他走进电梯，按下十七层走出电梯后，温柠走到走廊尽头那间房门前，打开门。

温柠拿了双新的拖鞋给他，然后换上自己的拖鞋，往冰箱的方向走：“你先去洗把脸，旁边的架子上有一次性洗漱用具。我把冰箱里的粥拿出来给你热热，待会儿你吃点儿东西再睡觉。”

玄关处只有一双女士拖鞋，那个男人不在这里。沈屹稍微松了口气。

这是他第一次来温柠住的地方。房间收拾得很干净，客厅里有投影仪，沙发前还铺着洁白的短毛地毯。卫生间就在进门右拐的位置。

“这房子我一个人住，打理得不是很好。”

很快，厨房里传来开关冰箱的声音，还有按下微波炉的“嘀嘀”声。

没多久，温柠端着一碗粥和一份三明治走出来，她把东西放到沈屹面前的餐桌上，道：“趁热吃，吃完再去洗澡，不然容易头晕。”她走进客卧的浴室，应该是去打开热水器。

沈屹的大脑像是丧失了思考能力，难以理解眼下发生的事情：自己是来找她要说法的，为什么乖乖跟她进了家里？而且她不是有了别人吗？为什么她还对他这么好？

温柠从客卧出来，见沈屹呆愣地坐在原地，笑着催促道：“快吃啊，凉了就不好吃了。”

沈屹将瓷勺拿在手里，却没有喝碗里的粥，而是哑声问她：“你就不怕我对你做什么吗？”

刚才在卫生间洗漱的时候，他看到了镜子里的自己——面色苍白如鬼，眼眸泛红，还穿着昨天的衣服，看上去很吓人。她居然敢这么放心地带他进来，对他一点儿防备都没有吗？

“所以你会伤害我吗？”温柠在他对面坐下，两人之间隔着窄长的餐桌，她倒了杯温水推给他，“喝水，吃东西，吃完再说。”

虽然是问句，但温柠放松的语气和笑意已经告诉了沈屹答案——她相信他不会伤害她。

沈屹眼眶越来越红，心像是被一只大掌用力攥住，疼得喘不上气。

他没再说话，安安静静地吃东西。温柠没有问他发生了什么，只默默地陪伴着他。过了一会儿，她的手机响了，她起身去阳台上接电话。

落地窗没关严，温柠温柔的声音从缝隙里漏进来：“我这里还有点儿事，走不开，待会儿再去公司。”

“嗯，很重要，不处理好我放心不下。”

打完电话从阳台上回来，温柠看到餐桌前的男人依然在低头默默地喝粥。唯一跟刚才不同的是，他在无声地哭。冰冷的泪水顺着脸庞滑下，滴落进碗里。

温柠眸光闪了闪，拨了下耳边的头发，走回之前的位置坐下。

其实刚才一看到沈屹，她就猜到了他如此反常的原因。毕竟之前在一起的那段时间里，她经常能看到他露出这样受伤挣扎的神情。

沈屹这个人压抑又脆弱，很缺爱。所以温柠故意温柔地关心他，甚至跟助理打电话的时候特意没关紧落地窗，可她没想到他会哭。他明明是个很骄傲、自尊心很强的人，十年前她都没见过他流泪，这会儿他居然控制不住哭了出来。

温柠将手机放到一旁，故作不解地问他：“你怎么了？”

沈屹没有抬头，低着头喝粥，沉默了一会儿才回道：“我知道了。”

“知道什么？”

沈屹放下手里的勺子，缓缓抬起纤长的睫毛，点漆般的眼直直盯着她，一字一顿道：“昨天晚上，你和人在酒吧……”

“调情”这两个字，让他用在温柠和其他男人身上，他说不出口。

温柠眼底掠过一丝了然，随后垂下眸，笑了下，道：“原来是这样。”

沈屹脸部肌肉绷紧，问：“你就没什么要解释的吗？”

“你想让我解释什么？”她右手搭在玻璃水杯的外沿，语气还是那么轻柔，带着些漫不经心。

沈屹握紧了拳，克制着心中的妒火，问出了自己最在意的问题：“他是谁？你们什么关系？”

温柠确信，一起玩的朋友里不会有人乱说。那么，只可能是不凑巧，沈屹认识的人看见了一切后，转告了他，但她不想让沈屹知道陆舒扬的存在。

“不认识，昨天在酒吧第一次见。”

说这句话的时候，温柠的语气没什么波动，像是在谈一个毫不相干的人。

听到这个回答，沈屹紧绷的心弦微松，至少这个回答比她对别人动心了更容易接受。

“你和他……”沈屹本意是想问他们有没有发生什么，可出口之前还是换了更委婉的说法，“几点分开的？”

“夜里一点。”

这次温柠没说谎，陆舒扬送她回家后就回自己家了。

“什么都没发生？”

“嗯。”

沈屹心中摇摆不定，不知道能不能相信她的话。沉默片刻，他继续问：“为什么找他？”

这次温柠终于抬眸看向他。

沈屹这才发现，她的眼里噙着晶莹的泪，水红的唇瓣也抿在一起。听她说话的声音，沈屹以为她的内心毫无波动。忽然看到她眼里噙着泪，他有些意外，一下子怔住了。

温柠努力地逼退眼中的湿润，声音不由自主地带上哭腔：“那个人……长得很像以前的你。”

沈屹瞳孔骤然收缩，呼吸滞住。

当时看视频，他只顾着看温柠，没分出太多注意力给她身边的男人。

听她提及，他才后知后觉地回忆起，那个男人确实长得有点儿像他。所以，她在酒吧跟那个人谈笑，是因为把那个人当成他了吗？

沈屹忽然觉得一阵头晕目眩，不知道怎么处理眼下复杂的情况。过了会儿，他舔了舔干涩的唇，嗓音低哑道：“你把他当成了我？”

“刚开始，我的确是这么想的。”温柠眼尾下垂，很勉强地笑了下，“可后来我跟他说了几句话，感觉他和你完全不同。我没办法违背自己的心，再把他当成你，就和他分开了。”

沈屹眼神复杂，没再说话。温柠把粥碗往他面前推了推，道：“你赶紧吃，凉了就不好吃了。我去补个妆。”

说完，她以手掩面，匆匆离开了餐桌。

她起身的时候，沈屹看到她眼角的红。他心里猛然一疼，原本坚定的念头在这一刻动摇了。

温柠会用湿巾轻轻地帮他润嘴唇，会毫无防备地带他回家，给他热饭倒水，跟别人说不照顾好他就放心不下。她心里……还是有他的吧。

昨天的事情他也问清楚了，温柠找那个人，只是因为把那人当成了他。

理性告诉沈屹，两个人在一起，即便有矛盾，也绝对不该去找什么替身。可他又忍不住想，如果他上次没拒绝温柠，或许就不会发生这件事。而且，温柠也对这件事感到愧疚后悔，她也很难过，以后应该不会再犯了。

沈屹是个对感情极其认真的人，可面对温柠，他的底线不自觉地一退再退。

冒着大雨连夜从南城赶来，他原本是想跟她说清楚，彻底了断，最后却又一次妥协，选择了原谅。

温柠反手关上门，脸上半点儿泪痕都没有，完全不需要补妆。她的演技不算好，但骗过沈屹足够了。

在房间里待了没多久，门就被敲响，沈屹低哑的嗓音传来：“温柠。”

温柠走到门后，背靠着门板，道：“对不起。”

沈屹敲门的动作停住，蜷了蜷手指，他咽下喉间涌上的酸涩，艰难道：“如果……如果我那天没有拒绝你，你是不是就不会去找别人？”

温柠“嗯”了一声，道：“你说让我等两个月，我有点儿生气。”

“不需要两个月，”沈屹连忙道，“如果你想要，我现在就可以给你。”

温柠没想到，他之前怎么都不肯妥协，经过这件事，反而松口答应了。她不禁问道：“为什么？”

门外传来他低声的道歉：“我不该让你等，抱歉。”

沈屹对这事一向谨慎。当年他们在一起的时候，他不舍得轻易碰她。在他的想法里，这样的事情女孩子总是吃亏的一方。可温柠不是保守的人，她把这事看得跟吃饭喝水一样简单，完全不觉得自己是在承受、在奉献。

卧室里安静了会儿，门被人从里面打开。温柠展开双臂扑进他的怀里，圈住他精瘦的腰，道："沈乞乞，对不起。"

听到这个熟悉的称呼，沈屹的眼眶刹那间酸涩不已，眼尾湿红。他的喉结上下滚动，却怎么都没办法压下翻涌的情绪。很用力地回抱住她，沈屹觉得自己长久以来空了一块的心，现在终于被填得满满当当。

两人安静地拥抱了一会儿，沈屹忽然想起来自己还没换衣服，顿时变得不自在起来："我身上有烟味。"

"没关系，我不嫌弃你。"温柠埋首在他的胸前，声音听起来有些闷。沈屹身上淡淡的烟草味并不难闻，反倒跟木质调的香水融合得恰到好处，有种成熟男人特有的韵味。

沈屹微弯下腰，手掌托着她的后背，将她推向自己，两人的身体贴得严丝合缝。他忽然问："你现在有时间吗？"

"有，怎么了？"

沈屹低头，轻轻地咬了下她的耳垂，他说不出直白的话，只能以此暗示她。其实本来可以不急于这一刻，可沈屹的心像是悬在半空中，落不到实处，很没有安全感。他迫切地渴求着她的温暖，急需她的安抚。

温柠仿佛能看出他的不安，她踮起脚，双臂圈住他的脖子，主动覆上他的唇，给他所有的热情。

浴室的瓷砖冰凉，花洒喷出的热水恰好中和了这股凉意。白雾氤氲，热气沾在玻璃门上，里面的一切变得朦胧不清。

之前在沈屹的办公室里，温柠悄悄打量过他的身材——肩宽腰窄，腹部薄薄的一层肌肉，紧实而流畅。

他工作这么忙，居然还能抽出时间锻炼，保持身材，着实难得。

温柠很满意，不枉她最近辛苦地给他送饭，今天还故意在他面前装可怜。她攀着他的肩，嗓音甜腻婉转，带着明显的心疼："乞乞，你好像瘦了。"

沈屹的大掌盖住她放在自己肩头的手，安抚似的轻轻拍了两下，道："我多吃点儿。”

温柠的眼眸水盈盈的，她笑着贴近他，说：“好啊，多吃点儿才有力气。”

沈屹沉声反驳：“现在也有。”

沈屹从浴室出来后身上只裹了一条浴巾。

听到他出来的声音，温柠躺在床上懒懒地睁开眼看了他一眼。

沈屹的气质很干净，有种澄澈的少年感，他身姿挺拔地立在那里，面容清隽白净，像个单纯的男大学生。

“傻站在那里干什么？过来陪我睡觉啊。”

温柠拍了拍身侧的位置。她睡眠浅，很容易被打扰，就算是身边的人轻轻地翻一下身，她都会被吵醒。但沈屹的睡相很安静，不会打扰到她。

沈屹上了床，不太习惯地掀开被子，从身后抱住她。

温柠娇嗔道：“沈屹，我真是看错你了。”

突然听到她这么说，沈屹愣了一瞬，不自觉地紧张起来：“我怎么了？”

“你看你前些天装得多禁欲啊，我还以为你转性了。结果呢？嗯？”

现在都已经是傍晚时分了。

沈屹面孔微红，主动帮她按摩身体：“我帮你揉揉。”

温柠在他的怀里翻转身子，面对着他，水亮的明眸微弯，笑着打趣道：“你跟我说实话，你多久没……”

沈屹眼神游移，脸颊顿时烧得通红。他不敢说他已经十年没有碰过床事，逃避似的将她的脑袋按进他的怀里，道：“不是说累了吗？快睡吧。”

温柠倒也没执着于这个问题，她确实累坏了，急需休息。

困意和疲惫感袭来，很快，温柠的呼吸就变得均匀起来。

沈屹正准备合上眼，却见她放在床头柜上的手机屏幕亮了。静音的手机没发出声响，屏幕上跳动着来电显示，备注是“陆舒扬”，不知道是谁。

沈屹不会擅自接温柠的电话。他只是好奇了一下，便收回了看向手机屏幕的视线。

第四章

破绽

温柠这一觉睡得沉，第二天早上才看到来自陆舒扬的未接电话。

沈屹比她起得早，已经做好了早饭在等她。男人的眼神透着餍足，经过充分的休息，这会儿他精神很好，跟昨天憔悴的他判若两人。

吃完早饭，沈屹开车送温柠去公司。

路上等红灯的间隙，他提议："正好顺路，不如以后我每天接你上班？"

温柠正好不想在早高峰开车，这样还能在路上多休息一会儿，于是答应道："可以啊，我一般九点到十点之间到公司。"

"那我八点半到你小区楼下。"

"行。"

"那晚上……"

"看我几点下班吧。如果时间凑巧，我就蹭你的车回来。"

"好。"沈屹很乐意地应下。

高架桥有点儿堵，沈屹怕她觉得枯燥，本来想跟她说说话，见她正很认真地看手机，犹豫了下，最后还是没有出言打扰。

车子开进停车场，发动机的声音停下。

沈屹解开安全带，正准备跟温柠告别，就被倾身过来的她亲了一下。

"我不忙了就过去找你。"温柠捧住他的脸，暧昧地咬了下他的下唇，眼神暗示意味十足。

沈屹被她突如其来的亲吻弄得有些无措，愣在原地。

温柠点了点他的下巴，笑靥如花地提醒道："记得擦口红印。"

等他终于回过神，想说些什么时，温柠已经下了车，长发在空中划出漂亮的弧度，女人身上诱人的香水味远去。

沈屹用手背擦了下唇，果然擦下一片淡红的口红印记。

他盯着手指上的痕迹，想起她刚才说不忙时会去找自己，眼神不自觉地变得温柔。

温柠刚到工作室，梁疏影就蹦蹦跳跳地凑了上来："温老师，昨天又有个端游想跟我们合作。"

"工期急不急？我这边同时有好几个订单，暂时腾不出手。"

梁疏影点头："那边说有点儿急，不过他们也没要求必须老师您来画。"

"行，那就先安排小陈和那边对接吧。他还没尝试过端游的立绘，我帮他把关。"

温柠创立工作室的时候正缺人，就在校友群里拉了几个以前认识的学弟学妹，他们也正好想跟靠谱的老师学习，双方一拍即合。

"好的，那我给那边回个话。"说完正事，梁疏影在温柠旁边坐下，神秘兮兮道，"温老师，您昨天怎么一天都没来上班呀？"

温柠正在整理各种文件和日程表，云淡风轻地答道："照顾一只流浪猫。"

小姑娘惊讶得瞪大了眼睛："您在哪儿遇到的流浪猫？您决定收养它了？"

温柠弯了弯唇，道："嗯。"暂时收养。

"有照片吗？我可以给它买点儿猫粮吗？"

"没有。"温柠把一摞文件放到她手里，笑着说，"赶紧干活，争取下班前干完，免得耽误跟你男朋友的约会。"

梁疏影连忙拖着办公椅回到自己桌前，道："保证完成任务！"

忙了一上午，温柠中午才看手机，一点开微信便看到了周原发来的消息。

周原："柠柠，我才发现，我们那天在酒吧被人拍下来发朋友圈了，那人还正好认识闻尧。"

他发来了一张截图和一个视频。截图里的朋友圈是他们的共同好友发的，评论里，闻尧问了酒吧的地址。

温柠看到那个视频才明白，为什么沈屹会知道她跟陆舒扬在酒吧。她原本猜测是不是沈屹的朋友正好看见了，原来是有人拍视频时不小心拍到了她，发了朋友圈。

温柠："闻尧为什么针对我？"

周原："我不知道啊。他可能是不想看到他的兄弟为情所困？柠柠你放心，闻尧之前来找我打听你的事的时候，我什么都没跟他说。"

让温柠感到疑惑的还有一点，视频里她和陆舒扬都坐在阴影中，面容看上去有些模糊，只有几秒的时间，除了熟悉她的人，其他人怎么会轻易认出她来？沈屹认出来理所应当，但闻尧是怎么认出她来的？

温柠的问题很快便得到了答案。

她中午去了一趟沈屹那里，因为早上跟梁疏影聊起流浪猫，隐约有了点儿灵感，但还没办法把它具象化，所以想趁着中午休息，多跟沈屹接触，好尽快把合作方要求的彩蛋角色的人设定下来。

温柠侧坐在沈屹的怀里，身姿婀娜，亲密地搂着他的脖子，问："如果让你用一种动物来形容自己，你觉得是什么？"

沈屹沉吟片刻，问："只能是动物？"

"不是动物也行，只要是你觉得跟你有相似之处的东西就行。"

沈屹想了半天，最后说："石头吧。"

"什么？"温柠眨了眨眼，"石头？"

沈屹缓声道："你以前说我像石头。"看她这个表情，他就知道，她恐怕早就把这句话忘了。

温柠确实不记得了，问："我以前这么说过吗？"

"嗯。"

女人媚眼如丝，贴上他的胸膛，微微下垂的眼尾却显得无辜纯情："你才不像石头呢。对不起，沈乞乞，我再也不这么说你了。"

她估计那只是当时她说的一句无心的气话，没想到他会记这么久。

温柠看到他沉默可怜的样子，不知为何，心里忽然有些痒痒的。她支起上半身，抱住他的脑袋亲了下去。

沈屹将手指插进她蓬松的发丝间，习惯性地闭上眼睛，浓密的睫毛止不住地颤动。他的技术进步了很多，不再像之前那么生涩。

分开后，温柠唇瓣亮晶晶的，笑着感叹："我以前怎么没发现你这么可爱。"

沈屹第一次被她夸，心被热意填满，也弯起眼睛很浅地笑了下。

温柠的手抚上他凸出的喉结，稍微用力地按了一下，他的身子顿时紧绷起来。

白皙细嫩的小手顺着喉结往下，鲜红的指甲按在干净的衬衣领口，门却在这时被敲响。

温柠顿时停下动作，转头看向办公室的门。外面的人转动门把手，发现打不开，疑惑道："咦，怎么锁上了？"

听出是闻尧的声音，沈屹眼神微变，压低声音跟温柠解释："是我朋友。"

温柠指了指里面的休息室，无声地用口型说："我去里面躲一躲。"

沈屹点了点头。

温柠脱下高跟鞋提在手里，光脚踩在干净的大理石地面上，悄无声息地走进休息室。

关上门前，她俏皮地对沈屹眨了眨眼睛，笑意温柔，惹得他耳尖泛红，又羞涩起来。

沈屹喝了口水，收敛情绪，起身去开门。

素来没什么耐心的闻尧已经等急了，有些暴躁地走进来，道："你在里面干什么见不得人的事儿呢？怎么还锁上门了？敲了半天都不开门。"

"刚在休息，没听见。"

"这个点儿休息？"闻尧刚在沙发上坐下，忽然动了动鼻子，道，"怎么有股香水味？"

沈屹坐在他对面，被西装裤包裹的长腿屈起，手肘撑着沙发扶手，冷淡地问："有事？"

闻尧当自己的鼻子出问题了，把这事丢在一边，问："你昨天做什么去了？"

"私事。"沈屹眸光微闪。

"我一直打不通你的电话，后来打给宋高朗，他说你把后续的事情交给他，自己离开酒店，不知道干什么去了，可把我担心坏了。你没什么事吧？"

"没事。"

闻尧的视线在沈屹的脸上停留片刻，见他确实不像心里压着事的样子，稍微放下心。

"你看到那个视频了吧？"

沈屹的视线不着痕迹地扫过休息室，道："看到了。"

"看到了就行，这下你应该能认清那个女人的真面目了。做兄弟的知道你心里难受，就不多劝你了。"

沈屹适时转移话题："宋高朗刚给我消息，说合同已经签下来了。"

闻尧以为他不愿意多谈伤心事，连忙接过话茬："那就好，我最近吃不好、睡不好，就担心这事黄了。"

休息室里有扇百叶窗，能从里面能看到外面，而外面看不到里面。在闻尧起身离开的时候，温柠透过百叶窗，看到了他的正脸——红色短发十分张扬，单边戴着银色耳钉，下巴尖巧，肤白唇红，鼻梁挺直，有点儿像海报里的男明星。

看到他的长相，温柠总算明白为什么闻尧一眼就能认出她了——他是她某个只谈了一周的前男友。他怎么跟沈屹是同学了？她以前居然都没注意到闻尧，也是奇怪。

闻尧出去后，沈屹看向休息室，喊她："温柠？"

温柠从休息室里走出来，理了理头发，道："我突然有点儿事，先走了。"

"好。"

离开沈屹的办公室，温柠急匆匆地向电梯间走去。她的运气不错，闻尧在等电梯，还没走。

温柠弯起唇，一步步朝他走过去。

闻尧在听到脚步声后，抬起头看了过来。看见温柠后，闻尧一副见了鬼的表情，手机差点儿被吓掉："温柠。"

温柠眼中的笑意加深："好久不见啊。"

闻尧咽了咽口水，问："你怎么会在这儿？"

"你刚才来找沈屹的时候，我就在里面。"

闻尧惊呼："你在里面？！"

"对啊，不然我都不知道，原来是你给沈屹看了那个视频。"

"我，是我给他看的，怎么了？"闻尧梗着脖子，道，"你自己做都做了，还怕别人帮你宣传？"

这时，电梯到了。余光瞥见宋高朗朝这边走过来，温柠拉着闻尧走进电梯，按下关门键。

闻尧扯出自己的手，嚷嚷道："你干什么拉拉扯扯的？我有女朋友了！"

温柠轻嗤一声："你有没有女朋友跟我有什么关系？"

闻尧觉得自己受到了嘲讽，脸憋得通红。

温柠手臂环胸，慢悠悠地开口道："你怕什么？我又不是来找你麻烦的。"

"那你来干什么？"闻尧盯着她，满脸防备，好似她是会吸人精气的妖精。

"我当然是来感谢你了，谢谢你让我跟沈屹的关系更进一步。"

"你什么意思？"

"刚才你要是再晚来一步，我们可就不方便给你开门了。"温柠意味深长道。

闻尧听出她的意思，脸色一阵青一阵白，从牙缝里挤出一句“不知廉耻”。

“谢谢夸奖。”温柠不怒反笑，眉眼生动，又道，“我记得，你以前姓谢。怎么改姓了？”

“不关你的事。”

“我还记得，以前你没这么白啊，现在变白后倒是顺眼多了。”温柠点了点手臂，上挑的棕色眼线慵懒性感。

闻尧脸上火烧一般：“你给我注意分寸。我可不是沈屹，不吃你这套。”

“哦。那你脸红什么？你不让沈屹靠近我，不会是因为你对我还有别的想法吧？”温柠故意放轻声音，不动声色地和他拉近了距离。

闻尧连忙跳到一边：“你就不怕我告诉沈屹？”

“你去啊。我猜，我们两个的事，你应该从来没跟沈屹说过吧？”温柠泰然自若道。

看到闻尧心虚的表情，温柠就知道，她猜对了。

闻尧咬了咬牙，道：“我不说是因为我早就把这件事忘了。我谈过的女朋友那么多，哪儿能每一个都记住。”

“在我面前还装什么情场高手？我一看你这样就知道，你肯定还是……”

“还是什么？”闻尧没发现他一直被她牵着鼻子走。

电梯到二十七层时，温柠后退半步，拉开了两个人之间的距离。她动了动红唇，轻蔑地吐出两个字，然后背影潇洒地走出了电梯，艳丽的裙角消失在她的视野里。

被她轻描淡写地拆穿谎言，还被她用眼神羞辱了一番，闻尧浑身的血都向头顶涌去，牙齿咬得“咯吱咯吱”响。

这个女人真是一如既往地可恶。闻尧几乎要被她气疯了。

温柠心情颇好地轻哼着歌，从空中天桥回到自己的工作室。想到刚才闻尧被气得快吐血的样子，她就觉得浑身舒爽。

她没想招惹闻尧，只是因为他阻挠她跟沈屹在一块儿，所以看他不顺眼，故意气了他一通，谁让他多管闲事。

之后，沈屹每天都会接送温柠上下班。原本他们说好的是如果他们下班的时间接近，她便坐沈屹的车回去，结果最近这段时间，沈屹每次都“刚好”跟温柠一起下班。

这天路上，温柠想起来一件事，问：“对了，你住哪儿？”

“明湖湾。”

“靠近砚池的那个别墅区？”

沈屹有些惊讶：“你知道？”

温柠当然知道，因为陆舒扬家也在那边。说不定他们在小区里还碰过面，只是彼此没给对方留下印象。

不过明湖湾和她住的地方方向相反，沈屹每天接送她上下班要绕一大圈，完全不顺路。

车子在小区楼下停住，温柠看向沈屹：“上去喝杯水？”

“好。”

“换个地方停吧，最好别停树下，晚上容易落东西。”

沈屹明白她的意思，重新启动引擎，把车停进了地下停车场。

两人坐电梯上楼，房间门口放了一个快递，估计是快递员敲门没人应，就直接放在那儿了。温柠不喜欢把快递盒带进屋里，在外面拆开盒子，拎着里面的东西进了屋。

看包装像是男款球鞋。沈屹随口一问：“你买的东西？”

温柠点点头：“嗯，朋友家有个小孩要上大学了，我给他买的开学礼物。”

洗完澡，温柠给陆舒扬发消息：你什么时候有空？我把开学礼物送给你。

陆舒扬：“姐姐，这周我爸妈出差不在家，你可以来我家玩吗？你还没来过我家呢。”

温柠：“你家在哪儿来着？”

陆舒扬：“明湖湾 A16 栋。”

温柠：“行，我去的时候再告诉你。”

听到浴室的水声停下，温柠把手机关上，丢到旁边，问道：“对了，你家住哪栋呀？”

“A17 栋。”

温柠的瞳孔微微放大：他居然跟陆舒扬是邻居？

沈屹俯身在她的肩头轻轻咬了一口，嗓音微哑：“在想什么？”

温柠快速地眨了两下眼睛，笑了笑，道：“没什么。”

知道沈屹工作忙，周六加班不在家的可能性高，所以温柠选择了周六去找陆舒扬。刚到明湖湾侧门，她就看到穿着休闲的陆舒扬在那里等着。

温柠在他附近停车，降下车窗，道：“上来。”

陆舒扬拉开副驾驶的门坐进来，问：“姐姐，你换车了吗？”

“我的车送去保养了，借了朋友的。”其实她是怕她的车会被沈屹认出来。

陆舒扬没有怀疑，给她指路：“姐姐，从这里左拐，沿着湖边的路开过去，第五栋就是了。”

“好。”温柠按照他说的，转动方向盘，将车缓缓开到湖边宽敞的道路上。

“到了。”陆舒扬解开安全带下车，按下庭院里的按钮，打开车库门。

温柠将车子开进去，从车库出来的时候，她戴着宽边的遮阳帽和墨镜，一只手提着礼物，另一只手压着帽檐，盖住了大半张脸，只露出精致小巧的下巴。

“姐姐快进屋，进去就不晒了。”陆舒扬以为她怕晒黑，连忙招呼她进屋。

温柠提着裙摆进到屋里，听到身后传来关门声，才长长地舒了口气。

喝了口水，温柠把东西交给他，道：“这个是送你的开学礼物，两个月前就听你念叨要抢这双鞋，我帮你买到了。”

陆舒扬打开包装袋，看到鞋盒上的图案就知道是他惦记了好久的联名款球鞋，还是限量发售，有钱都买不到的那种。

他迫不及待地拆开盒子，看到自己喜欢的鞋，眼睛都直了。

陆舒扬把鞋翻来覆去地摸了好几遍才舍得放下，接着，他激动地跑过去一把抱住温柠：“姐姐，我爱死你了！这是我最喜欢的游戏的联名款，我抢了好几次都没抢到，你是怎么买到的？”

“那家游戏公司正好跟我们有合作，给我开了内部通道。”少年的手臂好似钢铁做的，结实又坚硬，温柠拍了拍陆舒扬的胳膊，笑道，“哎，松手，头发被你压到了。”

陆舒扬连忙放松了圈住她的力道，但心中实在欢喜，又道：“姐姐你真好。”

等他平静下来，温柠状似不经意地问了句：“你们家是 16 栋对吧，那旁边哪栋是 17 栋？”

陆舒扬挠了挠头，道：“好像在我们家东边。姐姐，你问这个干什么？”

温柠暗自记下方位：“没事，我只是好奇你们这里的别墅是怎么排列的。”

“好像是围着砚池建的，网上有俯视图，我去给你找找。”

“不用了，我就随口一问。”

“姐姐，我带你参观一下我家吧？”

“行。”

陆舒扬领着温柠在一楼转了一圈后，上到二楼，一边走一边介绍：“这边是洗衣房，这边是我爸妈的卧室，最里面是我的房间，外面有个露台可以看到砚池，我们过去看看吧。”

开放式露台种着一圈生机蓬勃的绿植，中间搭着遮阳棚，下面放着一把藤椅，不远处波光粼粼的湖面一览无余。

陆舒扬的房间在最西边，温柠想，真好，沈屹因为看不到。

温柠放松地躺在藤椅上，陆舒扬搬了个小凳子坐在她旁边，和她说话。

闻尧从沈屹的书房里出来，本想去阳台上透透气，抽支烟，没想到竟看到了这样一幕。

看到温柠的一瞬间，他还以为自己眼花了。他用力地眨了眨眼，再看过去，那个正跟小男生说笑的妩媚女人，不是温柠还能是谁？她居然这么毫不顾忌地在沈屹家隔壁跟别人说笑？她是不知道沈屹就住在隔壁吗，还是故意做给沈屹看的？

闻尧深吸一口气，将刚拿出来的烟用力塞回烟盒，折回了书房。

沈屹正在看一份文件，看见他走进来，问道：“怎么这么快就回来了？”

闻尧心虚地摸了摸脖子，走到沙发前坐下，道：“突然不想抽了。”

沈屹没在意，继续处理着工作上的事。

想到刚才在露台上看到的两个人，闻尧坐立难安，频频往隔壁看。只是别墅之间隔着一定的距离，隔壁露台又有围栏和绿植挡着，他坐在这里什么都看不见。

不知道那两个人现在在做什么，闻尧的心里如同有爪子在挠，焦躁得厉害。

他抓耳挠腮，跟猴子似的时不时动一下，终于引起了沈屹的注意。

“你怎么了？”沈屹蹙起眉，不解地看向他。

闻尧赶紧收回看向隔壁的视线，道：“没什么。”

沈屹见他脸颊通红，明显不太正常，关心道：“身体不舒服？”

闻尧迟疑地答道：“有点儿累吧。”

“那你去客房休息一下吧。”

“不用！”闻尧果断拒绝，见沈屹眼神狐疑地望过来，他这才意识到自己语气不对，连忙给自己找补，“我的意思是，我在这里休息就行。”

沈屹发现了闻尧总往隔壁露台看的动作，但他没打算过去一探究竟。他为人边界感很强，不喜欢自己的生活被窥探，自然也不会去窥探别人的生活。连着书房的这个阳台，他都没用过几次。

“随你。”冷淡地说完，沈屹就继续工作了。

闻尧还是没办法让自己平静下来，斟酌了半天后，他试探着问道：“酒吧那个视频你不是看到了？为什么还跟温柠在一起？”

听他提起温柠，沈屹立刻抬起头，敏锐地问：“你怎么知道我们还在一起？”

闻尧这才想起来，沈屹并不知道他和温柠见过面。他下意识地想要隐瞒和温柠的关系，便道：“你的头像不是没换嘛，所以我觉得你们俩没分开。”

这个理由倒是说得过去。沈屹“嗯”了一声。

“不是，她都做出那种事了，你还原谅她，你到底是怎么想的？”

都这样了，还不跟温柠分手？

沈屹眸光微动，避开了他的眼神，道：“她跟那个人不认识，只是在酒吧偶然遇见的。”

“温柠跟你说的？”

“嗯。”

闻尧一口气堵在胸口，道：“你傻不傻啊？她说什么你都信？”

如果他们真的不认识，那刚才在露台上的那个男生是谁？

虽然视频里那个年轻男人的侧颜很模糊，但是闻尧翻来覆去地看了那个视频很多遍，还是认了出来，那人跟露台上的男生是同一个人。见鬼的“不认识”。

沈屹抿了抿唇，沉声道：“那件事，我也有错。”不能全怪她。

他当时明明知道温柠不高兴，却没有积极主动地去解决这个问题，所以她心里有怨气，赌气去找别人，他能理解。

闻尧震惊至极："温柠劈腿，你有什么错？"

"你问完了吗？"

闻尧正准备继续劝，可对上沈屹深不见底、仿佛照不进半点儿光亮的黑眸，心里忽然一紧，所有话都堵在了喉咙口。

闻尧曾经见过沈屹露出这样的眼神，在温柠单方面跟沈屹分手，没留下一点儿消息便出国的时候。

闻尧忽然理解了沈屹的"固执"。温柠有多花言巧语、善变多情，沈屹明明比任何人都清楚。她说的那些漏洞百出的谎言，谁会信呢？只有愿意相信的人才会信。

沈屹不傻，他平时有多么机敏聪慧，闻尧最清楚。这样一个清醒的人，如果不是他自己心甘情愿，谁又能将他玩弄于股掌之间？

于沈屹而言，温柠不仅仅是让他念念不忘了十年的初恋，更是他拼尽全力也想要抓住的救命稻草。只要温柠给他一点儿甜头，他就能装作什么都不知道，在自己编织的美好梦境中安安稳稳地生活下去。

如果他真的戳穿了沈屹的梦，并导致他们再次分开，沈屹会做出什么事，闻尧不敢去想。

他打消了叫沈屹去阳台上的念头，故作轻松道："我还是先去休息一会儿吧，有点儿累了。"

从书房出去，闻尧做的第一件事就是掏出手机给周原发消息。

闻尧："把温柠的微信号给我。"

周原："你要干什么？"

闻尧："你告诉她，如果她不加我的微信，我立马把她在露台上的事告诉沈屹。"

虽然周原一头雾水，但为了避免错过什么重要的事，他还是把他跟闻尧的消息记录截图发给了温柠。

陆舒扬下楼去厨房榨果汁，温柠独自待在他的卧室休息。

看到消息提到露台，她回复周原：“把他的名片推给我。”

周原乖乖地发了过来，多嘴问了句：“柠柠，你真要加他啊？”

温柠：“你不用管。”

她点开周原推送的微信名片，刚发送完好友请求，那边立刻就通过了。

闻尧率先发来消息：“刚刚你在露台上跟那个男生打情骂俏，我看见了。”

温柠：“我不知道你在说什么。”

闻尧：“不用跟我装，我知道你现在就在明湖湾 A16 栋。”

温柠回道：“你怎么知道的？”

闻尧：“我就在沈屹家。你故意在他家隔壁给他戴绿帽子，是生怕他看不见吗？”

看到这条消息，温柠目露疑惑。沈屹家不是在东边吗？刚才她和陆舒扬在别墅西边的露台上，有房子挡着，他在沈屹家里，应该看不见这边才对。

温柠猜到一种可能，连忙上网查找明湖湾的建筑俯视图。这一看她才知道，原来真的是她搞错了。17 栋根本不在陆舒扬家东边，而是在西边，也就是他的房间露台正对着的那栋房子。

这时候，陆舒扬正好端着两杯冰凉的果汁上来，甜甜地喊她：“姐姐。”

温柠指着露台的方向问他：“那是什么方向？”

陆舒扬顺着她指的地方看了一眼，道：“应该是东边吧。”

温柠无语地闭上了眼睛。这傻孩子原来分不清东南西北，她之前就不该信他的话。

陆舒扬把果汁放在旁边的书桌上，道：“姐姐问这个干什么？”

“没事，随便问问。”温柠放下手机，拿起玻璃杯喝了口果汁，道，“你最近不是在健身，让姐姐检查检查你的锻炼成果。”

“好……”

陆舒扬不好意思地撩起上衣，将腹肌展露出来。

“这么快就练得这么好了啊，锻炼累不累？”

“累死了。”

说话间，温柠的手机消息提示音响个不停。本来她不打算理会，结果那人直接给她打语音电话，提示音更烦人。

“姐姐，可能有人找你有急事，你先去接一下电话吧，没关系的。”陆舒扬红着脸说。

“嗯。”

温柠拿起手机，发现闻尧发来了一连串的消息，语音电话也是他拨过来的。

闻尧：“你为什么不回消息？你在和那个男人做什么？温柠，我警告你，如果你敢做对不起沈屹的事，我就立刻带他过去。”

闻尧：“我再给你最后两分钟，你看到没有？”

闻尧：“最后一分钟。这次我是认真的。”

温柠发了个问号过去，又问：“你到底想干什么？”

他既然已经误会了她和陆舒扬的关系，为什么不直接找上门？还跟她磨叽什么？

闻尧：“你隔十分钟就得给我发一次消息，我要确认你们什么都没做。”

温柠：“你有病？”

闻尧：“不然，我就拉着沈屹找上门。”

温柠几乎要被他气笑了，嘲讽道：“你这么激动干什么？不知道的，还以为我背叛你了。”

闻尧：“你又不是没做过。”

发完这句话，他觉得不妥，立马撤回。

温柠：“别废话了，我隔十分钟给你发一次消息总行了吧？”

闻尧：“现在是上午十一点过九分，我开始计时了。”

温柠：“神经病！”

被闻尧这么一闹，温柠也没了待下去的兴致。早知如此，她今天就不该来陆舒扬家里，应该把他约出去。

温柠倒不是心虚，只是不太想让沈屹接触她的朋友圈子，也懒得跟沈屹的朋友解释她和陆舒扬的关系，她跟沈屹的关系还没到这一步。

陆舒扬走过来，关心地问她：“姐姐，你怎么了？”

温柠拨了下头发，道：“刚才助理找我有事，我今天就先走了。”

“这么早？”

“嗯，有点儿急事。”

“那好吧，下次再见。”

温柠给闻尧发消息：我这就走了。

闻尧走到客房的阳台上，正好看到隔壁的车库门打开，里面驶出一辆红色的车。那个男生站在大门口，挥手和车里的人告别。

闻尧松了口气。既然沈屹不能跟温柠分开，那他得想个办法，让温柠专心地跟沈屹在一起。

从陆舒扬那儿离开后，温柠没回家，去公司加了一下午班。到了晚上，她给沈屹打了个电话。

等那边接通后，温柠甜笑着开口：“乞乞，你今天有空吗？”

“有。怎么了？”

“上次我不是跟你说有家餐厅的菜口味特别棒嘛，我刚才订了位置，我们一块儿过去吃晚饭吧。”

“好。”

“我把餐厅地址发你。”

挂断电话，沈屹放下手头的工作，回卧室换了身衣服。

闻尧敲门进来的时候，看到沈屹正在扣袖扣，说：“我准备点外卖，你想吃什么？”

“不吃了，我有事出去。”沈屹拿上一旁包装精美的黑色盒子，一边绕过他走出房间，一边道。

“你还喷香水了？”闻尧跟在他身后，问，“你要去约会？”

“嗯。”沈屹下楼的脚步不停。

闻尧脸上的笑容僵住，他在原地站了一会儿，干巴巴道：“那祝你约会愉快。”

沈屹奇怪地看他一眼，问：“你怎么了？”

“我没怎么啊，我还能怎么。”闻尧欲盖弥彰地大声说话，“既然你要出门，那我也回家了。肚子饿了，该吃晚饭了。”说完，他加快脚步，健步如飞地下楼，跑了出去。

第五章

新的狩猎

沈屹到的时候，温柠已经坐在窗边的位置上了。一看到他过来，她就热情地招手，道："这边。"

温柠的时间观念一直很强，很少迟到，除非有意外情况。

沈屹没跟其他女生交往过，但是偶尔听到过下属抱怨女朋友爱迟到。在这一点上，温柠一直做得很好。

"我估计你快到了，就先点了几道菜，你再看看有没有其他想吃的菜。"温柠把菜单递给沈屹。沈屹又加了两道菜，还给她点了份甜品。

前菜还没上来，温柠就收到了闻尧的消息：我没把那件事告诉沈屹，你自己别说漏嘴。

温柠回复："我又不傻，这事还需要你教？"

闻尧正在想怎么回复，她的第二条消息就发过来了："你怎么知道我跟沈屹在一起？你就这么关注我？"

温柠："你不会还对我旧情难忘吧？"

闻尧急忙回复："谁对你旧情难忘了？你别以为自己有多特别。"

下一秒，他又回了句："我可是有女朋友的，对你没兴趣。"

两次他都在强调"她没多特别"，可这落在温柠眼里，就成了欲盖弥彰。

有把柄落在闻尧手里，温柠心里始终惴惴不安。但如果她把闻尧拉下水，把他也牵扯进来，他应该就不好意思跟沈屹告状了吧。

温柠关上手机，已经有了主意。

前菜上来后，温柠随口说："那天，你那个红头发的朋友……"

她话还没说完，就见沈屹指尖微动。

这人心思敏感，心眼也是小到了极致。她只要稍微对哪个男人表露出一点儿兴趣，就会让他紧张不安。偏偏他又跟闷葫芦似的，什么都不肯说，把心事全部压在心里。他这样下去，不会憋出心理疾病吧？

温柠抛开乱七八糟的想法，继续打探："他也是九中的吧？我有个朋友给我看过她暗恋对象的照片，好像就是他。她托我问问，他有没有女朋友？"

沈屹放下刀叉，定定地看向温柠，眸中骤然掀起无数情绪。

她为什么突然问起闻尧？

思绪百转千回，沈屹最后选择了说谎："他有对象。"

“哦，那太可惜了，我跟我的朋友说一下。”

沈屹略微颔首，目光依然停在她的身上：“嗯。”

温柠心下了然，又拿起手机，却不是给所谓的好姐妹发消息，而是给闻尧发消息，准备套他的话：“我问过了，沈屹说你没女朋友，还跟我装呢。”

闻尧秒回：“我这两天新谈的女朋友，还没公开。”

温柠：“你上上周就跟我说你有对象了。”

闻尧这次回得慢，可能是在想借口：“我又换了一个，不行吗？”

温柠眼底漾开浅浅的笑意。看样子，她的计划应该不会很难实施。接下来，她没再管闻尧，专心地和沈屹约会吃饭。

吃完饭，温柠提议去楼下的花园转转，沈屹自然答应。

只是他们走了没多久，天上就下起小雨来，实在不凑巧。

沈屹脱下外套帮温柠挡着雨，和她一起进了车子。

车里，温柠拨开黏在脸侧的湿发，感到好笑又无奈：“我们在一起时怎么总下雨？”

沈屹找出纸巾递给她，道：“是啊。”

“我记得，我们第一次见面也是下雨天。”

沈屹怔住，随后猛地转头看向她：“你想起来了？”

温柠眨了眨眼，道：“想起什么？我在便利店遇到你那次吗？”

她还是不记得。于她而言，那或许只是一次无须放在心上的玩笑；于沈屹而言，那却是此生都难以忘怀的夏天。

在温柠注意到他之前，他已经偷偷关注了她很久很久。

沈屹睫毛颤了下，口不对心地说：“嗯，是那次。”

温柠看他这个反应，觉得有些怪异，道：“我记得你以前是在三中读的书，高二才转到我们学校。我没记错吧？”

“没有。”

“那我们在此之前，还在什么地方见过吗？”

“没有了。”沈屹说。

她不记得就算了。

“我给你买了礼物。”沈屹不太想继续谈论这个，主动岔开了话题。

“嗯？是什么？”

沈屹从座椅缝隙间的储物格里抽出一个长形的盒子，道：“项链。不知道你喜不喜欢。”

“哇，我看看。”温柠很捧场，惊喜地接过盒子，而后打开。

沈屹刚才特意把车停在了路灯附近，所以即便车里没开灯，她依然能看清盒子里的东西。

黑色绒布上静静地躺着一条玫瑰金色的项链，坠饰是两个相连的扣环圈，镶着闪耀的碎钻，就像扣在一起的两枚戒指。

很奇怪，看到这条项链的一瞬间，温柠的脑子里忽然冒出的念头是：沈屹真的很想和她一直走下去。

别人如果送这样的项链给她，她可能只会觉得这条项链好看。但如果是沈屹，温柠无比确信，他是有私心的——他想告诉她，他要一生一世跟她在一起。只是他们才刚复合没多久，他就这么想和她把关系确定下来，是不是太草率了？

温柠假装没看出来他的暗示，也绝口不提项链的款式，只平常地夸赞了两句：“好漂亮，我很喜欢。你帮我戴上吧。”

沈屹早就料到了她的反应，所以他也没怎么失望。

“好。”他拿起项链，缓缓地靠近她。

车外，雨丝连成线，在晕黄的灯光下像一串串洒落的碎金，无声地没入地面。车里，他们的身体逐渐靠近，直到温热的鼻息交织在一起，亲密无间。

等沈屹将项链绕过她胸前，温柠将脖子后面的头发都收拢到一起，以手心束住，方便他扣上项链。

随着她拨开头发的动作，纤薄白皙的背部像一幅浓淡相宜的画卷，在沈屹面前徐徐展开。

沈屹正准备扣上项链，视线却忽然停滞。

这幅堪称完美的画卷上，不合时宜地多出了一抹不该存在的痕迹。右肩，蝴蝶骨上方的位置，有个红色的印记。

沈屹微凉的指尖轻轻地贴着她的肌肤，忽然没了动作。

察觉到他的停顿，温柠眨了眨眼，问：“怎么了？是不是车里光线太暗，看不清楚？要不，我往前挪一下？”说着，温柠稍微往前坐了坐。

沈屹将眼底翻涌的情绪尽数藏起，继续手上的动作，却因为手的轻颤，扣了好几次才扣上项链。

他目不转睛地盯着她后背那处红痕，喉结滚了滚，艰难地开口道："你……今天一天都在家吗？"

"怎么突然问这个？我今天去上班了。"

"没什么，随便问问。"沈屹抬手将温柠揽进怀里，指腹若有似无地擦过她的背部，很想把那抹刺眼的痕迹擦去。但他只克制地抱了她一下，便安静地坐回驾驶位，敛眸垂首，一言不发。

她说今天去上班了，难道这次她的暧昧对象是同事吗？或者她在说谎，其实她今天根本没有去上班，一整天都在和别人约会？酒吧那次的事才过去多久，她这么快就再次厌倦他了吗？

男人默不作声地坐在她身旁，纤长细密的睫毛低垂，轮廓鲜明的侧颜隐在昏昧的光线中，神色不明。精致的下颌下，凸出的喉结时不时上下滚动，性感得要命。

温柠的手自黑暗中悄悄伸到左边，握住沈屹的手，然后像小鱼一样钻进他的手掌和座椅之间的缝隙，指尖在他的手心打圈。

痒意自手心传来，沈屹的思绪被打断，他终于回过神。他深呼吸了一下，侧首看向她，问："怎么了？"

温柠眼底漾开浅浅的笑意，晕黄的灯光给她罩上一层柔和的纱，眉眼鼻唇无一不精致妩媚，整个人仿佛雨夜蛰伏在暗处等待猎物出现的妖精。她的水眸噙着雾气，嗓音柔媚动人："乞乞，你在南溪待了这么久，应该知道什么地方不会有人经过吧？"说完，她意味深长地看了眼车子宽敞的后座。

沈屹瞬间就明白了她的暗示，眸光倏地一暗。

温柠并没有停下挠沈屹手心的动作，让人坐立难安的痒，一下下蚕食着他的理智。

思考了半分钟，沈屹还是拒绝了，道："去你家里吧。"

温柠没指望他能一下子答应。沈屹这种隐忍又传统的男人，要能毫不犹豫地答应这样的要求，就不是他了。

"真要拒绝我？"温柠眉尾微扬。

沈屹语气犹疑地解释道："在外面不太好。"

温柠果断地抽回手："那算了，你送我回家吧。"

她双手抱臂，视线转向窗外，态度冷淡下来。

让他送她回家，却没提让他留下，她的意思是：他送到了就走。

启动车子前，沈屹低声道："我帮你系安全带。"

"用不着，我自己来。""咔"的一声，温柠干脆利落地系好了安全带。

沈屹眼神微暗，下颌紧绷，若无其事地收回手。他沉默地打开雨刷器，车灯照亮雨幕，拨开黑暗，车子缓缓向前行去。

车里的气氛骤然冷清下来，仿佛刚才情深意浓约会的人不是他们。

沈屹的脑子很乱，心焦难安，好似有虫子在啃噬他的心脏。他一会儿想着温柠身上的红痕，一会儿又想起自己上次拒绝她后，她和别人在酒吧的场景。

温柠如果想找别人是很容易的。如果这次又拒绝了她，惹她生气，她也会去找别人吗？她甚至不需要特意去找，毕竟她不缺追求者。那个人也许不像他这么古板，也许会答应温柠的任何要求……

沈屹只是设想了一下那个场景，就觉得他快要被逼疯了。浑身气血上涌，妒火在胸腔里熊熊燃烧，不断炙烤着他的心。

挣扎半晌后，在某个十字路口，沈屹更改了原本的路线。

温柠认出这不是回她家的路，问道："要去哪儿？"

沈屹握紧了方向盘，指骨泛白，嗓音压抑："我知道……有个地方没有人。"

温柠满意地弯了弯眼睛。她这个人有时很恶劣，就喜欢看沈屹这样性格保守又极度清高的人在她面前不断放低底线、放弃自尊。

沈屹将车开进一处烂尾的公园，这里的喷泉只挖了一半，地砖都没铺好，各种石料钢筋堆积在一起，连盏路灯都没有。这里早已荒废，很少有人过来，这会儿下着雨，就更不会有人来了。

车子停在树林里，两个人从前座转移到了后座。雨声淅淅沥沥还在继续，他们在封闭昏暗的车子里尽情拥吻。

雨水砸在不堪重负的树叶上，又从叶尖滴落至车顶，迸溅出一朵朵小水花。深色的防窥玻璃将车内的景象遮了个严严实实。

温柠推开沈屹，探身去拿放在副驾驶位上的包里的东西，细白的脚踝松松垮垮地勾着高跟鞋的系带，在沈屹的视野里上下晃荡，像一叶飘零的小舟。

趁她思绪迷离、防备最松懈的时候，沈屹忍不住捧住她的脸，将压在心里的问题问了出来，嗓音无端低哑："温柠，你劈腿了吗？"

他在黑暗中紧盯着她的脸，不想错过她的任何表情变化。

温柠瞳仁微微放大，很快又眯起眼，道："没有。怎么了？"

"没有就好。"沈屹亲了亲她汗湿的额头，精瘦的手臂用力，将她抱得更紧。可在温柠看不到的地方，他的脸色苍白得难看。

沈屹没办法投入，满脑子都是她和别人亲密的场景。他知道，他从温柠这里是问不出什么的，就算他问了，她也能找到无数借口。温柠对付他简直易如反掌。

沈屹对温柠的要求很低，他知道温柠肯定有很多追求者，他可以接受温柠对这些人有一时的新鲜感，反正她对他们不会上心，觉得没意思了，自然不会再跟他们来往，但他不能接受温柠爱上别人。他都没得到过她的爱，她怎么能去爱别人呢？

温柠慵懒地倚在沈屹的怀中，明亮的眼眸半合，妆容微乱，几缕汗湿的头发黏在侧脸上，有种跟平时截然不同的野性美。

车窗开了条缝，冷风透着缝隙钻进来，卷走了燥热，带来了泥土的香气与一丝沁凉。

"我有点儿困了。"

"我送你回去。"

"好。"

温柠坐回副驾驶位，靠着车窗渐渐睡着了。

沈屹关严了车窗，将车开得很慢，在等红灯的间隙，时不时看一眼她的睡颜。

温柠做了一个梦。梦里，她跟男朋友约好在教室见面。

那天夕阳落下，日色渐暗，天边铺着一片炽烈的暖橘色晚霞。她穿着木耳蕾丝边的白色吊带裙，柔顺的长发披散着，发尾微卷。鬓边绑了细细的麻花辫，用珍珠小雏菊发卡固定在脑后。耳朵旁的两绺发丝挑染成了绿色，整个人像森林里跑出来的小妖精。

放学后的教学楼空荡荡的，她欢快地跑上楼。

温柠一路跑到楼道尽头，来到空教室前。窗户没关，她踮起脚，偷偷掀开窗帘一角往里看。

教室里，白色的薄纱窗帘紧闭，没有风，只有昏暗朦胧的光线透进来。后排胡乱堆放着无人认领的旧桌椅，像是一片寂寞的、灰扑扑的废墟。

有套桌椅被人单独拉了出来，摆在教室正中间，前后左右都没有桌椅，显得孤零零的。

那个少年就坐在那里。他轮廓清瘦，静坐在昏昧的光影中，手撑着侧脸，正在想事情。

温柠没看清他的脸，下意识地以为对方是她的男朋友。于是她轻手轻脚地推开后门，踮起脚靠近，却因为在黑暗中看不清楚，不小心撞到了桌子角，发出“刺啦”的声音。

少年的注意力被吸引，回头看了过来。然后目光便黏在了她身上，再也移不开。

温柠不再遮遮掩掩，大大方方地朝他走过去。来到那张桌子旁，她热情地用双手捧住少年的脸，笑着说：“我来看你啦，惊不惊喜？”

少年的黑眸一眨不眨地望着她，就像被什么东西摄住了心神，网住了四肢，难以动弹。过了一会儿，温柠终于发现有点儿不对劲。她怎么感觉这人身上的气息跟她的男朋友的有点儿不一样？而且他怎么一直不说话？

温柠心里“咯噔”一下，慢吞吞地松开了手，这才看清他的面容轮廓，这人确实不是她的男朋友。

“不好意思啊。”温柠小声道歉，没得到回应，她接着道，“我认错人了。”

不知道这句话怎么刺激到了对方，他忽然站起身，握住她的肩膀，覆上她的唇。他比她高出很多，明明身形瘦削，抓在她肩膀上的手却像是铁钳，让人难以挣脱。他的动作青涩，却透着说不出的焦躁。

温柠忍不住怀疑他和她有仇，不然，他为什么亲得这么用力，像是恨不得把她整个人生吞了，彻底融入他的身体？

温柠觉得吸进肺部的空气越来越少，她整个人都快要窒息。她用尽全身力气一把推开他，然后冲出了教室。

温柠怕那人追出来，提着一口气往楼道的另一头跑。

那天的夕阳太过刺眼，她抬手挡在眼前，只顾着奔跑，连麻花辫散落下来都没发觉。

“温柠，温柠？”

谁在喊她？

温柠挣脱梦境，睁开了眼睛，对上沈屹关心的目光，他道：“上去睡吧，免得感冒。”

“嗯。”她揉了揉太阳穴，思绪还有些混沌。

忽然梦到少时的事情，让她觉得十分新鲜。她都快忘了，她也曾有过咋呼冒失、像一朵张扬的大喇叭花的时候。

不过她没看清那人的脸，不记得她人生中第一次热吻的对象是谁。而且梦里那人最后看向她时，眼里隐隐泛着水光，似乎压抑着无数的委屈和难过。可她不记得自己那个时候还辜负过谁，更想不起来他的委屈来自何处。

“走吧。”沈屹绕到她这边，拉开了副驾驶的门。

“哦。”温柠披着他的外套下了车。

刚走上台阶没几步，温柠转头看了眼身边的男人，随后停下脚步。

“怎么了？”沈屹奇怪地问。

温柠眨了两下眼睛，摇摇头，道：“没什么。”

刚才有一瞬间，她忽然觉得，沈屹安静幽深的眼神，跟梦里的那个男生十分相似。

刚下过雨，楼下萧肃寒冷，一阵夜风吹来，温柠没再多想，疾步走进楼里。

送温柠回家后，沈屹独自下了楼。可他并没有离开，而是将车开到一个偏僻的地方，耐心地坐在车里。他目光沉静地盯着公寓楼的大门，看着来来往往的人，不知道这其中有没有人和温柠有联系。

接下来几天，每次沈屹送温柠回家后，都会换个地方再等一段时间。可他没见到温柠和任何男人同进同出，也没见到和视频里那个男人长相相似的人。

时间一长，沈屹不由得开始怀疑：是不是他想多了？难道是他错怪温柠了？

陆舒扬已经开学了，这会儿正忙着军训。他说他晒黑了很多，都不好意思跟温柠打视频电话了，平时两个人只会打电话联系。

这天打完电话，温柠想起了闻尧。虽然不知道他为什么没把上次的事告诉沈屹，但有把柄在别人手里，她心里总归不舒服。

温柠觉得她不能再等下去，于是主动发消息给闻尧："有空吗？"

闻尧警惕地问："你要干什么？"

温柠："谈谈上次的事儿呗。"

闻尧："行，正好我也有话跟你说。"

他跟温柠约在一家私密性比较好的餐厅见面，刚关掉手机，拿了车钥匙准备出门，临走前，他突然想到什么，又原路返回。

进了卧室，闻尧犹豫了半天才下定决心拿起香水瓶往身上喷。喷了几下后，他又忽然觉得自己的行为有毛病，随手把新买的香水丢进了垃圾桶。

沈屹接到一个工作电话，临时决定返回公司。

半个小时后，闻尧就开车到了餐厅，此时，温柠已经在包间等候。

闻尧特意戴了帽子和墨镜，甚至戴了一个黑色的口罩。他自以为打扮得严谨，却忘了他这头鲜艳的红毛实在显眼，让人想不注意到他都不行。

温柠打开包间门，看到他这身装扮，顿时嫌弃地皱起眉。

闻尧取下墨镜看了她一眼，又很快戴了回去，他紧张地环视四周，催促道："是我，快让我进去。"

温柠让开位置，请他进去。

关上门后，闻尧长舒了一口气，立刻摘下口罩、墨镜和帽子。

他一边用手扇风，一边道："热死我了，都出汗了。"

温柠忙退开几步："你身上什么味儿，怎么这么呛人？"

闻尧耳朵微红，嘴硬道："我身上哪儿有味儿？你鼻子出问题了。"

他坐到沙发上，开门见山道："我过来是想跟你说好好跟沈屹在一起，不然我就告诉沈屹那天的事情，让他去隔壁找那个男人，到时候你两边都捞不着。"

温柠原本坐在他对面，听到这句话后，她起身坐到了他身旁，道："我有个问题想问你。"

闻尧十分不自在，想要躲避，可他旁边就是沙发扶手，他只能别扭地别开脸，道：“什么问题？你说吧。”

“你为什么不直接把这事告诉沈屹呢？你不是看不惯我吗？”温柠的声音甜得仿佛掺了蜜。

闻尧耳朵越来越红，一瞬间丧失了理智，脱口而出道：“我没有看不惯你。”说完他才意识到不对，支支吾吾地辩驳，“我的意思是……只要你改邪归正，我就不会看不惯你了。”

“你还不如劝沈屹和我分手。”

闻尧心道：沈屹要是能听他的话，和她分开就好了。问题是沈屹不听劝啊，所以他只能从温柠这边下手，让她跟那个男的断了，假装什么事都没发生。但这件事他肯定不能告诉温柠，否则她只会更加有恃无恐。

于是闻尧随便找了个理由搪塞：“我想再给你一次机会，只要你好好跟沈屹……”他话还没说完，胳膊忽然被人一把拽住。闻尧惊得差点儿原地跳起来，“你……你干什么？”

“闻尧，你说实话，你让我跟别人断了，真的只是为了沈屹？你就没有一点儿私心？”

闻尧的心跳得飞快，他道：“我能有什么私心？”

他一脸慌乱，正准备抽回手臂，就听到她继续说：“你不想和我复合吗？”

闻尧难以置信地看向她，道：“你说什么？”

他以为自己听错了。

“你让我和别人断了，就没有存着想和我复合的私心吗？”女人红唇张合，明眸水润，棕色的眼线微微上挑，身上幽幽的甜香仿佛有着某种能够蛊惑人心的魔力。

闻尧的大脑如同一团糨糊，短暂地丧失了思考能力，问道：“那……沈屹怎么办？”

如果他们复合了，沈屹怎么办？闻尧的胸膛剧烈地上下起伏，他忍不住担心过快的心跳会被她发现。眼睁睁地看着温柠不断靠近，他咽了咽口水，忽然觉得有些口干舌燥。可就在温柠的手搭在他的肩上时，闻尧突然想起了沈屹。他连忙别过脸，挥手推开温柠，气息不稳地站了起来，恢复了清醒：“你别在这儿胡说了，我不会上当的。”

温柠抬手撩了撩头发，不在意地开口道：“你觉得是胡说，那就是咯。”

闻尧觉得他今天可能被驴踢了脑子，所以才一而再再而三地做蠢事——喷香水干什么？好端端的，来见她干什么？

“我劝你好自为之。”气冲冲地说完，闻尧拿上“挡脸三件套”离开了。

第二天，闻尧在沈屹的办公室外面徘徊了很久，十分犹豫，不知道要不要进去告诉他那件事。

告诉沈屹的话，万一沈屹离不开温柠，宁愿不知道这件事怎么办？可如果不告诉沈屹，温柠那女人又实在嚣张得过分。现在他伸头是一刀，缩头也是一刀。

“在门口站着干什么？”沈屹一从会议室出来，就看到了站在门口的闻尧。

闻尧心虚地摸了摸脖子，道：“我有点儿事找你。”

“进来说。”沈屹一推开门，一边跟宋高朗说着事情。

闻尧硬着头皮跟进去，坐在沙发上发呆。

宋高朗拿着一份文件出去后，沈屹看向闻尧，道：“说吧，到底什么事？”

闻尧回过神，他咬了咬牙，决定豁出去，彻底向沈屹坦白：“我跟你说了，你可别太激动。就是上回我去你家里……”

他刚开了个头，办公室的门就被人敲响了。

“谁？”沈屹问。

“是我。”女声甜腻，除了温柠还能是谁？

闻尧来不及阻止，沈屹已经开口道：“进来。”

于是闻尧眼睁睁地看着门把手转动，那个折磨得他一晚上没睡好觉的罪魁祸首走了进来。

“你怎么过来了？”沈屹一见到温柠，漆黑的眼瞳便不由自主地亮起。

“刚忙完，想来你这边看看。”温柠的视线扫过一旁的闻尧，却像是看陌生人一样，停都没停，径直朝沈屹走去。

闻尧莫名感到心像是被扎了一下，有些不舒服。这女人明明头天晚上还跟他说复合，结果今天就……

温柠亲昵地搂住沈屹的脖子，侧坐在他的腿上，问：“你还在忙吗？”

“不忙。”沈屹合上了笔记本电脑。

“乞乞，你有没有吃饭？”

“还没有。”

“再忙也要记得吃饭啊，你可不能挨饿。”温柠刻意拖长了尾音撒娇，还帮他整了整领带。

沈屹的眼神柔软下来，应道：“好。”

闻尧浑身别扭的感觉更强烈了。他如坐针毡，立刻站起身：“那什么，沈屹，我先走了，下次再来找你。”

沈屹还没开口，温柠就接过话茬：“怎么我一来你就要走？乞乞，你的朋友是不是讨厌我？”

“怎么会？”沈屹无奈道。

对上好友暗示的眼神，闻尧只能尴尬地否认：“没有。”说完他坐了回去。

闻尧待在这个办公室里，走也不是，不走也不是。

温柠缠着沈屹旁若无人地秀恩爱。他平时明明是个内敛低调的人，居然也愿意处处配合她，真是疯了。

这场折磨持续了几分钟，闻尧却觉得像是过去了一个世纪。终于，温柠大发慈悲地开口道：“你先走吧，我跟我男朋友想单独待一会儿。”

闻尧看向沈屹，沈屹给了他一个抱歉的眼神。闻尧点点头，表示理解：“那我走了。”

“嗯。”

等闻尧关上门，沈屹才看向怀里的女人，问：“玩够了？”

“原来你看出来了啊。”温柠没再装下去。

“那么明显，我当然看得出来。”沈屹问，“你跟闻尧有矛盾？”

温柠点头，道：“是啊，我跟他的仇可大着呢。”

沈屹不解地问：“为什么？”他没听说她以前认识闻尧。

温柠当然不可能说真话，便糊弄道：“周原跟我说，你身边有个朋友总找他打听我的事，想让你躲开我，就是他吧？”

沈屹眸光微闪，否认道：“没有，你误会了。”

“你居然还帮他说话？你们关系这么好啊。”

沈屹握住她的手，认真地看着她，道："温柠，闻尧是我最好的朋友。"

所以，他不希望他们之间有矛盾，更不希望温柠对闻尧有兴趣。

温柠亲了亲他的嘴唇，笑意未达眼底："沈乞乞，我怎么觉得你话里有话？"

"没有。"沈屹用力抱住她，道，"不要多想。"

在温柠面前，沈屹习惯了隐藏内心的阴暗面。他不想让她知道，刚刚有那么一瞬间，他居然在怀疑自己最好的兄弟和温柠之间有秘密。

从沈屹办公室出来后，温柠打算回公司。刚走到半路上，忽然被人抓住手腕，那人压低声音道："跟我来。"

因为听出是闻尧的声音，所以温柠没有反抗。

进入昏暗的楼梯间后，温柠立马甩开了闻尧的手。闻尧猝不及防，手腕猛地撞到门把手，疼得他倒吸了一口冷气。

"你干什么！"他低声质问道。

"谁让你抓我这么紧？我的手腕都被你捏红了。"温柠不想跟他废话，不耐烦地说，"行了，你到底有什么事？快说。"

这下，她倒是把闻尧问住了。他犹豫着开口道："我……"

他其实没什么事，只是刚才在沈屹的办公室里被她气到了，所以才在她回去的必经之路上拦下她。可是，他连自己为什么生气都不知道，也不知道为什么要等温柠。说到底，人家小情侣秀恩爱，关他什么事。

这一刻，他已经后悔了。

不知道该怎么回答，闻尧只能旧话重提："你跟那个男生断了吗？"

温柠在心里翻了个白眼，正准备搪塞过去，就听到外面传来说话声。

"闻尧呢？"这是沈屹的声音。

"刚才闻副总好像就在这附近，您找他有事吗？"

"一点儿私事。"

"我帮您问问其他人。"

"嗯。"

听到沈屹的声音，闻尧紧张得心扑通扑通直跳，头皮发麻。他连温柠都顾不上了，竖起耳朵专心听外面的动静，生怕他们突然朝这边走过来。

跟闻尧比起来，温柠这个当事人反倒心态平稳，一脸云淡风轻。见闻尧的注意力都放在门外，温柠的心里忽然冒出个主意。她踮起脚，朝他走了半步，倏然拉近了两人之间的距离。

闻尧问："你干什么？"

温柠不怀好意地冲他笑了笑，轻声威胁道："你最好别动，不然，我发出点儿声音，让沈屹发现我们两个在这儿，你猜以后你们这兄弟还有的做吗？"

闻尧此刻正心虚着，只好缓慢地点了点头，随后他便听见温柠饶有兴致地调笑道："怎么办，现在你也被我拉下水了。"

闻尧没说话，闭了闭眼睛，他怕温柠真的出声将沈屹吸引过来。

没过多久，沈屹已经离开了，他们不需要再小心翼翼。

闻尧手臂稍一用力，便跟面前的女人互换了位置。他低下头，声音听起来咬牙切齿："温柠。"

"我突然想起来，你之前说你有女朋友？"温柠突然问道。

听到这句话，闻尧的脸瞬间黑了下来："你知道我有女朋友还来招惹我？"

温柠不在意道："你也知道我有男朋友，不还是偷偷来见我了？"

闻尧眉心皱起，语气有些不甘心："那是因为你威胁我。"

"要不是你把我拉进楼梯间，我哪儿来的机会威胁你？"

闻尧哑口无言："我……"

温柠仰起精致白皙的下巴，噙着笑的眼眸看向他，嗓音柔缓，透出几分魅惑的意味："一个男人把兄弟的女人带到没人的楼梯间，你说你一点儿歪心思都没动，谁信？你要真对我没任何想法，早就把那件事告诉沈屹了，而不是一直用这件事威胁我，私下和我接触了一次又一次。"

闻尧被她说得脸颊发烫，羞愧不已。他正思索着如何反驳，忽然被人用力推了下肩膀，女人的声线骤然冷下来："让开。"

他下意识地后退了半步，温柠直接拉开楼梯间的门走了出去。

"温……"闻尧伸手想拦住她。

楼梯间的门会自动回弹，温柠刚迈出去，门就大力弹了回来。要不是闻尧及时收手，肯定会被门夹到。

这女人可真绝情，她就不怕他的手被夹废吗？下一秒，闻尧又觉得他这个想法很可笑。他又不是她的谁，她哪里会在乎他？她连男朋友都快顾不过来了，哪儿还顾得上他？

闻尧心里没来由地升起一阵烦躁，温柠临走前那两句话宛如魔咒不停地在他脑中回放。歪心思，兄弟，私下接触……这都什么事儿啊！

跟上次那家游戏工作室的合作快到交稿日了，温柠却只完成了主角色的立绘图，至于他们要求的那个彩蛋角色，她还没有动笔。

一方面是因为这段时间单子多，她忙得团团转，不太顾得上。更重要的原因是，即便是彩蛋角色，温柠也不想随便应付。她对工作一向认真，不会干砸招牌的事。

因为工作忙，温柠这几天都没让沈屹留下过夜。沈屹体谅她辛苦，平时没事也尽量不去打扰她。

周末，温柠本想在家里闭关，结果温以棠打电话过来，喊她回家吃饭。她这才想起今天是中秋节，便放下工作，开车回家。

初高中的时候，母亲忙事业，没时间照顾她，温柠大部分时间都住在外婆家。外婆家住的是平房小院，离沈屹家不远，以前，温柠经常趁老人睡着后，偷偷溜出去。

车开进七拐八绕的胡同，叶片边缘已经开始泛黄的葡萄藤和电线缠绕在一起，形成了自然的遮阳棚，老旧的墙面上画满了粉笔涂鸦。路上经过的几户人家都开着大门，老人坐在门口聊家常，挂在阴凉处的鸟笼里时不时传来“啾啾”的叫声，堂屋里还有人在热热闹闹地搓麻将。

这样寻常又富有烟火气的地方，时间的流淌仿佛都比别处慢一些。

温柠跟温以棠一起陪家里的老人待了一下午，吃完晚饭才走。她本准备回自己的公寓，路上又一时兴起，决定拐个弯去沈屹家看看。

十年过去，不知道他们家现在怎么样了。

这附近路窄，不好开车，温柠干脆把车停在外头，步行过去。

以前凹凸不平、下雨就会变得泥泞不堪的土路现在铺上了平整的青石板；以前破败老旧的红砖墙现在也已经翻修重盖。到处都变了样。幸好那些年头久的老树没被砍，依然矗立在原地，充当了路牌。

温柠来到沈屹以前住的地方，修缮过的院子比之前开阔多了，灯亮着，有人在家。

温柠悄悄地走近这家的大门，从没关紧的门缝往院子里看了一眼。她没看房屋，而是看向院子的南边角落。她看到她以前喜欢坐的那架秋千，依然好好地悬挂在石榴树下。

温柠的心尖轻颤了下，不自觉地露出笑容。

想着这里应该换人住了，温柠看完秋千就准备离开，结果一转身，便直直地撞进一个人的怀中。胸膛宽阔结实，沉淡的雪松香混着淡淡的烟草气息，充满成熟男人的韵味，熟悉又好闻。

温柠抬头，映入眼帘的是一张熟悉的俊脸。没想到会在这里见到她，沈屹漆黑的眸中漾开几分惊喜："你怎么过来了？"

温柠笑了笑，如实回答："我今天回老家看望老人，顺道过来看看。你呢？你家还住这儿吗？"

"嗯，我爸住这边。"

温柠点了点头。刚才，她还以为那架秋千被很好地保留下来是偶然，现在看来，应该是沈屹特意叮嘱的。

"那你先回家吧，我这就走了。"

"我送你。"

"行。"

两人并肩走在小路上，温柠回忆道："那时候，我最讨厌下雨天走这条路了，会弄得我的袜子上都是泥点。"

所以下雨天从这里经过时，沈屹都会主动背她，她则趴在他的背上给他打伞。

沈屹安静地听着。他回忆起以前，温柠喜欢指着地上的树枝，忽然在他耳边喊一声"有虫子"，看到他被吓得脸色发白的样子，她就会捂着嘴在一旁偷笑，像只奸计得逞的小狐狸。

这条路说长也不算长，他们没说几句话，就走到了头。沈屹的手机正好响了起来，估计是他家里人给他打的电话。

"我的车子就停在那儿，"温柠指了指前方，"不用送了，你回去吧。"

"路上注意安全。"

温柠抱了他一下，又踮起脚亲了亲他柔软的嘴唇，道：“再见。”

坐进车里，温柠正准备发动车子，注意力却忽然被一个笼子吸引住。笼子放在大门门槛旁边，好几个小孩儿围着它叽叽喳喳，往笼子里塞菜叶、青草。可是笼子里那团小东西好像没什么反应，依然缩在角落里。有个孩子把手伸到笼子里掐它，它都没发出声音。

小孩儿们很快就没了耐心，有人说请大家去家里看自己新买的游戏机，一群小孩儿就乌泱泱地跟着他跑了。

众人散去，温柠才看到笼子里是一只浑身雪白的垂耳兔，它长得很漂亮，眼睛是黑色的，像干净剔透的琉璃珠。缩在角落里的兔子等众人离开，才蹦到笼子边缘，咬住一片菜叶。

温柠觉得有趣，手肘撑着方向盘，坐在车里继续观察那只兔子。

安静，忍耐，脆弱，纯情……温柠看着它，眼睛一点点亮起。关于那个彩蛋角色，她终于有了灵感。

几天后，温柠顺利在截稿日前将画作初稿发了过去。甲方那边十分满意，一次都没让她修改，爽快地结清了余款。

对方发来消息：“温老师，这次您提交给我们的彩蛋角色很有创意，我们老板很喜欢，所以打算把下次活动提前一个月上线，相信会有不少用户喜欢这个角色的。”

温柠客套地回了几句。

她刚放下手机，梁疏影就激动地凑了过来：“柠姐，你自由发挥创作的那个新角色，我觉得他的人设比他们主角的人设还好玩。你想啊，有个帅哥乖乖住在你家，帮你做家务、帮你解决问题，任劳任怨，不求回报。你欺负他、惹他生气了，拿块糖哄一哄就能哄好，他怎么都不会离开。”顿了一下，她接着道，“他平时明明想你想得要死，每天都可怜巴巴地盼着你回来，却不敢主动打扰，只能在心里默默想念。他连吃醋都不敢理直气壮，嫉妒了就偷偷躲起来。这也太棒了吧！”

温柠只是在创作时加上了沈屹的一些性格特质，还真没想过这么多。

在她看不到的地方，沈屹会是这样的吗？温柠难以想象，她对他的关注实在太少了。

“我早就受够了那些得意上天的‘纸片人’，花着我的钱，还动不动就闹脾气让我哄，我这是在玩游戏，还是养了个爹？还是柠姐你创作的这个小可怜新角色招人疼，名字我都起好了——自闭兔子系男友。对了，柠姐，你是怎么想出这个人设的啊？”

“我在路上看到一只兔子，发散了一下思维。”温柠随意地回答。

她之前在网上看到过，兔子是很能忍耐的生物，除非疼到了极点，否则一般不会发出声音。跟性格压抑的沈屹很像。

不管她怎么伤害他，他好像都能默不作声地忍下。他是天生感官迟钝，感觉不到疼，还是太害怕失去，所以只能强迫自己隐忍？如果是后者……那他总会有忍到极限，再也忍不下去的时刻吧。

自从上次的事发生后，闻尧再也没主动联系过温柠。他一天能点开八百次和她的微信对话框，但连个标点符号都不敢发。

前段时间，沈屹每天晚上六七点钟离开公司，也不回他自己家，直到第二天才出现。

闻尧猜测，他肯定是送温柠回家，然后留宿在她那里。可最近不知道怎么回事，沈屹离开后，过一个小时左右就会回来继续加班。

闻尧很不愿意承认，知道沈屹最近晚上没跟温柠在一起，他心里居然有种隐秘而病态的安心。他不知道自己在庆幸些什么。

不等他理清自己的思绪，事情就发生了转变——沈屹像之前一样，傍晚时分离开公司送温柠回家，过了很久都没回来。

“闻总，您的晚餐再不吃就要凉了。”秘书提醒道。

闻尧心烦意乱，抓了抓头发，道：“放那儿吧，我待会儿吃。”

等秘书离开，闻尧一个人在办公室里焦躁地来回踱步，他站在落地窗前，不由自主地看向窗外，却只能看到华灯初上的城市夜景。

烟抽了一支又一支，心里的火气却越烧越旺。最后，闻尧按灭抽到一半的烟，他觉得他可能是疯了，所以才会在这个时候给沈屹打电话。沈屹不接，闻尧就一直打。终于，沈屹接通电话，听筒里他的气息不太平稳：“什么事？”

闻尧的脑子“嗡”了一声，脸庞顿时失了血色。

他嘴唇颤抖，一句话都说不出来，想要挂断电话，手指按了好几下才终于点到屏幕上的挂断键，像个小丑一样仓皇逃离。

“怎么了？”温柠嗓音微哑。

“他没说话就挂了。”沈屹也觉得奇怪。

“我想喝水。”

沈屹从床头柜上拿起水杯，仰脖灌下大半杯，俯身以吻渡给她。有几滴水珠顺着嘴角滑下，无声地没入她蓬松柔软的鬈发间。

温柠将手臂绕到沈屹背后抱住他，感受着他紧绷的肌肉，鲜红的指甲掐进男人精瘦的背部，压出月牙形的浅痕。

刚才她看到闻尧来电，故意让沈屹接电话。还以为会发生什么好玩的事呢，没想到闻尧什么都没说就挂了。

“在想什么？”沈屹高大的身躯沉下来，将她拥进怀里。

温柠收起思绪，道：“在想兔子。”

“什么兔子？”沈屹问。

“在想你。”温柠亲了亲他性感的喉结。

沈屹没再说话，也没给她再开口的机会。

温柠闭上眼睛的时候，心想，沈屹跟兔子真的有很多相似之处——表面上正经又纯洁，实际上放纵得很。

从浴室出来，温柠躺在沈屹的怀里，听见他说：“我明天下午要出差。”

“去几天？”

“一周左右。”

温柠轻轻“啧”了一声，被沈屹敏锐地听见，他问：“怎么了？”

她的身子柔若无骨，手臂灵活地缠上他的身体，道：“你走这么久，我怎么办啊？”

她前段时间忙工作，好久没和他在一起了，结果刚在一天，他就要走。

“什么怎么办？”沈屹没明白她的意思。

温柠娇声道：“你走了，可就没人接送我上下班了。”

"那我让……"沈屹正想说让他的司机每天接送她。

可他还没说完，温柠便道："让那个红头发的朋友替你吧。"

沈屹在她发间抚摸的手停了下来。他眼神微凝，低头看向怀里的女人，怀疑自己听错了："你说谁？"

温柠坦坦荡荡地回答："你那个红头发的朋友啊。"

"闻尧？"

"嗯。"

沈屹乌黑的瞳仁骤缩，眼睛快速地眨了几下，像是在努力平复内心的情绪。半晌，他才故作镇定地说："他平时比较忙，可能没空，我让别人送你。"

"他比你还忙吗？"温柠从鼻子里发出一声轻哼，语气骄纵，"不要别人，我只要他。"

尽管知道她这句话的意思，知道她说的并非他想的那个"只要"，但沈屹的心还是被狠狠地刺痛了。他不安地将温柠圈进怀里，呼吸滞住："为什么要他送？"

"因为他讨厌我，我就要他不痛快。"

沈屹喉结滚了滚，道："他……他没有讨厌你，你误会了。"

温柠娇俏的小脸冷下来："你是不是不愿意？"

"我没有……"明明心里抗拒得要死，可沈屹连承认的勇气都没有。

他苍白的唇颤了颤，内心挣扎半天，终是忍不住问了出来："温柠，你是不是对闻尧有好感？"

"谁对他有好感？"温柠反驳道，"我只是想报复他。"

"真的？"

"当然是真的。"温柠答得毫不犹豫。

沈屹仔细地看着她的脸，不想错过她脸上任何一点儿表情变化。她眼神澄澈，语气平稳如常，不像是在说谎。可沈屹不敢拿这件事冒险，他知道，后果绝对不是他承担得起的。

紧了紧拳头，沈屹试探地问道："那……换一种方式报复可以吗？或者等我回来，你再解决和他之间的恩怨？"

温柠盯着他看了一会儿，恍然大悟地冷嘲道："我算是明白了。你这么排斥，是因为怕我对他有好感？”

内心阴暗的想法被她如此直白地戳穿，沈屹面红耳赤，简直羞愧得无地自容。他太敏感多疑了。不管谁和温柠走得近一点儿，都会引起他的警觉，即使是他的朋友。

温柠没有就此放过他，继续逼问：“你这是不信任我，还是不信任你朋友？”

“我……”沈屹支支吾吾。

“行啊，沈屹，我没想到你的想法居然这么龌龊，是我看错你了。”温柠装作不耐烦地将他推开。

她轻飘飘的话和冷淡至极的态度，好似重锤敲击在沈屹心上，一阵剧烈的痛感传来。

沈屹连忙拉住温柠的手，慌乱地为自己辩解：“我没有这么想。我回去就和闻尧说，让他来接送你，这样可以吗？”

温柠眉梢微扬：“你不怀疑了？”

沈屹哑声道：“对不起，我应该信任你的。”

温柠脸上的表情由阴转晴，重新绽开笑容，主动钻回他温暖的怀抱里，热情地亲他的唇：“这就对了嘛。沈乞乞，你真好。”

沈屹回抱住她，手臂用最大力气收紧，心底却莫名有些不安。

第二天，沈屹将这件事告诉闻尧的时候，闻尧夸张地瞪大了眼睛，反问道：“你说什么？让我接送温柠上下班？我没听错吧？”

沈屹垂下眼帘，道：“你没听错。”

“你为什么要让我这么做？”

“温柠和我说的。”

“她跟你说，你就同意了？”

“嗯。”他没办法不同意。

闻尧在原地站了几秒，然后走到沈屹身边的沙发旁坐下，疑惑不解：“不是，她为什么要让我接送她上下班？”

“她说你对她有意见，所以……”沈屹抬眸，和他四目相对，“你能不能帮我这个忙？作为补偿，回来我把我这季度的分红全部给你。”

闻尧抬手拍了拍他的肩膀，叹了口气："我知道这件事你肯定不乐意，而且我帮你照顾她也不太合适，你还是跟她直说吧。"

沈屹抿了抿唇，低声道："闻尧，算我求你。"

闻尧问道："你明明不想让我答应，为什么还要求我？"

沈屹沉默不语。

闻尧隐约明白了他的难处，心情复杂地应下："那行吧，我帮你接送她两天，你办完事早点儿回来。不过分红就不用了，咱俩什么关系。"

"这是她的微信。"沈屹给闻尧发去她的名片。

闻尧满头冷汗，慌忙拿出手机，假装没有温柠的联系方式："好，我加她。"

在手机上胡乱点了几下，他装模作样道："我给她发送好友请求了。"

沈屹没有起疑，用无比认真的语气跟他说："闻尧，你是我最好的朋友，也是我最信任的兄弟。"

想到上次在楼梯间的事，闻尧有些不自在，他摸了摸耳朵，含糊地说："嗯，我知道。"想了想，他补充了一句，"要不这样吧，你走这几天，我们俩每天晚上都视频开会？"

开会是假，让沈屹放心是真。

"谢谢。"沈屹紧绷的心弦放松不少，同时还升起几分愧疚。他不该怀疑温柠和闻尧的。

而听见他道谢，闻尧的心情更加复杂了。他在心里一遍遍地告诉自己：温柠就是个彻头彻尾的坏女人，看她是怎么把沈屹骗得团团转的？跟她在一起，绝对没有好下场。

他才不会上那个女人的当，更不会背叛沈屹。

第六章 …… 蛊惑

沈屹是下午的飞机。

晚上温柠就给闻尧发消息，让他在地下停车场等着她。看到她的消息，闻尧差点儿从椅子上跳起来。

他抱着手机在办公室里来来回回走了好几圈，才咬牙回复：知道了。

将手机揣进裤兜，闻尧没再耽搁，赶紧坐电梯下去。

路上他生怕温柠等急了，紧张得不行，可到了停车场后，他才发现，那女人根本就没下来。

闻尧黑着脸发消息问她："人呢？"

温柠："不好意思，我刚下楼。"

闻尧："那你提前给我发消息干什么？"

温柠："让你等我啊。"

闻尧差点儿被她气得晕过去。他按下车钥匙上的解锁键，拉开车门，窝着一肚子气坐到驾驶座上。

想了想，他还是给沈屹发了条消息："温柠下班了，我送她回去。"

沈屹秒回："好。"

闻尧又截屏了他跟温柠的聊天记录发给沈屹，想让沈屹放心。上面是他告诉温柠他停车的地方和车牌号，下面就是刚才那段对话。

雪肤黑发的红裙女人终于出现在他的视野中，她脚踩细高跟，手拿银链碎钻手包，不紧不慢地走着，还理了理柔顺浓密的大波浪卷发。

闻尧降下车窗，对她喊："你快点儿，别磨磨蹭蹭的。"

"催什么催。"温柠压着裙摆，优雅地坐到副驾驶位上。

她一上车，闻尧就闻到一阵飘动的香气，浑身紧绷，脸颊莫名发热。

他连忙收敛心神，正准备启动车子，却瞥见她没系安全带，便板着脸催促："系安全带。"

"我没自己系过。"

"那以前谁帮你系？"

"沈屹啊。"

长出一口气，闻尧敲了敲方向盘，道："我不信你不会系。"

"我没说我不会。"

“那你还不赶紧系上？”

“就不系。”

闻尧看了一眼腕表上的时间，再这么磨蹭下去，待会儿他就赶不上部门会议了。他只能强压着火气解开自己的安全带，朝温柠那边倾过身过去，拉出安全带，卡进副驾驶位旁边的卡槽中。

完成这一系列动作，他正准备坐正身子，肩膀忽然被人一把揽住，温香软玉近在眼前。闻尧心道不好，心跳却不由自主地加快。

温柠并没有下一步动作，而是好整以暇地看着他，眼眸带着促狭的笑意，反问道：“你在期待什么？”

闻尧恼羞成怒：“谁期待了？你快松开。”

“咦？不期待你脸红什么？呼吸都乱了。”

闻尧只得去掰她的手腕，道：“你赶紧放开我。”

温柠如他所愿松开了手臂。

闻尧脸红得像煮熟的虾，坐正身子后，整个人热得发烫。

温柠拿出随身带的镜子补妆，随口问他：“你为什么答应接送我上下班？”

“沈屹给我一季度的分红。”

“哇，他出手这么大方啊。”闻尧刚松了一口气，以为自己糊弄过去了，温柠又说，“我还以为你是因为对我余情未了才答应的呢。”

闻尧奓毛，激动地反驳道：“你想多了。”

他打开手机，给沈屹发送消息：“她下来了，我准备开车了。”

沈屹：“注意安全。”

温柠把口红放回包里，转头看向闻尧，美眸含笑，抿了抿娇艳的红唇，无声地望着他。

闻尧红着脸转回头，看向前方，道：“你能不能老实点儿，一直看着我干什么？”

“我怎么不老实了？”

闻尧被她理直气壮的语气弄得愣了一下，反应过来后，他说：“你别忘了，你有男朋友。”

提到沈屹，温柠忍不住故意刺激他：“那又怎么样？”

“你！”闻尧气愤地启动车子，“不跟你说了。”

温柠手肘撑着车窗看手机，窗外的风吹动她蓬松的头发，一阵浮浮沉沉的幽甜香气随着风飘到闻尧那边。闻尧不自觉地咽了咽口水，莫名觉得口渴，却也不好意思提出让她关窗。

快开到她家时，温柠抬起头，突然指着前方随口吩咐：“前面拐个弯，去东城区。”

“你去东城区有事？”虽然不解，但闻尧还是按照她的吩咐变了车道。

温柠玩心大起，故意说：“嗯，去见上次阳台上那个人。”

“见谁？！”闻尧差点儿抓不稳方向盘，快速看了她一眼，又问了一遍，“你说你要见谁？”

是住在沈屹隔壁的那个小男生吗？

“怎么了？不行吗？他在南溪大学。”温柠语气平淡如常。虽然知道闻尧误会了她跟陆舒扬的关系，但此刻，她就是想看闻尧气急败坏的样子。

刚才温柠跟陆舒扬聊天，知道他晚上没有安排，正好她今天不需要亲自开车，可以“奴役”闻尧带她去看陆舒扬。

闻尧气愤道：“温柠，你不要太过分了！”哪儿有像她这样明目张胆的人？

“我又不是你女朋友，你凭什么管我？”

“你就不怕我告诉沈屹？”

“你去说啊，最好把之前两次偷偷见我的事也告诉他。”

“你！”闻尧气得脸颊通红。

嘴上说不过她，闻尧便想在前面的路口转弯，直接把她送回家。温柠看出了他的意图，不在意地拨弄头发，悠悠地轻笑道：“你不愿意送我去也没关系，待会儿我可以自己去。”

闻尧紧绷着脸不说话，却没再更改行进路线，车子平稳地驶向进入东城区的立交桥。他哪儿放心让这女人单独去见那个小男生，万一他俩你侬我侬，感情升温，温柠又甩了沈屹怎么办？等沈屹回来，他还怎么向沈屹交代？他还不如跟着温柠过去，盯紧她，不让她有劈腿的机会。

闻尧悔得肠子都青了。他当初就不该犹豫，更不该私下和温柠接触。如果他早点儿把真相告诉沈屹，他也不会落到现在这个下场——不敢跟兄弟说实话，反而被温柠威胁。

到了南溪大学，温柠潇洒地戴上墨镜下车，关门前留下一句“在这儿等我”就离开了。

闻尧将头伸出车窗，大声喊道：“你给我注意分寸！”

红发的英俊青年吸引了很多人的视线。可他光顾着生气，压根没注意到周围的人。虽然觉得在人来人往的公共场合，他们应该不至于做太过分的事，但闻尧在车里坐了一会儿，还是不放心地下了车，偷偷地跟在温柠后面。他眼看着温柠走进一家甜品店，和一个年轻的男生打招呼。

陆舒扬比之前黑了些，皮肤呈现健康的蜜色，鼻梁高高的，嘴唇红红的，长相阳光俊朗，有着令人羡慕的蓬勃朝气。他这样，反而比之前小白脸的模样看起来顺眼不少，在学校里应该很受小姑娘的欢迎。

这时，闻尧的手机振动了一下，他以为是同事催他回去开会，赶紧点开微信，却发现是沈屹发来消息：“到家了吗？”

闻尧看了眼手机上的时间——如果不是中途改变方向，他早该把温柠送到家了。闻尧透过玻璃橱窗看着跟少年说话的温柠，心虚地抓了抓耳朵，打字的时候手指都在颤抖：“我都送完她回公司了，刚才忘记跟你说了。”

沈屹：“那就好。”

一点儿都不好，你女朋友现在可是在背着你偷偷见别的男人！可闻尧完全不敢跟沈屹提。他和沈屹做了这么多年的朋友，还一起合伙创业。沈屹对温柠有多执着，闻尧比谁都清楚。要真让沈屹知道他和温柠有一段过往，甚至他还没对温柠死心，闻尧不敢想象沈屹的反应。

眼看着马上就到开会的时间了，闻尧着急地给温柠发消息，催促她赶紧回来。可那女人只顾着跟小帅哥聊天，压根没工夫看手机。最后，闻尧只能在群里发通知，将会议推迟到明天。还好这是临时拉的小群，沈屹不在里面，不然他撒的谎就要露馅了。

直到闻尧在外面站得腿都酸了，温柠才终于舍得从甜品店出来。闻尧连忙移开目光，抬头看向天空，假装不认识他们。

等那个男生离开，闻尧走回车子旁边，打开门坐到驾驶位上，动作透着说不出的烦躁。温柠绕到另一边上车，这次她自觉地系上了安全带，没再借机“奴役”他。

启动车子的时候，瞥见她脸上刺眼的笑容，闻尧咬着牙阴阳怪气道：“见别的男人就这么开心？”

温柠徐徐转头看向他，笑意更深了，明亮的眼眸好似一汪清泉，波光轻漾，楚楚动人。可她说的话就不那么动听了，温柠轻描淡写地回敬了他一句：“啧，好大的酸味，谁家醋坛子摔了？”

闻尧几乎要咬碎后槽牙。这个可恶的女人！他明明心里痛恨至极，耳朵却不自觉地攀爬上一阵热意。

第二天早上，闻尧提前半个小时到了温柠家楼下。他给她发完消息，没等多久，温柠的身影就出现在门口。闻尧下意识地开口：“怎么……”

他刚说了两个字，便看见温柠正把手机举在耳边，另一只手拿着杯咖啡。闻尧见状闭上了嘴，没有启动车子，耐心地等着她。

温柠走过来，上了车，靠着副驾驶座椅，打着工作电话。她的语调不似平时那般慵懒随性，听起来颇有几分雷厉风行的味道。

闻尧趴在方向盘上，饶有兴致地竖起耳朵偷听。

“不接，给再多钱也不接。有什么事不能白天联系，非要大晚上联系你一个小姑娘？连职场上最基本的礼貌都不懂。”

“他们那游戏，我刚才打开看了一下，NPC（非玩家角色）全是穿着裸露的女性角色，清一色的大胸、细腰、长腿，身上的布料加起来还没一双袜子的多。这种破游戏，早晚下架！”

听到这里，闻尧没忍住，“扑哧”笑出声。惹得温柠目光不善地瞟了过来，一双美目清凌凌的，略微上挑的眼线透着气场十足的压迫感。

闻尧连忙双手合十晃了晃，给了她一个抱歉的眼神，无声地用口型道歉。

温柠警告地看了他一眼，收回视线后，继续打电话。

闻尧隐约听到电话那边传来小姑娘的哭声，夹杂着断断续续的道歉声。

闻尧以为按照温柠的脾气，她会讨厌在工作中处理不好自己情绪的人，却没想到，她居然温柔地安慰起电话那端的人：“没事，不就是一点儿违约金嘛，我还赔得起，用不着从你工资里扣。还有，今天早上你给我发的聊天记录我看了，以后要是对面的人说的话让你觉得不舒服，你直接骂回去就行，不用忍着。你喊我一声‘老师’，出什么事，有我在前面顶着，你怕什么。”

闻尧听了个大概，似乎是温柠手底下的人被人算计，被对方用话术欺骗签了个单子，她们得赔违约金。在他的印象里，温柠是一个很冷漠的人，没想到她会这么耐心地安抚别人，还自己扛下了别人犯的错。这女人，坏是坏了点儿，但也不是……一无是处。

挂断电话，温柠将手里的咖啡递给闻尧，闻尧下意识地接过，问：“什么？”

温柠冲他眨了眨眼睛，嗓音甜如蜜：“给你的。这可是我亲手磨的咖啡。”

她刚才还是强势专业的职场女强人，这会儿又变回了那个娇媚勾人的狐狸精，气场转变得太快，闻尧有点儿没反应过来。

“给我咖啡干什么？”闻尧回过神，喝了一口，没加糖的咖啡十分苦涩，提神的效果倒是不错。

“为了感谢你送我上班啊。”

闻尧狐疑地看向她，总觉得她不可能这么好心。

温柠拉出安全带系上，道：“还愣着干什么？开车啊，不然要迟到了。”

“啊？哦。”闻尧收起思绪，手忙脚乱地启动车子。

车子开进大厦负一层的停车场，温柠正准备下车，忽然听见闻尧问：“你早上说的那家公司是哪一家？”

温柠回头看他，其实已经猜到了他的想法，却还是故意曲解他的意思，笑问：“怎么？你对那个有很多大胸、细腰、长腿的女角色的游戏感兴趣？”

“你别胡说。”闻尧又一次臊红了脸，不自在地开口，“我是想帮你出气。不对，不是我帮你。我会告诉沈屹，让他帮你出气。”

“那待会儿我把那家公司的名字发给你。”她的工作室刚起步，还没那么大的能力报复回去，有人替她报仇，她自然乐意。

“嗯。”闻尧垂下眼，遮住眼底的落寞。可他有什么资格落寞？帮温柠的忙是沈屹的事情，不是他的。

温柠走后，闻尧却没立刻下车。静坐了一会儿，他鬼使神差地拿起了那杯咖啡，手指控制不住地颤抖，目光挣扎地盯着它。闻尧舔了舔唇，正准备举起杯子，手机却在这时响了一下。他掏出手机一看，是沈屹发来了消息。如同有一盆冷水当头浇下，胸臆间的悸动顿时消失，头脑也从充血的状态中冷静下来。

他想干什么？他怎么能对兄弟的女朋友起邪念？已经错了一次，难道他要一错再错吗？

闻尧下车，将那杯咖啡丢进垃圾桶。然后他若无其事地回复沈屹的消息，还把温柠被欺负的事告诉了他。他又不是温柠的谁，没资格管这件事，还是交给沈屹来处理比较好。

晚上闻尧和沈屹视频的时候，沈屹问道："温柠没有对你做什么吧？"

闻尧的脑海中立刻浮现出昨天送她去南溪大学，以及今天早上温柠送他的那杯咖啡……

晚上送温柠回家后，闻尧怕她又去见那个男生，还偷偷地在楼下等了一会儿，见她没再下来才放心。

此时的闻尧眼神躲闪，不敢和屏幕里的沈屹对视。可能是为了掩饰心虚，他说话的声音比平时要大一些："没有。她能做什么，你想多了。"

沈屹语气稍松："没有就好。我担心她对你有意见，趁机捉弄你。"

"没有。"闻尧倒是希望她捉弄他，那比现在时不时挑逗他一下好。

挂断视频，沈屹忙了会儿正事，犹豫了下，还是给温柠发去了消息。

洗完澡，温柠正拿毛巾擦头发，不知为何，她忽然想起那天梁疏影形容兔子男友人设时说的话——他平时明明想你想得要死，每天都可怜巴巴地盼着你回来，却不敢主动打扰，只能在心里默默想念。

沈屹会这样吗？应该不会。他工作时可比她还要忙，哪儿有时间整天思念她。她刚生出这样的想法，手机就响了一下，是沈屹发来了消息。

沈屹："在做什么？"

温柠故意逗他，回了一句："刚洗完澡，你要看吗？"

收到这条消息的时候，沈屹正在跟助理商量事情。他没想到温柠这么快就会回复。他点开消息，看到那一行字后连忙按了锁屏键，生怕被别人瞧见。

沈屹装作起身放松，缓步走到酒店的落地窗前。套房内开着灯，外面的灯光遥远，落地窗映出了他泛红的耳尖。

沈屹紧张地给她回消息："嗯。"

之后，他时不时解开锁屏看一眼手机，很快又重新锁上屏。

这么来回四五次之后，温柠终于发来了消息，是一张图片。图片加载得有点儿慢，沈屹干脆点开大图，耐心地等待。进度条剩最后四分之一的时候，图片忽然加载出来，跳入沈屹眼帘的是浴室布满水珠的镜面——

明艳的女人侧对着镜子，举起手机拍照。她穿着条酒红色的露背丝质睡裙，裙子后面有两条细细的绑带，在纤瘦漂亮的蝴蝶骨下方交叉，后背骨肉匀称，肌肤细腻白皙。镜子蒙上了一层水雾，她的腰窝若隐若现。

沈屹瞳孔微微放大，呼吸蓦地乱了。

"沈总，我们今天还继续吗？"身后传来助理的声音。

"不了，你先回去吧。"沈屹没有回头。

"好。"

等宋高朗离开，沈屹才迈步走回沙发边坐下，如果继续刚才的话题，他今天晚上恐怕要睡不着了，所以他换了个话题。

沈屹："明天还要闻尧接送你上下班吗？"

温柠："要啊。"

沈屹只得压下心中的醋意，装作不在意地回复："好，那就听你的。"

温柠："怎么突然这么问？他跟你告状了？"

沈屹不解："没有。你做什么了吗？"

温柠："没做什么，就是稍微欺负了他一下。他没跟你告状就好。"

沈屹一再追问，温柠却不肯给出确切的回答。她和闻尧之间好像有了他不能知道的秘密，这让沈屹心里感到很不舒服，还有些难以言喻的不安。温柠和闻尧的关系……到底是好是坏？

隔天清晨，温柠下楼的时候，又给闻尧带了杯咖啡。回想起昨天的尴尬，闻尧忙摆手拒绝："不用了，我不困。"

"放心，咖啡我没碰过。"温柠将咖啡塞到他手里，轻笑道，"拿着吧，之前沈屹都没这待遇。"

听到后半句话，闻尧有些动摇。他没再拒绝，抿了一口温热的咖啡，苦涩的味道在喉间弥漫开来。

温柠坐上车，随口问道：“我去南溪大学的事，你没有告诉沈屹吧？”她语气平静得像是在谈论无关紧要的事。

闻尧放下手里的咖啡：“没有。你怕什么？”他反应过来后，担心温柠再去找那个男生，又道，“你今天不会去找他吧？”

温柠笑了一下，没接话茬。

想到那个男生，他憋着一股气启动车子。车子驶出小区，汇入外面的车流。

两人一路无话，抵达地下停车场，临下车前，闻尧气闷地叮嘱道：“你今天晚上不许去南溪大学。”

温柠解开安全带，回应道：“放心吧，我今天晚上有应酬，忙得很，没工夫去南溪大学。”下了车后，她巧笑嫣然地和他挥手告别，“今天晚上你不用送我了，我要跟同事一起去应酬。明天见。”说完，她就关上了车门，没给闻尧继续说话的机会。

闻尧一肚子的话被迫咽了回去，气得握拳捶了下方向盘。这个可恶的女人，每次都变着法儿欺骗他。更可恨的是，他每次都会上当，总不长记性。虽然他很不愿意承认，但温柠确实有足以魅惑人的资本，让人欲罢不能。想到这里，闻尧身体里的火烧得越发旺盛。

晚上，闻尧留在公司加班，正准备回家时，忽然接到了温柠的电话。他没有犹豫地接通电话：“喂？”

听筒里传来女人含混不清的声音：“闻尧，我这边结束了，但是我打不到车，你能不能来接我一下？”她的声音比平时还要柔媚甜美，气息声有些重，听起来像是喝了酒。

闻尧立刻站了起来，问：“你喝酒了？你现在在哪儿？”

“同鸣路这边，万顿酒店。”

闻尧急忙冲出办公室，不放心地叮嘱她：“你在那儿等着，我马上到。”

“好。”

等电梯的时候，闻尧点开沈屹的对话框。可他犹豫了一下，最后还是没有把这件事告诉沈屹。

闻尧用最快的速度抵达了万顿酒店，一眼就看到了站在路边的温柠。她穿着单薄的裙子，身形纤瘦窈窕，双手抱胸，似是觉得有些冷，轻轻搓了搓胳膊。

车子停在她面前，闻尧降下车窗，对她说："上车。"

看到是他，温柠放心地拉开车门坐进去。接触到车内温暖的空气后，她发出一声舒服的喟叹。

这里不能停车，闻尧顾不上和她说话，再次启动了车子。

路上，他终于得空问她："你喝了多少酒？"

闻尧眉心不自觉地皱起，他自己都不知道自己为何生气。

"没多少。放心，我酒量好着呢。"温柠低声道。

等红绿灯的时候，闻尧快速地看了温柠一眼，见她虽然身上酒气重，但眼神清亮，不像喝醉的样子，才稍稍放下心。

闻尧踩下油门，问："怎么只有你自己？你同事呢？"

"我手底下都是刚进入社会的小姑娘，我让她们先走了。"

"你……"闻尧真不知道该说她什么好，顿了一下，语气温和了些，"你别忘了，你也是小姑娘，自己在外面应酬不安全。"

温柠按了按太阳穴，无奈地笑了下："没人能陪我去啊，我有什么办法？"

闻尧脱口而出道："我可以陪你。"

说完后，车内陷入寂静。

温柠疑惑地看了过来。

闻尧这才意识到自己说了什么，不自在地清了清嗓子，补充道："我是说，我可以替沈屹陪你去。等他回来，他自然可以陪你。"

温柠脸上的笑多了几分温度："谢了。我有点儿头疼，先睡会儿。"

"嗯，你睡吧。"闻尧把车内空调的温度又调高了一些。

车子停在公寓楼下，闻尧看向温柠："到了。"

温柠睁开眼，缓了两秒钟才回过神。下车的时候，她不小心崴了一下脚。闻尧赶紧下车跑到她那边，伸手扶住她，问："几楼？"

"十七楼。"温柠心安理得地靠在他身上，柔若无骨。

闻尧扶着她走进公寓楼，坐电梯到达她说的楼层，问她："哪间？"

温柠指了指走廊尽头的那间房。

闻尧扶着她走过去后，温柠在包里翻找了半天：“咦，我钥匙呢？”

“我帮你找。”担心她又骗人，闻尧主动拿过她的包翻找起来。

他找了半天都没找到钥匙，倒是摸到了一片薄薄的、四方形的奇怪东西，这个东西中间似乎有一个挺大的圈。是钥匙圈吗？闻尧没想太多，把东西拿了出来。

走廊的吸顶灯十分明亮，闻尧刚把东西掏出来，就看到了上面的字。他虽然没用过，但还是认识的。

闻尧只觉得浑身的血液都朝着头顶涌去，他赶紧把手里的东西丢回去：“你……你在包里放这个干什么？”

“忘了，随便放的。”比起闻尧的反应，温柠平静多了，显得他小题大做。

闻尧深呼吸两下，尽量让自己的心情平静下来：没什么的，有对象的成年人需要用到这东西不是很正常吗？抛开乱七八糟的想法，闻尧问她：“没钥匙，你今天晚上怎么办？”

“不知道。我没有住得近的朋友，也没带身份证。”

想了想，闻尧提议道：“那我帮你开间房？”

“你放心让一个喝了酒的女人自己住酒店？”温柠从他手里拿回自己的包，故意威胁道，“算了，我去溪大吧。”

果然，她刚转过身，手腕就被闻尧用力抓住。身后闻尧的声音明显不稳，带着怒意：“不准去。”

温柠背对着他道：“那你说我该怎么办？我总不能在门口站一晚上吧？”

闻尧犹豫了很久，才终于下定决心，沉声道：“我家有客房。”

闻尧心想：如果温柠拒绝，他就让她住他家，他自己则去朋友家借宿一晚。可不等他提出来，温柠已经欣然应下：“好啊。”

开车回家的路上，回想起温柠刚才的笑容，闻尧总忍不住怀疑，这一切都是她提前设计好的。可他除了带温柠回家，似乎也没有别的办法。他不能让喝了酒的温柠一个人去住酒店，更不能让她去找别人。

闻尧叹了口气，不再纠结于这个问题，专心开车。他和沈屹住同一个小区，当初两人是一起买的房子。只不过他的房子在后面几栋。

进屋后，闻尧从鞋柜里拿了双新的男士拖鞋，放到温柠面前，道：“没有女士拖鞋，你将就一下。”

温柠眉梢微扬：“这么说……我是第一个进这个屋子的女人？”

“嗯。”闻尧换好鞋，率先往里走。

“你不是有女朋友吗？”

听见她的质疑，闻尧脚步微僵，很快找到了借口：“我们还不到那个地步。”

“哦。”

闻尧背对着温柠，没看到她眼中一闪而过的笑意。

“你睡这间，柜子里有被褥。我的房间在走廊另一头。有事叫我。”闻尧把温柠领到一间客房门前，说完就准备离开。

“哎……”温柠忽然拉住他的袖子。

“还有事？”闻尧问。

温柠看着他道：“我想洗澡。”

闻尧没明白她的意思：“房间里有浴室。”

温柠只好挑明：“我没衣服穿，帮我拿套洗换的衣服。”

闻尧终于明白了，应道：“哦哦。”

他回到自己的房间，挑了半天也不知道什么衣服合适，最后选了宽松的T恤衫和长裤。

温柠拿到衣服后没说什么，直接去洗澡了。

闻尧松了口气，看了眼腕表上的时间，转身去了书房。

打开电脑处理完工作，正准备关电脑时，却突然收到了沈屹的视频邀请。沈屹还发来一份文件，应该是要找他商量正事。

想到温柠现在正在他家，闻尧的心开始不受控制地“扑通扑通”狂跳。

今天晚上发生的事情，他要不要如实告诉沈屹？如果说他跟温柠两人待了一晚上，就算他清楚他们之间什么都没发生，沈屹也不一定会相信，心里肯定会留下疙瘩。要不然……还是别说了。只要他明天一大早把温柠送走，他们两个都不往外说，沈屹永远不会知道。想到这里，闻尧已经有了决断。他深呼吸了两下，接通视频。

沈屹没跟他寒暄，开门见山道：“我跟那边对接后，拟定了三套安防解决方案。我刚才发给你了，你先看下……”

闻尧很快进入工作状态，暂时放下了温柠的事。

温柠洗完澡，穿上T恤衫，将头发吹到半干后，她拉开门出来，想问问闻尧有没有充电器。

走廊的灯关着，走廊另一头有个房间，从没关紧的门里漏出些许光亮。温柠没带手机，直接朝着那个房间走去。走近后，她听到闻尧的说话声：“第三套方案对视频处理和分析的技术要求最高，报价也高出八个百分点，我倾向于用这套方案。”

温柠正准备推门进去，紧接着却听到了熟悉得不能再熟悉的声音。

“嗯，我也是。明天会议上我会让宋高朗拿出这套方案，你看看，还有没有什么需要补充的？”声音低沉清朗，声调平稳无波，这分明是沈屹的声音。

温柠凑近门缝，悄悄往里面看去。明亮的书房里只有闻尧一个人，他面对着电脑，坐在真皮座椅里，神情认真，时不时提出自己的看法。看来他们是在打视频通话。

温柠吐出一口气。吓了她一跳，她刚才还以为沈屹提前回来了呢。在外面站了一会儿，温柠冒出一个邪恶的念头，她握住门把手，缓缓推开了门。

闻尧正跟沈屹讨论着工作，余光注意到门被人打开，下意识地抬眸看过去。看到温柠进来，闻尧顿时瞪大了眼睛，满眼惊恐，一时之间都不知道该往哪儿看。

“怎么了？”沈屹见他表情奇怪，疑惑地问道。

闻尧心虚地眨了眨眼睛，道：“没……没什么。”

“你刚才在看什么？”

闻尧不由自主地看向温柠，对上后者带着促狭笑意的眼睛，心里有种不好的预感。他迟疑地回答沈屹：“看……我妹妹。”

“你什么时候有妹妹了？”

闻尧紧张得额头都渗出了冷汗：“是我表妹。我这就让她出去。”

“嗯。”沈屹没再多言。

闻尧清了清嗓子，装模作样道：“你先回你的房间待着，有事待会儿再说，我在工作呢。”

温柠脚步未停，继续朝他走来。

过了会儿，沈屹问：“她走了吗？”

温柠用口型无声地告诉闻尧：走了。

闻尧硬着头皮，照着她的话说：“走了。”

“那我们继续。”

“好、好。”

闻尧心不在焉地跟沈屹继续商议事情。而温柠已经走到了闻尧面前，和他之间只隔着一张书桌。

桌上的笔记本电脑对着闻尧，她站着的这个位置，沈屹绝对看不见她。

闻尧紧张得头皮发麻，生怕温柠出声或是出现在视频中被沈屹看见。他甚至开始想，待会儿要怎么向沈屹解释。可他预料中的事情并没有发生。温柠待在他对面，既没有发出声音，也没有要绕到他那边去的意思。

闻尧的心情刚放松一点儿就感觉脚被狠狠地踩了一下，他惊得差点儿原地跳起来。

“闻尧，闻尧？”

沈屹喊了两声，闻尧才终于回过神：“抱歉。你刚才说什么？我没听清楚。”

沈屹低声问道：“你是不是累了，今天怎么总走神？”

闻尧结结巴巴地回答：“是……是有点儿累。”

温柠促狭地看着闻尧强装淡定，坏心地继续欺负他。

闻尧浑身紧绷，不停地吞咽着口水，想要缓解一下，却徒劳无功。

过了会儿，沈屹关心道：“你怎么了？身体不舒服？”

闻尧故作镇静地喝了口水，胡乱找了个借口：“没有，可能是太热了。这两天天气很闷，一直没下雨。”

沈屹没有起疑，继续跟闻尧商量正事。刚才他们已经谈得差不多了，又说了几句就结束了这个话题。

闻尧以为折磨终于要结束了，心弦稍松，正准备顺势关掉视频，却听沈屹忽然道：“闻尧，你今天晚上见到温柠了吗？”

听到这句话，闻尧几乎被吓得心跳停了一拍。

闻尧脸颊通红，慌里慌张，不知道该如何回答，下意识地抬眸看向书桌前的温柠。她依旧云淡风轻，动了动嘴唇，无声地说：“见了。”

闻尧惊慌之下会错了意，抹了把额头的汗，道：“没……没见到。”

听到他答错，温柠在心底叹了口气，又往他脚上踩了两下。

沈屹蹙眉道：“你今天没送她回去？”

“没有，她……”闻尧顿了一下，才道，“她今天去应酬了，没让我送。”

沈屹狐疑的声音透过视频传来：“可温柠刚才跟我说，她今天应酬完，是你送她回去的。”他话音落下，书房陷入死一般的寂静。

闻尧慌得头皮几乎都要炸开。他本以为温柠会瞒着沈屹，没想到她居然这么大胆，如实和沈屹说了。不过，沈屹应该不知道他把温柠接回家了，不然，他不可能这么平静。

闻尧在“承认他刚才说了谎”和“硬着头皮说他没见到温柠”之间反复摇摆。他只能又一次向温柠投去求助的目光。

温柠丝毫不担忧，她慵懒地拨弄着半干的头发，唇色淡红。看样子，她不打算帮助他，想让他自生自灭。

闻尧只好自己面对。绞尽脑汁想了会儿，他试探着问沈屹：“温柠怎么和你说的？”

沈屹对自己的兄弟毫无防备，如实回答：“她说应酬完就坐你的车回家了。”

“还有吗？”

“没了。”

闻尧稍微松了口气：“我没见到她，我也不知道她什么时候结束的应酬。”

沈屹脸色微变，道：“那她为什么……”

“她可能是不想让你担心，所以才这么说的吧。”闻尧底气不足地回答。

沈屹抿了抿唇，道：“你先别出声，我给她打个电话。”

闻尧惊惶地问：“现在吗？”

沈屹放心不下，在闻尧发出疑问的时候，他已经把号码拨了出去。

闻尧知道温柠进来的时候没带手机，这会儿倒是没那么慌张了。只是温柠又重重地踩了他一脚，越来越过分，让他忍无可忍。

趁沈屹打电话时，闻尧微微往前坐了坐，借着桌子的遮挡，警告似的把她的脚踢了回去。

温柠疼得咬唇发出一声嘤咛。

沈屹拿下手机看了一眼，电话并没有被接通，可他怎么听到了温柠的声音？思忖片刻，他抬眸看向屏幕里的闻尧，语气带着不确定：“我刚才好像听到了温柠的声音。”

闻尧心里后悔不已。这叫什么事儿啊！他瞒着兄弟把兄弟的女朋友领到家里，在跟兄弟视频的时候，兄弟的女朋友就站在他对面，面对兄弟的灵魂发问，他完全不知道该如何应对。

有那么一瞬间，闻尧甚至想把电脑屏幕转过去，跟沈屹摊牌。可他仅存的一丝理智告诉他：如果沈屹知道了今天晚上的事，那他们就再也做不成朋友了。

闻尧只好强压下这样的念头，大脑在紧急关头被迫快速运转。他松开握住温柠脚踝的手，不好意思地挠了挠耳朵，道：“你听错了，刚才是我女朋友。”

“你什么时候有女朋友了？”沈屹疑惑地问。

“前段时间刚谈的，还没来得及跟你说。”

可能是觉得尴尬，沈屹主动提出：“那先挂了吧。”

“好。”闻尧长舒一口气。

挂断视频通话后，闻尧收到了沈屹发来的消息：“之前进来的人就是你女朋友？”

看不到沈屹的脸，也听不到他的声音，闻尧的压力小了不少，他回复：“嗯，我一开始没说实话。”

沈屹言简意赅地回复：“恭喜。”

闻尧心虚地转移话题：“你给温柠打电话了吗？”

沈屹：“她关机了，我等下再和她联系。”

闻尧：“好。”

关掉手机，闻尧的后背几乎被冷汗打湿。

温柠绕到桌子这一侧，后背抵着桌子边缘，抬起脚揉了揉，抱怨道：“你用那么大力气干什么？”

“我哪里用力了？”闻尧为自己辩驳道。

温柠从鼻子里发出一声轻哼，把腿搭在凳子上：“你自己看。”

闻尧低头看去，这才发现女人细白的脚踝上有一处红痕，尤为显眼。可他分明没怎么用力，她的皮肤未免也太娇嫩了。

“疼死我了。”温柠这会儿纯粹是发大小姐脾气。

闻尧没敢出声，这件事上，他确实理亏。

“哎，闻尧，你大半夜去接兄弟喝醉的女朋友，还不把这件事告诉他，难道是想对我图谋不轨？”温柠双手撑在身后的书桌上，微弓着上身看向他。

不知为何，闻尧的心像是被扎了一下，他眼神躲闪，嘴硬道：“我只是不想让沈屹担心。”

温柠感叹道：“我还以为你跟我打完电话就告诉沈屹了呢，所以我才跟他说了你送我回家的事。没想到你根本没告诉他，刚才差点儿露馅。”

“这……这不是没露馅嘛。”闻尧嘟囔道。

他本以为，只要把她安然无恙地送回家就算完成任务了，哪里想得到温柠会忘记带钥匙，住进他家，甚至那么大胆地捉弄他。

温柠不再闹，平静地穿上拖鞋，说：“我手机没电了，帮我找个充电器。”

桌上就有充电器，闻尧拔下来递给她，问：“这个能用吗？”

温柠看了一眼充电线接口：“可以，谢了。”说完，她拿上充电器回了房间。

闻尧挫败地跌坐在椅子上，将脸埋进手心，身体里好似燃着一团火，心口却一片冰凉。

温柠回到房间，给手机充上电，开机，看到沈屹发来的微信消息。

沈屹：“刚才闻尧和我说，你没让他送你回去。他说的是真的吗？”

隔了一会儿，他又发了一条：“温柠，你到家了吗？手机怎么关机了？我很担心你。”

温柠懒得一条条回复，直接给他回拨了电话。

沈屹一直守着手机，铃声刚响起，他就接了起来：“温柠？”

“我在呢。我刚才去洗澡了，手机没电，自动关机了。”温柠躺到床上，娇声向他解释。

沈屹显而易见地松了口气：“到家了就好。”

温柠半真半假地和他开玩笑：“你还去问闻尧，不信任我啊？”

“没有，”沈屹急忙否认，“我只是想问他，你有没有喝醉。”

“那你为什么不直接来问我？”温柠感到好笑，问道。

“我……”沈屹欲言又止，沉默了会儿，才压低声音，小心地回答，“我怕你觉得烦。”

他离开南溪不过两天，每天晚上都担忧得睡不好觉，生怕等他回来，温柠对他的态度又会发生变化。天知道他有多想了解她的动态，可他不敢查岗，不敢多问一句，就怕她烦他。

温柠叹了口气，道：“有什么就直说呗。沈乞乞，你为什么把自己搞得这么可怜啊？”

她的语气一如既往地宠溺，就像很多年前他们感情还很好的时候那样。那时，她给了沈屹无限的温柔和包容，希望他能不那么自卑敏感，希望他能主动向她敞开心扉。可她离开的这些年，他又回到了最初的状态，小心翼翼，如履薄冰。

沈屹的眼眶不受控制地泛起了红。顿了一下，他哑声问：“你为什么跟我说是闻尧送你回去的？”

因为这就是事实。不过温柠不能和他说实话：“其实是一个男性朋友送我回来的，我怕你吃醋，所以说是闻尧送我回来的。”

沈屹明显底气不足：“我……我不会吃醋的。”

“是吗？之前不知道是谁，连好兄弟的醋都吃。”

沈屹羞臊得不行，无奈地低声喊她的名字：“温柠。”

“不过话说回来，你为什么这么害怕我变心啊？”

他最近一段时间的不安，温柠是能感觉到的。

沈屹轻易被她套出了话：“那天，我在你身上看到了吻痕。”

“哪天？”

“我们在车上那天。”

“你在哪儿看到的？”

“你的肩膀上，右边。”他连位置都记得清清楚楚。

温柠想他是在帮她戴项链的时候看到的。明明在意得要死，亏他能憋这么久不问她。

“我身上的吻痕不是你留下的，还能是谁留下的？”

“不是我。”他亲过什么地方，他记得清清楚楚。

温柠不在意道：“那就是不知道在哪儿撞了一下。你又不是不知道，我身上很容易留下痕迹。”

听到她这么解释，加上在她家楼下蹲守的那天的确没发现可疑人员，沈屹彻底打消了心里的疑虑。

温柠继续劝道：“以后有什么问题直接问我，不要自己瞎猜。知道了吗？”

“嗯，我知道了。”沈屹温顺地应下。

“对了，你跟闻尧的关系很好吗？”温柠很好奇，他们两个人的关系到底好到了什么地步。

“嗯，我们认识很多年了。你怎么忽然问这个？”

“没什么，随便问问。闻尧有没有谈过恋爱，你知道吗？”

“没有，他一直单身。”说到这里，想起刚才的声音，沈屹补充了一句，“他这段时间才谈了女朋友。刚才我和他视频的时候，他的女朋友也在。”

闻尧果然没跟沈屹提起过和她的过去。温柠努力忍着笑，故意逗他：“那你见到他的女朋友了吗？长得漂不漂亮？”

“没有。见到了我也不会留意她漂不漂亮的。”

“为什么？”

听到她的问题，沈屹才发觉，他不小心把心里话说了出去。可能是温柠刚才那句话触动了他，沈屹鼓起勇气说：“我只想看你。”

温柠难得听到他说情话，起了逗弄的心思：“哦，你只想看我啊？那我们没复合的时候，你怎么找女朋友啊？”

“我没找女朋友。”

温柠怀疑自己听错了：“什么？”

沈屹的声音低下去：“我没和别人谈过。”

“为什么？”温柠下意识地追问。

沈屹停顿了片刻，才道：“你还记得我们刚在一起的时候，我是怎么回应你的吗？”

“记得啊，你给我写了一封信。”

“那信的内容呢？”

温柠努力在记忆中寻找这一片段。出乎意料的是，过去这么久，那张洁白的信纸和上面漂亮的黑色字迹依旧清晰如初：温柠，我答应你。我承诺我将永远喜欢你，永远不和你分手。

“永远不和我分手，是这句吗？”温柠刚问出口，就听到沈屹说：“温柠，一直以来，我都不觉得我们分手了。”所以他怎么可能去找别人呢？

温柠动了动唇，忽然说不出话来。当初，她以为这只是没谈过恋爱的书呆子随便说的一句傻得可爱的承诺，根本没当真。分开这十年，她偶尔也会想起沈屹，但从不觉得他会一直等着她。

这会儿突然得知这件事，温柠觉得心里有些过意不去：“抱歉啊，当初分开的时候，我没有好好地和你告别。”

单方面地分了手，没留下只言片语就出国，仔细回想起来，她的确做得过分了些。

“没关系。”这是沈屹自己的选择，他不想用这件事道德绑架她，很快就转移了话题，“这边的合作可以提前结束，我明天就能回南溪了。”

温柠惊讶道：“明天？这么快？”

“你不开心吗？”沈屹敏感地捕捉到，她话语中的情绪只有惊，没有喜。

“没有，我怎么会不开心呢？这两天我也很想你。”

“那我明天一回去就去见你。”

“好。”

早上，温柠下楼的时候，闻尧刚从外面回来，手里提着两份早餐。

昨天洗的衣服已经烘干，温柠换回了自己的裙子，懒洋洋地打了个哈欠，眼尾湿润，平常地跟闻尧打招呼：“早啊。”

“早。”闻尧仍有些不自在，不敢跟她对视。他将早餐放到餐桌上，温柠在他对面坐下，安静地吃早餐。

清晨天气凉，出门的时候，温柠搓了搓手臂。闻尧犹豫了下，还是脱下外套递给她。

“谢谢。”温柠不客气地将他的外套披在肩上。

闻尧拉开驾驶位的车门坐进去，对她说：“快上车，不然要迟到了。”

温柠坐进车里，看到微信上陆舒扬发来的消息。

陆舒扬：“姐姐，今天我们有篮球比赛，你有空来看吗？”

温柠：“几点？”

陆舒扬：“下午六点开始。”

温柠：“行，姐姐去给你加油。”

温柠抬起头，对闻尧说：“今天下午你能提前半个小时下班吗？”不能的话，她就自己打车去。

“你要做什么？”闻尧启动车子，转头看了她一眼。

“去溪大看陆舒扬打篮球比赛。”

“非得今天去？”

“对啊。”

闻尧深呼吸了两下，道：“沈屹今天回来，下午六点下飞机，你不知道吗？”

“我知道啊，沈屹从机场回来不也需要时间？我看一会儿比赛就走。”

想了想，闻尧不甘不愿道：“我送你去。”

“谢啦，那晚上见。”温柠弯起眼睛冲他笑，眼底漾开细碎的光。

闻尧眸光闪了闪，不自然地别开眼。

最近，温柠手上的活都是长期合作的单子，用以前画过的人设，配合合作方的活动出几张新图就可以，工作还算轻松。忙到下午五点钟，她简单地跟员工开了个小会，散会时正好五点半。

温柠走到隔壁 A 座的停车场，闻尧已经在车里等着她了。

“走吧。”温柠系上安全带，给陆舒扬发消息，告诉他自己准备出发了。

“你跟沈屹约好见面时间了吗？”闻尧一边将车子从停车场里开出去，一边问道。

“他一下飞机就会去找我，大概晚上七点半。”

闻尧忍不住叮嘱道：“那你七点钟之前必须回去。”

“知道了。”

他们到南溪大学的时候，刚好快六点。温柠提前问过陆舒扬位置，知道他们在西操场打球。

“我带你去。”闻尧关上车门，迈开长腿，走在前面。

年轻的男女并肩走在梧桐大道上，十分抢眼。女人穿着单薄性感的黑色短裙，肌肤欺霜赛雪，五官明艳精致，大波浪卷发随着走动飘散出清甜的香水味。她身边的男人有着一头张扬的红色短发，银色耳钉耀眼，皮肤冷白，神情略有些不耐烦，但同样漂亮得惹人注目。路过的学生都不自觉地把目光投向这边，目露惊艳，还有人举起手机偷偷拍照。

走到银杏路尽头，闻尧指着前方说：“就在那儿，你看完赶紧回来。”

“知道了。”温柠头也不回道。

比赛马上就要开始了，温柠走过去，一眼就看到了正在和几个队友商量战术的陆舒扬。他穿着黑色的球衣、宽松的短裤，臂弯下夹着个篮球，浑身上下都散发着年轻人的朝气，阳光俊朗，十分帅气。

“舒扬。”温柠双手拢成喇叭状，甜甜地喊道。

听到熟悉的声音，陆舒扬转过头，眼睛在看到温柠的瞬间亮起。把球往队友怀里一丢，陆舒扬从篮球场的尽头朝她跑过来。在她面前站定后，他说：“姐姐，你来了。”清朗的声音带着显而易见的开心。

温柠撞上他结实的胸膛，他身上蒸腾的热气扑面而来。她无奈地揉了揉鼻尖，问：“怎么不穿我送你的鞋？”

“对不起，姐姐，我太激动了，没撞疼你吧？”陆舒扬手忙脚乱地道歉，“你送我的鞋在宿舍放着呢，我舍不得穿。”

“我没事。买了为什么不穿？你要把鞋供起来啊？”温柠笑吟吟地打趣道。

陆舒扬傻笑着道：“那我以后平时穿。”

队友在喊陆舒扬的名字，温柠拍了拍他的胳膊，道：“去吧，你的队友喊你过去呢。”

“我走了。”

“嗯，姐姐会给你加油的。”说完，她又笑着催促他，“快去吧，你的队友要着急了。”

“姐姐，待会儿见。”陆舒扬这才挥手和她告别。

闻尧单手插兜站在银杏树下，远远地望见这一幕，咬了咬牙，心道：这小男生还真是黏人。

闻尧的手机响了一下，是沈屹发来了消息。

沈屹：“我下飞机了，你送温柠回去了吗？”

没有，温柠在看小男生打篮球。

闻尧烦躁地在对话框里打出这行字，又删掉，最后回复道："我正准备送她回家。"

沈屹："谢谢你这几天帮我照顾温柠，回头我请你吃饭，这季度的分红让财务转给你。"

闻尧连忙回复："吃饭可以，分红就不用了，又不是多大的事。对了，你待会儿还回不回公司？"

沈屹："不回了，我要去找温柠。"

沈屹从机场到温柠的住处最多一个半小时，而他们从溪大到温柠家大概要半个小时。如果温柠非要看完整场篮球比赛，他很可能就没法在沈屹到她家之前把她送到家了。

闻尧在心里暗骂自己：温柠都不急，你急个什么劲！

早晨收到沈屹要提前回来的消息，按理说，闻尧应该觉得如释重负的，因为他终于可以摆脱温柠这个坏女人，不用再担心被她戏弄，犯下对不起兄弟的错。可他看到那条消息后，忽然感到无比失落。以后，沈屹会每天接送温柠上下班，再也不需要他了。

闻尧倚着树干，垂下眼在脑海中回想这段时间发生的一切，思绪复杂。

不知不觉，场上的篮球赛接近尾声，操场上亮着几盏灯，篮球拍地的咚咚声淹没在欢呼声中。听到这阵激动的欢呼声，闻尧才恍然发觉已经快七点了。他连忙朝前方看去，正好看到那个刚结束比赛的男生跑向温柠。

闻尧急得要死，给温柠发消息也得不到回复。他忍不住往前走去，想悄悄拉走温柠。结果他的手还没伸出去，温柠已经拉着小男生离开了。

"姐姐，我手上有汗。"陆舒扬有些扭捏，不好意思用他的脏手碰她。

"没关系，我不嫌弃你。之前我怎么不知道你篮球打得这么好？"

陆舒扬停下脚步，往四处看了看，见附近没人，才俯身说："其实我以前没这么厉害的，之前特意练了腹肌后，打篮球才变厉害了。"

温柠有些忍俊不禁："是因为体力变好了吗？"

"嗯，大概吧。"陆舒扬回道。

手机振动个不停，温柠拿起来看了一眼，是闻尧打来的电话。他估计等得不耐烦了，打来电话催促。她按下挂断键，对陆舒扬说：“我今天还有事，得先回去了。”

“啊？”陆舒扬失望极了，虽然不舍得和她分开，但还是懂事地说，“好吧。我周末能去找你吗？”

“可以啊，这周末我有空。”

陆舒扬一扫上一秒的颓丧，恢复了精神：“那我们周末见。我送你到学校门口吧。”

“不用了，你的同学都等着你去聚餐呢。我先走了。”

“姐姐再见。”陆舒扬站在原地冲她挥手。

温柠刚走到拐角处，手就被闻尧一把拉住，他焦急地说：“都这个时间点了，沈屹都快下飞机了。”

“哎，你轻点儿。”温柠娇气道。

闻尧稍微放松了力道，拉着她走到车子旁边，怒气冲冲道：“上车！”

温柠拉开车门，乖乖地坐进去。

闻尧绕到另一边上车，脚踩油门，开车驶出校园。

“你既然来看打篮球，为什么不跟沈屹约在明天见面？”闻尧不明白她为什么非约沈屹今天见面。

温柠勾了勾头发，漫不经心地回答：“因为我想沈屹了啊，想早点儿和他见面。”更想和他干点儿别的事儿。

“你想他还去见别人。”

温柠理所当然地回道：“想他也不耽误我跟朋友见面啊。”

闻尧被她这句话噎得哑口无言。之后，他专心开车，没再和她说话。

快开到温柠家附近时，她的手机响了一下，她打开一看，是沈屹的消息。

“沈屹已经到我家了。”温柠一脸淡然地给沈屹发了条语音，“沈乞乞，我去楼下买点儿东西，你稍微等我一会儿。”

沈屹回了个“好”。

温柠下车，买了些水果和零食，然后让闻尧送她到小区门口。下了车，她转身走进了明亮的公寓楼。

出电梯后，温柠一眼就看到了安静地站在门口的高大男人。他穿着干净挺括的衬衣，瘦削的肩膀斜倚着白墙，浓密的长睫低垂，挺直的鼻梁被走廊的光打出侧影，十分好看。

“沈乞乞！”

沈屹抬眸望过来，在看到她的瞬间表情鲜活起来：“温柠。”

温柠跑过去扑进他的怀里，把刚买的东西都塞给他：“我怕你急着赶过来没时间吃东西，就去楼下买了点儿水果。对不起啊，让你久等了。”

“我没等多久。”听她关心自己，沈屹感动得一塌糊涂。

温柠从包里掏出钥匙开门。昨天晚上，她的钥匙应该是不小心从包里掉出来了。今天早上坐车的时候，她在闻尧的车上发现了钥匙，就把它装回了包里。

一进门，沈屹还没来得及开灯，就被温柠热情地抵在墙上，她凑近他的耳朵，娇笑道：“让我满意了，你才能吃东西。”

沈屹耳朵有些痒，胸腔震动，无奈又宠溺地低笑道：“好。”

“你刚出差回来，会不会很累？”

“不会。”沈屹嗓音微哑，回道。

实际上，为了能早点儿回来，他昨晚熬了一个通宵，今天也只在飞机上休息了一会儿。

温柠满足了后，觉得肚子饿了，说：“我有点儿饿了。”

“那吃点儿东西？”沈屹亲了亲她的头发。

“好。”

沈屹起身打开灯，穿上衣服后，给她切了一盘水果端进来：“晚上你没吃饱吗？”

“我什么都没吃。”

“那我去做饭。”

沈屹进厨房快速做了两个菜，温柠有些提不起力气，软绵绵地坐在他的腿上，由他服侍着吃完了一顿饭。之后她回床上休息，沈屹吃了她剩下的饭。

沈屹洗完澡出来，问温柠要不要洗澡。

“你抱我去。”温柠懒得动。

“好。”

沈屹好脾气地走过去，将她打横抱起，让她坐进浴缸。温柠舒服地在里面翻了个身，像条婀娜的美人鱼。沈屹温柔细致地帮她清洗身体，两个人有一搭没一搭地说着话。

“我发现你做饭的手艺精湛了不少，味道比以前更好了。”

“是吗？你喜欢就好。”沈屹的嗓音带着愉悦。

“你这段时间不会再出差了吧？”

“暂时不会。”

温柠语气娇媚道：“那太好了，我一天都不想和你分开。”

沈屹的眼神不自觉地变得柔软：“我也是。”

第七章

走钢丝

第二天，沈屹来到闻尧的办公室，闻尧还以为他有什么工作上的事要说，结果他只是想问关于温柠的事。

“你怀疑温柠劈腿？”闻尧的声音因为惊讶而拔高。

沈屹坐在沙发上，手肘撑着膝盖，浓黑的睫毛低垂，嗓音低沉：“没有。我只是想问问，你有没有见到她跟哪个男人走得近。”

闻尧咽了咽口水，在他对面坐下，强自镇定地喝了杯水：“我每天送她到楼下就走了，没见她跟哪个男人走得近。”

“那天她去应酬，是谁送她回家的，你知道吗？”

仿佛有一股火顺着尾骨蹿上脊背，闻尧心虚得不行，支支吾吾道:“这个……我也不知道。那天晚上，我下班就回家了，没见到她。”

沈屹点了点头：“下个月月底的溪大校友会，你去参加吗？”

“啊？校友会啊，我应该会去参加。”

“那到时候一起。”沈屹每年都会去参加校友会，也会捐款。当年，他身负巨额债务，是靠助学金和兼职赚的钱读完的大学，所以，他对母校一直心存感恩。

“好。”闻尧刚应下，却忽然想起那个小男生也在溪大读书。到时候，他们不会跟那个小男生碰上吧？

察觉到闻尧脸色的变化，沈屹疑惑地问道：“有什么问题吗？”

“没……没什么。”闻尧讪笑了两下。学校那么大，哪儿那么巧刚好碰上？他未免有些杞人忧天了。

门在这时被人敲响，闻尧问：“谁啊？”

“我找沈屹。”是温柠的声音。

闻尧跟沈屹对视一眼，手里的水杯都差点儿没拿稳，他轻咳了两声：“进来吧。”

办公室的门被人从外面推开，温柠穿着红裙站在门口，对沈屹说：“我去你办公室找你，你没在，助理说你在这边，我就过来了。”

“找我有什么事吗？”

温柠走到沈屹身边坐下，亲昵地挽住他的胳膊，道：“正好你们都在，我想问下你们这周末有没有时间？”

闻尧刻意不看他们两个，转头假装看窗外的风景。

“问这个做什么？”沈屹问。

温柠抱住他的胳膊撒娇：“乞乞，人家尽职尽责地给我当了三天司机，我们是不是该请他吃个饭啊？正好我们在一起后，我还没正式认识你的朋友呢。”

听到这句话，闻尧眉心一跳，下意识地看向温柠。她眼神清澈无辜，水红的唇瓣微微嘟起，语调婉转娇媚，缠人得紧。

根据闻尧对沈屹的了解，沈屹拒绝不了她。果然，沈屹接下来就对他说：“闻尧，这周有空的话，一起吃个饭？”

闻尧一时间想不到合适的理由来拒绝。好兄弟谈了女朋友，他这个做朋友的，一起吃顿饭认识一下，似乎没什么不妥。他硬着头皮答应：“那就周日晚上吧。”

温柠眼底晕开浅浅的笑意：“我听沈屹说你也有对象了，如果你女朋友有空，你带她一起来呀。”

闻尧愣了一下。他有没有对象，温柠不是很清楚吗？她为什么要这么说？抬头对上她看好戏的眼神，他才明白，这女人是在故意给他出难题。

闻尧心中暗恨，咬牙切齿道：“好，我会带她过来的。”

沈屹带着温柠回了他的办公室，一进去就反锁了门。

“怎么了？你要跟我做一些别人不能知道的事吗？”温柠搂住他的腰，嗓音好似掺了蜜。

沈屹原本没有这个打算，他只是想和她独处一会儿。可听她这么说，他心中随即升起一个念头——如果他满足温柠所有的需求，她是不是就不会去找别人了？

想到这里，沈屹主动将她捞进怀里，低头亲吻她的唇。他正准备带她进里面的休息间，女人却揪住他的衣服领口，踮脚亲了亲他的下巴，指引他朝着办公桌走去。

闻尧拧动门把手，却没能打开门，他敲了敲门板，问道：“沈屹？你睡了吗？”

沈屹掐住温柠的腰，两人一齐看向门口。

“马上要开会了，你抓紧起来，别迟到了。”闻尧又敲了几下门，道。

温柠抱住沈屹的脑袋，和他额头相抵，轻声问：“你待会儿要开会啊？”

沈屹眸光一冷，应道：“嗯。”

“那你还折腾这么久？”

沈屹喉结滚了滚，气息温热：“我忘了。”

温柠笑着亲了亲他的鼻尖，道：“快点儿，别迟到了。”

沈屹虽然不舍，但正事要紧，他无奈地点了点头，走进里面的休息间整理。

温柠喝了口水，又听见门口传来敲门声，她起身过去打开了门。

“你干什么呢？怎么这么……”看到开门的是温柠，闻尧把最后一个字咽了回去，话锋一转，道，“你怎么还没走？”

温柠拨了拨额前微潮的发丝，没看见他似的，绕过他往外走。她的走动带起一阵微风，正好让闻尧嗅到了空气中若有似无的暧昧气息，他下意识地抓住她的手腕，质问道：“你们在里面做什么了？”

温柠感到好笑，回道：“你猜不出来吗？”

闻尧脸色大变，薄唇一点点失了血色，握住她的手也不自觉地松开了。

温柠没再理他，踩着高跟鞋走向电梯间。

休息间的门从里面打开，沈屹出来，见温柠已经离开，不自觉地流露出失落的神情。

走到门口时，看到闻尧失魂落魄地站在那里，沈屹不由得关心道：“你怎么了？”

闻尧脸色难看，僵硬地扯了扯唇，道：“没什么，走吧。”

周六那天上午，陆舒扬带着礼物过来找温柠。他们一块儿去外面吃了午饭，随后回温柠家里待着。

客厅里的投影仪正在播放一部恐怖电影，温柠和陆舒扬一块儿坐在沙发上看。看到一半，温柠觉得冷，便躺在了沙发上，扯过空调毯盖在身上。

“要不要把空调温度调高？”陆舒扬问她。

“不用，看恐怖电影就是要开冷气才有氛围啊。”温柠蹬着空调毯，分给他一半，“冷不冷？分你一点儿。”

“哦，好。”陆舒扬把薄毯盖在两人的腿上。

快播放到结局的时候，陆舒扬忍不住起身，道“姐姐，我借用下你的卫生间。”

温柠大方道："用吧。"

陆舒扬上完厕所出来后，温柠随意地望过去，结果视线就凝在了他身上，差点儿脱口喊出一句"沈屹"。

陆舒扬穿着简单宽松的白色T恤衫、黑色短裤，站在那里就有种说不出的干净澄澈感，身上一点儿也看不出岁月留下的痕迹。

他的长相跟沈屹的确有些相似。

陆舒扬红着脸，有些害羞地问："姐姐，你怎么一直看着我？"

温柠收起思绪，笑着打趣道："你长得好看。"

陆舒扬注意到她脖子上的玫瑰金项链："姐姐，你什么时候买的项链啊？好好看。"

"前段时间买的。"

两个人坐在沙发上继续看电影，温柠放在茶几上的手机在这时响起。看到来电显示上跳动的"沈屹"两个字，温柠唇边的笑意渐收。犹豫了两秒，她还是竖起食指，对陆舒扬做了个"嘘"的手势，她清了清嗓子，接起电话："喂？"

沈屹低沉的声音从电话那头传来，沙沙的，很温柔："温柠，你在家吗？"

"嗯……你有事吗？"

"我刚忙完，发现袖扣好像落在你那儿了。我现在过去取，你方便吗？"

温柠揉了揉眉心，从沙发上坐起来："现在？"

沈屹低声征求温柠的意见："嗯，我想去接你，然后我们一起吃晚餐，可以吗？"

温柠踟蹰片刻，还是答应了："行，那你过来吧。"挂断电话后，她对陆舒扬说："抱歉，舒扬，待会儿有个朋友要过来拿东西，晚上我得跟他一块儿出去吃饭，不能陪你了。"

陆舒扬失落地垂下眉眼："好吧，那我下次再过来找姐姐玩。"

看完电影，陆舒扬才依依不舍地离开。

沈屹此时已经到了。他从电梯里出来的一瞬间，余光注意到有个男生刚好走进旁边的电梯。不期然的一瞥后，他忽然觉得男生的长相有几分眼熟。沈屹侧首往旁边看去，可电梯门已经缓缓关上。

怎么感觉好像在哪儿见过他？沈屹收起思绪，走向走廊尽头的那一间房，敲了敲门。

温柠刚把桌上陆舒扬用过的水杯放进水槽，听到敲门声，她还以为他又回来了。她走过去打开门，见来人是沈屹，有些惊讶："怎么这么快就到了？"

"路上没堵车，就开得快一些。晚上你想吃什么？"

看沈屹神色如常，温柠稍稍放下心，道："家常菜吧。"

"那我们不出去吃了，我待会儿去买菜。"

"行。你先进来歇会儿吧，晚点儿再去买菜。"

说话间，沈屹走到玄关处，正准备从鞋柜里拿出拖鞋，视线却陡然定住——旁边多了双黑色拖鞋，看大小，应该是男人穿的。

沈屹换上自己的鞋，声音没什么起伏地问："有朋友来过？"

温柠这才想起，她忘记把陆舒扬穿过的鞋收起来。而沈屹心细又敏感，稍微有点儿不对劲，就会立刻紧张起来。

温柠感觉得出来，沈屹比以前更敏感了。她随口答道："嗯，刚才有朋友过来拿东西。"

沈屹点点头，迈步走向厨房："我看看冰箱里还有什么菜。"

温柠很少做饭，冰箱里没什么菜，于是沈屹去超市买了些蔬菜和海鲜回来。

他进厨房忙活，温柠也跟在一旁打下手。沈屹注意到她的动作不熟练，猜到她厨艺不精，但没有说什么。

前段时间温柠给他送的饭，不管是她自己做的，还是她在网上订的餐，他都无所谓。虽然她骗了他，但那些午餐明显是精心搭配的，这说明她对他是上了心的。这样就够了，其他的，沈屹不想纠结太多。

"你出去看电影吧，我马上就弄好了。"

"行。"温柠正好不想待在厨房，放下手里的东西出去了。

沈屹关上厨房门，动作迅速地炒了四道菜，还炖了个排骨汤。

温柠在他的侧脸上亲了一下，道："辛苦啦。"

沈屹小幅度地弯了弯嘴角。

晚上，两人欢好时，沈屹一反常态地坚持开灯。温柠倒是不怕有光，就是不明白他突然的不安和怀疑来自何处，问道："你怎么了？感觉有点儿奇怪。"

没想到沈屹倏然红了眼眶，手臂很用力地回抱住她，声音低哑，透着浓浓的悲伤和无助："温柠，少了一只。"

"什么少了一只？"温柠没明白他的意思。

沈屹眼睫轻颤，泪水顺着脸颊流淌："你是不是和别人用了？"

"用什么？"

"你劈腿了是吗？这次是和谁？"他陷入自己的思绪中，魔怔了一般。

温柠一头雾水："没有啊。你为什么会这么想？"

沈屹拥着她，身体控制不住地颤抖。

温柠轻抚他汗湿的后背："你先别哭，先跟我说说发生了什么，可以吗？"

如果是因为遇见了陆舒扬，误会了，那他早就该表现出来了才对，不可能忍到现在才爆发。但是买菜回来后，沈屹就没出过门，那他现在是怎么回事？

沈屹像是不愿意面对，不肯回答她的问题。

温柠温柔地吻了吻他湿红的眼尾，心中莫名有些不是滋味："沈乞乞，你别哭了。"

沈屹捧住她的脸，亲吻她，努力想要取悦她。

温柠现在没心情接吻，偏头想要躲开，可他固执地不肯松开。她有些生气地咬了他一口，他却像是感觉不到疼一样，依然不肯松开。直到温柠用力地掐了一下他的腰，沈屹才暂时松口。

温柠眼神一冷，威胁道："你再这样，我就生气了。"

他怎么又变得跟以前一样脆弱，难受也不愿意开口，总想把自己彻底封闭起来？没想到这么多年过去，他还是没能改掉这个毛病。

温柠的话语戳到了沈屹最害怕的点。他小心翼翼地蹭了蹭她的额头，低声下气地道歉："对不起。"

温柠皱起眉，道："你给我说清楚，到底少了什么，让你反应这么大？"

沈屹轻声吐出三个字，嗓音如被火燎过般沙哑。

温柠微愣，朝床头柜上放的小方盒看去，问："你还每天数？会不会是你数错了？"

"没有，就是少了。"沈屹摇了摇头，眼睛一眨不眨地盯着她，"为什么会少一只？"

“不可能，一定是你记错了。”

温柠眉心紧皱，冥思苦想了半天，终于想起少的那一只安全套去哪儿了。她说：“我想起来了，在沙发那儿，我找给你看。”

她从沙发缝隙里摸出一只安全套，举到他面前，道：“看到了吗？可能是我随手放到这儿了。”

温柠没想到沈屹的记忆力这么好，也没想到他这么没有安全感，连这样的小事都特意记住。

沈屹盯着温柠手里的东西，好似掉进水里的人抓住了最后一根救命稻草，终于得以挣扎着爬上岸。他的胸腔剧烈地上下起伏，新鲜空气不断地进入肺部，窒息感渐渐消退，跌入谷底的心开始回升。

“对不起，我不该胡乱怀疑你。”

一开始的后怕和惊喜过后，沈屹抓住温柠的手，低声向她道歉。他每次都会道歉，但跟温柠在一起，他越来越没有安全感，也越来越多疑。

回想起沈屹刚才的反应，温柠心下总觉得怪异。他既然怀疑她劈腿，为什么不立刻跟她摊牌，反而死命抱着她，和她亲吻，就像是控制不住地自虐一样，明知痛苦难受也不愿放手？

以前的沈屹虽然内向压抑，但还没到这种地步。这十年，他到底经历了什么？

温柠收起思绪，回握住男人冰凉的手：“现在相信我了吧？”

沈屹脸色依然有些苍白，他轻轻地点了点头：“对不起。”

温柠原本还想说点儿什么，可看到他眼眶泛红，神情脆弱地站在那里，多余的话忽然就说不出口了。算了，就算说了，他也不会听。沈屹敏感多疑的毛病，不是她一两句话就能改变的。

温柠在心底叹了口气：“走吧，回去睡觉。”

“好。”

周日晚上，闻尧开车到温柠家楼下，然后给沈屹拨了个电话。

很快，沈屹和温柠并肩出现在公寓楼门口。

他们两个昨天晚上又住在了一起。

闻尧锐利的眼眸中不由得染上几分戾气，在他们两个走近的时候，又迅速消失不见。赶在沈屹拉开后座车门前，他说：“你坐前面吧，帮我查一查路线。”

吃饭的地方是温柠选的，闻尧是第一次去，拜托沈屹帮忙查路线，完全说得过去。

“行。”沈屹在副驾驶位坐下，温柠一个人坐在后排。

系上安全带后，温柠拨了拨肩头的发丝，故作好奇地问道：“你女朋友怎么没来？”

闻尧看向后视镜，对上她潋滟的眸子，仅一瞬他就主动错开目光：“她今天有事，来不了。”

“好可惜，我还挺想认识她的。”

闻尧没搭话，下颌微微收紧。

路上，闻尧默默开车，温柠时不时跟沈屹搭话，沈屹会很认真地回应她。

由于有点儿堵车，他们到餐馆的时候已经快八点了。

这是一家私房菜馆，独立的包间设在水上亭台里，隐蔽性很好，静谧的夜里只有静静流淌的水声，很适合约会或是谈生意。古朴传统的方桌不算大，温柠和沈屹坐在同一侧，闻尧坐在沈屹对面。

点完餐，温柠晃了晃沈屹的胳膊，撒娇道：“乞乞，我想坐靠窗的位置，我们换一换好不好？”

“好。”

两人换了位置后，变成了温柠和闻尧面对面坐着。

原本闻尧没将这个小插曲放在心上，他端起杯子正准备喝水，忽然被人踩了一脚，他惊得一个激灵，差点儿原地跳起来。

茶杯晃荡，茶水洒在桌上，闻尧连忙抽出纸巾去擦。他的动作吸引了沈屹的注意力，沈屹问道：“怎么了？”

“没事，水有点儿烫。”闻尧的心“咚咚”地跳，面上还要强装镇定。

缓了缓心神，闻尧看向桌子对面。女人黏人地抱住沈屹的手臂，嗓音娇甜地和他说话，一双明眸中只有他的倒影；沈屹体贴地给她夹菜、倒水。两人四目相对，爱意浓浓。

“尝尝这个。”温柠给沈屹夹了个白玉丸子，“好吃吗？”问这句话的时候，她又重重地踩了闻尧一脚。

闻尧从没有这么坐立难安过。身体受尽折磨，心更是备受煎熬。他拿着筷子发愣，半天都没夹菜。

“怎么不吃？是不是不合口味？”沈屹淡声问道。

“没有，我在吃。”闻尧神情有些尴尬，随便夹了些菜到碗里，根本没注意是什么，只顾闷头往嘴里塞。

温柠眼底漾开笑意，问：“是不是想你女朋友了？”

闻尧咬了咬牙，意味深长道：“是啊，我担心她不忠、出轨、背叛我。”他看似在回她的话，眼睛却紧盯着沈屹。

沈屹，快看你女朋友，她都敢当着你的面欺负我了！

可惜沈屹不会读心术。

沈屹觉得奇怪：闻尧怎么突然说起这个？

“闻先生这么怀疑自己的女朋友？情侣之间没有信任可不行。”温柠转眸看向沈屹，笑吟吟道，“对吧，乞乞？”

沈屹眸光微闪：“对。”

“怕就怕信任给了不值得的人，自己头上长草了都没发现。”闻尧从鼻子里发出一声轻哼，阴阳怪气地接着道。

温柠煞有介事地点头：“幸好沈乞乞是值得信任的人，我知道，他不会让我失望的。”

闻尧冷笑着反问：“那你会让沈屹失望吗？”

温柠唇边笑意未变：“当然不会，我们俩感情好着呢。”

沈屹总觉得他们话里有话，可现在不是深究的时候，要紧的是先安抚好他们两人。于是，他打圆场道：“不说这个了。这道鱼我觉得不错，你们尝尝。”

“是挺好吃的。”温柠夹了一筷子尝了尝，笑着道。

“味道不错。”闻尧也夹了一筷子。

这个话题就此揭过，三人各怀心思地吃完饭，服务员收拾干净桌子，摆上新的花茶就退下了。

闻尧忽然放下水杯，道：“我去趟洗手间。”说完，像是在等待什么一样，他过了小半分钟才起身。

沈屹狐疑地望着他离去的背影。

没多久，温柠也站起身，说要去洗手间补个妆。

“我陪你去。”

“不用，我等下就回来了。”

沈屹一个人被留在包间里。

温柠出去后，问清洗手间的位置，踩着高跟鞋朝那边走去。

从洗手间出来，她看见走廊尽头有个开放式的阳台，闻尧正背对着她，手撑着栏杆，站在阳台上发呆。

温柠往身后看了一眼，放心地走向阳台。听到身后逐渐靠近的脚步声，闻尧立刻回头，见到温柠后，他的第一反应是往她身后看，一脸防备地问：“你过来干什么？”

温柠走到他身边，像他刚才那样双手撑着栏杆，道：“你能出来透气，我就不能了？”

“那你自己在这里透气吧，我走了。”

“哎，等一下。”

闻尧心里恨极了她，脚步却不自觉停住，语气生硬地问道：“还有事？”

温柠转过身，莹润的眼眸蓦地瞪大：“沈屹。”

话音刚落，闻尧迅速把她带到旁边躲了起来。他们躲在阳台的花草架后面，这儿是视野盲区，从外面看不到。

察觉旁边女人的肩膀在不停地抖动，闻尧还以为她害怕了，正准备出声安抚。结果他一低头才发现，她哪里是害怕，分明正捂着嘴巴笑得开心，水眸弯起，几乎笑出了泪花。

闻尧总算反应过来他又被她耍了，俊脸登时黑下来。察觉他的手还放在她的腰间，闻尧立刻收回了手。她却在他耳边调笑道：“我只是喊了一下沈屹的名字，你怎么这么心虚啊？”

闻尧嘲讽道：“你以为谁都跟你一样脸皮厚？”

“我又怎么了？”

闻尧急促地说：“要是待会儿沈屹真找过来，我看你怎么办。”

温柠语气随意道：“那就被他发现呗，这不正合你意？以后我们光明正大地在一起。”

闻尧望进她眼底，心不自觉地快速跳了两下：“你说真的？”话刚出口，他就觉得不对，连忙改口，“谁要跟你在一起了？温柠！你怎么这么……”他一副恼怒的样子，结果等了半天，小声地说了一句，“你怎么这么随便？”

他说话的底气还有些不足，像是觉得不该用这样的词形容女孩子。

此时两人站得很近，温柠轻嗤一声，毫不客气地反讽道：“你不也一样？”

闻尧回想起这个女人这段时间做的一切，心中的怒火越烧越旺，然后从牙缝里挤出一句：“温柠，你是不是真的以为，我拿你没办法？”

“你能把我怎么样？”温柠有恃无恐道。她仗着闻尧不敢跟沈屹摊牌，才敢这样戏弄他。

闻尧也清楚温柠对沈屹来说有多重要，拿她没办法，他只能气呼呼地离开。

温柠离开包间也有一段时间了，再不回去，沈屹肯定会找过来。她拨弄了一下头发，整理了一下，刚走出洗手间，就看到等在外面的沈屹，她迅速调整好表情，若无其事道：“乞乞，我好了，我们回去吧。”

沈屹沉静的目光在她身上稍做停留，只低声道：“嗯。”

沈屹和她一起回到了包间。

闻尧看到沈屹平静淡漠的神情，猜想沈屹应该没注意到他和温柠刚刚在洗手间的那一幕。

三个人没有久待，各自拿上东西准备回去了。

沈屹主动说：“我先开一段吧。待会儿你还得开回去，路途远。”

“行，我给你钥匙。”闻尧说着，从口袋里掏出钥匙。

沈屹走到闻尧身边，正准备接过钥匙，却猝不及防地闻到一阵熟悉的香水味——像是熟透了、从枝头坠落的水蜜桃，砸到地上汁水四溢，散发出的诱人的幽甜。

这种香气很独特，沈屹再熟悉不过，他最近每天晚上都能闻到——这是温柠身上的气息。

沈屹忽然觉得一阵眩晕，几乎站不稳。什么时候？是刚才他们都去洗手间的那段时间吗？他们刚才有过肢体接触吗？可他们两个怎么可能呢？他们不是关系很差吗？闻尧对温柠一直有成见，而且他现在也已经有女朋友了……

一定是他的感觉出错了。闻尧和温柠之间不可能有什么，绝对不可能。

“沈屹？沈屹？”闻尧伸出手在他面前晃了晃。

沈屹眨了眨眼睛，勉强从混乱的思绪中回过神，只是脸色仍然苍白如纸。

“你的脸色怎么突然这么难看？你能开车吗？”闻尧关心道。

沈屹摇了摇头，从他手里接过钥匙，道：“我没事。”

“不然还是我来开吧，没多远。”

“没事，我来吧。”

沈屹拉开车门，坐到驾驶位上。温柠自然地坐在他旁边的副驾驶位上。现在沈屹每次开车，都会习惯性地帮她系安全带。温柠平时只会亲一下他的侧脸，这次不知为何，她抱住他，用力地亲了亲他柔软的唇。

闻尧刚上车就看到这样刺眼的一幕，他坐在后排地左边，沈屹的座位后方，转过头看向窗外。

沈屹从后视镜里看了眼闻尧，又看了眼身旁的温柠，怎么都没办法把他们两个人联系在一起。一个是他多年的好友，一个是他多年难忘的初恋。怎么可能呢？

或许是他最近太疑神疑鬼了。他应该相信温柠，也应该相信自己的朋友。

这天，温柠刚到工作室，梁疏影就一脸兴奋地跑了过来：“柠姐，好消息，天大的好消息。”

“什么好消息？”温柠把手包放到桌上，问道。

“上回坑我们的那个游戏公司，您还记得吗？我刚才突然发现那个游戏被下架了，整个工作室都被勒令整改了呢。”梁疏影一边说，一边将手机递了过来。

温柠看了一眼，是那家游戏工作室官网挂着的整改通知。

“活该，这种游戏早该下架。里面有个NPC（非玩家角色）的脸还是照着现实中的人捏的，人家都快被恶心死了。”后面有个小姑娘骂道。

“还有这事？他们还有没有下限啊？”

两个小姑娘你一言我一语地吐槽起来。

温柠听她们骂了半天，特意帮她们各点一杯奶茶润嗓子。

中午，温柠忙完手头上的工作，去隔壁A栋找沈屹。她之所以不让沈屹过来找她，是因为不想让身边的人知道他们的关系，免得日后分手了麻烦。

她去的时候，沈屹刚好打完工作电话。温柠反锁上门，踩着高跟鞋，摇曳生姿地朝他走去："上次那个游戏下架了，你弄的？"

"嗯。"沈屹的视线随着她的动作而移动。

温柠走到他面前，笑着亲了亲他的侧脸，道："谢啦。"

"不用谢。这件事……还是闻尧告诉我的。"沈屹不动声色地观察温柠的表情。

温柠眨了眨眼睛，道："那你也替我谢谢他。"

她笑意如常，听到"闻尧"这两个字时，没有多余的反应。

"怎么都没听你提起过？要不是我的助理告诉我，我到现在还不知道呢。"温柠长腿交叠，斜倚着他的办公桌。

"小事而已，我忘记说了。"

沈屹拉住她的手，将她捞进怀里，低头轻轻地含住她柔软的上唇。事后，温柠还纳闷地问沈屹今天怎么这么热情。

沈屹没有应答。

这边刚结束，沈屹的手机就响了起来，看到是闻尧的来电，他随手接听，将手机贴近耳边。

"我刚听宋高朗说，关于智能识别和行为分析这一块，刘成手底下有人开发出了更优的算法？"

沈屹清了清嗓子，声音听起来还是有些低哑："是，下午开会的时候，我再跟你细说。"

"你嗓子怎么了？"

沈屹眸光微暗，道："没事。"

闻尧那边安静了一会儿，才道："行，那待会儿见面聊。"

挂断电话，温柠柔若无骨的手臂又缠了上来："又是闻尧？"

"嗯。"沈屹托住她的身子，习惯性地将她按进自己的怀里。

温柠轻哼一声："他最近怎么总是大中午的来找你？不是打电话就是敲门，怪烦人的。"自从上次她和沈屹在办公室亲密，出去的时候被闻尧撞见，中午闻尧就总过来打扰他们。

"他有工作上的事要说。"沈屹低声道。

"工作上的事非要中午说，工作时间不能说吗？"

沈屹狭长的眼眸半合，安抚地亲了亲她的鼻尖："他不是故意的。"

温柠本意是想让沈屹找闻尧麻烦，谁让他最近总打扰她跟沈屹相处。可没想到她都说到这个份上了，沈屹似乎还是没听出她的意思，仍在帮闻尧说话。于是她故作不悦地推开沈屹的胸膛："中午我们在办公室做什么，我不信他不知道。"

因着她抗拒的动作，沈屹心里一空，神情微僵了一瞬。他低声道："闻尧可能没注意。"

"他一个成年人，哪儿能一点都察觉不出来？我不信。"温柠秀丽的眉心皱起来，"我看他就是故意来打扰我们，不想让我们在一起。"

沈屹细密纤长的睫毛如同鸦羽，遮住了眼中的情绪："他为什么不想让我们在一起？"

"谁知道呢？可能是你曾经抢过他的心上人，所以他不想看你过得舒心。"温柠意有所指地说。

沈屹抬手拨开她额头上被汗水浸湿的发丝，抬眸定定地看向她："温柠，你觉得爱情是能够被抢走的吗？"

温柠的心不由得跳了一下。他的眼神漆黑幽邃，让人看不出藏着什么情绪。她轻笑，本能地想要逃避这个问题："怎么忽然问我这个？"

沈屹也像她一样弯起嘴角，笑容却莫名让人觉得心酸。他嗓音沙哑，声音轻得好似随时会消散在空气中："没什么。"

爱情是不会被人抢走的，除非是她自己想离开。

望着他不达眼底的笑，温柠的心里总有种说不出的怪异感觉。

沈屹不是很敏感多疑吗？她几乎在明示"闻尧对她有不轨之心"了，为什么沈屹还处处帮闻尧说话？他们的感情就这么好？

可之前明明不是这样的，之前她说让闻尧接送她上下班，沈屹都紧张得不行。怎么这段时间，他忽然变得这么大方了？

温柠百思不得其解。

从沈屹的办公室出来，温柠一直在思考刚才的问题，连前面站着个人都没注意到，直挺挺地撞了上去。察觉自己撞上一堵温热结实的人墙，温柠这才回过神，抬头看去。

“你走路不看路的？”闻尧盯着她脸上还未褪去的潮红，语气算不上好。

温柠见自己撞到的人是他，也没了道歉的心思，不客气地回敬：“谁让你非要站在路中间挡道？”她拿着手包用力撞了一下他的手臂，冷声道，“让开。”

闻尧“嗞”了一声，下意识地躲开，对着她的背影，说：“你用这么大力气干什么？”

走在前方的女人停下了脚步，徐徐回身，唇畔勾起冷笑：“怎么，你还指望我心疼你啊？”

“你！”闻尧心里不痛快，偏偏想不出反驳的话。

想到刚才跟沈屹的对话，温柠走回闻尧面前，嘲讽道：“闻尧，你是不是心理阴暗？你自己不行，所以就想让别人跟你一样不行？”

闻尧涨红了脸：“你说什么呢？谁不行了？”

温柠扫了他一眼，没有说话，漂亮的眼眸暗含嘲弄。

闻尧气急，身侧的拳头猛然攥紧，正想反驳她，忽然反应过来这里不是说话的地方。他紧张地往四处看了一圈，然后拉住温柠的手腕，把她往楼梯间拽。

楼梯间的门自动关上，发出巨大的声响，将光亮阻隔在外。四周倏地暗下来，只有楼道灯发出昏黄的光。

“怎么？恼羞成怒了？想在这里教训我一顿？”甩开闻尧的手后，温柠揉了揉手腕，漫不经心地嘲讽道。

她的嗓音娇甜柔软，听在闻尧耳里却恶劣至极。

闻尧被她气得脑仁疼：“温柠，给我注意你的言辞。”

“我说得不对吗，你难道没有故意在沈屹跟我在一起的时候想着法儿来打扰我们吗？”

“我给他打电话是因为你……”闻尧被激得大脑充血，脱口而出道。

温柠要的就是他这句话，她向前走了半步，几乎贴上他的胸膛：“因为我什么？你倒是说完啊。”

闻尧强迫自己冷静下来：“跟你没关系，我找他是有正事要说。”

温柠早就将他的心思看得通透，一针见血道：“非要在你兄弟跟我亲热的时候说正事，是吗？”

她就那么云淡风轻地说出了那个字眼。既证实了闻尧对他们两个在办公室里做的事的猜测，又将他暗藏的龌龊心思不客气地揭开。

他们是情侣，在沈屹的办公室里做什么，别人管不着。闻尧却一次又一次地故意打扰他们，到底居心何在？

闻尧嘴唇颤了颤，底气不足地开口："我……我那是巧合，凑巧在那个时候联系了沈屹。谁知道你们中午在办公室里做什么？"

"上次你不是猜到了？"

闻尧梗着脖子嘴硬："我哪儿猜得到？我又没做过。"

温柠噙着笑的目光落在他身上，仿佛已经看穿了他内心所有的想法。闻尧被她看得心里发虚。

就算没有实际行动过，也不至于这么无知吧。他分明就是嫉妒、心有不甘，还不肯承认。

"你就继续自欺欺人吧。"拍着他的胸膛留下这句话后，温柠潇洒地离开。

楼梯间的门又一次自动关上。"砰"的一声，好似重锤敲击在闻尧心头。他在楼梯间里站了很久，才深吸一口气，拉开沉重的门。

外面光线明亮，他有些不适应地眯起眼睛，隐约看到有道挺拔高大的人影站在自己面前。闻尧连忙睁开眼，对上沈屹漆黑沉静的眼眸，心重重一颤。

他在这里站了多久？有没有看到什么？

闻尧手心沁出汗，讪笑了两声，问："你怎么在这里？"

沈屹淡声道："路过。"

"哦。"发出这个音节后，闻尧就不知道接下来该说什么了。

僵持了半天，闻尧受不了压抑的氛围，试图逃离，率先开口："那什么，我还有个方案没看，先回去了。"

他经过沈屹身边时，一直沉默的人忽然开口："你怎么不反对我跟温柠在一起了？"

之前，闻尧一直很反对沈屹跟温柠在一起，每次见面都会说温柠花心多情，劝沈屹放手。可最近，他没说过温柠一句不好。

闻尧的脚步被钉在原地，用尽浑身的力气才勉强让自己侧过身，跟沈屹面对面。他眨眼的频率很快，但他自己没有发觉。

“我是觉得……你们都已经在一起了，我再说这些也没什么用，所以就不劝你了。”闻尧绞尽脑汁才想出一个合适的借口。他没办法像温柠那样坦然地说谎，一心虚，说话就会变得吞吞吐吐。

“原来是这样。”沈屹没有一丝一毫的表情，脸上像是戴了个面具。

闻尧连忙点头：“嗯，是这样。我还有事，先……”

“闻尧。”沈屹这次直接打断了他的话。

闻尧的心跳得飞快，仿佛快要从喉咙里飞出去：“怎么了？”

沈屹的语气依旧平淡无波，听不出喜怒：“上次我出差时和你视频，在你家里的人真是你女朋友？”

“是……是啊。”闻尧的额头上冒出了冷汗。

“我还没见过你女朋友。有机会，你可以带她来，大家认识一下。”

“认识就不用了。”见他不含感情的黑眸望过来，闻尧硬着头皮胡乱说了个的理由，“我女朋友怕生，不喜欢跟陌生人接触。”

沈屹略微颔首，没再继续这个话题。临走前，他拍了拍闻尧的肩膀，低声说了一句话。

闻尧怔然地望着他的背影远去，在原地发了很久的呆，然后一头雾水地提起自己的衣领，放在鼻尖轻嗅。下一秒，他瞳孔收缩，呼吸因为惊恐而停滞。他总算明白了，为什么明明他没有用香水，刚才沈屹却说了一句——“新香水不错。”

第八章

另一个人

傍晚，温柠忙完手头的工作，准备下班回家。她给沈屹发了微信消息，但还没有收到他的回复，应该是还在开会，顾不上看手机。于是温柠点开了跟闻尧的对话框，给他发消息："你们还要多久？"

消息发出去，却提示被拒收，旁边还跟着一个红色的叹号。

温柠诧异地挑眉。过了十分钟左右，沈屹终于回复了她的消息。

沈屹："刚开完会，马上到。"

温柠拿上手包，坐电梯下楼，刚走到停车场，就见他和闻尧并肩从电梯里走出来。闻尧一见她就好似见了鬼，跟沈屹打了个招呼后便低下头，加快脚步匆匆从她身边经过，很快钻进车里。

温柠疑惑地望向闻尧的背影。肩膀忽然被一只温热的大掌握住，不轻不重地捏了一下。

沈屹亲密地揽着她，嗓音低缓："在看什么？"

温柠卷曲的睫毛轻颤，抬眸看向身边的男人，道："我怎么感觉闻尧在躲着我？"

男人低着头，温热的气息洒落在她的鼻尖："没有，他急着回家陪女朋友。"

温柠眼眸微微睁大，完全不信他的说辞。

沈屹不清楚，她可是清楚得很——闻尧没有女朋友。闻尧拉黑了她的微信，又明显在躲她，态度实在奇怪。温柠暗自打量沈屹的神情，他望向她的目光一如既往地专注沉静，不像是有什么异常的样子。

如果沈屹真的知道了之前闻尧跟她的关系，他会这么平静吗？要是真发现了的话，他应该会第一时间找她对质吧？

"走吧。"

"哦，好。"温柠的思绪被他的话打断，两人一起朝着前方黑色的车子走去。

路口遇到红灯，沈屹停下车，握紧了方向盘，把酝酿了一路的话说了出来："你这周有空吗？要不要出去？"

温柠正在看手机，闻言抬起头："去哪儿？"

"去海边、森林公园，或者看电影？"做什么都好，只要能和她待在一起。

温柠摇了摇头："我周末有事，下次吧。"

沈屹难掩眸中的失望："好。"

虽然他每天都能见到温柠，但他们基本都是晚上在一起。剩下的时间，他们连一块儿出去吃饭的次数都很少，看电影更是只有一次。即便是两个人都不用加班的周末，温柠也不会约他出去玩，只有晚上他们才能见面。这让沈屹心里很不安，他总觉得他们一点儿也不像情侣，反而像是某种不方便言说的关系。

温柠提前跟骆云心、周原和陆舒扬约好了周末两天的行程。第一天上午去海洋馆、动物园，下午去游乐场，晚上住在温泉山庄。

陆舒扬还是小孩子心性，喜欢看动物，玩各种游乐设施。不过骆云心和周原不想陪着她跟小孩儿玩儿，不知道跑到哪儿去了。

山脚下有人放烟花，温柠和陆舒扬并肩坐在江边的草地上，一人手里拿着根仙女棒玩儿。

江水在月下静静流淌，波光粼粼的水面倒映出绚丽绽放的烟花，对岸的人群热闹欢呼。陆舒扬突然把仙女棒塞进温柠手里："姐姐，你坐着别动。"

"你要做什么？"温柠两只手各拿着一根仙女棒，笑着问道。

"等下你就知道了。"

陆舒扬跑到栏杆外面举起手机，在又一簇烟花在半空中绽开的瞬间，按下了快门键。整张照片的色调是暗的，只有江水上空四散的烟花和坐在江边的女人手里拿着的仙女棒是亮的，格外引人注目。

陆舒扬很快跑了回来，在温柠身边的草地上坐下，烟花在头顶的夜空中炸开，两人坐在江边说着话。

陆舒扬的衣服垫在温柠身下，他身上只剩一件薄T恤，没待多久，江风开始转凉，他露在外面的手臂都是冰的。

"回去吧。"温柠说。

"好。"

温柠站起身，陆舒扬拍了拍外套后，将外套披在她的肩头，还细心地帮她拨开头发。他们沿着江边慢慢走着，穿过热闹的人群回到温泉山庄。

"你的手好凉，快进屋。"温柠正准备回自己房间，陆舒扬却在此时抓住了她的手腕，白净的脸孔微微泛着红。

"怎么了？"温柠问。

陆舒扬的脸颊更红，似是有些难以启齿。

温柠见状，感到好笑，凑近他道："有什么不好意思的，到底怎么了？"

"姐姐，你等我一下。"匆匆说完，陆舒扬就拉开门，进了自己的房间。

等他再出来时，温柠一眼就发现了他的变化——他的头上戴了一个猫耳朵发箍。发箍完美地藏在黑色的短发间，只露出上面的一对可爱的三角形耳朵，他俊美，像是漫画里走出来的猫妖少年。

陆舒扬眼眸晶亮地望着她："姐姐，这样好看吗？"

"你什么时候买的？"

"下午买的，我偷偷藏在包里了。"陆舒扬有些紧张，"这样可爱吗？"

温柠捏了捏柔软的猫耳朵，赞道："可爱。"

她想着：陆舒扬还真是小孩儿心性，喜欢这种毛茸茸的可爱事物。

温柠回到房间冲了澡，打算去泡会儿露天私汤。从回廊进去，汤池三面都被墙壁包围着，还种着一片密集的竹林，私密性很好，环境也舒适。

她刚泡没多久，陆舒扬便从隔壁的房间里走了出来，他身上围着浴巾，看起来有些拘谨。

温柠笑着冲他招手："来这边。"

陆舒扬红着脸下了水，礼貌地跟她保持着距离，问道："周原哥哥和云心姐姐呢？"

"谁知道他们两个跑到哪儿去了，这么晚还不回来。"

两个人靠在光滑干净的池边，有一搭没一搭地说着话。

院子里只有四个角亮着暖黄的灯，他们在的位置是两个私汤的交界处，光线最暗。

星辰寥落的蓝色夜幕下，温柠只能依稀看到男生利落分明的脸孔轮廓。他的身影渐渐和她记忆中某人的身影重合。那个时候，沈屹也是十八岁，和现在的陆舒扬一样大。可能是水的温度太高，模糊了人的神智，温柠心尖微微发烫，梦呓般喊出了声："乞乞。"

温柠声音太小，陆舒扬没听清楚，问道："姐姐，你说什么？"

"没什么。"温柠笑了一下，略过了这个话题。

沈屹发现，他从周六中午开始就联系不上温柠了。发消息不回，打电话不接，直到铃声响完自动挂断，她都没有接。

一般情况下，如果温柠没有接他的电话沈屹怕打扰她，就不会再打第二个。只是沈屹实在放心不下，担心她出了什么事，便直接开车去了她家楼下。

坐电梯来到十七楼，他才发现她不在家。没听温柠说她周末要出门，沈屹给她发了条消息后，耐心地站在门口等待。一个小时过去了，两个小时过去了，三个小时过去了。温柠还是没有回来，沈屹忍不住又打了个电话。“嘟嘟”的声音在楼道回荡，依旧无人接听。

沈屹望着那串未接通的电话号码，眉心渐渐皱起。不知为何，他心中总有些惴惴不安。

温柠他们原本计划第二天去附近的山林景区逛一逛，下午再去看电影。可晚上周原、骆云心回到温泉山庄后，大家又聊了很久的天，后半夜才睡着，导致第二天早上没能起得来。

去景区的计划泡汤，最后他们勉强赶上了下午的电影。

观影时，温柠几乎全程靠在椅背上打瞌睡。

陆舒扬见温柠这么困，想先送她回家休息。跟周原、骆云心告别后，回去的路上由陆舒扬开车，温柠坐在副驾驶位上，终于有空看手机。

有三个沈屹的未接电话，最后一个是早晨打过来的，还发了几条微信消息。

沈屹：“我在你家门口。你去哪儿了？怎么不在家也不接电话？”

沈屹：“温柠，你什么时候回来？”

沈屹：“看到后可以回复一下吗？我很担心你。”

温柠懒洋洋地打字回复：“抱歉，我昨天回家了，一直没看手机。”

沈屹秒回：“你回来了吗？”

温柠：“晚上回。”

沈屹：“好，你没事就好。”

女友既不回消息，又不接电话，还彻夜未归，沈屹难免心生猜疑，但他更担心她的安全。得知温柠昨天只是回了自己家里，沈屹终于放下心，启动车子回明湖湾。

经过十字路口，侧面驶来一辆熟悉的车子，透过降了一小半的车窗，沈屹隐约看见温柠坐在副驾驶位上，正准备去看驾驶位上坐的是谁，那辆车已经从他面前经过，汇入汹涌的车流。

沈屹犹豫了一下，没有再返回去。一是因为温柠刚才说晚上才会回来，她现在可能有其他事情要做；另一个原因则是他在楼下等了一夜，不想以这样憔悴的形象出现在温柠面前。

他踩下油门，继续驶向明湖湾。

回到家，温柠困得不行，挥手赶陆舒扬走："你先回学校吧。乖，下周我再找你玩。"

陆舒扬很小声地说："谢谢姐姐，我这两天过得很开心。"

温柠本想再说些什么，但实在困倦得不行，连眼睛都睁不开，最后只发出一声含糊的"嗯"，就抱着被子睡着了。

陆舒扬小心翼翼地帮她拉上窗帘，退出卧室，然后悄无声息地离开了。

温柠醒来的时候，已经是晚上十点多了。她揉揉眼睛，拿起手机看了一眼，看到陆舒扬发消息说他已经到学校了，还看到沈屹说过来找她。

她先回了陆舒扬的消息，然后回复沈屹："你还在吗？我刚才睡着了。"

沈屹："我在门口。"

温柠："你等我一下。"

温柠坐起来缓了缓神，掀开被子下了床，换上一身香槟色的真丝睡衣才去开门。打开门，她一眼就看到站在门边的沈屹，她让开位置，请他进来。

沈屹的视线在鞋柜稍做停留，见没有男士拖鞋，下意识地松了口气。温柠还是很困，没跟他说几句话，就拉着他往卧室里走。

"那是什么？"刚进屋，沈屹就看到床头柜上放着一个奇怪的东西。

"什么？"温柠顺着他的视线望去，看到可爱的黑猫耳朵发箍正静静地躺在米色的台灯旁边。

陆舒扬居然把那东西留下了。刚才温柠光顾着换睡衣，赶去给沈屹开门，根本没注意床头柜上多了这玩意儿。

沈屹疑惑地看向温柠。记忆里，她似乎并不喜欢戴这种东西。

温柠眨了两下眼睛，很快反应过来：“我从家里带的，给你的。”

“给我的？”

“对啊。”说着，温柠走过去拿起那个发箍，冲沈屹招了招手，“过来。”

沈屹乖顺地走过去，在她面前站定。

温柠踮起脚，拿着那个发箍往他头上戴，沈屹配合地低下头。

有东西束在头顶，沈屹很不习惯。他别扭地抬手摸了摸发箍的耳朵，然后缓缓抬起头，脸颊微红地看向温柠。

沈屹骨相好，五官轮廓分明，肌肤冷白细腻，岁月几乎没在他身上留下痕迹。他既成熟沉稳，又清澈纯情，戴这个发箍跟陆舒扬是完全不同的气质。

温柠的眼睛倏然亮起，她双手捧住他的脸，真诚地感叹道：“真可爱。”

听到她这么形容自己，沈屹更觉得血液上涌，脸颊滚烫。

他的乌眸有些湿润：“是……是吗？”

“是啊，特别可爱。”温柠踮起脚亲了亲他的嘴巴，道，“下次给你买个兔子长耳朵的发箍，你更适合那个，戴上肯定更好看。”

沈屹不知道自己为什么适合兔子发箍，但她夸他，他的心就好似浸在蜜罐里一样甜。他很浅地弯了弯眼睛，眼里盛满了她的影子。

温柠拉着沈屹在床上躺下，关了灯，熟练地钻进他的怀里。沈屹本以为温柠会像平时那样撩拨他，没想到，她只是安静地趴在他的胸前，并没有要做什么的意思。

沈屹习惯了配合她的需求，如果她不想，就不会主动碰她。

她听着男人强劲有力的心跳声，困意卷土重来。

沈屹看着她的睡衣睡裤，觉得她今天困倦的身体、放在床头柜上的猫耳朵发箍都很反常。挣扎了半晌，他终于还是忍不住伸出手，覆上了她睡衣的第一枚扣子。

温柠抬手盖住他的手背，嗓音慵懒，带着倦意：“我今天很累。”

沈屹黑眸定定地望着她：“我能看一眼吗？”

“有什么好看的？”

“很快就好，可以吗？我看一眼就睡。”沈屹低声请求道。

她的拒绝让他心底的不安越发强烈。

温柠没有立刻回答。可如果她不让他看，他心里的猜忌是不会消除的。无奈之下，她从沈屹怀里退出来，伸手在床头柜上摸索了一会儿，“啪”的一下按亮了台灯。

突如其来的光亮刺眼，她不适应地眯了眯眼睛，然后盘腿坐在床上，默不作声地开始解扣子。

沈屹望着她淡漠的神情，手掌不自觉地握紧，一颗心不断下沉。

温柠动作很快，没多久就解到了第三枚扣子。

昏黄的床头灯下，雪白的肌肤若隐若现。温柠正打算解第四枚扣子，沈屹却忽然扑了过来，死死地攥住她的手，语气异常激动：“不用了，我不看了，我不看了。”不等温柠反应过来，沈屹已经关上了灯，用力将她拥进怀中。

他跪坐在床上，高大的身躯控制不住地颤抖，嘴里不住地喃喃着“不看了不看了”……

关灯前，温柠注意到了沈屹一瞬间的情绪变化，可他为什么是这个反应？

温柠眨了眨眼睛，不解地问道：“你怎么了？”

沈屹浑身冰凉，抱着她的手臂不断收紧：“我没事，我不看了……”

温柠还想说些什么，就察觉有滚烫的液体滴入颈间，贴着肌肤滑落。她被烫得心尖一颤，没再开口。

“我相信你，我应该相信你。”沈屹眼神空洞，不停地重复着这句话，像是在说给她听，又像是在给自己心理暗示。他嘴上这么说着，眼泪却怎么都止不住。

温柠很少受他人情绪的影响，这一次却真真切切地感受到了沈屹的悲伤。

过了会儿，沈屹在黑暗中捧住她的脸，湿润的乌眸痴痴地望着她，小心翼翼地问道：“昨天你回家了，哪儿也没去，对吗？”

听出他声音中的祈求，温柠怕他知道她跟朋友出去玩，又会产生误会，心情复杂地点了点头：“嗯。”

沈屹如释重负般再次搂住她，手臂缠住她的肩膀，气息微微颤抖：“我就知道你不会的，你不会离开我的。”

温柠叹了口气，迟疑地抬起胳膊在沈屹的后背上轻轻拍了两下，柔声哄道：“我不会离开你的，睡吧。”

沈屹这才肯躺下，但依然紧紧抱着她，不肯放手。

黑暗中，他低低地恳求道："温柠，我想要。"

"我今天有点儿累了。"

"我会尽快结束的，行吗？"

温柠这次没拒绝。

沈屹低下头，细细地从她的额头吻到鼻尖，这次他从头到尾都没要求开灯，像是在惧怕着什么。

他在被子下和她紧密相拥，像刚才承诺的那样，温柔到了极致。

沈屹不是真的想纾解，只是想更真切地感受她的存在。只有这样，他才能获得一点儿微弱的安全感。

结束后，沈屹一直睁着眼，直到凌晨才迷迷糊糊地睡着。

梦里他回到了高中时代。刚上完数学课，他放下手中的黑色水笔，从座位上站起身，去讲台上擦黑板。擦完黑板之后，他去走廊尽头洗手，路上被人拉进了楼梯拐角处。

穿着碎花裙的明媚少女站在光线下，帮他拍掉衣服上的粉笔灰，顺手帮他整了整衣领。最后，她踮起脚拍了拍他的头，眼里带着光，浅笑着叮嘱他："沈乞乞，下节课也要专心听讲啊。"

沈屹抬臂想要拉开她的手，看到手上沾着的白色粉笔灰，他又遗憾地把手放了下去。他只能乖顺地点头，不停地点头。

望着近在眼前的少女，他的心里忽然涌上一阵没来由的悲伤，眼眶一热，就滚下泪来。

第二天，温柠起来的时候，沈屹已经恢复了正常。他眼神平静澄澈，神情一如既往地温和，像平时那样喊她洗漱吃早饭，然后送她去上班。

下车前，沈屹倾身过去帮她解开安全带。

"谢谢乞乞。"温柠轻吻了他一下，然后下车。

沈屹在车里待了一会儿，抽了支烟，才下车。到办公室后，他吩咐宋高朗，闻尧一过来，就把人叫到自己的办公室。

刚处理完几份文件，办公室的门就被人敲响，闻尧的声音传来："是我。"

沈屹眼底骤然掀起汹涌复杂的情绪，他深呼吸了两下，勉强平复心情，道：

“进来。”

闻尧一副没睡醒的样子，红发凌乱，走进来后，打了个哈欠，问道：“叫我干什么？”

“没睡好？”沈屹坐在办公桌后面，低垂着眼说。

“还行，有点儿累。”

闻尧说完这句话后，沈屹抬眸看了他一眼，目光森冷。可他眼中的敌意很快便消退了，快得让闻尧以为他出现了错觉。

“你周末去做什么了，这么累？”沈屹这话听起来像是在关心他，语气却过分冷淡。

闻尧抓了抓头发，回答得含含糊糊：“也没干什么，就是在家里放松。”

自从上次在楼梯间被沈屹碰见，闻尧总觉得跟沈屹相处时有些别扭。

这段时间，他删了温柠的微信，每天中午也会特意避开他们，再也没有过来打扰，面对沈屹时的别扭感觉总算淡了一些。可闻尧这周末干的事情还是不能跟沈屹说，因为他去了溪大，借着看篮球赛的名义，他想偷偷找到陆舒扬。不过他运气不好，蹲了两天都没蹲到人。

沈屹锐利的目光紧盯着他：“我周六去过你家，你没在。”

闻尧神情有些慌乱，连忙给自己找借口：“可能……可能那时候，我刚好出去买东西了吧。”闻尧迅速转移话题，“那个，你找我到底什么事？”

沈屹收敛起情绪，把桌子上的文件丢给他。

闻尧走上前，打开文件看了看，跟他讨论起了正事。他本来想问问沈屹跟温柠最近怎么样了，可又觉得，自己问这个容易被怀疑别有用心，最后他还是压下了这个念头，谈完正事就走了。

中午，温柠特意提前了十几分钟去A座顶楼，但并没有跟沈屹说。她靠着顶层电梯间的墙，耐心地等人。

没过多久，她就见到闻尧从这里经过。他一看到她，就像老鼠见了猫，满脸惊慌，扭头就想走。

温柠眼疾手快地拉住他的手腕，道：“躲什么？我特意来等你的。”

最近闻尧对她的躲避，她自然能感觉到。这几天中午，温柠都没见到闻尧，所以她猜，他应该会在自己快过来的时候提前避开，果然是这样。

“你等我干什么？”闻尧紧张地看了看四周，压低声音问道。

温柠把他拽到拐角处，说明了来意：“把我的微信加回来。”

闻尧的眼神有一瞬间的动摇，但很快他就反应过来，拒绝了她：“有什么事，你让沈屹转告我就行。现在我也不用给你当司机了，我们俩不需要私下联系。”

“你放心，我只是想问你一些关于沈屹的事，问完就会删掉。”温柠松开他的手腕，态度冷淡地说。

习惯了她之前装出来的浓情蜜意，这会儿她忽然冷漠下来，闻尧心里有种说不上来的滋味。他抿了抿唇，问：“你有什么事要问我？”

“三两句话说不清楚。如果你想在这里谈的话，我无所谓。”温柠唇边扬起不经意的笑。

闻尧往办公区看了一眼，最后还是妥协了，掏出手机，加回了她的微信：“说好了，只谈沈屹的事。”

“知道了，我还能把你怎么样？你有什么好怕的？”懒洋洋地说完，温柠将手机装进包里，踩着高跟鞋往沈屹的办公室走去。

闻尧的视线不自觉地跟随她，直到她窈窕的背影消失在拐角处，他才收回目光。

回去以后，温柠好几天都没联系闻尧，快到周末了才给他发消息，跟他约在外面见面。

闻尧：“不能在微信上说吗？”

温柠：“说不清楚，见面聊。”

闻尧想回复一句：“既然微信上说不清楚，为什么那天不直接约我见面，非要加微信干什么？”

都已经打出了这行字，最后他还是清空了对话框，回道：“知道了。”

周六晚上，温柠跟闻尧约在一处清吧见面。他们坐在角落里的露天卡座上，四周摆着细长的兰草，将身形挡了个七七八八。

闻尧到的时候，就见雪肤红唇的女人坐在那里，这么冷的天气也只穿了件清凉的黑裙，黑色的大波浪卷发搭在肩头，半遮住性感的锁骨。有人过去搭讪，都被她眼神冷淡地拒绝。

闻尧特意戴了一顶棒球帽，穿着休闲的卫衣和牛仔裤，往温柠对面一坐，高大的身影把本就不够明亮的光线彻底遮住了。

“说吧，有什么事要问我？”闻尧叉着长腿，眼睛规规矩矩地盯着桌子，尽量避免去看温柠那双多情的眼眸。

“要喝点儿什么吗？”温柠端起香槟杯，浅浅地抿了一口。

“不喝了，开车。”闻尧依然低着头。

温柠没有强求，精致的眼尾微微上挑，棕色眼线衬得眼睛无比魅惑。

“我问你，沈屹最近是不是状态不太好？”

“你指什么？”

“精神方面。”

闻尧愣了下，反问道：“沈屹最近精神状态不好吗？”他觉得沈屹看起来挺正常的啊，工作上也没出什么岔子。

温柠美眸微眯：“他有点儿奇怪。”

上次，沈屹怀疑她劈腿了，表现得就有些奇怪。这次也是，他明明像是猜到了什么，却自欺欺人地装作什么都没看到，还洗脑一般，不停地给自己心理暗示，太奇怪了。

“哪里奇怪？”

就在闻尧以为温柠要说什么秘密的时候，她却突然来了一句：“情侣之间的事，不方便跟你说。”

闻尧顿时涨红了脸，又羞又气，他明知道温柠喜欢逗人玩，还傻乎乎地相信她。他梗着脖子说：“你可以直接说不方便，不用特意告诉我是哪方面的事。”

“我想问你，你知不知道沈屹最近这么奇怪的原因？”

闻尧眼眸微闪，想起了那天他从楼梯间出来，沈屹对他的敲打。根据他这么多年对沈屹的了解，能引起沈屹情绪波动的，只有跟温柠有关的事。难道沈屹发生转变的原因是这个？

唐琛跟朋友来清吧谈事情，正好看到坐在角落里的闻尧，旁边还有个身形婀娜的大美人，两人离得很近，似乎在说什么悄悄话。

唐琛没过去打扰，随手拍了一张照片，八卦地发给沈屹，问："闻尧有女朋友了？"

沈屹握紧手机，盯着屏幕里照片，眼尾渐渐泛红。他对温柠的背影太熟悉了，一眼就认出了她。

怪不得温柠这周末也说没空陪他，原来她是要跟闻尧约会。没想到上次他暗示过闻尧后，闻尧表面上跟温柠疏远，处处躲着她，私下里却依然跟她走得这么近。

可他不能接受闻尧还没对温柠死心。他们是这么多年的好兄弟，温柠对他来说比命都重要，这点闻尧心里明明很清楚。闻尧跟谁在一起不好，为什么偏偏是温柠？为什么闻尧非要抢走他最重要的爱人？

沈屹想找闻尧对质，可等他问了酒吧地址，开车赶过去的时候，闻尧跟温柠已经回去了。一路紧绷着的情绪像被戳了个孔，一下子泄了个干净。

沈屹坐在他们之前坐的位置，发了会儿呆，拿出手机给温柠打了个电话。她很快接起电话，声音甜美道："喂？"

明知道她看不见，沈屹的表情还是不自觉地变得温柔，他低声问她："温柠，你今天回家吗？"

"我等下就回去了。"

"那我待会儿能去找你吗？"

温柠沉吟片刻，道："明天吧，我今天想自己待着。"

沈屹心中酸涩，还是顺从地应下："好。"

挂断电话后，沈屹本来想给闻尧打个电话，可又觉得没有这个必要。而且闻尧现在可能还跟温柠在一起。他其实不想让温柠知道，他已经知道了她和闻尧之间的事。他也不想去温柠家，既怕看到她和闻尧在一起，也怕他们在外面彻夜未归。

在清吧待了一会儿，沈屹开车去了一个地方。

周日晚上，沈屹过来找温柠。跟之前一样，他们在一起时的大部分时间都是在卧室度过。

温柠去浴室洗澡，出来的时候，看到沈屹坐在床边，对着手心里的东西出神，似乎是在犹豫。见她走出来，他立刻蜷起了手掌。

温柠长发湿润，笑着走过去在他身边的床沿坐下，问道："手里拿的是什么宝贝啊？给我看看。"

"没什么。"沈屹把手里的东西往后藏了藏。

"哦……沈乞乞你长本事了，还有小秘密瞒着我了是吧？"温柠眉梢微挑，笑意在眼底晕开。趁沈屹不注意，她一个翻身，跨坐在他的腿上，故意伸手去挠他的侧腰。

"温柠，很痒，别闹。"沈屹刚被她碰到就蜷起了身子，清隽的脸庞憋得通红，却还是没忍住溢出些许清浅的笑声。

温柠趁机趴到他的胸前，亲了亲他的喉结。

沈屹被她撩得受不了，手却依然紧紧地攥着。

温柠的好奇心被他勾起来，伸手去扒他的拳头："让我看看嘛。"

"不行。"沈屹后悔极了，很想把手里的东西丢出去。温柠却不给他机会，直接把人摁进柔软的被子里，像藤蔓一样缠了上去。

沈屹根本不是她的对手，没多久就出了满背的汗，漆黑的眼眸开始涣散，短暂地失了焦距。

趁着沈屹防备最松懈的时候，温柠一把掰开了他的拳头，终于看到里面藏着的东西。居然是一枚银色的耳钉，看款式有些眼熟。

"你打耳洞了？"温柠疑惑地说着，抬眸去看沈屹的耳朵。

沈屹清醒过来，顾不上抢回耳钉，连忙抬手遮耳朵。可他的动作还是慢了半拍，温柠已经看到了，他右边耳朵上有个小小的洞。他真的打了耳洞，看样子还是最近两天打的，伤口微红。

"你打耳洞干什么？"温柠亲密地缠着他问道。

沈屹舔了舔唇，嗓音低哑："没什么，只是突然想打。"

"真的？"温柠狐疑地盯着沈屹的表情，又看了眼掉在床上的银色耳钉，忽然想到一件事。

怪不得她觉得这枚耳钉眼熟，这不是跟闻尧的耳钉款式差不多吗？沈屹为什么突然打耳洞，还想戴和闻尧一样的耳钉？

"嗯。"沈屹答道。

温柠把耳钉放到床头柜上，觉得他应该没提前了解过就傻乎乎地去打了耳洞，于是温柔地叮嘱道：“刚打完不能戴这种耳钉，不然会感染的，知道了吗？”

听到她的关心，沈屹心里填满了酸涩的情绪，默不作声地点头。

“疼不疼？”

沈屹抬起头，不解地问她：“什么？”

温柠捏了捏他的耳尖，道：“打耳洞啊，疼不疼？”

没想到，她这么一句话，又让沈屹红了眼眶。他将薄唇抿成直线，倔强地不肯开口。

打耳洞的时候，耳朵一点儿都不疼，但是心好疼。

温柠搂住他精瘦的腰，打趣道：“这么怕疼啊？打个耳洞都要哭。”

沈屹垂下脑袋，额头抵着她的肩，沉默不语。

温柠察觉到他情绪不对，伸出手指戳了戳他的脸，问：“怎么了？”

卧室里只开着两边的台灯，光线晕黄温暖，把她清透的瞳仁映成了琥珀色。

沈屹伸手圈住她细软的腰，嗓音低沉地开口道：“你什么时候有空，能陪我过个周末吗？”

温柠眨了眨眼睛，道：“我们平时不是每天都能见面吗？”

“可我们周末很少在一起。”沈屹垂着眼，浓密的睫毛被灯光镀上一层金色，温柠看不清他眼底的情绪。

“那就下周吧。下周我陪你过，行吗？”

“好。”

沈屹抬起头，白净的额头挤压出一小片红痕。双眼潮湿，沉静专注地望着她，看上去十分惹人怜爱。

温柠爱极了他的皮相，揽着他在床上躺下，用指腹帮他揉了揉额头，又凑过去对着他右边的耳朵，放轻声音哄他：“我给你吹吹就不疼了。”

热气拂过耳朵，沈屹的耳朵越来越红，他胸臆间一片滚烫，心跳怦然，忍不住翻身覆上她的唇。

开晨会的时候，闻尧觉得沈屹似乎一直在观察自己。可他抬眸看过去，又发现沈屹正专心听手底下的人做报告，并没有看他。

闻尧抓了抓脖子，有些不明所以。

中午，温柠照常去A座找沈屹，看到他的桌角上放的墨镜，好奇地拿在手里把玩，道："咦？你什么时候开始戴墨镜了？"

沈屹上午忙于工作，忘了把那副墨镜收起来。见被温柠发现后，他有些紧张地说："不……不是我的。"

"那是谁的？闻尧的？"温柠觉得，只有闻尧那个臭屁的家伙喜欢戴墨镜。她没有注意到，在她说出"闻尧"这两个字，沈屹的脸色瞬间白了几分。

攥了攥拳，沈屹生硬地转移话题："我们周末去哪里玩？"

温柠将墨镜放下，绕到桌子另一边，坐到他的腿上，手臂熟练地圈住他的脖子，道："这才周一，现在就想周末去哪里玩是不是太早了？"

"不早，我们可以先想几个方案，到时候再做决定。"

温柠伸手捏了捏他的鼻尖，眸中笑意渐深："你当是工作汇报呢，还要想好几个方案？"

沈屹打开电脑，点开自己拟定的计划书，道："我们周六上午去看电影，下午去滑雪，周日去隔壁市的海边玩，可以吗？"

他觉得以温柠的性格，她不会喜欢常规的景区、游乐场这些地方，所以选择了滑雪和去海边放松。

温柠还以为沈屹的"想方案"只是随便说说，没想到他真的拟定了详细的旅游计划。他的计划书，连具体去哪些地方玩、在哪些店吃饭都列出来了。可温柠没想两天都跟沈屹待在一起，她还想抽出一天时间去看看陆舒扬呢，毕竟答应了朋友多照顾他。

温柠眸光微闪，视线从电脑屏幕里的文档上移开，转回头看向沈屹。她抱着他的脖子甜甜地撒娇，嗓音像掺了蜜一样："我们不要安排得这么紧密嘛，这样我会有压力。"

"抱歉，我只是随便设想了一下，我们可以不按这个计划来的。"沈屹删掉了那份精心准备的计划书，道，"你想怎么样都行。"

"好，那就到时候再说。"温柠亲了亲他光洁的侧脸，道，"让我看看你的耳朵恢复得怎么样了。"

她坐在沈屹的腿上，探身看向他的耳朵。耳洞周围已经不怎么红了，不仔细看的话，几乎看不出来。

温柠放心地坐回原处，道："恢复得不错。这两天不要吃刺激性的食物，伤口尽量别碰水，知道了吗？"

沈屹乖乖应下："嗯，我知道了。"

接下来几天，沈屹每天都会想出不同的周末计划，几乎把他们能做的事情想了个遍。不过，为了不让温柠觉得有压力，他只在心里过了很多遍，没有特意向她提起。

他心心念念的周末终于到来，温柠却临时需要去公司加班。送她到大厦楼下，沈屹倾身帮她解开安全带，道："我等下也回公司，你忙完了叫我。"

温柠亲了亲他的唇，道："抱歉啊，忽然有急事，我会尽快处理完。"

"没关系，我等你。"沈屹眼眸温顺，抬手摸了摸脖子。

看着他的这个小动作，温柠的心里又涌起一股怪异的感觉。最近，她总觉得沈屹有些不对劲。可真让她说哪里不对劲，她又说不上来。

收敛心神，温柠开门下车。

上午十一点钟，温柠忙完工作，正准备联系沈屹，却突然接到陆舒扬的电话。她拿上东西离开工位，接起电话："喂？舒扬？"

听筒里传来陆舒扬虚弱的声音："姐姐，你现在有空吗？"

"你怎么了？"温柠紧张起来。

陆舒扬有气无力道："我早上肚子疼，来了医院，等下要做手术。姐姐，你能过来陪我吗？"

温柠蹙眉，忙问："哪个医院？"

陆舒扬报了地址。

"等着，姐姐马上就到。"

挂断电话，温柠犹豫了一下，没有选择在这个时候告诉沈屹，她打了辆车，用最快的速度赶去了陆舒扬所在的医院。

到医院后，温柠直奔病房，一眼就看到陆舒扬蔫巴巴地躺在病床上。男生没了平时的活力，黑发耷在额间，脸色比床单还白，看到她过来，还是强撑着弯了弯嘴角。

看到他额头上疼出的冷汗，温柠连忙拿纸巾帮他擦汗，问："怎么回事？

你现在感觉怎么样？”

“医生说是急性阑尾炎，做个小手术就好了。”

“怎么只有你一个人？没有同学陪你来医院吗？”

陆舒扬勾着她的手指，可怜兮兮地望着她：“我想让姐姐陪。”

温柠拿他没办法，揉了揉他的头发，问：“什么时候做手术？”她话音刚落，就有两名护士进来，准备推陆舒扬去手术室。

“别怕，姐姐陪着你呢。”温柠安抚地拍了拍他的手。

陆舒扬强打起精神冲她笑，无声地动了动唇：“姐姐再见。”

陆舒扬走后，温柠才想起来给沈屹打电话，他很快接起电话，语气中含着藏不住的期待：“温柠，你忙完了吗？”

温柠揉了揉眉心，斟酌着开口：“忙完了，不过我现在在医院。”

沈屹的心顿时提了起来：“你哪里不舒服？”

“不是我，是一个朋友做阑尾炎手术，我过来陪陪他。”

沈屹显而易见地松了口气：“你在哪个医院？我过去陪你。”

“不用了。”温柠当然不可能让他过来。

“为什么？”沈屹问。

“不用麻烦你了，我自己照顾得过来。就是下午的电影，我可能赶不上了，你自己去看吧。我下次再陪你，行吗？”

电话那头的人沉默了会儿，沉声道：“好……”

挂断电话，沈屹眼中的光亮黯淡下去。坐着发了会儿呆，他把电脑上关于约会攻略的网页关掉，起身离开了办公室。

这是意外情况，温柠也不想的，她不是故意失约的，沈屹在心里这么告诉自己。可他又控制不住地想：为什么温柠不让他送她去医院呢？为什么她不让他过去陪她呢？

他是她的男朋友，陪她一起去医院看望朋友，不是应该的吗？可她为什么不告诉他在哪个医院呢？

做完手术，过了大约半个小时，陆舒扬才慢慢睁开眼睛。

“醒了？”一直关注着他的温柠立刻发现了，“你现在还不能吃东西，先好好躺着。还疼不疼？”

陆舒扬担忧道：“不疼了。姐姐，你今天不是要加班吗？你过来陪我，会不会影响工作？”

“没事，姐姐已经忙完了，这两天可以一直陪着你。”

躺到下午，陆舒扬憋得一脸通红，欲言又止。

“怎么了？”温柠关心地问道。

陆舒扬不好意思地说：“我……我有点儿想上厕所。”

“你能起来吗？我扶你去。”

陆舒扬点了点头，又赶紧摇头：“不行不行。”

“那在床上？”

陆舒扬想象了一下那个场景，还是觉得让温柠扶着去厕所好一点。

“那我还是去厕所吧。”

温柠举着他的输液袋，扶着他走进卫生间。

陆舒扬羞得脸颊通红，不好意思当着她的面解决。看出他的窘迫，温柠笑着劝道：“你刚做完手术，不能久站，别纠结了。”

躺回到床上后，陆舒扬掀起被子盖住了脸，觉得自己快变成了一个烧开的热水壶。刚才的事，是他这辈子经历过的最尴尬的一件事，不过，他感到尴尬羞耻的同时，心里又有些小小的开心。他觉得，他和温柠的关系好像更进一步了。

晚上十点多，温柠接到沈屹打来的电话，问要不要他过去帮忙。

温柠拿着手机去了走廊，回道：“不用，这边没什么事。我今晚不回去了。”

此时的沈屹坐在车里，在温柠家楼下等了一下午，等着她回来一起过周末。得知她今天不会回来，他心中难免失落，挂断电话后，独自回了明湖湾。

进小区后，沈屹特意绕了一段路，从闻尧家后面经过。看到二楼尽头亮起的灯光，他紧绷的心弦微微放松。

温柠周末两天都待在医院没露面，直到周日晚上才回来。沈屹准备了一个星期的计划全部泡汤。

温柠靠在他怀里：“抱歉，这次情况特殊，下个周末我一定加倍补偿你。”

虽然心里失望得不行，但沈屹还是强装出一副无所谓的样子，牵动嘴角，露出笑容：“没关系，我不怪你。”

“真乖。”温柠奖励似的在他的脸上亲了一下。

沈屹握紧她的手，问：“那你明天还要去医院吗？”

“不去了，他明天就出院了，有其他朋友陪着。”

“你下周六有时间吗？”

“有啊，怎么了？”

“溪大下周六举办校友会，我想让你和我一起去参加，可以吗？”沈屹目光灼灼地看着她，乌黑深邃的眸中尽是期待。

温柠微怔，眨了眨眼睛：“溪大校友会？”

“嗯。”

温柠唇边的笑容微僵，陷入了纠结。校友会上肯定都是沈屹的同学，她暂时还没打算融入他的朋友圈，可是她刚答应沈屹，下个周末一定好好陪他，这么快就反悔也不太好。再三考虑后，她还是委婉地拒绝了：“参加校友会的都是你的同学，我一个人也不认识，过去的话，可能会有点儿尴尬。你参加完尽快回来，我再陪你出去玩，这样行不行？”

“好。”沈屹眉目温和，欣然答应。

他的要求不高，也很好哄。被放鸽子没关系，期待了很久的事情落空也没关系，只要温柠愿意陪他，他就很满足了。

周六早上，温柠本来约了陆舒扬出来吃饭，结果临时有个紧急任务，她只能留在公司加班。工作到中午，她给沈屹发消息：你们现在在做什么？

沈屹：“准备去食堂。”

温柠眼皮子一跳：“哪个食堂？”

沈屹老老实实地回答：“四食堂。”

温柠退出跟沈屹的聊天框，给陆舒扬发消息：“弟弟吃饭了吗？”

陆舒扬：“还没呢，待会儿跟室友去四食堂吃饭。”

温柠：“我帮你点一份外卖吧，这样你就不用下楼了。”

陆舒扬：“好啊，谢谢姐姐。”

温柠松了口气，打开外卖软件，给陆舒扬订了份清淡的饭菜，心想：这下他们应该遇不上了吧。

唐琛他们几个都是溪大校友，虽然他们跟沈屹、闻尧不是同个院系，但这些年彼此有生意上的来往，关系比同系同学还要好一些。

原本他们几个人中跟沈屹关系最好的是闻尧，只是不知道他们俩最近闹了什么矛盾，两个人全程没有任何交流，视线也刻意避开对方，明显不太对劲。

唐琛知道沈屹是个闷葫芦，从他嘴里什么都打听不出来，决定从闻尧这边下手。唐琛端着餐盘来到闻尧身边，用胳膊肘碰了碰他，道：“哎，你跟沈屹怎么回事儿啊？”

闻尧掩饰般地眨了眨眼睛：“没怎么啊。”

“啧，还蒙我呢，你们俩之前哪次不是一起过来？这回倒好，你们不是一起来的就算了，到了之后互相也不打招呼，以为我们都瞎，看不出来是吧？”

闻尧尴尬地找着借口：“没有。我们平时在公司，说话机会多得是，今天就不说了，把时间留给你们。”

“不愿意说是吧？行，那就不说这个事儿了。”闻尧刚松了口气，唐琛又道，“还没来得及恭喜你脱单，今天正好……”

“打住打住，”闻尧一听不对，连忙截住他的话头，“谁告诉你我脱单了？”

唐琛露出意味深长的笑容，掏出自己的手机：“还瞒着我呢，上回我可看到你跟一个大美女坐在清吧约会，我还拍了照片。你瞅瞅。”

闻尧太阳穴“突突”地跳，有种不好的预感。

等唐琛从相册里调出那张照片，把手机递过来，看到自己身边熟悉的婀娜背影，闻尧更觉心乱如麻。

唐琛拍了拍他的肩膀：“我那天问沈屹来着，他也没正面回答我。你说你们俩怎么回事儿，一个两个谈恋爱都瞒着我们这些兄弟。”

闻尧震惊得瞪大眼睛：“你把照片发给沈屹了？”

“是啊。我随口问了他一句。”

闻尧闭了闭眼，心里五味杂陈。怪不得沈屹最近对他不冷不热，除了工作上必要的接触，几乎不怎么搭理他，原来问题出在这里，可是那天温柠约他见面明明是为了问沈屹的精神状态……

闻尧忽然有了跟沈屹摊牌、解除所有误会的念头。可是他转念一想，如果真的摊牌了，他跟沈屹还能做朋友吗？

瞥见闻尧犹疑挣扎的神情，唐琛叹了口气，劝道："不管你跟沈屹闹什么矛盾，毕竟你们这么多年的兄弟了，我就不信有什么问题是解决不了的。不管什么事，说开不就好了，你说是不是？"

下午，为了让这兄弟俩重归于好，唐琛提议大家一块儿去打场篮球。

沈屹不知道怎么面对闻尧，想提前离开，道："我还有事，篮球就不打了，下次再约。"

"哎哎哎，别啊，咱们的人正好凑成两队，少你一个就打不成了。沈总，咱们周末就别忙工作了呗？好不容易聚在一起，放松放松，追忆青春多好。"唐琛拦着沈屹不让他走。

其他人也纷纷过来劝，沈屹最后还是留下了。

大家各自找地方换了宽松的衣服鞋子，唐琛私下找到闻尧："打一场球就好了，把气都撒出来，回头大家还是好兄弟。"

唐琛本想把闻尧和沈屹分到一队，毕竟大学的时候他们俩就合作默契，打遍南溪各大高校校队无敌手。他想着，他们配合着打打球，说不定立马就和好了。结果分配人的时候出了点儿问题，闻尧跟沈屹被分到了对立的队伍里。

沈屹神情冷淡，闻尧梗着脖子看向旁边，都没有对分配结果提出异议。

唐琛轻咳了声，道："那就这么分队吧。"

球赛开始后，两个人便针锋相对，空气中充斥着浓浓的火药味。昔日伙伴最清楚对方的弱点，单防对方是手到擒来的事。

沈屹和闻尧互相牵制干扰，半场下来，谁都没拿到分。

有人看不下去，生怕他们这么打下去，反而加剧了矛盾。

唐琛用挂在脖子上的毛巾擦了擦汗，道："没事，你就瞧好吧。他们那么多年的朋友，哪儿能说散就散？"

一直打到日暮时分，天边泛起炽烈的暖橘色，沈屹和闻尧还没停手。直到某一次闻尧拿到球，沈屹眼神森冷地防在他面前。

闻尧忽然喘着气，低声开口："我跟温柠没什么。"

听他提起温柠，沈屹乌黑的眼睛越发森然，他抿紧唇，没说话。

两个人的走位又一次挨在一起时，闻尧趁机加快语速说："唐琛拍到的照片是误会。"

沈屹绷紧了线条凌厉的下颌，冷嗤出声："你敢说照片里的人不是温柠？"

"是温柠没错，但是……"不等闻尧解释清楚，球已经传到了别人手里，对话被迫中断。

闻尧只能借着一次又一次靠近沈屹的机会，断断续续地向他解释。

"上次楼梯间的事，我也可以解释。"

"我跟她不是你想的那样。"

"别再冷战了，行吗？"

"咱们是十几年的好兄弟，你还不信任我吗？"

听到闻尧说的最后一句话，沈屹忽然把手里的球丢给旁边的人，一把揪住闻尧的衣领将他往后推，直到闻尧的后背撞在篮球场边缘的绿网上。

铁丝网剧烈颤动，短促地发出"欻"的声音。

这突如其来的一下把其他人都惊到了，大家面面相觑。有人怕打起来，想过来劝架。

唐琛赶紧把那人拉住，道："别管，咱们继续打，让他们自己解决。"

沈屹则深深地凝视着闻尧，漆黑的眸底闪动着压抑的火光，一字一句都极为用力："原来你还知道我们当了十几年的好兄弟。"

温柠对他来说有多重要，这一点，闻尧难道不清楚吗？可闻尧都做了什么？

剧烈运动后，闻尧气息有些不匀，他深呼吸了两下，尽量让自己的声音听起来平静："我跟温柠真的没什么。"

沈屹依旧用力地抓着他的衣领，骨节泛白，手臂青筋凸起："我问你，那天我跟你视频，在你家的那个女人是不是温柠？"

闻尧额头上布满热汗，后背却开始发凉，他咽了咽口水，道："是……"

"那天在楼梯间，你是不是单独和温柠在一起？"

"是……"

"唐琛拍到的那张照片里的人，是不是你跟温柠？"

"是……"

闻尧每给出一次肯定的回答，沈屹的脸色便苍白几分，狭长的眼眸一点点染上猩红，眼中充斥着失望和痛苦。胸腔剧烈起伏两下，沈屹松开了对闻尧的钳制，嘴角带上讥讽的笑，道："既然如此，你还有什么好说的？"

闻尧心中情绪翻涌，也忍不住红了眼眶，被愧疚压得抬不起头。

"对不起……我一时没忍住，是我越界了。"

"闻尧，你明知道我跟温柠……"沈屹喉间一阵火燎般的痛，握住他的肩膀，困兽一般低吼着质问他，"为什么偏偏是她？为什么偏偏是温柠？你找别人不可以吗？"

闻尧干涩的唇几度张合，终于还是把瞒了好友十年的那段过往说了出来——"因为我跟温柠……以前在一起过。"

"你说什么？"沈屹的神情有一瞬间的呆滞。

察觉到沈屹可能误会了，闻尧连忙解释道："是在你们之前……我们在一起过。"

沈屹从没想过会听到这样一段过往，艰难地消化完这件事，他哑声问："后来呢？"

闻尧苦笑了下，道："我们只在一起一个星期就分手了，然后我跟她再也没联系过。"

"那温柠追我的时候……"沈屹问。

"那个时候，我跟她已经没有联系了。"闻尧果断道。

沈屹忽然想到一件事，漆黑的瞳仁颤了颤，声音有些哽咽："那你跟我做朋友……是因为她？"

"一开始是，"闻尧舔了舔嘴唇，接着道，"不过后来我就放下了。我是真心和你当兄弟的。"

"所以你这么多年没谈恋爱，是为了等温柠？"

闻尧摇了摇头，否认道："不是。毕竟我跟她在一起的时间很短，也没什么感情……我只是一直没遇到合适的人。"

沈屹这十年是为了等温柠，但闻尧不是。

场上其他人还在热火朝天地打着球，他们所在的地方仿佛跟其他地方分割成了两个世界，寂静无声。最后，还是沈屹出言打破沉默："这一次，你们是怎么走到一起的？”

相较于他们的过去，沈屹更在乎他们现在是什么关系。

闻尧底气不足地答道：“我们没有在一起……怪我没把控好分寸。”

沈屹喉结滚了滚，妒火肆意烧灼着胸腔，这句话被晚风送进了他的耳中，仿若一柄利刃，往他心尖上狠狠一刺。

尖锐的疼痛蔓延开，沈屹咬紧了牙关，明知会疼，却还是自虐般地想要问个清楚：“什么时候开始的？你给她当司机那几天？”

“不是，在那之前。”

沈屹握紧手掌，骨节咔嚓作响，等他说下去。

闻尧努力组织着语言：“上次我去你家，在阳台上发现了温柠的秘密，就通过她的朋友加上了她的微信。本来我想用那个秘密威胁温柠，让她老实点儿，好好跟你在一起。但是跟她独处了几次后，我就不敢告诉你那件事了。”

可以说是一步错，步步错。自从跟温柠纠缠在一起，闻尧便再也没办法面对好友，更无法把那些话说出口。

沈屹紧盯着他，敏锐地问：“什么事？”

温柠没去过他家，闻尧为什么会在他家的阳台上发现温柠的秘密？而且还说想用这个秘密威胁温柠。

这才是闻尧最害怕沈屹知道的事。这段时间他终于想明白了：温柠招惹他，起初只是为了拉他下水，让他没办法向沈屹告状。后来，她起了玩弄他的心思，对他绝对没有一丝一毫的感情。可那个小男生不一样，温柠好像对他很上心。倘若让沈屹知道这件事……

闻尧沉默的时间越久，沈屹的心情就越沉重，笼在他心头的不好的预感就越强烈。他仿佛被投入了冰湖，刺骨的湖水从四面八方涌过来，逼得他喘不上气来。

就在沈屹撑不住这种压力，想要追问闻尧时，他忽然看见闻尧瞪大了眼睛，看向他身后。

沈屹似有所感，注意力暂时从闻尧身上移开。没了那层无形的屏障，周围乱哄哄的声音纷杂入耳，世界骤然热闹起来。

在这么多声音中，他清晰地捕捉到身后一道年轻清越的嗓音：“我今天就不上场了，看你们打。”

“你跟我们一块儿打呗，没你我们打不过啊。”

“我上周刚做了阑尾炎手术，我姐说不能剧烈运动。”

“怎么天天听你把你姐挂在嘴边啊。”

“这你就不知道了吧？陆舒扬说的姐姐不是他亲姐，是一个特别漂亮的大美女，陆舒扬正在追人家呢，上回她还来看陆舒扬打球。”

沈屹没有回头，他就像失去了动力的发条玩具，一动不动地僵立在原地，默默地听他们说话，某个可怕的猜测在脑海里浮现。

他们渐渐走近，说话声越来越清晰。

那个声音清越的男生走到他身后，提醒道：“先生，你的校友卡掉了。”

沈屹动作僵硬地转过身，可他没去看地上的卡，目光直直地定在身后男生的面孔上。

看到熟悉的面容，沈屹眼底骤掀惊涛，心脏好似被什么东西网住，心跳蓦地一滞。他一眼就认出，这是那个酒吧视频中的男生。为什么会在这里遇到他？闻尧是因为看到他才失态的吗？还有，他刚才说的那些话……是什么意思？

提醒完，男生收回看向沈屹的惊讶的目光，跟同伴走向旁边空着的场地。其间，有人嘀咕了一句：“陆舒扬，刚才那人长得跟你好像啊。”

沈屹不受控制地往前迈出半步，死死地盯着那人远去的背影。

他脚上穿着那双限量版的球鞋，沈屹记得，这是温柠当着他的面取的快递，说是准备送给朋友家小孩的开学礼物。他刚刚还说上周做了阑尾炎手术……

他不是温柠在酒吧偶遇的陌生人吗？温柠上周去照顾的朋友是他？这是怎么回事？到底怎么回事？所以温柠在骗他，一直在骗他……

沈屹站在原地，身躯颤抖着。耳中突兀地传来一阵尖锐的嗡鸣，紧接着是一阵刺痛，他忽然什么声响都听不见了。

眼前的世界天旋地转，沈屹陡然生出一种他身处梦中的不真实感。灵魂像是被什么东西抽走了，只剩一副提不起半点儿力气的空荡躯壳。他无力地陷入脚下的泥沼，身子软下去。

彻底失去意识之前，他恍惚听见有人在身后大声喊他的名字：“沈屹！”

第九章

没有选择

下午忙完工作，温柠联系不上沈屹，正好陆舒扬约她出来玩，她便答应了一起吃晚饭。

“姐姐，你今天怎么总是发呆？”陆舒扬关心地问道。

沈屹很久没发来消息，温柠有些心神不宁，但这话她不能跟陆舒扬说。她揉了揉眉心，道：“抱歉，我刚刚在想工作上的事。你说什么？”

陆舒扬眼眸晶亮，语气兴奋：“你猜，我今天在篮球场上遇到谁了？”

“谁？”温柠很配合地搭话。

“我不知道那个人叫什么，我跟他也是第一次见，但是他跟我长得好像……”陆舒扬的话被筷子掉落的声音打断。

温柠捡起掉落的筷子，平静地问道：“长得很像吗？”

“嗯。”陆舒扬点头，“说来也巧，我看到他的校友卡掉在地上，提醒了他一句，结果他一回头我就愣住了，我跟他长得实在太像了！不过他好像身体不太好。我走出去没多远，听见有人大喊了一声，回头就看到那位先生晕倒在地上了。”

之后陆舒扬说的话，温柠一个字都没听进去。她心不在焉地吃完饭，陆舒扬主动提出送她回去。到家后，温柠找了个借口打发他回了学校。

洗完澡，温柠用毛巾擦着头发，拿起手机，点进跟沈屹的微信对话框。他们的聊天记录还停留在中午，沈屹跟她说待会儿要打篮球。

沈屹习惯和她分享他的动态，因为怕打扰到她，每次都是简单的一句话。他还是第一次这么长时间毫无音信。

温柠微不可察地轻叹了一声，将手机丢到一边。

昏迷之后，意识混沌间，沈屹做了一个很长的梦。

梦里是进入雨季的南溪，空气中弥漫着白茫茫的雨烟。放学后，沈屹去校门口的小卖部，从拥挤熙攘的人群中穿过，买了他需要的东西。结完账出来，他走到旁边的屋檐下，正准备撑开手中的伞，忽然被人叫住。

“沈屹？”一道清甜的嗓音，和着淅沥的雨声飘进他的耳中，却是他从未听过的。

沈屹微怔了一下，掀起乌睫看向她。

少女穿了一条轻薄的冰蓝色裙子，海藻般柔顺的黑发散落，耳畔有两绺头发被挑染成水绿色，整个人像是从雨后的森林里偷跑出来的精灵。

桃心小脸只有巴掌那么大，肌肤瓷白清透，眼里仿佛攒了一汪清泉，她眉梢裹了湿润的水汽，轻笑着读他胸前校卡上的名字和班级。

对上沈屹疑惑的视线，她丝毫没有忸怩，落落大方地冲他笑："你叫沈屹？"

因着雨势逐渐加大，周围的同学无不行色匆匆，撑起伞，踩着一个个小水坑，急忙往家里奔去。没有人顾得上将目光停驻在这狭窄的屋檐下，就像是没人能瞧见他们。

那时，沈屹家庭突遭变故，他的性格越来越孤僻，甚至习惯了独来独往，这是第一次有人主动向他搭话。在这个被众人忽略的潮湿角落，他听到自己低低地"嗯"了一声。

"你来买什么呀？"为了躲避门口的人潮，少女往他身边挪了半步，薄纱裙摆几乎挨到他的小腿。

沈屹绷紧了肩背，视线不受控制地追随着她："笔记本。"

沈屹听到自己的声音，心中便涌上些窘迫，不自觉地羞红了脸。因为窘迫，他的声音有点儿嘶哑、粗糙。

少女却像是没听到他难听的声音，笑意如常地和他讲话"你家住得远不远？等下你要怎么回去啊？"

他老老实实地、很小声地回答："不远，走路回去。"

"那你的伞能借给我吗？下次还你。"

沈屹注视着她黑白分明、眼神澄澈的眼睛，轻轻地点了点头。

"谢啦。"他手里的伞被少女接了过去。葱白的指尖按下卡扣，黑色长骨伞在眼前猛地撑开，伞面震出无数细小的水珠。

少女站在伞下，笑靥如花地冲他挥手："沈屹是吧，我记住你啦。以后我们就是好朋友了，下次见。"

这句话在沈屹心里轻轻滚过，激起一连串带着热度的涟漪。沈屹漆黑的瞳仁微亮，暂时抛开自卑，略微提高音量和她道别："再见。"

少女撑着伞迈入了雨中，浮动的纱裙像雾气一样融进细密的雨丝，消失不见。

那天，沈屹在小卖部的屋檐下等了很久都没等到雨停，天色渐渐黑下来，他冒着大雨回了家，浑身湿透，刚买的本子也没能幸免。可他心里很满足，蹲在地上洗衣服的时候，眼里都带着光。

几天后，有人站在教室门口叫他出去，沈屹放下手中的笔，迫不及待地走了出去。看到站在外面等他的陌生女生时，沈屹过快的心跳迅速平静下来。

“这是温柠托我转交给你的，她让我替她向你说声谢谢。”女生递过来他的伞，还有一个袋子。

沈屹失落地收下东西，回了教室。

伞还回来的时候已经被清洗晒干，每一根骨架都折叠得整齐。沈屹将它挂在书桌边缘，打开了那个袋子。袋子里装着几个崭新的笔记本，最上面一个本子的边缘还露出了一点儿粉色。

沈屹怀着好奇打开，扉页夹着一张心形的粉色便笺纸。上面写着一行字：小同学，谢谢你借我伞，让我最喜欢的裙子没有被淋湿。

沈屹脸颊微热，原本失落的心情重新变得雀跃。他正准备把这张便笺夹到书里好好放着，拿起来才发现背后好像也有字。把便笺纸翻转过来，他看到背后的小字：你的声音很好听，希望你以后不要再害怕开口说话啦。

从此沈屹便记住了她——Wēn Níng。可惜他不知道是哪两个字，也不知道她是哪个班的。

平淡枯燥的日子不停地重复。忘了是哪天，沈屹突然在走廊里看到了她。不同于其他人的沉闷，她亭亭地站在那里，便有种说不出的鲜艳生动，让人一眼就注意到她。

沈屹在原地踟蹰了半晌，纠结要不要主动上前打个招呼。想起他这段时间以来难熬的被动等待，他终于还是鼓起勇气走上前。

隔壁教室这时走出来一个高瘦的男生，他脚步匆匆，撞了下沈屹的肩膀。沈屹抬头，见那个男生停在少女面前，随后手搭在了她的肩上。他忽然像是被什么钉在了原地，再也迈不出半步。

男生低声对少女说着什么，她灿亮的眼眸微弯，笑容明媚，温柔地回应。

沈屹在原地站的时间太久，吸引了他们的注意。

男生似乎问了一句：“他是谁？”

少女水眸清淡，只瞥了他一眼便收回目光：“不认识。”

轻飘飘的三个字仿若一记重锤敲击在他的心上，沈屹的脸刹那间失了血色。说好的会记住他、跟他做好朋友，她怎么能这么快就忘了呢？

沈屹踉跄着后退半步，转过身，仓皇逃跑。

醒过来的时候，沈屹还沉浸在那段酸涩沉重的梦中，用了很久才从中抽离出来，回归现实。他发现自己躺在病床上，露在被子外面的左手苍白冰凉，连着输液袋。

“你醒了。”耳边传来闻尧疲惫的声音。

沈屹静默地注视着他。

闻尧坐在凳子上，问道：“你要不要喝粥？”

沈屹点了点头。

闻尧支起床上的小桌，拿来提前准备好的保温桶，拧开盖子，放到桌上。他试探着去扶沈屹。见没被拒绝，闻尧稍微松了口气。这不是他第一次在沈屹的病床前守着他，但现在他们的关系有些尴尬，他面对沈屹时也有些不自在。

这是单人病房，房间内只有沈屹和闻尧两个人。

沈屹机械地把食物送入口中，连是什么粥都没尝出来。喝了小半碗，他就停下来，嗓音低哑：“什么时候了？”

闻尧看了眼手机：“晚上九点。”

沈屹看向黑漆漆的窗外，却因为室内光线太亮，只能看到病房内部的倒影。玻璃窗上映出他的身影，他瘦了很多，条纹病号服套在他身上显得有些空，整个人显而易见地虚弱了，像是被抽走了全部的精气神。

病房内一片沉寂。

过了许久，沈屹率先出声：“那个人……就是你要说的秘密吗？”

怕沈屹支撑不住，闻尧本想回避这个问题。可目光触及沈屹清瘦的背影，在心底叹了口气后，闻尧还是说了实话：“是，他家就在你家隔壁，我看到他跟温柠一起待在露台上……”

沈屹用力闭了闭眼。

闻尧有些不忍心，问：“你打算怎么办？”

沈屹眼尾染上红痕，苍白的唇颤了颤，低声道：“我想一个人静静。”

“好。”闻尧深深地看了他一眼，收拾好桌上的东西，扶着他躺回去，“我就在外面，你有什么事叫我。”

病房门从外面关上，沈屹枕着枕头，眼神空洞地望向天花板。他回想起大学时的某个夜里，他忽然胃疼，想下床倒杯水喝，不小心吵醒了温柠，连声道歉。

温柠却没有生气，听出他声音不对，她连忙开了灯。

“你脸色很难看，怎么了？”

他额头上冷汗涔涔，却强撑着道：“没事，睡一觉就好了。”

“你哪里不舒服？”温柠紧张地问道。

“胃有点儿疼。”瞧见她穿衣服的动作，他忙伸手阻止，道，“我没事，你不用担心。”

“什么没事，你的脸都白成这样了，还说没事。”温柠穿好自己的衣服，拿起他的外套不由分说地裹住他，然后握住他被冷汗濡湿的手，拽着他往大门口走去，“我带你去医院。”

沈屹已经没了力气拒绝，乖顺地任由她牵着自己走。

那天夜里，天空是深蓝色的，明亮的繁星悬在夜幕上，院子里石榴树下的秋千随着夜风轻微晃荡。沈屹身体很难受，胃里针扎似的疼，可望着身前少女的背影，心中一片安宁。

到了医院，因为没有空余的病床，沈屹只能坐在急诊室的输液椅上挂点滴。温柠就坐在他身边，柔声道：“你先睡，我帮你看着吊瓶。”

沈屹舍不得睡，温柠便用手遮住他的眼睛，强按着他枕着椅子靠背。

身体的疲惫和阵痛一次次袭来，盖在眼皮上的手柔软温暖，他实在撑不住，渐渐睡了过去。等他醒过来的时候，已经是第二天的清晨了。他的手背贴着白色的输液贴，肩头微沉。他偏头看去，就见温柠靠在他的肩上，睡得正熟。

少女卷曲的睫毛像两把扇子，肤如凝脂，鼻尖小巧，唇是淡粉色。晨曦洒落在她的身上，给她整个人罩上了一层温柔的流光。她眼周有一圈浅浅的青痕，沈屹看见后，顿时心疼了。从那时起，他就暗暗发誓，一定要拼了命地对温柠好，这辈子都不辜负她。

重逢后，温柠问他要不要复合，他明明已经在心里回答了无数次，面上却仍不肯轻易松口。直到那天，她送来的午饭里多了一包橘子味的软糖，他所有的防备尽数溃散，再也没办法违背自己的心去拒绝她。

看到那包软糖时的感受，沈屹到现在都还清晰地记得。他的心好似一瞬升到了白云之上，一瞬又落进了甜美的蜜罐，觉得又轻快又甜蜜。她还记得他们的过去，即使过去这么多年了也还记得，仅仅是这一点就足以让沈屹忽略过去温柠带给他的所有冷漠和伤痛。于是，他好了伤疤忘了疼，不长记性地再次走近她。

那个下午，在输入框敲下“我答应你”四个字的时候，沈屹怀着的，是和考虑要不要答应温柠的那个夜里同样的期盼和郑重。他是真的以为，他们错过了那么久，这次终于可以弥补过去的遗憾，一直走到最后。

可是看到他的回复时，温柠在做什么呢？她是在跟那个男生约会，还是在跟谁拥抱接吻？她心里想的是要和他一起共度余生，还是等玩够了就像之前那样将他抛弃？

为什么会有温柠这样的人，一边好得让人在十年间一直难以忘怀，一边又坏得让人想在她身上狠狠咬一口，咬出血来，让她也体会一下他的疼。

如果温柠跟那人真的只是在酒吧偶然遇到的就好了，即便他们见过几次面，他也能当作什么都没发生。可她居然去了那个人的家里，还给他送限量版的球鞋，去看他打篮球，在医院陪他做手术……

她为什么要对别人那么好？她会不会对别人动心？这么好的温柠，为什么不能只属于他一个人？

沈屹抬起手遮住眼睛，却感受不到当年温柠的手覆上来时的温暖和心动。他紧闭着眼，泪水还是顺着手掌流下。

闻尧不放心，便一直守在门外。不知道过了多久，他听到屋里传来压抑的啜泣声。

那天，温柠没能等到沈屹回来。第二天是周日，她去了电影院，一个人看完了和沈屹约好一起看的那场电影。

到了工作日，温柠已经调整好状态，全身心地投入工作当中。除了每天上下班不再有人接送，她得自己开车，生活跟之前没什么两样。

这天，她的账户忽然收到守骅工作室打来的一笔钱。

账目明明早就结清了，怎么多了一笔钱？

温柠疑惑地点进去，看到备注才明白，这是当初对方承诺过的关于彩蛋角色收入的分红。

这个角色是温柠一手创作出来的，背景故事的创作她也有参与，所以每期销售分成，她都能拿到一笔收入。至于之后配合活动出的关于角色的新立绘，则是单独计算酬劳的。

想到这个角色是以沈屹为原型创作出来的，温柠想了想，把一半的钱转进了他的账户。

下午忙完，温柠刚坐进车里，手机铃声突兀地响起。她没看来电显示就接通了电话，把手机放到耳边，听筒里传来熟悉的低哑嗓音，含着浓浓的不甘和怒意："你给我转钱是什么意思？"

猝不及防地听到沈屹的声音，温柠愣了一瞬，将手机从耳边移开，屏幕上她备注的"沈屹"两个字映入眼帘。还真是他，他居然没有拉黑她？

温柠一直没说话，那边的沈屹却沉不住气了，颤着声咬牙切齿道："又是给我的分手费吗？"

没想到他会这么想，温柠轻声笑了一下："是。"

"你！"沈屹的呼吸陡然变得粗重急促，"明明每次都是你先招惹我的，你凭什么不过问我的意见就单方面结束我们的关系？十年前是这样，现在又是这样！你觉得给我钱就能把我打发了，是吗？利用完我就甩给我一笔钱，然后把我丢到一边。温柠，你把我当什么？"

沈屹的语气从一开始的急怒渐渐变成了委屈，声音中的哽咽藏都藏不住。

温柠本来只是随口应了一声，没想到一向寡言的他会说这么多。他可是沈屹，那么冷静自持的沈屹，他居然会如此形容自己，他心里得多委屈，才说出了这样贬低自己的话？

见温柠一直沉默不语，只有清浅的呼吸声表示她还在，沈屹渐渐冷静下来，抿唇问她："为什么不说话？"

温柠蝶羽般的睫毛扇了扇，如实相告："不知道说什么。"听了沈屹刚才的那番话，她心里忽然很复杂。

"跟我无话可说了，是吗？"

听出他声音中的哭腔，温柠身子向后，靠在座椅上，无奈地开口："你怎么又哭了？”

“你都要跟我分手了，我哭不哭跟你有什么关系？”

温柠沉吟片刻，叹道：“我没说要跟你分手。”

这次轮到沈屹沉默了。

“不分手，你给我转钱干什么？”

温柠解释道：“我以你为原型创作了一个游戏角色，这是合作方给的分成。”

沈屹悬着的心放下，态度也跟着软和下来：“你就没什么要跟我解释的吗？”

“我觉得，你不会想听我继续骗你。”

“你就没有什么实话要说？”

温柠坦然承认：“实话就是我确实认识那个男生，他是我一个朋友的弟弟，之前视频里的那个人也是他。但是我暂时还没有想好公开我们的关系，所以一直没有告诉你们对方的存在。”

“为什么？既然决定跟我在一起，为什么要刻意隐瞒？你在担心什么？”

温柠没回答，但她的意思很明确——不愿意公开。

沈屹刚缓和下去的态度再次变得激烈。他似是恨极了她，一字一句都带着恨不得嚼碎她血肉的怒意：“温柠，你可真是好得很！”话音刚落，他就切断了电话。

这还是沈屹第一次挂温柠的电话。看来他真是气极了。

这不是沈屹第一次在开会的时候走神。闻尧能理解他的心情，所以主动包揽了一些工作。虽说他们是一起创业，但之前公司里挑大梁的一直是沈屹。现在沈屹遇到事了，他多帮帮忙也是应该的。

只是当闻尧看见沈屹眼下的青黑和他眼中的红血丝时，仍然十分担心他的身体撑不住。开完会，等其他人都走后，闻尧主动叫住了他：“沈屹。”

沈屹过了两秒钟才迟钝地反应过来，他僵硬地挺过身，毫无感情的双眸空洞地看向他。

闻尧本想劝沈屹看开点儿，可一见好友失魂落魄的模样，所有话顿时都堵在了喉咙口。就算他说了又有什么用？谁能控制得了自己的心？

闻尧上前两步，拍了拍他瘦削的肩膀，道：“你放心，公司的事有我顶着。

你这段时间好好休息，累了就歇一歇。”

沈屹左手搭在会议桌的边沿，牵动嘴角很虚弱地笑了一下：“谢了。”

等他消瘦的背影消失在门口后，闻尧长叹了口气。

沈屹这段时间总是控制不住地发呆。他回过神时，总会发现自己无意识地拿起了手机，要么点开了跟温柠的微信聊天框，要么点开了通讯录里她的号码。自从上次他忍不住给她打了电话之后，他们就再也没联系过。

温柠那天的话清晰地在他的脑海中浮现。她说不想跟他分手，却又不想公开他们的关系。那个男人到底是谁？对方到底知不知道温柠有男朋友？为什么他们之间这么亲密？既然温柠不愿意说，那他就去找那个男人说清楚，让对方对温柠死心。想到这里，沈屹再也坐不住，起身离家。

去溪大的路上，沈屹还在思考要如何让那个男生主动离开温柠，可他怎么都没想到，他会正好看到温柠和那人待在一起的场景。

男生抱着篮球，和她并肩走在学校的银杏路上。

泛黄的银杏叶打着旋儿落在温柠的肩头，男生停下脚步，右手绕过去帮她拂去肩上的叶子。

车内，沈屹死死地盯着这刺眼的一幕，几乎恨得咬碎了后槽牙。怪不得温柠从来不陪他一起过周末，原来她要陪别人。她的行程可真满。

沈屹把车速降到最低，在银杏大道上行驶着。他像小偷一样跟在他们身后，透过车窗玻璃，窥视着他们的一举一动。

沈屹看着温柠和男生走到篮球场边缘，她揉了揉他的发顶，笑着叮嘱了些什么。男生叫来朋友，向他们介绍温柠，温柠一一和他们打过招呼。

朋友呼喊男生赶紧上场打篮球，温柠就站在篮球场边缘，抱着外套等他。

沈屹将车停在她身后不远处，看到温柠笑着坐在篮球场外面等待，他忽然情绪失控，屈起手臂，趴在方向盘上哭出声。

大学的时候，沈屹经常幻想，如果温柠没有离开，他们也能像普通情侣一样，手牵手走在偌大的校园里。他会像其他男生一样，在宿舍楼下等她化完妆下楼；她会像其他女生一样，在篮球场外看他打篮球。

这样平淡的幸福，沈屹却从未拥有过。

温柠从没看过他打球，从没在篮球场外面等过他。她怎么能这么对别人呢？她怎么能呢？

不知道哭了多久，车窗玻璃突然被人敲了两下。沈屹从臂间抬起头，蒙眬的泪眼看到了站在车外的温柠。

车窗上贴着防窥膜，温柠应该看不到里面。可沈屹还是下意识地擦去了脸上的泪痕，不想让她看到他狼狈的样子。他艰难地平复情绪，尽量让自己的声音听起来平静，却还是有些哽咽："做什么？"

温柠抬手将鬓发拨到耳后，清甜的嗓音含着笑意："我觉得这车眼熟，就过来看看，还真是你啊。"

隔着深灰的车窗，沈屹薄唇抿得发白，仰首注视她。她和之前没什么两样，依旧是一副明艳动人的模样——唇红齿白，眉眼精致，发丝柔顺卷曲，连手上的美甲都是现做的。他们分开的这段时间里，她的心里就没有一点儿难过的情绪吗？

等久了，温柠再次屈指敲了敲车窗玻璃，道："你不会想让我就这么站在路边跟你说话吧？"

沈屹没有回应，但车门传来了开锁的声音。

温柠绕到另一边，熟练地拉开车门，坐到副驾驶位上。

沈屹这才注意到她手里拿着的衣服——是那个男生的外套。他心里气愤得要死，控制不住地说出刺耳的话："你当着他的面上我这个第三者的车，就不怕被他发现吗？"

温柠叠好手里的外套，侧首看向他："谁说你是第三者？"

沈屹胸中妒意滔天，语气却十分冷静："你去过他家里，给他送过礼物，现在还来看他打篮球——他才是你的男朋友吧？你跟我在一起时，从来没有做过这些，也不愿意认识我的朋友。我不是第三者是什么？"

他之前就提过想把温柠介绍给朋友认识，她却说刚在一起，这些事以后再说。可她跟那个人的朋友打招呼时，显得无比熟稔。

温柠长叹了一口气，语气有些无奈："沈屹，你能不能不要用这些词来形容自己？"

沈屹苍白的唇翕动，自嘲般喃喃道："我在你心里不就是这样的吗？"利用完他，就把他随便丢弃到一边。

温柠嗓音清淡，凝视他的眼神很认真："我跟你在一起是认真的，从没看轻过你。"

沈屹忽然有些鼻酸。他用力地眨了眨眼睛，逼退泪意，告诉自己不要再轻易被她欺骗："那你什么时候才肯公开我们的关系？"

温柠又不说话了。每次提到这个话题，她总是不肯正面回应。

沈屹的心好似被针扎着，泛起细细密密的疼。见温柠敛眸不语，沈屹心中更是委屈，眼睛一热就又淌下泪来。他努力压抑着情绪，声音颤抖地说："既然那个人对你来说这么重要，你当初为什么还要来招惹我？"

温柠避而不答，从储物格里抽出纸巾帮他擦眼泪："你什么时候变得这么爱哭了？"

因为心里好疼啊，疼得忍不住。

沈屹红着眼眶看她，无声地哭着，像是要把这辈子的眼泪都流干。

过了很久，他用力地闭了闭眼睛，疲惫而绝望地开口道："温柠，我不要跟你在一起了。"

女人帮他擦泪的动作顿了一瞬，然后又若无其事地继续。沈屹的眼泪怎么擦都擦不完，像是他心中怎么都诉说不尽的委屈。

温柠将湿透的纸团握进自己的手心，点头，轻声道："好。"

"抽空来我家把你的衣服拿走吧。还有……"她下车前，最后深深地看了他一眼，"好好吃饭，好好睡觉。别再瘦下去了……也别再哭了。"

明知道他们分开这事对于温柠来说可能不算什么，可沈屹还是忍不住去关注她的动态，每天一遍又一遍地查看她的朋友圈。

温柠的生活没有受到任何影响，事业蒸蒸日上，经常加班，忙到很晚。周末，她有时会跟朋友一起出去玩，拍一些简单的照片做记录。

沈屹有时会忍不住开车跟在温柠后面，目送她上楼回家，然后再一个人默默地回去，如同行尸走肉一般穿行在来往的车流中。

温柠让他好好吃饭、好好睡觉，可他做不到，他放不下她。

夜里，沈屹总会梦到他一个人躺在冰冷洁白的病床上，整个房间一片死寂，静得好似太平间。手腕处传来剧痛，液体被源源不断地输进身体。

门被人从外面推开，有人走了进来，静悄悄地立在床边，目光沉静地望着他。那人缓缓俯下身，在他耳边发出一声很轻的叹息：“沈屹……”

是温柠的声音，他听出来了。

沈屹想睁开眼睛再看看她，可他浑身都提不起力气，根本动弹不得。之后，他就听到她说：“沈屹，我们好聚好散吧。”

梦里，沈屹在听到这句话的瞬间心碎了。不要好聚好散，不要分手，不要走。可他根本没办法说话，连睁开眼睛看她一眼都是奢望。

“以后有缘的话，说不定还会遇见。”留下这句话，床边的人就毫不留恋地转过身，脚步声渐渐远去。

门从外面带上。床上的人双眼紧闭，冰凉的泪水从眼角流出。

从这个绝望至极的梦境中清醒过来，沈屹出了一身冷汗，后背的衣服都被打湿了。他在黑暗中大口大口地呼吸，喉间仿佛失了火，干涩而疼痛。

他没有开灯，望着天花板缓了一会儿神，才下意识地伸手摸向床头柜上的手机。看到有一条来自温柠的消息，沈屹恍惚间以为自己还在做梦，连忙从床上坐起来，迫不及待地点了进去。

可看到她发的内容后，他便如同当头被人泼了盆冷水，期待骤然落空。屏幕上只有冷冰冰的一行字：“都分手了，明天来我家拿走你的衣服吧。”

他久久没有动作，手机屏幕自动暗下去，房间重归黑暗。沈屹的脊背深深地弯下去，他双手捧住脸，狼狈地失声痛哭。

温柠叮嘱的事情，他一件也做不到了。

中午，在办公区看到温柠出现，闻尧还以为他出现了幻觉。等那女人目不斜视地从他的身旁走过，行走间带起一阵幽雅清甜的香风，他才回过神。

闻尧正准备叫住温柠，却见她已经敲响了沈屹办公室的门。

“进来。”里面传来沈屹毫无感情的嗓音。

温柠开门走了进去。视线被关上的门板挡住，闻尧无法再窥探更多。

沈屹本来以为是闻尧，听到高跟鞋的声音，才疑惑地睁开眼。看到来人是温柠，他下意识地绷直了身子，眼神不受控制地黏在她的身上。

沈屹站起身，喉结滚了滚，问：“你怎么来了？”

温柠没有像平时那样巧笑嫣然地缠上去，而是停在他面前三米处，和他中间隔着一张办公桌。她撩了撩发丝，轻声开口：“我上次给你发的消息，你一直没回。所以我来问问你，什么时候有时间去我那儿把东西拿走？”

她的声音一如既往地甜美婉转，语气也温和，话语中的含义却让沈屹的心顿时沉重起来。

“我最近很忙，没空去。”沈屹攥紧了拳，犹疑了片刻，道。

温柠像是早就料到了他会这么回答，面色如常地点点头：“好。那我把东西打包寄到你家里吧，到时候麻烦你签收一下。”留下这句话，她便转过身，像来时一样潇洒地离去。

沈屹望着她离开的方向，手臂抬起，无意识地喊出她的名字：“温柠……”

温柠握住门把手，脚步微顿，最终没有回头，办公室的门在面前关上。

沈屹霎时间红了眼眶。他一直没有去拿他的东西，其实是在逃避、拖延，不想斩断跟她的最后一丝联系。他没办法接受温柠爱上别人，也做不到和她彻底了断，只能这么拖着。为什么温柠能轻飘飘地说出这番话？为什么她能这么干脆利落地将他放下？她对他就没有半分不舍吗？

沈屹无力地低下头，泪水滴落在桌面上。

过了会儿，门口又传来动静。沈屹瞳仁轻颤，连忙抬头望去，喊道：“温柠，你回……”后面的话，在看到闻尧的瞬间，被他全部咽了回去。沈屹有些狼狈地背过身去，问道：“你找我有事？”

看到沈屹眼睛通红的样子，闻尧心里也很不是滋味，有些尴尬地说：“那个，我给你送上午的会议报告。”

“放桌上吧。”沈屹依然没有回身，背对着他道。

闻尧把东西放下后并没有离开，在原地站了片刻，他犹豫地问了一句：“沈屹，你跟温柠现在怎么样了？”

沈屹刚止住的泪水再次夺眶而出，咸湿的液体布满脸庞。他瘦削的脊背紧绷，肩膀不受控地颤抖。

过了很久，闻尧才听到他哽咽地回答：“我们……分手了。”

闻尧的心重重一颤，他动了动唇，却不知道该说些什么。

沈屹颤声问道："闻尧，你觉得那个人和我长得像吗？"

闻尧不明白他为什么要这么问，但还是如实回答："像。"

"可是温柠要他不要我。"

闻尧脸色微白，一时失语。

"那个人永远比我年轻，比我有活力，所以温柠喜欢他。"沈屹捂住脸，委屈的声音还是从手指缝中漏了出来，"可我也年轻过啊。为什么十年前我也没能留住她？"

沈屹也曾有过意气风发、对未来充满期盼的十八岁，可他此生最爱的人在那时离开了他。温柠喜欢什么样子，沈屹都可以去学。可已经在无望的等待中逝去的十年时光，他要如何弥补？

一开始沈屹只是无声地哭着，到后来便开始难以自抑地低声啜泣。闻尧想要出言安慰，又觉得他说什么话都是苍白的。温柠和沈屹之间的感情刚好错位，谁能有办法？

哭了一会儿，沈屹忽然想起一件事，湿润的乌瞳带着一点儿微弱的期待，问道："十年前，温柠出国后，回来过吗？"

他想知道，自己前段时间梦到的事是不是真的发生过，温柠是不是回来看过他。

闻尧仔细回想了一下，有些不忍地说："没有……"

温柠出国后，就和沈屹断了联系，在他的印象中，她没有回来过。

沈屹干涩的嘴唇抿得发白，痛苦地闭上了眼。

原来那只是他的梦，他靠着梦里温柠的一句"说不定还会遇见"才撑到了现在，到头来，这竟然全都只是他的臆想。

温柠当初走得那样决绝，怎么可能回来看他？他的死活，她又怎会在意？

这段时间，沈屹一直食不下咽，寝不安席，身体亏空得厉害。这会儿，倒山倾海般的悲伤涌上来，虚弱的身体一下子就撑不住了。他眼前一黑，身子无力地栽倒下去。

接到闻尧的电话的时候，温柠正在跟客户洽谈。

半个小时后，她便到了医院。

在温柠的人生观里，工作基本高于一切事情。按理说，前男友住院这种小事，她绝对不会耽误工作时间去探望，毕竟她又不是医生，去了也帮不上什么忙。但听到闻尧说沈屹住院了，她几乎想也不想，立马跟客户道歉告别，赶往医院。

站在病房外面的时候，温柠自己都不明白她为什么要这么做。不过既然都来了……温柠轻轻地推开病房门，走了进去。这是单人病房，里面只有躺在床上输液的沈屹与坐在一旁陪护的闻尧。

上午见面的时候没仔细看，这会儿温柠盯着沈屹看了一会儿才发现，他双眼紧闭，眼窝深陷下去，薄薄的眼皮依稀可见红肿。他显而易见地迅速消瘦下来，连颧骨下方都出现了凹陷。他最近到底哭过多少次，才把眼睛哭成这样？怎么一点儿都不知道爱惜身体？

闻尧看了一眼床上的沈屹，对温柠使了个眼色，示意她出去说。来到走廊上，闻尧抱歉道："我把你叫过来，没有怪你的意思。只是出于沈屹朋友的立场，希望你能来看看他。没耽误你的工作吧？"

温柠挑起眉梢，明眸斜睨向他，笑道："耽误了，一笔十万块的单子打了水漂。你负责啊？"

闻尧想也不想便点头，道："好，我等下把钱转给你。"

"不用，跟你开玩笑的。单子下次再谈也没关系。"温柠手臂环胸，身子倚靠着干净的白墙，问，"沈屹怎么回事？"

"他一直有点低血糖，这你应该知道，他最近没有好好吃饭，也没有好好休息，再加上悲伤过度……"说到这里，闻尧眼神复杂地看了温柠一眼。

温柠摇了摇头，道："看来我的叮嘱他一句也没听进去。"

她都说了，要他好好吃饭睡觉，别再哭了，看他身形消瘦的样子还有红肿的眼睛，她就知道，他肯定没听话。

沈屹不是不想听，他是做不到。闻尧在心里说。

两个人正说着话，闻尧眼尖地看到沈屹的手似乎动了一下，提醒道："沈屹好像醒了。"

"我进去看看，你在这儿等着。"说完，温柠推门走了进去。

床上的人起先没什么反应，目光无神地望着前方。

温柠加重了脚步声，沈屹这才侧眸望过来，眼睛一眨也不眨地望着她，他无力地喃喃道："温柠，怎么是你……"

"闻尧给我打的电话。"温柠走到床边，居高临下地看着他道，"你知不知道，你快死了。"

沈屹先是茫然地眨了眨眼睛，然后就像是很轻易地接受了这个消息，声线平静无波道："是吗？"

温柠眼中没有半分笑意，道："我没跟你说笑，你再这么糟蹋自己的身体，跟个怨夫似的不吃不喝天天哭，就真的离死不远了。"

沈屹被她说得有些窘，耳尖微微发烫。正在思考着要如何回应时，他的脸颊忽然被她捧住揉搓了两下。沈屹眼眸微微睁大，湿漉漉的眼睛带着几分茫然，心脏因为她久违的亲昵动作而快速地跳了几下。

"你看你，瘦得脸上都没有肉了。"温柠本想教训他，可看他这么可怜，最后只是无奈地长叹了一口气，说，"沈乞乞，分个手而已，有必要这么要死要活的吗？"

沈屹默不作声，眼眶又有了变红的趋势。温柠对于他来说意味着什么，她自己永远不会明白。

怕沈屹又哭，温柠没再提分手的事。她架起床上的桌板，扶着沈屹的肩让他坐起来，见旁边的桌子上有粥，道："不说你了，你先起来吃点儿东西。"

温柠拿起勺子舀了勺粥，轻轻地吹了吹，喂到他的嘴边。

沈屹愣怔地望着她，忘记了动作。

"你这是要闹绝食？"温柠弯了弯唇，眼里噙着他很熟悉的温柔笑意。

沈屹鼻子一酸，连忙低下头，掩饰般地喝了一口。他尝不出粥的味道，只觉得心尖像是被人掐了一把，酸得厉害。

"我自己来。"沈屹想要从她手里接过勺子。

"你是病人，好好休息就行，我喂你。"温柠拦住他，把他苍白微凉的手按到床上，另一只手继续喂他。不知是有意还是无意，她一直按着他的手背，没有松开手。

温柠一勺接一勺地喂着，沈屹就听话地将粥一口接一口地咽下去。他的注意力始终放在自己被压住的右手上，他的手掌贴着洁白的被子，手背上覆着她温热柔软的手心。

“先喝这些吧，晚上还得吃饭。”温柠把饭盒盖上，放到一边。她收起床上的小桌板，又扶着沈屹躺下。他们短暂的肢体触碰就此结束，沈屹眼睛微暗，心里涌出一股失落。

温柠在床边的陪护凳上坐下，看了一眼上方透明的输液袋：“估计再有二十分钟就可以输完，你困了可以先睡会儿，我帮你看着。”

沈屹想起很多年前的那个夜晚，她也曾说过类似的话。

那时，他不舍得睡，她还会蒙住他的眼睛让他休息。可现在，她身边已经有了别人。她会在医院连续待两天，细心地照顾那个人。曾经给过他的温柔，现在她全部给了另一个男人。

想到这里，沈屹喉间干涩，嗓音压抑地开口道：“别忘了你有男朋友，你不该这么细致地照顾我这个前男友。”

最后三个字，他咬得尤其重，带着说不出的烦躁和妒意。

温柠见惯了沈屹隐忍克制的模样，这还是头一次见他这般警惕防备、浑身是刺的样子。最近这几次她见到的沈屹，完全颠覆了过去十多年她对他的所有印象。

温柠觉得十分新鲜。现在的他就像是急红了眼的兔子，只是他心太软了，连句像样的狠话都说不出来。

这些自以为刺人的话语，最后伤的人是她，还是他自己，他心里再清楚不过。

温柠的手搭在他的臂间，抚过他手腕处青色的脉络，掌心轻轻地包裹住他的拳头。她眼底晕开笑意，眸子紧盯着他：“你说这些话没有杀伤力，我教你怎么说。你应该骂我脚踩两只船、见异思迁、水性杨花……”

“温柠！”沈屹瞪大眼睛，气息不稳地打断了她的话。他听不得她这么说自己。

温柠眉梢微扬，笑问：“你不是恨我吗？”

沈屹薄唇抿成一条直线，眸中情绪起起伏伏，半天才憋出一句：“恨。我恨死你了。”恨不得用力咬她，把她整个人嚼碎了吞进肚子里。

“那你想不想报复我？”温柠握着他的手，忽然俯身靠近。她凑得很近，鼻息温热，扑面而来的香水味甜腻诱人。

沈屹的瞳孔微微放大，咽了咽口水，强自镇定地问：“怎么报复？”

温柠红唇张合，蛊惑般道：“让我死心塌地地爱上你，然后你再甩了我，这样不是最狠的报复吗？对付我这样的坏女人，就应该用这样的招数啊。”

沈屹心中泛起酸涩，嘀咕道：“怎么可能呢？”

温柠才不会死心塌地地爱上他。

沈屹攥紧的手不知何时松开了。

温柠摸索着和他十指相扣，道：“怎么不可能？你以为谁都能让我抛下工作，不顾一切地来医院看望啊？”

“上次那个人住院，你不也过去照顾他了？”

“那次是我已经忙完了工作，他正好给我打电话，我才去的。今天为了你，我可是连客户都不顾了。”

沈屹舔了舔唇嘴，不相信地问道：“真的？”

“当然是真的，不信你问闻尧。”

沈屹本来就对温柠没有抵抗力，她一靠近，他的脑子就会乱成一团糨糊，不自觉地被她牵着走。仅剩的理智让他问出了最在意的问题：“那你为什么和那个人走得那么近？你明知道他对你有好感……”

“我只把他当弟弟，我答应了朋友好好照顾他，哪儿能不理人？”温柠继续拉近距离，亲昵地蹭了蹭他的鼻尖。

沈屹眼神一凝，敏锐地捕捉到关键词，问：“你真的只把他当弟弟照顾？”

温柠说话时的气息喷在他的下巴上：“嗯，不然还能是什么？”

沈屹浓黑的睫毛轻颤，声音带着不易察觉的委屈：“可你去看他打篮球，去过他家里，送过他礼物。这些你都没对我做过。”

温柠眼神微讶，问：“你在意这个？”

“我当然在意。”沈屹绷紧了下颌，小声说。

“以后，这些事我都跟你做一遍，好不好？”

沈屹漆黑的眼中升起两团微弱的光亮，心已经有些动摇，踟蹰着问：“那你什么时候和他说清楚？”她总不能一直拖下去，早晚要说清楚。

“最迟两个月后，行不行？”为了安抚他，温柠随意道。

沈屹陷入沉默，温柠凑过去亲了亲他柔软的唇，道：“沈乞乞，你对我就这么狠心啊？”

“我还没答应呢。”她怎么能亲他呢？而且他们之中，明明是她更狠心，她居然倒打一耙。

温柠故意又亲他，贴了两秒钟才松开，笑吟吟地挑衅道：“谁让你生病了没有反抗能力。不愿意被我亲就好好吃饭，赶紧好起来。”

沈屹不是不愿意被她亲，他只是心中仍有疑虑，怕她又欺骗自己。

沈屹按捺着心中的酸涩不安，问：“那你上午为什么说要把我的东西打包寄回给我？”她这么想斩断和他的联系吗？

“你的东西放在我家，我总是睹物思人，心里多不舒服啊。”温柠的语气低落下来，用右手捏了捏他的脸，“本来我可以打电话通知你的，你猜我为什么要特意去你那儿跑一趟？”

“为什么？”

温柠明眸灼灼地盯着他，声音温柔缱绻，饱含深情：“因为我想见你啊。”

许久没听到她说情话，沈屹的心不期然漏跳了一拍。再回想起这段时间发生的一切，眼眶就不自觉地涌上热意。

如果在他刚得知那个人的存在的时候，温柠就对他说这一番话，他肯定很难相信。但分开后的这段时间，他所遭受的痛苦和折磨实在太过难熬，他已经没办法继续承受下去了。

在眼下他最虚弱的时候，温柠的话无异于一根救命稻草。只要他愿意抓住，他就可以不再经历这些挣扎，就可以得到解脱。

沈屹不想去考虑，一旦这根稻草断裂，迎接他的会是什么下场。他只知道，如果不抓住这次机会，他会死的。仿佛有道声音在他的耳边不停地劝诱：抓住，抓住这丝希望就可以活下去。

沈屹抬起手攥住了温柠的手腕，上方的输液袋被他的动作带得晃动了下。他湿红的眼睛深深地凝望着她，低哑的嗓音带着难以自抑的颤抖，语速缓慢道：“我可以答应你。但你必须保证在两个月内和他说清楚你已经有男朋友了。”

温柠点点头，道：“好，我向你保证。”她松开和他交握的手，轻轻去掰他抓着自己手腕的另一只手，“你这只手输着液呢，别乱动。”

沈屹松了手上的力道，温柠小心地托着他的手腕放回床上：“幸好没跑针。”

沈屹咬着唇默默流泪，身躯都在压抑地轻颤。撞上她的目光，他立刻狼狈地别开脸，随后慌乱地拉起被子盖住头，将自己藏进沉闷的黑暗中，像是生怕被她笑话。

温柠唇边的笑意不知何时消失了，她站在床边注视着他，轻声劝道：“我不说你像怨夫了，好不好？别一直闷在被子里，要闷坏了。”

沈屹用最大的力气闭紧双眼，可眼泪还是源源不断地流了出来。他不想哭的，可一想到那个男生的存在，胸口就好像破了个大洞，钝痛蔓延开来，眼泪止都止不住。

“那我先出去，待会儿再来看你。”温柠叹了口气，说完就转身朝着病房门口走去。

她刚握住门把手，正准备拉开门，便听到身后传来他艰涩的声音：“温柠。”

温柠停住了脚步，却没回头：“怎么了？”

沈屹近乎乞求的声音在寂静的病房里回荡：“你注意安全，不能把他带回家……”

温柠心尖发麻，有种说不上来的感受。她垂下眼，缓缓地应了声：“好。”

之后，温柠临时有事，回了公司。

等病房里的哭声渐渐停止，闻尧才心绪复杂地推门进去。输液袋已经空了，他按铃叫来护士。换完输液袋，病房里又只剩下他们两个人。

望着沈屹仍有些红肿的眼睛，闻尧犹豫片刻，还是忍不住问道：“你答应跟温柠复合了？”刚才他就站在门外，他们的对话他基本都听到了，不过有几句没听清楚。

沈屹正在输液的手微蜷，声音还带着痛哭后的沙哑：“嗯，她说那个人是她朋友的弟弟，她平时只是帮忙关照一下而已，两个月之内她就会和那个人说清楚，然后跟他保持距离。”

闻尧难以置信地问道：“然后你就信了？”

“嗯……”

闻尧觉得荒唐，可转念一想，又觉得在意料之中。

沈屹跟温柠分开的这段时间，他过得如同行尸走肉一般，食不知味，寝不安席，瘦得几乎不成人形。如果他们复合能让他恢复生机，好好照顾自己，闻尧觉得不是坏事。可他担心的是，万一温柠说谎呢？

在闻尧沉思的时候，沈屹又低声说：“温柠回国后选择跟我复合，没有选那个人，说明……她确实没有多在意那个人，只把他当弟弟看待。”沈屹像是在说服闻尧，也像是在努力找理由让自己安心。

闻尧心下五味杂陈。他担心的那些问题，沈屹不可能没想过。但他明知赌输的概率更大，还是一头扎进温柠用甜言蜜语编织的陷阱里。

不答应，他又能怎么办呢？沈屹根本没办法跟温柠分开，离了她，他甚至活不下去。

要么再相信一次温柠的话，要么像现在这样，在痛苦中一点点走向灭亡——沈屹早已经没有选择了。

第十章

兔子反击

晚上，沈屹刚下床准备去洗漱，就听见细高跟的声音在病房外响起。门很快被人从外面推开，温柠便出现在门口。

温柠关上门，回过身，嘴角抿出浅淡的笑意，跟他打招呼："怎么下床了？你要做什么？"

沈屹的目光落在她过于清凉的着装上，本想跟她说晚上多穿点儿衣服，可又担心她会觉得自己啰唆，便只回道："刷牙。"

"我陪你去。"温柠放下包，走过去扶住他的胳膊，忍不住叮嘱道，"你最近瘦太多了，以后可得多吃点儿，知道了吗？"

"嗯。"沈屹乖顺地应下。

沈屹刚拿起牙刷，温柠就主动拿起牙膏，帮他把牙膏挤到牙刷上。有一团牙膏从牙刷边缘滑落，掉进了洁白的洗手池。

温柠眨了眨眼睛，扬起小脸冲他笑："我第一次帮人挤牙膏，不小心挤多了。"

"没关系。"沈屹看到她笑，也不由得弯了弯眼睛。

"快刷吧，不然剩下的牙膏也要掉了。"温柠轻轻托举着他的手臂，笑吟吟地催促道。

沈屹对着镜子洗漱。他刚擦完脸放下毛巾，脖子就被她的手臂圈住，紧接着嘴唇印上一抹温热。

沈屹脸颊白净，肌肤微凉，额前的黑色短发半湿，搭在清冷的眉间。他五官轮廓清隽深邃，眼皮薄薄的，漆瞳仿佛被冰水浸过的琉璃，干净分明，噙着水雾。

温柠喜欢极了他的长相，不轻不重地在他薄红的唇上咬了一下，而后舌尖娴熟地顶开他的牙齿，轻柔地扫过上颚。他的气息是薄荷味的，凉凉的，但很快就被她染上了温度。

从最初的愣怔中回过神，沈屹一只手揽住她的腰，另一只手按在她的脑后，深深地回应她的吻。

他们已经很久没有这么亲密过了。沈屹收紧手臂，他迫切地需要从这样的亲昵中获得安全感。

"沈屹，今天晚上……"说话间，闻尧推开了病房门，一眼就看到了正热情拥吻的两个人。

沈屹面皮薄，不好意思地松开温柠，气息不稳地看向闻尧，脸庞攀上绯红，问：“怎么了？”

闻尧愣怔地望着他们，眸光微暗。他很快收敛心绪，抬手摸了摸后颈，道：“没什么，我就是问你晚上需不需要陪床？”

“不用，我没什么事。”

闻尧点了点头，笑得很勉强：“那我先走了，有需要就给我打电话。”仓促地说完这句话后，他立刻退出去，关上了病房门，脚步声匆匆远去，像是在逃避什么一样。

温柠无意识地盯着他离开的方向出神。沈屹原本贴在她的后腰处的手掌轻握成拳，低声喊她：“温柠。”不要看别人。

温柠挑起眉梢，悠悠道：“怎么又开始吃闻尧的醋了？”

思忖片刻，沈屹开口道：“我知道你们以前在一起过，闻尧都跟我说了。”

“他还跟你说了什么？”

沈屹抿了抿唇，道：“全都说了……”

温柠忽然回忆起刚才闻尧摸脖子的小动作，有个念头快速地从脑海中闪过，快到她来不及抓住。她从沈屹怀里抬起头，道：“你不介意啊？”

“介意。”沈屹紧了紧手臂，道，“但那都是过去的事情了，只要你们现在没什么就好。”

只是，刚才闻尧突然进来撞见他们亲密时，脸上来不及掩饰的受伤和难过，不停地在他的眼前浮现。闻尧他……似乎还没有放下温柠。

不想再讨论闻尧，温柠主动转移了话题，说：“你闭上眼睛，我有东西要送给你。”

“是什么？”沈屹瞳仁微亮。

“待会儿你就知道了。”

沈屹听话地闭上眼，听见温柠走进房间里，应该是拿起了她的手包，银链哗啦作响。

没多久，他就感觉到她去而复返，重新停在他面前，属于她的香气靠近。

她靠在他的胸前，柔顺的发丝若有似无地落在他的锁骨处，十分勾人。沈屹轻皱了下眉，然后就感觉右边的耳朵被人轻轻捏住。有冰凉而尖细的金属，贴着耳洞细小的缝隙插了进去。

沈屹的心猛地一跳，被激得睁开了眼。他抬手抚上自己的耳朵，果然摸到一个硬硬的金属圈。

温柠拉着他来到镜子前，道："看看喜不喜欢。"

沈屹睁开眼，看到镜中的自己面孔微红，眼中是藏不住的欢喜，也看到了戴在耳垂上的那个小小的金属环。

沈屹的耳朵小巧，耳垂也薄薄小小的，黑色的金属环刚好包裹住耳朵边缘，不仔细看会以为是个耳钉。正面看着很普通，可藏在耳朵后面的部分精巧地镶着碎钻，设计得很用心。

沈屹很喜欢这个礼物，不仅因为这个耳环是温柠送他的，更因为耳环像一枚小小的戒指，意义非凡。

温柠猜到了沈屹对戒指有特殊的执念，不然也送不出这么合他心意的礼物。趁着沈屹满心欢喜地观察耳环，注意力没放在她的身上，温柠悄悄走到房间里，掏出手机回复陆舒扬几分钟前发来的消息。

陆舒扬："姐姐，今天我跟社团的学长学姐们出来聚餐啦。"

温柠："别喝太多酒，早点儿回去。"

陆舒扬："嗯嗯。我今天可能要晚睡，姐姐记得早点儿睡。"

温柠："好。"

等沈屹出来，温柠已经关上了手机，她眼神温柔地看着他问："喜欢吗？"

沈屹毫无所觉，点点头，又爱不释手地轻轻地摸了下耳环，道："喜欢。"

"既然闻尧走了，今天我留下来陪你吧。"温柠水眸灿亮，一步步朝他走近。

沈屹连忙说："不用了，陪护床你不舒服，你会休息不好。我又没受伤，不用人照顾。"

他只是身体虚弱，补充营养后就好多了，住院只是调养身子，没什么需要人照顾的地方。

"不行，你一个人留在医院多可怜啊。"温柠走过来拉住他的手，道，"你要是担心陪护床不舒服，不如我们一起睡？"

沈屹漆黑的眼仁微微颤动，紧张地咽了咽口水，道："可以吗？"

病床确实比陪护床宽敞多了。

"有什么不可以的？只要不会打扰你休息就行。"

沈屹回答得毫不犹豫："不会打扰我休息的。"

温柠用另一只手捧住他的脸，道："沈乞乞，你想不想和我一起睡？"

沈屹垂眸注视着她，耳尖微微发烫，羞赧地小声答道："想的……"

"那不就得了，赶紧洗澡睡觉。"

晚上，等护士查完房，温柠和沈屹一起躺到了洁白的床上。关了灯，房间陷入黑暗，温柠枕着他的手臂，细声和他说话。

她的气息喷洒在他的颈窝里，沈屹呼吸声渐重，凸起的喉结不停地上下滚动。

"你身上怎么这么热？"察觉手下肌肤的热度，温柠疑惑地问道。

沈屹喉咙里像失了火，燥热不已，回道："没什么。"嗓音低哑，分明是动情了。

温柠抱住他的腰，往他的怀里钻了钻，笑着打趣道："你是病人，别胡思乱想，赶紧睡觉。"

沈屹睫毛眨得很快，道："我没乱想，而且我的身体已经好了。"不过，他说这些只是为了反驳温柠的话，没想着要在医院做什么。

两人低声说笑着，闹了一通，累了才准备休息。自从重逢后，他们之间难得有这么温情的时刻，恍惚间，沈屹觉得仿佛回到了十年前。他心里淌过热流，被情愫填得满满当当。

沈屹低头亲了亲温柠的额头，心满意足地闭上眼。

刚睡着没多久，他忽然被手机铃声吵醒。

沈屹勉强睁开眼，往一旁的桌上看去。那是温柠的手机，黑暗中，屏幕上跳动着"陆舒扬"三个字。

陆舒扬，之前他就见过这个名字。这三个字在唇齿间无声地滚过，沈屹蓦地回想起，那天在篮球场，他听到有人喊那个少年的名字，似乎就是这三个音。如同被当头浇下了一盆冷水，沈屹睡意全无，彻底清醒。

看了眼怀中睡得不太安稳的温柠，他内心挣扎了几秒钟，最终还是伸出手，准备把电话挂断。就在这时，温柠醒了过来，眯着眼睛问道："谁打来的电话？"

沈屹的喉咙好似被什么东西堵住了，嘴唇艰难地翕动，却没能发出声音。温柠只好从他的怀里坐起来，摸到手机，没看屏幕，直接接通电话放到耳边。

“姐姐，你在家吗？我被锁在宿舍外面了，也没有带身份证，你能收留我一晚上吗？”

温柠捏了捏眉心，一时没反应过来，问：“谁啊？”

“是我啊。姐姐，你已经睡了吗？我是不是吵到你了？对不起姐姐，早知道我就不给你打电话了。”陆舒扬连忙道歉。

陆舒扬会在这个时间给温柠打电话，是因为平时这个时候温柠一般还没睡觉。今天她在医院陪床，没什么事情做，所以睡得早。

温柠的理智渐渐回笼，清醒了几分。她下意识地看向沈屹，可房间内黑得伸手不见五指，她看不太清他的表情，只隐约感觉到他在很认真地盯着她。

温柠的手腕不知何时被他攥住，动弹不得。她坐在床上，继续跟陆舒扬打电话：“你没吵到我。你那边什么情况？”

“我们刚聚完餐散场，我不知道去哪儿睡，就给你打了电话。”陆舒扬的声音带着略重的鼻音，不似平时清越，正常说话都像是在撒娇。

“喝酒了吗？”温柠问。

“喝了……所以我不敢回家。”少年底气不足地回道。

温柠被他的语气逗笑：“你现在过来吧，我等着你。”

电话那头的声音顿时雀跃起来：“那我现在就过去，待会儿见。”

挂断电话，温柠闭了闭眼，犹豫着该怎么跟沈屹说。

死寂般的黑暗中，反倒是沈屹先开口。他依然不肯松开她的手腕，嗓音哑得厉害：“你要回去？”

温柠叹了口气，轻声解释道：“他家教严，这个点回去，还喝了酒，我怕他回家会挨打。”

无尽的委屈涌上心头，沈屹浑身冰冷，声音不自觉提高：“你心疼他，怕他受委屈，那我呢？你就不管我了？”

不久前，温柠还送他礼物，和他亲密无间地相拥入睡。仅仅是一个电话，她就要抛下他去找别人。

“这是意外情况，我……”

沈屹嘴角溢出苦涩的笑，心里针扎似的疼，强撑着才说出完整的一句话：“可你明明答应过我的，不会带他回家。”

听出他的声音不对，温柠将手伸向他的脸，果然摸到一片冰凉的液体。不知道他默默地哭了多久，或许她接起电话后他就哭了。

温柠拍了拍他的手，认真地承诺道："沈乞乞，我只是收留他一晚上，明天一早就让他离开。"

"真的？"

"真的。如果你不信我，我可以一直跟你保持通话。"

沈屹没有立刻回应。

病房里静悄悄的，温柠看不清他的神色，也无从推测他内心的想法。

沉默良久，他最后用力握了握她的手腕，像是要尽自己最大的努力在她的身上留下属于自己的印记。然后他缓缓地松开了手，艰涩地开口："你走吧。"短短几个字，仿佛用尽了他浑身的力气。

温柠走的时候没开灯，安静地带上了门。外面的声控灯亮起，光线透过病房门上的玻璃窗映进来，但很快就熄灭了，病房重归黑暗。

黑暗中，沈屹孤零零地坐在床上，愣怔地望着她离开的方向。男人的气息声断断续续，似是在低声抽泣。

沈屹当然不希望温柠离开，可他不同意又能怎样呢？温柠在电话里答应了那个人，她的心已经离开了，他留不住她的。他心里好似有把钝刀子在割，滞涩的疼痛在心底绵延，眼眶酸胀不已。更让他在意的是温柠为了别人离开他。这对于沉浸在幸福中的沈屹来说，无异于当头一棒。他这时才清楚地认识到一件事——他没有拦着她的资格。

沈屹心中漫上浓浓的不安和害怕。他只能不停地在心里告诉自己：只要熬过这两个月就好，熬到温柠和那个人划清界限，他就能解脱了。到时候，他们就可以幸福地在一起。温柠一定不会骗他的，她一定会做到的。

温柠到家之后换上睡衣，又顺手泡了杯蜂蜜水。水还温热，门就被敲响了。

温柠拿开盖在腿上的毛毯，从沙发上起身，踩着拖鞋走过去，开了门。

少年站在明亮的走廊上，笑容灿烂地跟她打招呼："姐姐。"

因着喝了酒，他的脸颊带着浅浅的酡红，眼睛湿漉漉的，声音也比平时低沉磁性。

“快进来吧。”温柠笑着迎他进来，走到客厅后，她从桌上拿起玻璃杯递给陆舒扬，“先把蜂蜜水喝了吧。”喝了酒的人容易口渴。

“谢谢姐姐。那我先去洗澡了。”

“去吧。”

浴室很快响起淅淅沥沥的水声。

温柠有些困，躺到柔软的沙发上，百无聊赖地玩着手机。她本想给沈屹发消息问他睡了没有，打完字犹豫了几秒，又清空输入框，退出了微信。

陆舒扬拉开浴室门出来，一边走，一边擦着头发。他的身材比起之前结实了不少，皮肤冷白粉嫩，有种蓬勃的少年感。他坐到温柠身边，和她说话：“姐姐。”

从他身上已经闻不出酒气，取而代之的是如花般芬芳的沐浴露和洗发水的香味，他呵出的气息都带着夏日柑橘的甜。

陆舒扬鼻尖动了动，道：“咦，姐姐身上的味道为什么跟我的不一样？”

温柠今天是在沈屹那里洗的澡，用的是他的洗浴用品，都是清凉的薄荷系，当然不一样。

“是吗？”温柠漫不经心地应着，“待会儿把头发吹干再睡，不然会头疼。”

“知道了。”

第二天早上，温柠醒过来的时候觉得嘴唇有点儿干，拿起床头柜上的水杯抿了口水，这才发现床头灯忘关了，就这么开了一晚上。怪不得她总觉得睡不安稳。

关了灯，下床走到客厅才发现陆舒扬已经走了，桌上留了张便条：姐姐，我早上有课，先走啦。下次见。

简单地洗漱过后，温柠打开冰箱，准备随便做点儿什么当早餐。咬了口刚做好的三明治，她忽然有些想念沈屹——想吃他做的饭了。

到公司以后，温柠去茶水间冲了杯咖啡，回来就看见梁疏影的桌子上摆着毛线团和几根木针，她随口问道：“你这是要织毛衣？”

梁疏影正在吃海鲜小馄饨，含混不清地答道：“我给我男朋友织的，最近天冷嘛。”

“这得织多久？”

“大概一个月吧，我想给他织得漂亮点儿。”

温柠放下咖啡杯，问：“我能拿来看看吗？”

“没事，柠姐你随便看。”

梁疏影的毛衣已经织了一小半。温柠刚拿到手里就看出她织得很用心，针脚细密均匀，还仔细地织了朵傻乎乎的太阳花。

前两天，温柠看见梁疏影在网购毛线针，没想到她是为了给男朋友织毛衣。他们两个经常互送这样的手工礼物，之前温柠还见梁疏影的桌上摆着一套可爱的陶瓷玩偶，她说是她男朋友烧的。

温柠谈恋爱向来出手大方，但她送的都是随手就能买来的礼物，还从没送过这种需要耗费很多时间和心神的。

以前，学校里流行过给对象织围巾。温柠不知道别人的男朋友有没有，但她没有给沈屹织过，他也从没向她要过。

想到昨天晚上的事估计会让沈屹心里不舒服，温柠觉得，她得送点儿什么哄哄他。于是下班后，温柠去医院前，顺路去了趟商场。她给沈屹挑了对袖扣，进去不到十分钟就出来了。

温柠到医院时，沈屹正在工作，笔记本电脑摆在架起的桌板上。公司事务繁忙，他身体稍微好一点儿就得开始工作。

听见病房门打开的声音，沈屹连眼皮都没抬一下，像是专注于工作没注意到她。要不是看到了他不自觉抿紧的唇，温柠差点儿就信了。他果然还在生气。

温柠在床边的陪护凳上坐下，安静地看手机，没有出声。低着头，她也能感觉到沈屹偷瞄过来的视线，大概二十秒一次，后面越来越频繁。

没过多久，沈屹就沉不住气了，主动开口，语气硬邦邦的：“怎么不陪你的好弟弟了？”

温柠每次看到沈屹这么别扭的样子，都莫名地觉得可爱有趣，还有点儿想笑。不过沈屹自尊心强，她要是真笑出来，估计他会真生气。

“弟弟哪儿有男朋友重要？”温柠坐过来，拉住他的手，撒娇道，“我这不是一下班就过来陪你了？”

沈屹别过脸，瘦削的下颌线紧绷，轻哼了一声：“我忘了今天是工作日，他还得上学，怪不得你有空来我这儿。”

床上的桌板和电脑已经收起来了，倒是方便了温柠。她主动凑过去亲了亲他的下巴，浅笑吟吟，嗓音甜媚婉转：“沈乞乞，你别生气了嘛，昨天真的是意外情况。”

沈屹神色略有松动。

温柠继续哄道：“我只是看他没地方去才收留他，他就是一个小孩子，你不要多想。”

沈屹低声反驳道：“他读大学，应该成年了。”不是小孩。

“我才不喜欢刚成年的小屁孩，我只喜欢你这样的成熟款。”温柠搂住他的脖子，从身后拿出一样东西，“这是给我最爱的沈乞乞的礼物。”

沈屹终于缓缓转回头，视线落到她的身上。温柠蹭了蹭他光洁的侧脸，亲昵地笑着道：“打开看看，我挑了很久，所以今天才过来得晚了一会儿。”

不用看沈屹也喜欢。听她说用心挑了很久，他心中就更加欢喜。不知不觉中，在他的胸口堵了一天的郁气就这么散了。沈屹忘了自己昨夜是怎样辗转难眠，再次心甘情愿地钻进了由甜言蜜语编织的牢笼。

温柠坐进他的怀里，道：“还有一件事。”

沈屹问：“什么？”

“等出了院，你就搬到我那儿住吧。”

沈屹心跳漏了一拍，又惊又喜地望着她，清澈的眼里还带着几分难以置信——他这是被她的反复无常弄怕了。

温柠眉眼舒展，笑吟吟道：“这么看我做什么？我没跟你开玩笑。”

沈屹以为她是想跟他待在一起才这么提议的。仿佛被巨大的馅饼砸中，他眼眸晶亮，欣然应下：“好。”

闻尧来医院的时候，温柠已经走了。他刚推开病房门走进来，沈屹就注意到了他眼下一片青黑，苍白修长的手指微微蜷曲。

“昨天没睡好？”

闻尧眼眸微闪，神情不太自然地点了点头。昨天……不小心撞见温柠和沈屹在一起后，他夜里一闭上眼，满脑子就都是这个场景，辗转难眠。

沈屹没再多问，转移话题提起了工作。

闻尧微微松了口气，跟他聊起正事。临走时，他踟蹰着开口道：“等你出院回公司，我想给自己放个假，去外地散散心。”他最近的状态很不对劲，或许是该放松一下了。希望这样能让他的头脑冷静下来，不再想不该想的人。

“好，这段时间辛苦你了。”

“不辛苦。”闻尧松了口气，道，“你好好休息，我先走了。”

出院后，沈屹暂时住到了温柠家。他主动担下了照顾她衣食起居的任务。

温柠跟合作方视频沟通完，从会议室出来，看到沈屹之前发来的消息：“晚上想吃什么？”

她打字回复：“排骨。”

沈屹：“那我今天早点儿回去，买好排骨，提前炖上。”

温柠：“好。”

温柠下班回家后，一推开门就闻到了排骨汤的香味。她换上拖鞋，朝着厨房走去。

沈屹正站在料理台前切胡萝卜，刀法快且稳，刀刃撞击案板的“叮叮”声颇有节奏，和高压锅的“呜呜”声混在一起，烟火气十足。听到门口的声响，他头也不回地说：“你回来了。”

温柠从身后圈住他的腰，赞叹道：“好香啊。你怎么这么会做菜？”

沈屹心情很好地弯了弯唇，道：“慢慢练出来的。”

中学时期，他一个人住，懒得弄复杂的饭菜，都是随便买点儿馒头和速食食品糊弄过去。高中认识温柠后，她偶尔会去他家里玩。沈屹总不能让她跟自己一样吃那些没有营养的东西，便开始学做饭，他的厨艺就是从那时候开始进步的。

过去的十年里，不管工作再忙，沈屹都会抽空亲自下厨做菜。每次，他都会做两人份的。沈屹总是望着对面空荡荡的座位，想着，如果温柠也在就好了。默默地吃完一顿饭后，他又独自收拾了两个人的碗筷。

“乞乞，我今天买了个小礼物送你。”

“怎么又买礼物？”沈屹低头看了一眼，她手上并没有东西，“是什么？”

“你等着，我去给你拿。”

温柠跑到客厅，打开刚才放在桌上的购物袋，拿出里面的东西，回了厨房。

沈屹正准备把胡萝卜放进锅里，温柠连忙拦住他："哎，等等。"

"怎么了？"沈屹把装着胡萝卜的碗放回了案板上。

温柠从身后拿出发箍，举到他面前："你戴上这个。"

她手里拿着的是一个洁白的兔耳发箍，毛茸茸的，很可爱。

沈屹上次戴过猫耳朵发箍，按理说，再戴这种可爱的道具，他应该毫无心理负担才对，但不知为何，这次的兔耳朵让他觉得很羞耻。

"戴上给我看看嘛。"温柠娇声催促道。

终是不忍心辜负她的期盼，沈屹敛了敛心神，压下内心的羞耻感，缓缓地抬起手，将发箍戴到了头顶。戴上以后，他眼神躲闪游移，不敢看温柠。

发箍底部藏在黑发中，长长的白色兔耳朵耷拉下来，软趴趴地垂在两侧。搭配上湿漉漉的眼睛、白里透红的面颊，倒真像是白色垂耳兔成精，变成了秀气又脆弱的他。

自从上次阴差阳错给沈屹戴上猫耳发箍之后，温柠就一直想给他戴一次兔耳。今天正好有空，她就去买了一个兔耳朵发箍，果然如她预料的那样，沈屹戴上这个可爱得要命。

温柠忍不住捧住沈屹的脸："今天晚上，你就戴着这个吧。"

沈屹听出了她的暗示，羞赧地点头："嗯。"

第二天早上，温柠是被敲门声吵醒的。

她醒来的时候，沈屹不在身边。他应该早就起床了，为什么听到敲门声不去开门呢？温柠疑惑地下床，拉开卧室门，看到沈屹正神情难看地僵立在客厅中央。

"怎么不开门？"温柠疑惑地问道。

沈屹欲言又止："外面，外面是……"

"谁啊？"温柠觉得他的态度有些奇怪，便走到门口，透过猫眼往外看去，看到外面的人，她总算明白沈屹为什么会是这种表现——门外的人是陆舒扬。

温柠混沌的大脑转动起来，想起昨天她和陆舒扬约好了今天一起吃饭，可他们约定的时间是中午，陆舒扬怎么早上就过来了？

温柠从玄关处走回到沈屹的面前，拉住他的手，轻声哄道："你先进次卧躲一躲，我马上把他弄走。”

沈屹盯着她，回握住她的手，声音带着浓浓的委屈：“为什么要我躲？”

“他已经在外面了，我总不能不给他开门吧。”温柠捏了捏他的耳朵，眸含歉意，“乞乞，听话好不好？”

沈屹昨夜的好心情一扫而空，整个人如坠冰窟。他唇线抿紧，再三挣扎，最终还是妥协了：“你尽快。”

“好，我很快就让他走，然后过来陪你。”温柠安抚地亲了亲他的下巴。

沈屹走之前往门的方向看了一眼，眼眸暗沉，手掌紧攥成拳。他闷闷不乐地走进次卧，关上门。他没有找地方躲藏，就站在门后，屏息听外面的动静。

温柠走过去给陆舒扬开了门，他手里拿着手机，正准备给温柠打电话。

“姐姐，你终于开门了，我都快吓死了。”一见到她，陆舒扬就着急地说。

温柠一头雾水，感到好笑：“怎么了？发生什么事了？”

“我在餐厅等了很久都没见到你，给你打电话你也没接，发消息你也没回，我还以为你出什么事了。幸好你没事。”陆舒扬上上下下打量了她一遍，确认她没出什么事才放下心。

温柠从不迟到，更没出现过爽约却不提前通知他的情况，所以陆舒扬才会这么紧张。

温柠疲倦地揉了揉太阳穴，问道：“几点了？”

“十二点了。”陆舒扬说。

怪不得陆舒扬等不及，直接找到了她家里，原来已经中午了。

温柠抱歉地说：“不好意思啊，昨天晚上熬了夜，今天没起得来。”

“没关系，姐姐没事就好。”

温柠想起一件事，问道：“我们订的餐厅是不是已经过时间了？”

陆舒扬点头，道：“嗯，我们在家里吃吧。姐姐，我来帮你做饭。”

想到沈屹，温柠睫毛轻扇了一下，道：“我去看看家里有什么菜。”

陆舒扬跟在她身后，道：“我跟你一起去。”

“不用，你就在沙发上歇着就行，待会儿有需要了我会叫你。”

“那好吧。”陆舒扬走到沙发前坐下。

进了厨房，温柠就看到刚做好的三明治，还有电饭煲里煲的南瓜粥。估计是沈屹猜到她快醒了，就先做好了早饭。

过了会儿，外面传来陆舒扬的声音：“姐姐，需要我帮忙吗？”

“不用了，马上好。”

温柠在厨房磨了一会儿时间，然后端着沈屹做好的两份早餐回到客厅，把三明治和南瓜粥摆在餐桌上，道：“你先吃这个吧，待会儿再做别的。”

“咦，姐姐，你这么快就煮好粥了吗？”

温柠往次卧的方向看了一眼，看到门似乎动了一下。她很快收回视线，平静如常道：“昨天提前把米放在锅里，设了定时，早上就煮好了。”

“好甜啊，”陆舒扬尝了一口，眼睛亮起来，“三明治也好好吃。我感觉姐姐的厨艺进步了好多。”吃到一半，陆舒扬突然想起正事，从口袋里摸出一张卡交给温柠。

“这是什么？”

“这是我前段时间参加比赛获得的奖金，有四万块，都在里面，密码是姐姐的生日。”

温柠眉梢微扬，不解地问：“你给我钱干什么？”

陆舒扬亲昵地抱着温柠的胳膊晃了晃，半开玩笑地撒娇道：“姐姐，等我攒够一百万，我们就在一起，好不好？”

次卧里突然传来一道突兀的响动。

陆舒扬愣了一下，然后好奇地望过去：“姐姐，你养宠物了？”

温柠的目光扫过传出声音的次卧，撩了撩发丝，轻描淡写道：“可能是屋里什么东西掉了吧。”

陆舒扬问：“那要不要进去看一下？”

“待会儿再看，先吃饭。”

“哦。”陆舒扬的注意力很快移开，转回了刚才的话题上面，“姐姐，你还没回答我刚才的问题呢。”

“回答什么？”温柠明知故问。

“等我攒够一百万，我们在一起，好不好？”

温柠嘴角牵起笑：“你还上着学，学业为重。”说完，她垂眼安静地喝粥，没说答应，也没说不答应。

陆舒扬并没有气馁，继续发挥磨人的本事：“姐姐，反正你没有男朋友，你不回答，那我就当你答应了。”

卧室里再次传出一道撞击声。陆舒扬被吓到，一个激灵坐直了身体，瞪大眼睛看向那边：“姐姐，你没养宠物，那是什么在响？”

温柠眸中掀起微澜，一时间不知道该怎么回答。

“我过去看看。”陆舒扬朝着次卧的方向走去。

“舒扬……”温柠下意识地喊住他。

陆舒扬回身，问：“怎么了？”

温柠犹豫片刻，最后无奈地叹了口气，道：“没事，你去吧。”

她想：顺其自然吧。

想到这里，温柠反倒平静下来，继续若无其事地用早餐。三明治还热着，南瓜粥是甜的，很好地补充了她昨晚过度劳累后亏空的体力。

陆舒扬转动门把手，迈开步子走进次卧。

温柠坐在餐桌前，屏住了呼吸，等着他接下来惊讶的呼喊声。可她等了半天也没等到。她怀着疑惑朝次卧的方向看去，却见门半掩着，里面毫无动静。怎么没声音了？难道他被吓得说不出话了？

温柠早饭吃得差不多了，拉开椅子，也起身往次卧走去。还没到门口，陆舒扬已经从屋里走了出来。他的神情跟刚才一样疑惑，挠了挠头，道：“我没看到地上掉了东西掉啊，难道是楼上传来的声音？”

“你什么都没看到？”温柠讶异地挑眉。

“看到什么？”

温柠快速地眨了两下眼睛，道：“没什么。”

虽然不知道沈屹是怎么躲过的，但他们两个人没碰上面对温柠来说自然是好消息，她私心是不想让沈屹跟陆舒扬碰面的……

“赶紧把粥喝了，待会儿就凉了。”

“好。”陆舒扬暂且将这件事抛到脑后，坐回餐桌前吃饭。

总不能让沈屹一直在屋里躲着，她得想个办法把陆舒扬支走。

温柠回到主卧拿来手机，给梁疏影发消息：“你待会儿有空吗？十分钟后能不能给我打个电话？谢了。”

梁疏影："怎么了，柠姐？"

温柠："三言两语说不清楚，等下再跟你解释。"

梁疏影："好的，我定个闹钟，待会儿给你打。"

等温柠从主卧出来，陆舒扬已经吃完了早餐，还把桌子收拾了。

"姐姐，我们下午去做什么？"他笑容阳光地跑过来，眼神澄澈、满是期待，像是乖巧的大型犬。

温柠关了手机的静音模式，道："在家里看个电影吧。"

"好。"陆舒扬其实没什么要求，只要能和她待在一起，他就很开心。

他们拉上客厅的窗帘，打开了投影仪。陆舒扬兴致勃勃地找电影，问她想看什么。

温柠心不在焉地说："随便。"反正看不了多久。

最后，陆舒扬挑了一部经典爱情片。

刚看了个开头，广袤的原野如画卷般徐徐展开，少女骑着老式自行车欢快地穿过油菜花田，温柠的手机便响了起来。她起身去阳台，接起电话。

陆舒扬赶紧将投影仪的声音关掉。

"柠姐，你让我给你打电话干什么？"

温柠答非所问："甲方突然有新要求吗？要这么急啊。"

"嗯？柠姐？"

"行，那我待会儿回公司改一下。"

梁疏影隐约猜到了她的用意，附和道："好的，麻烦柠姐过来一趟。"

"我马上过去，先挂了。"

温柠挂断电话后，陆舒扬望着她遗憾地说："姐姐，你要去工作吗？"

"嗯。"温柠从阳台走回来，抱歉地说，"突然有急事，我得过去处理一下，不知道多久能回来。你今天先回学校吧。"

陆舒扬耷拉下脑袋，但还是听话地点头应道："好。"

温柠回房间换了套衣服，和陆舒扬一起出了门。把他送上车，等他的身影消失在视野中，温柠在微信上跟梁疏影解释了事情的原委，然后就原路返回，坐电梯回了家。

她在玄关处换拖鞋的时候，柔声喊道："沈乞乞，他已经走了，你出来吧。"

却没听到回应。

温柠疑惑地又喊了一声沈屹，而后踩着拖鞋，朝次卧走去。她先去卫生间和阳台上转了一圈，没看到人，随后回到卧室中。

房间里除了张大床，基本上只剩张衣柜能藏人。温柠看向几乎占据了整面墙的衣柜，指尖轻轻掐了掐掌心，提起一口气走向它。她缓缓拉开衣柜门，看到男人蜷缩身体坐在衣柜最下层，脑袋埋进膝盖，清瘦伶仃，像是被主人抛弃的流浪猫。

看到他这么可怜的模样，温柠的心像是被轻轻地挠了一下。她蹲下身子，温柔地抚上他的肩头，道："他已经走了。"

沈屹从臂弯里抬起头，眼眶果然是红的，睫毛湿润，冷白的脸上还有未干的泪痕。

"你刚才就躲在衣柜里啊？"温柠用拇指帮他擦了擦泪，轻声问道。

沈屹点了点头，然后就垂着头不说话。温柠和那人在外面说话的时候，他躲在门后偷听。听到那个男生说要进屋里看看，沈屹不想和他正面碰上，连忙狼狈地躲进漆黑狭窄的衣柜。

衣柜门留出一条缝，沈屹刚才就从那道缝隙往外看，目视酷似他的男生在房间里转悠，把卧室和卫生间以及外面的阳台都查看了一遍。而他只能压抑着呼吸，悄悄躲藏，生怕被那人发现。

平时，沈屹看到她和陆舒扬在一起总会忍不住妒意，说几句刺耳的话。今天却一反常态，十分安静，倒让温柠有些不习惯。

她半蹲在衣柜前面，伸手揉了揉他黑色的短发，温声轻哄："好啦，我知道这次你受委屈了，以后一定好好补偿你，好不好？你先从衣柜里出来吧，这里太窄了，坐在这儿不舒服。"

沈屹个子高大，长手长脚，窝在狭小的衣柜里实在憋屈。他终于抬起头看向温柠，望着她温柔的眼睛，他薄唇轻颤，小心翼翼地问："你答应他了吗？"

"答应什么？"温柠一时间没反应过来。

"答应……和他在一起。"沈屹紧张的目光定定地落在她的脸上，不想错过她任何表情变化。

温柠听到这句话忍不住笑了："当然没有。我有你呢，怎么可能答应他？"

沈屹这才觉得胸间的酸涩和妒意散去了些，呼吸通畅不少。温柠抽出纸巾帮他擦泪，凑过去亲了亲他湿软的唇，道："别生气了。"

这次，温柠很快就把那个人支走，也没有答应那个人说的要跟她在一起的无理请求，沈屹觉得他应该感到开心的。可他突然想到，那个人一过来，他就只能躲起来，甚至为了不被发现，要做贼似的狼狈仓皇地躲进衣柜……

沈屹不想再像老鼠一样躲在暗处，他想光明正大地和温柠在一起。

那个人是年轻，可他也幼稚至极，居然能说出"赚一百万就和温柠在一起"这样的傻话。别说一百万，他沈屹有多少个一百万，还不是得不到温柠的心？那样一个幼稚、只知道撒娇的傻小子，哪里配得上温柠？

两个月的时间不算很久，但是沈屹不打算再被动地等下去了，他觉得自己必须做些什么。

"乞乞？"温柠见他出神，轻轻地晃了晃他的胳膊。

沈屹睫毛颤动，回过神，抬眸望向她："怎么了？"

温柠眼眸湿漉漉的，声音娇甜："我有点儿饿。"昨天消耗太大，她只吃了个三明治和半碗粥，根本不顶饿。

"想吃什么？"沈屹这次总算肯从衣柜里出来，修长的身体舒展开。

温柠抱了下他的腰，道："什么都行，越快越好。"

"好。"

沈屹走出次卧。

温柠听到他去洗了把脸，随后厨房传来开火的声响。

沈屹正在炒菜，看到锅里剩的粥，想起刚才温柠和那个人其乐融融地坐在餐桌前一起吃早餐的场景，心下顿时妒火翻滚。他气得把剩下的粥全都倒了，给温柠做了新的。

周一，温柠刚到公司没多久，守骅工作室的人就上门拜访了。她让人准备了茶水，和他们进会议室详谈。

对方客气地寒暄了几句后，才进入正题说明来意："温老师，上次我们合作的那个彩蛋角色，您应该还记得吧？"

温柠点了点头："记得。"

“前段时间这个角色入围了游戏圈的年度最受欢迎新秀角色奖。下个月颁奖典礼将在南城举办，到时候需要入围作品的创作人上台阐述创作灵感，所以我想请问您有没有时间参加这个比赛？”

对方代表在平板电脑上调出比赛介绍的页面，把平板电脑推到温柠面前。奖金倒是其次，最重要的是这个“金石奖”的评比在游戏圈内含金量很高。如果她创作的角色能获奖，她可以借机打响工作室的知名度，益处颇多。看了眼日程，颁奖典礼在下个月月中举办，那个时间温柠暂时还没有安排。

“时间方面没问题。我会提前准备的。”

对方代表站起来和她握了握手：“好的，您的机票和住宿都由我们来安排，奖金也归您一个人所有。”

对于他们来说，一个彩蛋角色能入围连主线角色都没能入围的奖项，着实是意外之喜。他们做游戏的也不差钱，就缺知名度，知名度越高越好，当然不会在这些小事上斤斤计较。

谈完事情，温柠送他们一行人离开。她回自己工位上收集了一下其他入围角色的资料，开始为这场比赛做准备。

中午，温柠来A座找沈屹，到了他的办公室才发现他不在。她刚才给他发了消息，暂时还没收到回复。于是她去另一头闻尧的办公室找他。

闻尧的办公室门没关严，隐约漏出他的说话声：“我买了下午的机票，吃了午饭就走，公司的事就暂时交给你了。天烨那边的合作，我会继续跟进，有什么事随时给我打视频电话。”

温柠还以为沈屹也在里面，握住门把手把门稍微推开了一些。看到闻尧举着手机，背对门口，应该是在打电话，于是她没有进去打扰，而是抱臂站在门口等。

闻尧一边打电话，一边用空着的左手解开衬衣扣子，朝着门的方向转过身。他赤裸光洁的上半身就这么映入温柠的眼帘。

他一抬眸，正好跟门外的温柠来了个对视。他没想到她会站在门外，顿时惊愕地愣在了当场，眼睛睁大，连手机另一头沈屹的话都听不到了。

温柠看到这样一幕，只是微挑了下眉，淡然得像什么都没发生。闻尧的态度却和她的截然相反，一股热意迅速蹿上脸颊，他赶紧拢上衣服，慌慌忙忙地背过身去。

听出他的气息突然变得急促，沈屹奇怪地问道："你怎么了？"

"没……没怎么，我这就准备去机场，先挂了。"仓促地说完，闻尧心虚地挂了电话，手忙脚乱地把扣子全部扣好。他转过头看向温柠，涨红了脸，支支吾吾地问："你……你怎么过来了？"

"我以为沈屹在你这儿，我过来找他。"温柠云淡风轻道。

意料之中的答案，却莫名让闻尧觉得烦躁。

温柠嘴角微翘，打趣他："你大中午的脱什么衣服？"

闻尧面红耳赤地解释道："我只是想换件衣服，待会儿要去机场。"

温柠没有问他去哪儿，直截了当地问："哦。沈屹呢？"

三句话离不开沈屹。她每次找他，都只想问沈屹的事吗？闻尧脸色微沉："他在楼下算法部，待会儿就回来了。"

"谢了。"温柠潇洒地冲他挥了挥手，转过身，高跟鞋的声音远去。

闻尧盯着她的背影，深深地呼出一口气。没关系，他接下来就要去南城旅游散心了。只要有一段时间见不到温柠，他相信自己很快就能恢复正常。

从闻尧那儿离开，温柠正准备去沈屹的办公室等他，刚拐过弯，便看到他迎面走来。

沈屹低着头刚把消息发出去，却听到前方传来熟悉的手机提示音，他疑惑地抬起头，就看到温柠笑吟吟地朝自己走来。

"今天怎么来得这么早？"沈屹眼瞳微亮，将手机揣进兜里。

温柠亲昵地挽住他的胳膊："今天任务少，忙完就过来陪你了。"

听她这么说，沈屹翘了翘嘴角，心情颇好。两人一齐走进他的办公室，沈屹坐在沙发上，温柠侧坐在他的腿上，像前些日子那样圈住他的脖子，仰着下巴深深地吻他。

办公室的门被人轻轻地敲了两下。那人没想进来，只站在门口说了一句："沈屹，我走了。"

沈屹的嘴巴被人堵住，想回应也没办法。等温柠笑吟吟地松开他，闻尧已经走了。

“闻尧要去哪儿？”温柠眨了眨水亮的眼眸，好奇地问沈屹。

沈屹迟疑了几秒，回答道：“他最近想休息一段时间，去南城旅游散心。”

“去多久？”温柠又问。

沈屹沉静专注的目光落在她的脸上，低声道：“两个月。”

“哦。”

温柠没再问关于闻尧的事，沈屹暗自松了口气。

过了几天，温柠又接到一笔单子，回家越来越晚。

最近沈屹每天都会提前两三个小时下班，先去一个地方，然后再回家给温柠做饭。温柠忙于工作，一时间也没发现他的异样。

过了两周，她终于能稍微放松一下，跟陆舒扬约了在周末见面。

周六下午，温柠拿上包准备出门。

“要去哪儿？”正在客厅看文件的沈屹望过来。

温柠站在玄关处，抓着手包的银链道：“去……见个朋友。”

沈屹放下手里的东西，从沙发上起身，问：“约在哪儿？我送你。”

“不用了。”

温柠的话成功让沈屹止住了脚步。

沈屹先是疑惑不解，搭在沙发靠背上的手指蜷了蜷，隐约有了猜测。选在周末见面，还不想让他跟着去，她要见的朋友是陆舒扬吧？

说起来，温柠是有一段时间没见陆舒扬了。沈屹站在原地，喉咙紧了又紧，心也不断地往下沉。

温柠不说话，沈屹浓黑的睫毛扇动，嘴角勉强扯出一丝笑，选择了退让：“我突然想起来还有事，没办法送你了。”

温柠顺着他给的台阶下来，道：“嗯，我自己去就可以。”

她弯下腰换鞋，能感觉到沈屹灼热的视线一直落在她身上，仿佛要将她整个人烧穿。她换完鞋抬起头，却见沈屹并没有看她，而是逃避似的看向别处。

“我先走了。”温柠推开家门，她正准备离开，身后忽然传来沈屹气息不稳的一声：“晚上还回来吗？”

“回。”说完，温柠迈步走了出去。

关门之际，她的视线快速从沈屹身上扫过，隐约看到他眼尾的一抹红痕。

温柠走后半分钟，沈屹仍僵硬地站在原地盯着她离去的方向，垂在身侧的拳头死死地攥着，胸膛剧烈地上下起伏着。他眼底暗潮翻涌。

温柠和陆舒扬约了一起看艺术展。开放的艺术展门口，一看到她，陆舒扬就兴奋地高高挥舞双臂：“姐姐，这里。”

清隽阳光、朝气蓬勃的男生吸引了很多人的注意力，他的全部目光却都凝聚在一个人身上。

两个人有说有笑地走进展馆。

“姐姐，你最近是不是很忙？我们都好久没见面了，聊天的次数都比以前少了好多。”

“我这不是一有空就来见你了吗？还不高兴啊？”

“高兴，能跟姐姐在一起，我当然高兴。”

展馆占地面积很大，来往的游客也多。他们在里面转了很久，之后温柠感觉自己的手机振动了下，就从包里拿出手机，解锁了屏幕。

沈屹：“晚上还回来吃饭吗？”

温柠看了眼一脸兴奋的陆舒扬，回了句：“不了，我晚点儿回去。”

沈屹：“好。”

“姐姐，你看这个。”

陆舒扬发现了一件很有意思的展品，招呼温柠过去看。

温柠关上手机，笑着跟了过去。

从展馆出来，温柠开车带陆舒扬去附近的餐厅。路上手机响了，温柠转动方向盘，望着前方的路况，道：“舒扬，帮我接一下，开免提。”

“好。”

陆舒扬听话地照做，车内很快响起男人低沉磁性的嗓音：“温柠。”

温柠没想到会是沈屹，她稳了稳心神，回道：“我现在在开车，待会儿再跟你说。”

“嗯。”沈屹没有多说什么，听话地挂断了电话。

温柠缓缓地呼出一口气。

陆舒扬没多想，随口说："姐姐，天气越来越冷了，你多穿点儿衣服。"

"知道了，小唠叨鬼。"温柠笑着道。

到餐厅坐下后，温柠随便点了几道菜，就把菜单递给了陆舒扬，然后掏出手机，点开微信问沈屹："刚才怎么突然给我打电话？有什么事吗？"

沈屹："你订的衣服到了，我想问用不用帮你洗。"

温柠："你要有空的话就帮我洗了吧，没空就等我回去洗。"

沈屹："好。"

"姐姐，我选好了。你看看有什么不喜欢的吗？"

温柠大致看了一眼，看到最后一页勾选的红酒蓝莓鹅肝，她撩了撩发丝，脱口而出："你不是不能吃蓝莓吗？怎么还点这个？"话说出口，她就愣住了。

陆舒扬的表情也僵在脸上，唇边的笑容逐渐消失。服务生察觉气氛不对，小声跟他们确认菜单，想尽快离开。陆舒扬脸色难看地点了点头，服务生立刻拿着菜单退下。

于是临窗的这方天地，只剩他和温柠两个人。

温柠神情尴尬道："抱歉，舒扬，刚刚我不是故意的。"

陆舒扬委屈地看向她，问："姐姐，你说的不能吃蓝莓的人……是谁？"

"嗯……一个很重要的人。"温柠抿了抿唇，道，"跟他一起吃饭习惯了，抱歉。"

陆舒扬知道温柠之前谈过很多次恋爱，但他没有立场过问，温柠自然也不会跟他提。但他胸中还是不受控制地涌上嫉妒，眼眶发热。

沉默了一会儿，陆舒扬逼退眼中的湿润，再抬起头时，已经恢复了惯常的笑容："没事，姐姐只是习惯没改过来。"

他咬紧腮帮子，强撑着笑容，不断在心里告诉自己，绝对不能因为这么一件小事就跟姐姐闹别扭。

吃过饭，温柠就送陆舒扬回了学校。她开车回公寓的路上，温以棠给她打电话说家里有事，她又临时回了趟家。

沈屹在家里等到夜里十一点多，温柠还是没回来，他有了不好的预感，忍不住给她发去消息："你什么时候回来？"

温柠久久没有回复。沈屹独自坐在寂静的客厅，长睫垂下，顶灯在眼睑下方投射出浅浅的阴影，苍白的唇因为缺乏水分而变得干燥。他的心跳得很快，心慌的感觉越来越明显。

大概又过了四十分钟，手机终于响了一下。沈屹赶紧拿起手机。看到屏幕上的那行字，他的脸顿时失了血色，整个人如遭雷击般钉在原地。

温柠："你先睡吧，今天别等我了。"

沈屹睫羽轻颤，很快被泪水濡湿。他艰难地吞咽了两下口水，颤抖着手指打字："你不回来了吗？"

温柠又很久没有回应。

沈屹按捺不住，给她拨了个电话，"嘟嘟"的声音响了几下，电话便被挂断。

他孤零零地在客厅等待，视线紧盯着大门，生怕错过一点儿声响。视野因为眼泪变得蒙胧，看什么都像是蒙了一层毛玻璃，不断有温热的液体顺着脸颊流下。

沈屹枯等了一夜，都没等到温柠回来。

第二天，温柠回来的时候已经临近中午。她昨天回了温以棠那儿，处理事情到很晚，忘记跟沈屹说了，不知道他会不会误会什么。此刻，她站在家门口，犹豫了一下，抬手敲门。屋里几乎立刻响起了踉跄的脚步声，随后门被匆忙推开，高大清瘦的男人出现在她眼前。

沈屹的眼皮有些红肿，明显哭过，脸上却没有泪痕。他不知道她什么时候会回来，所以隔一会儿就会去洗一次脸，不想让她看到自己憔悴的样子。

"你回来了。"沈屹眼眸亮起，嗓音低哑，强颜欢笑道，"你饿不饿，要不要吃点儿东西？"

温柠没想到他是这个反应，愣了愣神，原本要解释的话到嘴边又咽了回去，她缓缓点头，道："有点儿饿。"

"那我去给你做饭。"沈屹转过身，指腹快速地在眼角擦了一下，迈步走向厨房。他早就做好了饭，只需要给温柠热一热就好。

沈屹去做饭的时候，温柠取下包，靠在沙发上休息。她本来只想眯一会儿，但是昨晚没休息好，身体疲惫，不知不觉就睡着了。

沈屹端着饭菜从厨房里出来，就看到温柠安静地睡在沙发上。他将盘子放到餐桌上，放轻脚步，来到她身边。

温柠今天的妆容很淡，肌肤瓷白细腻，琼鼻小巧，嘴唇水红娇艳，呼出的气息清浅均匀。沈屹愣怔地看了一会儿她的睡颜，难免猜测她这么疲惫的原因，喉咙好似被什么东西堵住，胸臆再次被苦涩填满。

温柠昨天明明说过会回来的，可她最后还是没有做到。

沈屹正准备把饭菜放进冰箱，转身的时候忽然冒出一个念头。虽然知道这么做可能太冒险，但回想起温柠回来时的疲倦，还有他昨夜受的折磨和煎熬，最终他还是在妒意的驱使下做出了决定。

沈屹放轻脚步，绕过沙发，来到温柠放手包的桌子前。他的心跳渐渐地快了起来，往温柠那边看了一眼后，他屏住呼吸，小心翼翼地拉开了手包的拉链。

温柠许是累极了，平时睡眠很浅的她，今天居然没有被拉链声吵醒。

她的手机就放在包里。

沈屹又偷看了一眼温柠，然后伸出手，小心地将手机拿了出来。在脑海中过了一遍要怎么做之后，沈屹鼓起勇气按下了手机侧面的开机键。手机亮起，并没有上锁。点进去之后，沈屹没有看其他界面，直接打开了通讯录，快速看了一眼陆舒扬的电话号码。

“嗯。”身后传来温柠婉转的嘤咛。

沈屹后颈发凉，赶紧把手机放回原处，重新拉上了手包拉链。他紧张地走回沙发前，这才发觉温柠并没有醒，刚才只是无意识发出的声音。

松了口气，沈屹悄无声息地回到卧室。关上门后，他沉重地深呼吸两下，从床头拿起自己的手机，输入刚才记下的电话号码。

斟酌半晌，他用从没用过的新号码给那串号码发去了一条警告短信：我是温柠的男朋友，我们已经同居了，请你不要插足我们的感情。

第十一章

少年的痛

在沙发上睡不安稳，温柠没多久就揉着脖子醒了过来，环视了一圈后，她喊道：“乞乞？”

沈屹快速地将手机塞进口袋，从卧室里走出来：“你醒了。”

温柠动了动鼻尖，眼睛一亮：“我好像闻到糖醋排骨的味道了，有吗？”

“有。”沈屹指了指餐桌的方向。

餐桌上摆着色香味俱全的四道菜，全都是她爱吃的。温柠洗干净手，坐到餐桌前吃东西。

沈屹把她随手放的毯子叠好，倒了杯温水放在她手边。之后，他悄悄解开手机锁屏看了一眼，没有收到回应。不知道陆舒扬是没看到，还是看到了没回。

吃完午饭，温柠刷了个牙，换上睡衣回卧室补觉。她自己躺着睡了一会儿，觉得不自在，坐起来看向客厅，喊道：“乞乞，你现在有空陪我睡觉吗？”

“有。”沈屹放下手头的事情，推门走进来。

“那你睡这儿吧。”温柠拍了拍身边的位置。

等沈屹上床，温柠习惯性地钻进他的怀里，抱住他的腰。他的身体总是温热的，抱着他睡觉就像抱着个不会动的大暖炉，舒服极了。

窗帘紧紧地闭着，只有边缘的缝隙漏出些许微光。整个卧室陷入黑暗，沈屹很快就听到怀中人的呼吸变得均匀。

他没什么睡意，便睁着眼，在黑暗中一遍又一遍地用视线细细描摹她的轮廓。

温柠这一觉睡到了下午，醒来后，她伸了个懒腰，往沈屹怀里蹭了蹭。不知道是不是错觉，她总觉得沈屹身上的肌肉硬实了不少。

“醒了。”沈屹第一时间发现她醒了，垂眼看向怀里的她，嗓音有些沙哑。

温柠抬起头，不小心碰到了他的下巴。虽然看不清他的神情，但温柠能感知到温热的鼻息落在额头上，仿佛羽毛拂过，带来一阵难以言喻的痒，心也像是被挠了一下。

温柠仰首亲他的喉结，他的下巴，最后印上他的唇。沈屹本就不是清心寡欲的人，被她这么撩拨，难免动情。

光线昏暗的房间里，两人忽轻忽重的呼吸声交融在一起。

温柠隔开了沈屹的手，道：“今天不行。”她现在还累着呢。

“嗯？”沈屹手肘撑在她身侧，漆瞳暗沉压抑，疑惑不解地发出一个音节。

“换个方式。”温柠说。

沈屹默然接受。

后颈蹿上酥麻感，沈屹轻轻握住温柠的手腕，低头拥住她深深地吻了下去。歇了歇，他去洗了个澡，回来继续跟温柠抱在一起腻歪。

两个人开了床头灯，低声说着话，温柠的手机忽然响了。她的手机在另一侧床头，离沈屹比较近，她理所当然地支使他：“帮我看看是谁。”

沈屹用空着的手拿来她的手机，看到屏幕上“陆舒扬”三个字，瞳孔微缩。

“谁啊？”没等到他的回应，温柠又问。

沈屹的喉结滚了滚，艰难地吐出“陆舒扬”三个字。说完，他就紧盯着温柠的表情。

温柠笑着将手机接过去，把屏幕转向他：“你希望我接吗？选择权给你。”

沈屹当然不希望她接陆舒扬的电话，他巴不得他们永远不联系。可是如果她不接，待会儿他们肯定还会联络，与其那样，不如让她当着他的面接听电话。

“嗯。”沈屹说。他伸出手指帮她接通了电话，却不小心手滑按到了免提。

于是少年清朗的声音在卧室中响起：“姐姐，你吃晚饭了吗？”

温柠枕着沈屹的胳膊，对电话那边的人说：“还没呢，等下吃。”

“姐姐，我中午收到了一条好奇怪的短信。”

沈屹绷直了脊背，紧张地望向身侧的温柠。

“什么短信？”温柠顺口问道。

“是一个陌生号码发过来的，他说他是你的男朋友，还说你们同居了，让我离你远一点儿，不要介入你们的感情。”

听到这句话，温柠立刻抬眸看向沈屹。他心虚地偏过头，不敢和她对视，心扑通直跳。

沈屹没想到陆舒扬会直截了当地把这件事告诉温柠。因为如果是他收到这样的短信，他肯定会藏着掖着，不敢让温柠知道，而且还会忍不住心生怀疑，暗自查探。可陆舒扬的语气里没有丝毫试探，只有坦然。

温柠捂着沈屹嘴巴的手往上，手指捏住他的鼻子不让他呼吸，过了五秒才松开手。与此同时，她云淡风轻地跟电话那头的陆舒扬开玩笑：“啧，谁把我有男朋友的消息透露出去了？”

“姐姐，”陆舒扬撒娇地喊她，“这一看就是骗人的嘛，我才不会相信。我又不是没去过你那里，你是一个人住，还是跟人同居，我还能看不出来啊？”

“那你觉得，别人发这条短信给你是为了什么？”温柠笑着问道。

陆舒扬语气阳光开朗，毫无阴霾：“肯定是有人对你求而不得，又嫉妒我跟姐姐关系好，所以才给我发消息挑拨离间。我要是因为这个跟你生气，就中他的计了。”

温柠瞥了眼身旁的沈屹，眼底漾开笑意：“嗯，你说得对。你吃晚饭了吗？”

“我吃过了，现在正准备跟朋友去操场打篮球。”

听筒里远远地传来几个男生喊陆舒扬名字的声音，陆舒扬低头对她说：“姐姐，他们在叫我，我先过去了，晚上再聊。”

“嗯，好。”

挂断电话后，温柠把手机丢到一边，从床上坐起来，睨了沈屹一眼：“短信的事，你不想解释一下？”

沈屹平躺在床上，细密纤长的睫毛被床头灯镀上一层金色，他心虚地看向别处，底气不足地说：“我……我不知道这件事。”

温柠似笑非笑地盯着他，视线颇具压迫感。沈屹心跳加速，慌张地咽了咽口水，缓缓地从床上坐起来。

沉默片刻后，温柠率先出声：“沈乞乞，不会说谎就不要说。”

沈屹小心地握住她的手，低声道歉：“对不起。”

“陆舒扬的手机号，你是从哪儿知道的？”温柠倒不在意沈屹给陆舒扬发短信示威这件事。

陆舒扬性格跟沈屹完全不同，他根本不是多疑的性子。沈屹心里有气，想找陆舒扬发泄，她不是不能理解。但沈屹是从哪里得知陆舒扬的手机号的？这才是温柠在意的地方。

沈屹浑身发凉，手心却沁出汗，迟疑再三，不敢回答。

“说话。”温柠催促道。

沈屹只好实话实说：“我……我在你睡觉的时候，看了你的手机。但是我别的都没看，只看了陆舒扬的电话号码，真的。”

温柠唇边的笑意逐渐消散。

“对不起，我以后不敢了。我只是一时冲动才做了这件事，我知道错了。”沈屹心里“咯噔”一下，脸色煞白，低声下气地道歉。

温柠本想让沈屹从她家里搬出去，但她转念一想，如果沈屹走了，以后就没人给她做好吃的饭菜了。他做的菜实在合她的口味，要是就这么赶他走，温柠还真有点儿舍不得。更何况……今天的晚饭还没吃呢。

温柠揉了揉眉心，调整了一下呼吸，逐渐冷静下来。虽然她的手机没有设置密码，但重要的应用是上了指纹锁的，她倒不用担心沈屹看到什么，气也只是气他的行为。他真心认错，她也不是不能原谅他。

思虑再三，温柠最后决定念在他“初犯”的分上饶过他：“这次就算了，下不为例。”

沈屹劫后余生一般呼出一口气，抬臂将她抱进怀里，认真地承诺道：“我再也不会看你的手机了，我保证。”

温柠拍了拍他的肩膀，道：“我饿了，你先去做饭吧。”

“好。”沈屹听话地下床，从衣柜里拿出自己的衬衣，准备穿上。

“等等。”温柠忽然出声。

沈屹不明所以地停下，侧腰绷紧，回身看她。

温柠打量着他赤裸的上半身，视线顺着他线条分明的腹肌逐渐往上，结实流畅的胸肌既不过分夸张，又有明显的轮廓。怪不得她最近总觉得他的身材硬实了不少。

腹肌并不难练，只有腹肌的身材，温柠算不上多喜欢，她更喜欢稍微有一点儿胸肌的身材，这样整体看上去更和谐。而且肌肉线条要流畅，不能过分夸张，皮肤白皙细腻，兼具少年感和爆发力的是最好的。

沈屹的身材本来就很好。肩宽腰窄，身躯瘦长，占据很大一部分先天基因优势，再加上生活自律，经常锻炼，身上看不出多少岁月留下的痕迹。

温柠还注意到，沈屹最近除了常规锻炼，似乎也在有意让自己的身材朝着她的审美靠拢，迎合她的喜好。

温柠眸光微闪，说：“没什么，你去做饭吧。”

“嗯。”沈屹套上衣服，从卧室离开。

温柠望着他的背影，忽然回想起刚才跟陆舒扬通话的时候，陆舒扬毫不掩饰地说出短信那件事时，沈屹震惊至极的眼神。

陆舒扬的性格跟沈屹的完全不同，他不像沈屹那么敏感多疑，也不像沈屹那样缺乏安全感。

如果陆舒扬知道她有男朋友，绝对不会再纠缠她。一旦碰到原则性的底线，不管再怎么不舍，陆舒扬都会果断地选择离开。即便再喜欢她，他也会保持理智，不会把爱情看得重于一切。

温柠记得，其实原来沈屹的家庭条件还不错，家庭和睦，教养良好。要不是发生了那件事，他后来不会过得那么苦，也不会变成现在的样子。沈屹原本也该像陆舒扬一样阳光开朗，拥有拿得起、放得下的底气。

沈屹做饭的时候，一直想着刚才温柠和陆舒扬打的那通电话。男生开朗的话语在他的脑海中不停地回荡。

沈屹为陆舒扬天真的想法感到可笑，可同时，他也不得不承认，他心里其实是嫉妒陆舒扬的。他嫉妒陆舒扬可以这么信任温柠，更嫉妒陆舒扬能从温柠这里得到他从没得到过的安全感。

既然发短信警告起不到作用，那么他就换其他方式。沈屹不信，当温柠有男朋友的事实摆在陆舒扬面前，他还能像现在这么淡然。

做饭做到一半，温柠从卧室里出来，从身后抱住他的腰，脑袋轻轻地靠在他的肩头。

“怎么过来了？饿了吗？”沈屹收起思绪，回头看了她一眼，低声问道。

“嗯，我好饿，你动作快点儿。”温柠顺着他的话往下说。

沈屹应下：“好。”

在沈屹看不到的背后，温柠在悄悄地观察他。看着他清隽的容颜，线条流畅的下颌，还有点漆般的瞳中的满足和幸福，她不禁想：像这样和她在一起，即便是缩在这厨房里忙碌，他心里也是开心满足的吗？

温柠手上的动作紧了紧，忽然问他：“你什么时候去健身了？”

他们每天待在一起的时间那么长，她没见沈屹什么时候去健身了。

沈屹切菜的动作微顿，牵了牵嘴角，垂眸答道：“我没有特意去，偶尔空闲了才会去一趟。”

为了取悦某个人，特意努力地锻炼身体，以保持更好的身材，这样的话，沈屹决然说不出口。他不想让自己看起来那么可怜。

温柠似是信了他的话，轻笑着揭过话题。

沈屹松了口气。

沈屹很快就找到了可以让陆舒扬自己发现温柠有男朋友的机会。

这个周末，他提前跟温柠说需要回公司加班。温柠当时什么都没说。沈屹不确定计划会不会成功，只是碰碰运气。

早上，他做完早饭就出了门，温柠微笑着送他离开。

一个小时后，门被敲响。温柠开门，迎陆舒扬进了屋。今天外面寒风肆虐，温柠不打算出去吃饭，只想待在温暖的室内。

“不是快期末考试了？今天就在这儿复习吧。”这是她跟陆舒扬提前说好的。

“好。”

温柠提前收拾好了客厅的桌子，和陆舒扬面对面地坐着。陆舒扬从书包里掏出几本书开始复习，温柠则盘膝坐在温暖的地毯上，身子倚靠着沙发，抱着平板电脑欣赏前辈们的作品。

两人手边各有一杯现磨的咖啡，还冒着热气。一时间，客厅内安静极了，只剩偶尔响起的翻书声。

到了下午，温柠问陆舒扬复习得怎么样了，要不要放松一下。

陆舒扬合上书，道：“好啊。姐姐，我们把上次没看完的电影看了吧？”

“行，你去把投影仪打开，我先叫个外卖，买点零食。”

陆舒扬走到电视柜前，拉开抽屉，正准备拿遥控器出来，突然看到一个打开的小方盒。陆舒扬脸颊微烫，本想当没看见，可关上抽屉的瞬间，他忽然想起一件事——他没听温柠说过她有男朋友，那这盒开封的安全套是怎么回事？

陆舒扬拿起盒子看了一眼，一盒十只，已经用了六只。他舔了舔唇，深深地呼出一口气，可一想到他也没有立场质问温柠，便只好装作没看见。但他心里在意得紧，忍不住转身对温柠说：“姐姐，不要跟别人在一起。”

“什么？”温柠不懂他为什么突然提到这个，她将散落的发丝拨到耳后，反问他，“要是我真的有男朋友了呢，你会怎么办？”

“我会咬你。”

“咬我干什么？像吸血鬼一样吸我的血啊？”温柠还有心情跟他开玩笑。

陆舒扬闷闷地出声：“开玩笑也不许吓唬我，你要等我长大跟我在一起。”

“逗你玩的。”温柠随口说道。

这个话题就这么被岔开。陆舒扬没有发现，温柠没有回应他的话。

沈屹回来的时候，陆舒扬已经走了。

客厅的投影幕布放了下来，温柠在书房里看书，听到他回来的动静，懒洋洋地翻过一页书，头也不抬地说：“回来了？”

沈屹站在书房门口，忐忑地望着她。

温柠低头看书，晾了他两分钟才将视线从书页上移开，对上他专注的目光：“东西是你故意放的？”

温柠疑惑陆舒扬今天为什么这么反常，等他离开后，她去电视柜那边查看了一遍，刚打开抽屉，一眼就认出了熟悉的盒子。她知道这一定是沈屹放的，只是她想不明白他为什么会把东西放在客厅。

“嗯……”沈屹没办法否认。

上次陆舒扬过来，他躲在衣柜里听到了客厅里放电影的动静，他猜陆舒扬会跟温柠在家里看电影，于是把东西放在了抽屉里。如果这次他们没发现，东西会一直放在那里，直到被陆舒扬或者温柠发现。

“为什么？”温柠问。

沈屹走进来，轻轻将她拥进怀里，犹疑了会儿，说：“快到两个月了……”温柠丝毫没有要和陆舒扬摊牌的意思，他没办法被动地等着。

经他这么一提醒，温柠才想起来，距离她一开始说的两月之期，没剩几天了，怪不得沈屹越来越沉不住气。

想了想，温柠握住他的手，缓声道：“他最近要准备期末考试，我不好在这个时候跟他提。”

她知道这个理由不充分，毕竟只是大一上学期的期末考试，不挂科就行。

沈屹的神情在她说这句话的时候瞬间就变了。他按捺着过快的呼吸，喉结艰难地滚了滚，道：“你想好要怎么跟他说了吗？万一他纠缠你怎么办？”

温柠敷衍地回答道："我会跟他好好说的。你放心吧，他不会纠缠我的。"

沈屹垂下眼，遮住了眼中的哀伤，道："好……"

他听出来了，温柠不会轻易履行承诺斩断跟陆舒扬的联系。可他呢，他该怎么办？温柠明明说过，只当陆舒扬是弟弟，对他才是真心的，可是都过去这么久了，她还是不愿意公开他们的关系。

闻尧到南城已经有一段时间了。他明明是来放松心情的，心情却变得越来越糟糕，每天都有种说不出的烦躁。

这天，他又跟朋友去了酒吧，其他人都在舞池里尽情地释放自己的热情，只有他独自坐在角落，一杯接一杯地喝着闷酒。越是告诉自己不要去想不该想的人，那个人的身影就越是频繁地出现在他的脑海中，怎么甩都甩不出去。他简直快要疯了。

"你来酒吧就是为了喝酒啊？"身边的朋友拦下他的酒杯，道，"别喝了，你今天都喝多少了。"

闻尧眼神沉郁，重重地呼出一口气，看向他道："怎么了？"

"上回沈屹半夜借我的车，生意都不谈了，连夜赶回南溪。这回你来找我，说是放松散心，结果喊你赛车你也不去，找你出去玩你也说没心情，好不容易拉你来了趟酒吧，你还只顾着喝酒。你们俩怎么回事？都失恋了？"

闻尧自嘲地扯了扯唇。他跟温柠压根就没在一起，何来失恋？明明知道温柠对他无意，可他还是放不下她。之前他还一直骂沈屹执迷不悟，结果他自己更是蠢到家了，蠢到他都不好意思跟朋友提起这事。

"行了，你想喝就喝吧，待会儿我送你回去。下周文桥要来南城，你跟我一块儿去机场接他呗？"

闻尧听了这事，心不在焉地"嗯"了一声。

朋友把酒杯还给他，闻尧准备再喝，杯沿都到嘴边了，又忽然把杯子放回桌上。不能再喝了，喝醉了，他更控制不住大脑，不知道会胡思乱想些什么。

温柠跟沈屹在一起好好的，他不能插足，不能抢兄弟的女人，也不能……再被温柠迷惑了。

那个可恶的坏女人。

温柠去南城的时间已经确定下来，守骅工作室那边帮她订了酒店和机票，她自己又花钱升了套房和头等舱。她没有提前告诉沈屹，因为怕他坚持跟着她一起去，那样肯定会耽误他的工作。

去南城的前一天，温柠提前忙完工作回家，到家才发现沈屹不在。可他一个小时前就说他已经离开公司了，这是怎么回事？她没带钥匙，只好掏出手机给沈屹打电话。

沈屹过了很久才接电话，说话声低沉磁性，气息微喘：“喂？怎么了？”

他这样性感的嗓音，温柠再熟悉不过。她愣了一瞬，语气如常地问：“我是不是打扰你了？”

“嗯？”沈屹不明白她为什么突然这么说，道，“没有。”

“你今晚还回来吗？我没带钥匙。你要是不回，我就去外面住一晚。”

沈屹这下总算明白，原来温柠误会他了，可是她一点儿都不在意吗？为什么她还能这么平静地和他说话？就算他和别人在一起，她也不会在意吗？

沈屹眼眸晦暗，握着手机的手紧了紧，瘦长的手指泛白。即便知道她可能不在意，他还是出言解释道：“我在健身房，洗完澡就回去。”最近他每天都会抽空去健身房健身。

电话那头安静了两秒，温柠再开口时，声音带上了漫不经心的笑意：“不好意思啊，我误会你了。你在哪个健身房啊？我现在过去找你吧，等下我们在外面吃饭。”

沈屹报了健身房的地址，离温柠家不远，楼下就是商场，有很多餐厅。

“那你在那儿等我一会儿，待会儿见。”

“好。”

挂断电话，沈屹进浴室快速洗了澡，换上干净的衣服后下楼。

这家健身房分两层：楼上是私人健身房，私密性很好；楼下则是普通健身房，来来往往的人很多。

沈屹来到门口，站了一会儿，突然身后传来一道年轻的嗓音：“陆舒扬，你怎么也来了？”

听到这个名字，沈屹条件反射地绷直了脊背。

陆舒扬也在？他在哪里？沈屹正欲打量四周，肩膀就被人拍了一下，紧接着一个穿背心短裤的男生跳到他面前，笑着跟他打招呼：“你不是说今天要去图书馆吗？怎么有空……”说到这里，男生的声音戛然而止。面前这人跟陆舒扬长得是很像，但眼神和神态完全不同。陆舒扬向来是外向开朗的，可眼前的男人眉宇清冷成熟，五官轮廓更深邃，瞳仁比一般人的都要黑，深不见底。

“啊，不好意思，我好像认错人了。”谢嘉尴尬地挠了挠头。

沈屹眼波微动，冷淡地说了声“没关系”。

谢嘉用搭在肩膀上的毛巾擦了擦额头上的汗，去一旁继续锻炼，时不时抬头偷瞄一眼沈屹。

这人和陆舒扬怎么会长得这么像呢？很快，更让他震惊的事情发生了——一个容貌明艳昳丽的女人走了进来，亲密地挽住那个男人的胳膊，和他有说有笑地回楼上拿东西，然后下楼离开。

谢嘉几乎怀疑他的眼睛出问题了，不然他怎么会看到，陆舒扬常提到的那个姐姐挽着跟陆舒扬很像的男人的手臂走在一起？之前温柠来看陆舒扬打球的时候，他们打过照面。纤细窈窕的身材，黑色的大波浪卷发，雪肤红唇，水亮的眸中总是带着笑，怎么看都是同一个人。

谢嘉立刻给陆舒扬发消息：“我大白天见鬼了。”

陆舒扬：“什么意思？”

谢嘉：“陆舒扬，你发誓你现在在图书馆？”

陆舒扬：“我就是在图书馆啊。”

他拍了张阅览室的照片，发给谢嘉，问他：“你怎么了？”

谢嘉：“我今天来学长开的那个健身房，遇见了一个跟你长得贼像的男人。我记得你说过你是独生子，没有兄弟姐妹，对吧？”

陆舒扬：“哦，我上次也见到一个。可能我有点儿大众脸吧。”

谢嘉：“不是……关键是那人的女朋友，跟你那个姐姐也挺像的。”

陆舒扬：“不可能，我姐可不是大众脸，你肯定认错人了。”

谢嘉：“你确定她没有双胞胎姐妹什么的？”

陆舒扬：“没有啊。你是不是电视剧看多了？”

谢嘉顿时无语。

谢嘉：“兄弟，你问问她，现在是不是在市中心百联大厦这边。”

陆舒扬不明所以，但没有立刻问温柠。他正好复习完了，便收拾好东西，背着包离开了图书馆。走在学校光秃秃的银杏树边，他摸出手机给温柠打了个电话。

那边的人很快就接了电话，女人娇甜婉转的声音出现在听筒中："怎么现在给我打电话啊？复习完了吗？"

"嗯。"陆舒扬舔了舔唇，道，"姐姐，你在外面吗？听起来有点儿吵。"

"是呢，我在商场里，正准备去吃饭。"

想起谢嘉的话，陆舒扬连忙问："哪个商场？"

温柠避而不答："怎么，你要过来找我啊？"

"可以吗？"

"姐姐今天是和朋友吃饭，可能不太方便。"

"好吧。姐姐你在哪个商场？"

"百联这边。"温柠语气随意地说，"你可别来，等你过来我都已经走了。"

半天没听到陆舒扬的回应，温柠疑惑地喊道："舒扬？"

"我在呢。"陆舒扬回过神，心中莫名不安，"我准备去食堂了，姐姐再见。"

"好。"

挂断电话，温柠跟沈屹一块儿在商场里吃了晚饭，没怎么逛就回了家。冬夜风大，走在回小区的路上，沈屹脱下外套，罩在她的身上。

温柠心安理得地穿着他的长款大衣，握住他的手放进口袋："进来暖暖。"

"嗯。"沈屹在大衣口袋里和她十指相扣。

快走到家时，温柠才跟沈屹提起自己要去南城的事："我明天上午出差，要去一趟南城，你有空送我去机场吗？"

"明天？"沈屹微讶，被突如其来的消息打了个措手不及，"去多久？"

"三五天吧，去参加一个比赛，用不了多久。"

沈屹眉心蹙起："怎么不提前跟我说？"那样，他好提前安排公司的事务，到时候跟她一起去。

"反正没几天我就回来了。"

"那我明天处理一下手头上的事，后天过去陪你。"

"不用，我就是不想耽误你工作嘛。等你过去，我都该订票回来了。用不着这么来回折腾。”

沈屹仍有些迟疑，上次他出差时发生的事还记忆犹新，所以他本能地不想跟温柠分开，哪怕只有不到一周的时间。

说话间，他们已经来到了楼下，温柠呼出一口气，打趣道：“好啦，我们每天在一起的时间那么长，你不能总黏着我，得给我一点儿私人空间吧？”

她这么一说，沈屹就不敢再提过去陪她的事。他只好压下心中的不安，点点头，应“好”。

“明天上午十点钟的飞机，我八点多从家里出发。”

“好，我去送你。”

次日早上，吃完早饭，沈屹便开车送温柠去机场了。

对于谢嘉说的事情，陆舒扬还是有些在意的。他想知道到底是巧合，还是真的有不太好的事情发生。

这件事，在电话里和微信上都不好沟通，于是周日一大早，陆舒扬就坐地铁来了温柠住的地方，想当面问个清楚。

他到的时候正好八点十分。他正准备进入小区，就见温柠的车从小区里驶了出来。可驾驶位上坐的不是温柠，而是那个和他有过一面之缘的男人。

温柠坐在副驾驶位上，正低头看着手机。横杆很快升起，男人也将车窗升了上去，车子启动，汇入外面的车流。

陆舒扬脑子里嗡了一下，双脚仿佛被钉在原地，愣怔地望着车子离去的方向，久久回不过神。

他的脑子乱成了一锅粥，理不出头绪。那个男人跟温柠是什么关系？为什么他会开车带温柠出去？为什么他一大早就跟温柠在一起？他是早上过来找她，还是……昨晚根本就没走？

许多陆舒扬从前忽略的细节，在此时争先恐后地浮现在他的脑海里。那天他过来找温柠时卧室里传出的奇怪响动，陌生人发给他的警告短信，上次他在客厅里看到的东西……所有疑点都得到了解释。他明明有很多机会可以发现真相，可他太相信温柠，一直自欺欺人地忽略掉那个他无法接受的可能。

陆舒扬之前有多信任温柠，信任崩塌的这一刻就有多痛苦。他脸色煞白，无意识地迈开沉重的脚步追出去，却早已看不到那辆车的影子。

仿佛被抽去了浑身的力气，陆舒扬无力地在路边抱膝蹲下，埋首在手臂间啜泣着。有很多人路过，他们都奇怪地看向他，他却浑然不觉，整个人都沉浸在突如其来的悲伤中。

第十二章

退场

送温柠到机场以后，沈屹开车回来，准备拿上东西去公司。他边跟助理打电话吩咐事情，边往十七层走廊尽头的房间走。

到门口后，他掏出钥匙插进锁孔，正准备开门，身后传来少年清越的嗓音：“是你给我发的短信？”

沈屹后背一僵，缓缓转回身。站在他身后的少年眼眶微红，和他有着相似的容颜，正是陆舒扬。

这里是温柠的家，沈屹手里拿着钥匙站在门口，让人怎么看都觉得，他跟温柠关系匪浅。

沈屹抽回钥匙，皱眉问道：“你怎么会在这儿？”

陆舒扬面色不善，胸腔起伏得厉害，冷笑着嘲讽道：“你跟我还装什么？上次不是你给我发短信，警告我温柠有男朋友的？我过来撞见你们在一起，不正好遂了你的意？”

沈屹静默地注视着他，对此不置可否。他是想让陆舒扬发现温柠有男朋友，也想让温柠的朋友们知道他的存在，但他并不想正面和陆舒扬对上。不然上次他完全可以不躲进衣柜，让陆舒扬发现他。

陆舒扬却没办法像他这么平静。一想到温柠有男朋友了，两人甚至住在一起，他却还傻乎乎地期待温柠会答应他的告白跟他在一起，他几乎要被气疯了。

陆舒扬上下打量了他一番，瞪大了眼，怒气冲冲地讥讽道：“你身上的衣服、腕表不便宜，证明你不是缺钱的人。既然如此，你为什么要破坏别人的感情？你不会觉得羞耻吗？”

“是你在插足我们的感情。”沈屹定定地望着他，声音低哑，“我跟温柠十年前就在一起了。”

当年温柠出国的时候，没有正式和他说分手，在他心里，他们不算彻底分开。

“不可能。”陆舒扬否认得果断，却说不出什么理由来。

陆舒扬蓦地回想起他和温柠的第一次见面。

那是去年刚放暑假那天，在桌游店，他跟同学一块儿玩“狼人杀”，一眼就看到了进门的温柠。他跟店员打听了她在的包间，红着脸走过去，小声跟她要微信。

当时温柠是什么反应来着？她垂眸看着手机，指间夹着细长的烟，在旁边的烟灰缸里磕了磕，缭绕的白色烟雾中，她头也不抬，淡漠地说：“抱歉，不玩微信。”

当时他失望极了，说了声“打扰了”就准备离开。

温柠身后的朋友喊了一声她的名字，她顺势抬眸，无意中看到了他的长相。然后，她的目光凝住，再也没有偏移半分。

温柠盯着他的脸发了很久的呆，视线再转到他穿的校服上，漂亮的眉眼舒展开，笑着道：“你也是九中的？”

陆舒扬没想到她会突然跟他搭话，一下子红了脸，不知所措地点头。

“这么算起来，我还是你的学姐呢。”温柠打开微信二维码，把手机屏幕转向他，“刚才跟你开玩笑呢，你加我吧。”

陆舒扬被突如其来的馅饼砸得晕乎乎的，顾不上思考她前后态度转变的原因，忙用手机扫了她的微信二维码，添加她为好友。

温柠很快又出国了，他们之间的联系断断续续。但每次聊天，陆舒扬都很开心。

温柠很会照顾别人的感受，也总会在他遇到困难的时候给他指导。

直到高三下学期，他偶然得知表姐跟温柠是朋友，有了这层关系，他跟温柠这才渐渐熟稔起来，两人还经常视频聊天。再之后，他高考结束，温柠回国，他们见了几面，关系越来越熟稔。

陆舒扬一直以为他们的相识是缘分使然，到了这一刻，他突然想：温柠是不是从一开始就把他当成了另一个人的替身？如果他的长相不像面前这个男人，温柠是不是根本不会理他，更不可能这么照顾他？

事情怎么会变成这样呢……

陆舒扬唇瓣轻颤，又一次红了眼眶。

他当着沈屹的面掏出手机给温柠打电话：“我不信，我现在就找姐姐问个清楚，你一定是在骗我！”电话却怎么都打不通。

沈屹好心地告诉他：“温柠出差了，现在在飞机上。”

陆舒扬不知道这件事。温柠甚至没跟他说过要出差的事，却告诉了这个住在她家里的陌生男人。他心里不由得涌上嫉妒，鼻子一酸，眼泪就流了出来，他连忙背过身去擦。

“你等着，我不会放过你的。”陆舒扬咬牙撂下狠话，几乎是落荒而逃。

被指着鼻子痛骂了一顿，沈屹依然神情平静，看不出喜怒。直到陆舒扬的背影消失在拐角处，沈屹捏了捏拳，漆黑的眼中闪过慌乱。

陆舒扬的出现完全出乎他的意料，他根本想不到陆舒扬会在今天突然过来找温柠。有了前两次的事，温柠一定会认为是他故意为之。这可怎么办？

飞机上，温柠敷了张面膜，又贴了片蒸汽眼罩，一整套护肤流程结束后，她重新给自己化了个妆。这时她才想起来手机的电应该充得差不多了，拔完充电器打开手机后，她就看到了陆舒扬发来的消息——

陆舒扬：“姐姐，你出差了吗？怎么没有告诉我？”

陆舒扬：“姐姐，那个跟我长得很像的男人是谁？你们同居了对吗？我都看到了。”

陆舒扬：“姐姐，你怎么不回我的消息？”

温柠不知道要怎么回复陆舒扬，便把手机放在一边，想着下了飞机再说。没多久，飞机降落，她拖着小型行李箱从飞机上走下来。

明艳漂亮的女人戴着墨镜从接机大厅中走过，吸引了无数惊艳好奇的目光。温柠快要走出去的时候，忽然感觉到一阵灼热的视线，便顺着那道视线望去。热闹的人群中，男人个子高挑，张扬的红色短发格外惹眼，她想看不见他都难。

温柠没想到居然能在这儿看到闻尧，她被沈屹和陆舒扬弄得有些烦躁的心情在这一刻奇迹般地平复下来。她拖着行李箱，一步步朝着闻尧走去。她不断靠近，闻尧的目光也始终黏在她的身上。他的心怦怦乱跳，撞击着胸腔。

温柠停在他面前，单手摘下墨镜，柔顺的长发发梢飘动间带起香气，明眸笑吟吟地望着他。闻尧下意识地吞了吞口水，眼睛再也移不开了。

“好巧，没想到会在这里遇见你。”温柠态度坦然地和他打招呼，好似他们是普通朋友。

闻尧也没想到会在这里遇见她，他握了握拳，神情透着藏不住的紧张：“我过来接朋友。你呢？”

“出差。”温柠言简意赅道，把行李箱往他那边一推，“帮我看一下行李，我去趟洗手间。”

“哦，好。”闻尧下意识地答应。

随后，温柠便转身去了机场的洗手间，高跟鞋的声音远去。

闻尧的肩膀忽然被搂住，他转头对上好友促狭揶揄的目光：“哟，这大美女是谁啊？你女朋友？”

“不是，她是……”他本想说她是沈屹的女朋友，可话到嘴边转了个弯，“高中同学，普通朋友。”

四个朋友你一言我一语地调侃起来。

“普通朋友你还一直把眼睛黏在人家身上？”

“你前阵子天天垂头丧气是不是因为她？你俩闹矛盾了？”

“不管闹什么矛盾，人家都特意追过来了，你就别端着了，赶紧顺着台阶下来吧。”

闻尧瞪了他们一眼，低声反驳道：“这都什么跟什么？她正好来南城出差，不是来找我的。”他来南城的事又没告诉过温柠。

几人面面相觑，贺扶腾说：“好好好，她不是来找你的，你们没有关系。”话是这么说，他脸上却明晃晃地写着不信。

说话间，温柠已经从洗手间回来，贺扶腾立刻闭上了嘴巴。

“机场不好打车。要是你有空的话，能麻烦你送我一程吗？”温柠站在闻尧面前，眼眸带笑，态度客客气气的。

闻尧看了一眼乌泱泱的人群，外面的出租车都排起了长队，一眼望不到头。

他顶着朋友们好奇灼热的视线，点了点头：“好，你跟我来。”

闻尧跟朋友们打了声招呼后，就拖着温柠的行李箱，带她朝停车场走去。

坐上车后，温柠整个人放松了不少，身子向后倚靠着座椅，娇嗔着抱怨道：“出差可真累人。”

将行李箱放到后备厢后，闻尧绕回来，坐到驾驶座上。他正好听见她的话，于是问道：“你要待几天？”

“五天吧。”

闻尧插上车钥匙，道：“沈屹怎么没跟你一起过来？”根据他对沈屹的了解，沈屹应该不会放心温柠一个人出差。

半晌没听到回答，闻尧疑惑地侧首望过去。温柠低头摆弄着安全带，一副不想回答的样子，闻尧识趣地没再询问，启动了车子。

这时，温柠的手机响了，是沈屹打来的电话。她接通电话，将手机贴到耳边："喂？"

"你回酒店了吗？"

温柠从鼻子里"嗯"了一声。

她的态度显而易见地冷淡，沈屹的心顿时提了起来，小心翼翼地问："温柠，你心情不好吗？"

"你说呢？"温柠冷笑道，"我前脚刚走，你后脚就把事情捅给了陆舒扬，你觉得我高兴得起来？"

听到这句话，闻尧通过后视镜看了一眼温柠的神色。女人美眸好似覆上了一层冰霜，跟刚才柔美妩媚的她判若两人。

沈屹慌忙解释道："我没去找他。我回来的时候，他突然过来了……"

可经过前两次的事情，温柠已经没办法轻易相信他："好端端的，他怎么会突然去我家找我？"

"我也不知道。"沈屹顿了一下，想起昨天在健身房的事情，"我想起来了，昨天在健身房，有个人把我误认成他了，会不会是那个人告诉他的？"

温柠揉了揉眉心，道："你还有别的事吗？没别的事，我就先挂了。"

沈屹原本还想继续解释，可听出她声音中的不耐烦，便不敢再多说。他低声开口："没有了，你好好休息。"话音刚落，电话就被切断了。

温柠将手机关上，随手丢到一边。

闻尧见她脸色不太好看，也不敢多问什么，安安静静地开车。

最后是温柠打破了车内的沉默："晚上你有空吗？"

"怎么了？"

"晚上我得跟合作商一起吃顿饭，免不了要喝酒。我在南城人生地不熟的，一个人跟一群男人喝酒不安全，想请你帮个忙，陪我一起去吧。"

她说得诚恳，闻尧也不放心她一个人去，没怎么犹豫就答应了："好。"

闻尧想着，他都答应了，总不能反悔，而且是和那么多人一起吃饭，又不是他们两个单独待在一起，应该不用特意告诉沈屹。

半路上，闻尧才想起来问她："酒店订了吗？"

“订了，我给你开导航。”说着，温柠打开手机导航，开了外放，把手机放在中控台上。

闻尧侧头看路线的时候，看到有条微信消息进来，头像是熟悉的简笔画小男孩。他眸光微动，道：“沈屹好像给你发消息了。”

温柠瞥了一眼：“不是他。”

闻尧沉默了两秒钟：“他们两个头像一样？”

“嗯。”

闻尧语塞。过了会儿，他才开口道：“你要不要看他发了什么？我用车里的导航也行。”

温柠不感兴趣地收回目光，淡声道：“不看，反正以后不会再联系了。”

闻尧瞳孔收缩，没想到她会这样说。他握了握方向盘，不自觉地屏住呼吸，未经大脑思考，问出一句：“之后呢？你会跟沈屹好好地在一起吗？”

“你这话是替沈屹问的，还是替你自己问的？”温柠眉梢微抬。

“当然是……替沈屹问的。”他明显底气不足。

“替他问啊，那我没什么好说的。”

闻尧的心猛地一跳，差点儿说出“那如果是替我自己问呢”，幸好他尚存最后一丝理智，没将这句不应该说的话说出口。

送温柠到酒店，问清她晚上聚餐的时间和地点，闻尧就离开了。之后，他接到贺扶腾打来的电话，问他什么时候过来。

贺扶腾他们在机场接到朋友后就直接去了郊外的私人山庄，那边有个赛车场，他们早先就约好了一块儿赛车。想到晚上还要陪温柠应酬，闻尧只得回复：“今天晚上有事，明天再去。”

电话那头顿时响起一阵暧昧的起哄声。

贺扶腾说：“知道你晚上有正事，不着急，你后天来也行。”

有人抢过手机对闻尧说：“要是温小姐有空，你带她一起过来玩啊。”

闻尧敷衍地回答道：“知道了。”

他哪儿能带着沈屹的女朋友去见他们共同的朋友，这要是被沈屹知道了，得多尴尬？

晚上，闻尧来酒店接温柠，去了附近的餐厅。

温柠简单地介绍了一下闻尧后，跟合作方聊起了明天的比赛，大家相谈甚欢，酒过三巡，有人醉意上头，说的话越来越过分，还不怀好意地想灌她酒。

见温柠不好推脱，闻尧皱了皱眉，替她挡了。

大家便都误以为闻尧是温柠的男朋友。

饭桌上，众人渐渐聊开了，帅哥美女的感情总是会吸引颇多关注，有人八卦地问："温老师，你跟你男朋友是怎么认识的，在一起多久了呀？"

温柠微愣，知道大家误会了她跟闻尧的关系，但她也没有解释，而是看了一眼闻尧，回道："我跟他是大学同学，当初还是我追的他呢。"

"原来是校园恋情，真让人羡慕。哎，那个时候，闻先生好不好追啊？"

温柠轻笑着摇头："不太好追。喜欢他的人很多，我费了好大的功夫才把他追到手。"

"这么算起来，你们在一起很多年了，打算什么时候结婚啊？"

闻尧蓦地侧首看向温柠，却猝不及防地对上她潋滟多情的眼眸，他喉咙莫名发干，拿起桌上的酒杯，将酒一饮而尽。可酒不仅没能止渴，反而像是丢了把火进去，烧得他浑身血液发烫。

温柠唇边笑意如常，随口应付道："快了，就这两年吧。"

在一众恭喜声中，闻尧难以置信地盯着身侧的女人，胸中心跳如雷。

包间内人声鼎沸，他却什么都听不到了，耳边只剩下温柠刚才的话语，还有自己一下比一下激烈的心跳声。

她只是为了应付合作方而已，他知道的。可不管是真是假，听到她说出"结婚"这两个字，他没办法无动于衷。

应酬结束，从包间出来，两人走到室外的露天停车场。温柠掏出手机看了一眼时间，转头问闻尧："叫个代驾？"

他俩都喝了酒，谁也开不了车。

"我刚才已经叫了，应该马上就能到。"

代驾司机很快就到了。

等闻尧坐进后座，温柠也上了车，她脑袋一歪，说："刚喝的酒，后劲有点儿大，头疼，我先睡一会儿。"

车内光线昏暗，闻尧不敢盯着她看，深吸了一口气，低声给司机指路。

等车子开进酒店停车场，闻尧拿回车钥匙，扶着温柠走进酒店。

到了光线明亮的大厅，他这才看到温柠脸色发白，额头上沁出了一层细汗，连忙问道："你没事吧？"

温柠整个人无力地靠在他身上，眼眸微眯，含混不清地说："没事。"她在饭局上没怎么吃东西，喝了不少酒，出来后又在停车场吹了冷风，胃里有点儿难受。

闻尧连忙扶着她进了电梯，好让她回房间去床上躺下。

电梯启动后，温柠的眉心皱起，捂着肚子闭上了眼睛，额头上满是冷汗。

"你能行吗？要不我送你去医院吧？"闻尧紧张极了，慌忙问道。

可温柠闭着眼，抿紧唇瓣，勉强用气声挤出一句："不，不用。"

闻尧见惯了温柠张牙舞爪的样子，还是头一次见她这么虚弱。他宁愿她坏心思地捉弄他，也不愿她难受。

电梯终于抵达顶层，闻尧扶着温柠往外走。快要走到走廊拐角处时，温柠忽然顿住脚步。

"怎么了？"闻尧低头问。

温柠摇了摇头，似是有些抗拒地将他往外推。闻尧没明白她的意思，怕她站不稳，不敢松手，反而紧紧地抓着她的胳膊。

拉扯间，温柠撞进他的怀里，然后抬头吐了他一身。闻尧一时间没反应过来，瞪大眼睛愣在了当场。

吐出来后，温柠觉得胃里舒服多了，思绪也清明了许多。看到闻尧衣服上的脏物，她有些不好意思地说："抱歉。"

闻尧眨了眨眼睛，回过神，却顾不得自己身上的脏污，而是担心地问："你还好吗？要不要去医院？"

"不用，我就是酒喝多了，待会儿喝点儿热水，睡一觉就好了。"说着，温柠往自己订的房间走去。

闻尧小心地脱下外套，跟在她身后。

进到房间，温柠帮闻尧叫了客房服务，让人把弄脏的外套拿去清洗。她喝了半杯水，然后进卫生间卸妆洗漱。留在外面的闻尧帮她烧了壶热水，在外卖软件上下单了一盒胃药。

从卫生间出来，温柠说："你在隔壁开间房，先去洗个澡吧。"

"什么？"

"不然呢？你今天要把我一个人丢在这儿？"卸了妆后，温柠水眸清澈，小脸素净，唇色浅淡，更显得楚楚可怜。

温柠一个人来南城出差，现在身体又不舒服，闻尧当然不放心留她一个人在酒店。反正是住在隔壁，留下来照顾她也没什么。想到这里，闻尧便没再拒绝。

温柠受不了身上的酒气，强撑着去洗了个澡。出来后，她连头发都懒得吹，就上床躺着休息了。

闻尧开好房，洗完澡出来，去门口取了刚买的药，敲了敲温柠房间的门。

温柠给他开了门，闻尧拿着药、端着一杯热水走了进来，把手里的东西放到床头柜上后，道："先把药喝了。"

温柠没矫情，坐到床上，把药吃了。见她头发还湿着，怕她明天起来头疼，闻尧又拿来了吹风机。

"我没力气吹。"温柠纤长卷曲的睫羽扇动，虚弱地笑了笑。

犹豫片刻，闻尧低声道："我帮你。"他一只手举着吹风机，另一只手拨弄她湿漉漉的发尾，动作小心地帮她吹头发。

温柠只穿着一件酒红色的丝质睡衣，坐久了有些累，便低下头，闭目养神。发丝往两边散落，露出一截细嫩如玉的脖颈，她身上好闻的幽淡馨香飘入鼻间，闻尧觉得他好像也喝醉了，脑子晕乎乎的。

他刚把吹风机放下，正准备扶着她躺下，却听见她轻声呢喃了一句。

闻尧没听清，又凑近了些，这才听清楚她说的是："要抱枕。"

"哪里有抱枕？"

"我不管……"

要不是温柠闭着眼，一副困倦不已的模样，闻尧几乎都要怀疑她又在故意捉弄他了。

"我头好疼，"温柠主动躺回床上，"没抱枕睡不着。"

望见她苍白的脸颊，闻尧抿了抿唇，起身离开。没多久，他就从外面的沙发上拿来一个柔软的靠枕，放到床边。

这下她应该能好好睡觉了吧。闻尧松了口气，正准备回自己的房间，结果他刚转过身，衣袖又被人轻轻拉住。

闻尧的背影僵了僵，转过身面对着她，视线却克制地盯着眼前的地毯。

温柠将枕头抱在怀里，找了个舒服的位置靠着，嗓音倦懒："今天晚上的事，对不住了。"她指的是吐在他身上的事。

闻尧咽了咽口水，道："没什么。"静默片刻，他又问，"要帮你关灯吗？"

半晌没得到回答，闻尧心下疑惑，视线这才移到温柠的身上。暖黄的灯光下，女人卷曲的发丝散落在枕头上，眼睛紧闭，瓷白的双颊因醉酒泛起淡淡的粉色，菱唇嫣红，透着几分娇艳欲滴的诱人。

闻尧的心跳蓦地乱了，他强逼自己收回目光，"啪"的一下关掉了床头的灯。黑暗中，他离开的脚步声稍显凌乱。

可能是喝了酒的缘故，温柠这一觉睡得很沉。醒来的时候，她的眼下浮现出淡淡的青痕，继续在床上躺了一会儿，她便起床洗漱。刚洗完脸，她就听到闻尧敲门的声音，开门后，她对着镜子化妆，问道："闻尧，南城有没有什么好玩的地方？"

"你想玩什么？"

"嗯，想玩南溪没有的。"女人抿了抿口红，回眸看他。

闻尧想起昨天好友给他打的电话，心神微动，问道："你喜欢赛车吗？"

这个提议让温柠眼前一亮，她应道："行啊。"

这可比逛游乐场有趣多了。

其实刚问出口，闻尧就有些后悔。贺扶腾他们是他和沈屹共同的好友，他带温柠过去，实在不妥当。可是温柠已经表示感兴趣了，他总不能反悔。

温柠这次出差算不上忙碌，只要参加比赛，上台讲述一下作品的创作理念和灵感来源，然后等三天后的颁奖典礼就可以了。

下午，她拿着提前准备好的稿子，跟守骅那边的人对接了一下。轮到她的时候，她从容不迫地上台演讲。

闻尧跟朋友借了这次比赛的工作证，戴着黑色帽子偷偷地坐在最后一排。

他第一次看到温柠绑头发，高高的马尾束在脑后，柔顺乌黑的卷发垂落下来，妆容精致大气，红唇含笑，谈吐落落大方，回答那些刁难人的问题时也游刃有余。

工作时的温柠和平常很不一样，她好像只是站在那里就会发光，身上的自信和掌控力藏都藏不住。从她上台到下台，闻尧的目光一直追随着她，没有错开半分。

等温柠离开，闻尧压了压帽檐，悄悄地从后门离开了场馆。他在门口看到了温柠，她似乎正跟谁打电话，于是闻尧停在几步开外的位置，静静等待。

温柠打完电话一抬头，看到不远处的闻尧，就关上手机朝他走过去:“走吧？”

闻尧收回看向窗外的视线，转而看向她：“嗯。”

到了楼下，温柠才知道闻尧今天没开车过来，而是骑了辆造型很酷的黑红色系的摩托车。

“去郊外的路不好走，骑摩托快。”闻尧解释道。

温柠没表现出抗拒，反而觉得有趣：“好啊，我还没坐过摩托呢。”

“戴上头盔。”闻尧丢给她一个头盔。

闻尧发动车子。温柠戴上头盔，跨坐在闻尧的身后，自然地搂住他的腰。闻尧身子绷紧，低声道：“抓紧我。”

“嗯。”

冬日寒风瑟瑟，闻尧肩背宽阔，因为有他挡在前面，温柠没有觉得多冷。

他们快到郊外的时候，天色昏暗下来，天空中突然飘起了雪花。

这是温柠今年看到的第一场雪。

下雪天，天黑得早，等他们抵达山庄时，夕阳最后一点儿余晖也消失了。

看到温柠和闻尧从一辆车上下来，贺扶腾他们都露出了意味深长的笑容，显然误会了他们两个人的关系。可闻尧没出口解释，温柠自然也不会多言。

吃过饭，温柠和其他人一起去了赛车场。这座山庄和赛车场都是闻尧和他的朋友合资建的，算是他们的私人领地。

从他们的交谈中，温柠得知沈屹也投资了，他偶尔来南城，也会跟朋友们到这里放松一下。

换上赛车服，温柠挑了辆喜欢的车，坐进去熟悉了一番后，比了个手势，示意可以开始了。闻尧的赛道就在她旁边，他本以为她只是随便玩玩，没想到她技术纯熟，明显是高手。

畅快淋漓地跑了几圈，已经晚上十点多钟，众人一起回到了住处。

外面雪越下越大，丝毫没有要停歇的迹象。

温柠正在浴室泡澡，灯忽然暗了下来。她等了半分钟，都没等到光线再亮起，可她没带手机进来，不敢摸黑从浴缸里出来，怕不小心摔了。

这时，外面传来急促的敲门声："温柠，你在屋里吗？"是闻尧的声音。

温柠松了口气，道："我在，你进来吧。"

闻尧转动门把手走进屋，借助手机自带的手电筒的光亮扫了一圈，没看到她，问："你在哪儿？"

"我在浴室，没带手机，你能进来帮我照一下吗？"

闻尧犹豫片刻，想着把手机放到门旁边的洗漱台上也能照明，就拧开了浴室的门。但在门开的瞬间，他立刻闭上了眼睛，生怕看到什么不该看的画面。放下手机后，闻尧立刻转过身去，背对着浴室。

温柠被他手机的光线晃了下眼睛，连忙抬臂去挡。"哗啦"的水声在寂静的浴室内尤其明显。

闻尧下颌绷紧，依然没睁眼："你小心一点，先出来。"

"好。"温柠从水里出来，拿毛巾擦干身体，穿上了带过来的睡裙。

"怎么回事儿？"温柠擦着头发走出来，问道。

"还不知道，"闻尧的头发也湿着，应该也是刚洗完澡。"你在这儿等着，我去问下他们。"

温柠还来不及拒绝，闻尧就仓皇地离开了房间。他走后，温柠找到了自己的手机。为了省电，她关了闻尧手机的手电筒，放在一旁，坐在黑暗中擦头发。

过了会儿，床上的手机忽然响了。

看到来电显示是"沈屹"，温柠犹豫了一下，还是选择接通，没有主动开口。沈屹的声音听起来沙沙的："闻尧，你现在有空吗？宋高朗跟天烨那边对接的时候遇到了一些问题，你方不方便打视频电话？"

闻尧？温柠愣了愣，将手机从耳边移开，这才发现她拿的是闻尧的手机，不是她的。原来她不小心接了沈屹给闻尧打的电话。这可怎么办？

一直没听到回应，沈屹疑惑地喊了声：“闻尧？”

温柠正犹豫要不要挂断电话，闻尧已经拿着手电筒去而复返，跟她说外面的情况：“雪下得太大，外面不知道哪里线路断了，现在不方便去修，只能明天再看情况。”

温柠没说话，闻尧压低声音问：“你在跟人打电话？”

温柠沉默地把手机递了过来。

闻尧认出是他的手机，也看到了屏幕上的“沈屹”两个字，心脏猛地一跳。他看了一眼温柠，然后紧张地接过手机，贴在耳边。

正好此时沈屹疑惑地问：“闻尧，你能听到吗？”

闻尧心跳得很快，强自镇定地清了清嗓子，道：“可以。”

沈屹把之前的话重复了一遍。

闻尧回道：“我在赛车场这边，因为下雪停电了，手机电量不多，没办法跟你视频，明天再说吧。”

“行。”顿了几秒，沈屹还是问出了自己的疑惑，“刚才你在跟谁说话？”

闻尧心虚地眨了眨眼睛，支支吾吾道：“没谁，跟贺扶腾他们几个说话。”

“我怎么没听到他们的声音？”

闻尧犹疑了几秒，扯谎道：“他们已经走了，在楼下喝酒呢。”

“哦，那我先挂了。”

“嗯。”

挂断电话，闻尧长长地呼出一口气，然后握了握拳，额头青筋突突地跳：“沈屹打给我的电话，你为什么要接？”

温柠没说是她不小心接错了电话，理直气壮地反问：“我又没做亏心事，为什么不能接？”

“你……”闻尧想要反驳，却不知道该说些什么。

温柠问道：“还是你觉得我们出来玩的事情不能告诉沈屹？既然你觉得我们不该一起出来玩，为什么还是做了呢？”

她的话如同惊雷在耳边炸响，撕破了闻尧一直以来自我欺骗的那层遮掩，就这么将底下掩藏的龌龊心思暴露了出来。

是啊，既然他知道这样做是错误的，为什么还要做？

闻尧浑身僵硬地站在原地，垂落的右手攥着的手电筒，在漆黑的房间中射出一道微弱的光束。

道德和理智告诉他，他现在应该及时悬崖勒马，从此跟温柠一刀两断，再无瓜葛。可他做不到。

独自躲在南城这一个多月，是闻尧这辈子最难熬的一段时间。他一边因自己对不该喜欢的人动心而厌弃自己，一边却又控制不住地想念她。两种截然相反的情绪互相拉扯，几乎要将他整个人撕成两半。

有时，闻尧甚至会想，如果沈屹能移情别恋就好了，如果他不再那么喜欢温柠就好了。那么他一定会鼓起勇气走近她，总好过像现在这样，连靠近她的勇气都没有，只能躲在她看不见的地方暗自伤心难过。

他喉咙紧了又紧，一遍遍地在心里向沈屹道歉。对不起，对不起，他真的不想放弃温柠。

"我……我去楼下看看情况。"随意找了个拙劣的借口，闻尧脚步匆匆地离开了房间。

温柠望着他落荒而逃的背影消失在门口后才收回视线，看向自己身边——那里静静地放着一个亮着的手电筒，是闻尧临走之前留给她的。

半夜，温柠睡不着，拿起一旁的手机，她看到上面有几个未接电话，还有很多条微信消息。

沈屹："你那边结束了吗？"

沈屹："还在忙吗？怎么不接电话？"

沈屹："温柠，你准备睡了吗？"

沈屹："可以回个消息吗？如果你还在生我的气，回个句号也行，不要像现在这样不理我，可以吗？我很担心你。"

上台演讲的时候，温柠把手机设置成了静音模式，一直忘了关掉，所以才错过了沈屹的消息和电话。

怕沈屹担心她，温柠连忙打字回复：抱歉，一直在忙，没看手机。

她本以为沈屹早就睡了，没想到他秒回："没关系，你没事就好。怎么这么晚还没睡？"

温柠："一个人睡不着。"

沈屹："我明天去南城陪你？"

温柠果断拒绝："不用，我很快就忙完回去了，你不用过来。"

沈屹有些失落，但还是听话地答应，回道："好，你早点儿睡。"

温柠："你呢？怎么还没睡啊？"

这两天，温柠对沈屹的态度很冷淡，此时她难得的关心让沈屹胸中一暖，眼睛不自觉地亮起，回道："工作上还有一些事情，马上就弄好了。"

温柠："你也早点儿睡吧，别熬夜了。"

沈屹："嗯。"

温柠："周日那件事，陆舒扬跟我说了，我错怪你了，不好意思。"

昨天上台演讲完，温柠就给陆舒扬打了一个电话，从他那儿听到了事情的始末，这才知道那件事跟沈屹无关。

沈屹回道："没关系的。"

顿了几秒，他又问："那你准备怎么办？"

温柠："等我回去处理吧。"

沈屹暂时压下失落，回复："好。"

温柠："睡吧，晚安。"

沈屹回了句"晚安"。

第二天早上，温柠是被门外的说话声吵醒的。

"闻尧呢？怎么没看见人？"

"他不会自己去修电路了吧？"

"这太危险了，赶紧给他打电话，叫他回来。"

几乎是同一时间，电话铃声在走廊尽头响起，闻尧回来了。

贺扶腾说："昨天雪下得太大，工人说过不来，得等两天。你别下去折腾了。"

闻尧问："那我们也走不了了？"

"估计要后天才能走，待会儿我把备用电源接上，能撑几天。"

下午，有人选择去外面滑雪，有人留在别墅打牌、玩桌游。

温柠跟闻尧也去玩了几圈。起初，闻尧还因为昨天晚上的事情很不自在，后来见温柠丝毫没受影响，他也渐渐放松下来。

玩累了，他们回到客厅，坐在羊毛地毯上玩起了游戏。温柠有段时间没用过手柄，玩得不太好，总拖后腿。

“我教你。”

闻尧很有耐心地教她玩，时不时地出声指导，两人才终于过了比较难的那一关。

晚上十一点，温柠的手机“嗡嗡”响了一下。她打开手机一看，是沈屹发来消息：“准备睡了吗？”

温柠指尖敲击键盘，回复：“嗯，晚安。”

沈屹似乎毫无所觉，像平时那样回复她：“晚安。”

温柠在郊外的别墅里待了三天，直到颁奖典礼当天上午才回去。下午颁奖的时候，闻尧像上次一样坐在最后一排，望着明艳耀眼的温柠站在台上，浅笑着接过奖杯。

第二天中午，闻尧开车送温柠去机场。一路上温柠都在闭目养神，直到车子停下，她才睁开眼睛，揉了揉酸痛的腰。

闻尧关心地问：“你还好吗？”

“还行。”温柠笑着冲他眨了眨眼睛，随后开门下车，“不用送了，我自己过去。”

闻尧眸光微闪，目送她离开。

从飞机上下来，温柠坐上了沈屹的车。这次是司机在前面开车，她跟沈屹坐在后面。

刚上车，温柠就把买来的特产和礼物送给沈屹，然后靠在他的身上睡了过去。沈屹知道她这几天肯定没休息好，他虽然很思念她，但还是没有打扰她。

晚上吃饭时，温柠还有些睡意，她随便吃了点儿东西，洗漱后就继续睡了。

怕打扰她，沈屹去了隔壁房间。

周六，温柠早上吃过饭就准备去公司把这几天落下的进度给补上来。

“我送你去吧。”沈屹主动提道。

“好。”温柠懒得开车，就没有拒绝。

到公司忙了一上午，中午准备吃饭时，温柠才看到陆舒扬发来的消息。

陆舒扬：“姐姐，你今天有空吗？我想跟你谈谈。”

沉思片刻，温柠起身走到外面，直接给他打了个电话：“喂，舒扬。”

一听到她的声音，陆舒扬就不由得鼻子发酸，哽咽着说：“姐姐，你回南溪了吧？”

“嗯。我昨天就回了，现在在公司。”

“那你今天有空吗？我有话想和你说。”

温柠垂下眼，想了想她的日程安排，温声道：“晚上一起吃个饭吧。”

“好。”

晚上，温柠跟沈屹说了声不回家吃饭，就打车去了她跟陆舒扬约定好的餐厅。她到的时候，陆舒扬已经到很久了。

这家餐厅她来过很多次，上次也是在这里，她收到了沈屹答应复合的回应。

收起思绪，温柠推开门走进餐厅，放下包，坐到陆舒扬的对面，道：“抱歉，我来晚了。”

“没有，我也刚到。”从她进来，陆舒扬的视线就不受控制地黏在她的身上，察觉眼眶涌上热意，他连忙低下头。

温柠点了几道他爱吃的菜，随后坐到他身边，抽出纸巾递给他：“别哭了，都是我不好。”

陆舒扬低垂着头，视线刻意避开身旁的她：“那……你真的和那个人住在一起吗？”

温柠没有否认：“是。”

“他说，你们十年前就在一起了，这也是真的吗？”

“是，我们很早就认识了。”

陆舒扬闭上眼，肩膀止不住地颤抖。

他的脸依然朝着旁边，温柠看到他眼眶湿红，脸上遍布泪痕，沙哑着嗓音说道：“姐姐，一直以来你这么照顾我，都是因为我跟他长得像吗？”

温柠点了点头：“是。”

陆舒扬终于忍不住转过头，泪眼蒙眬地望着她：“他才是你爱的人吗？”

温柠本想帮他擦泪，听到这句话，心却猛地一跳，抬起的手就那么顿在了半空中。

她爱沈屹吗？这些年，温柠可能自己都没注意到，她一直在有意无意地寻找和沈屹相似的人。准确地说，是寻找和十八岁的沈屹相似的人。可这种延续了十年的留恋，算爱吗？还是意难平或者愧疚更多？温柠自己也说不清楚。

恰在这时，服务生走过来上菜。

陆舒扬觉得当众流泪很丢脸，下意识地抬手想要遮挡自己的脸。温柠安抚地拍了拍他的后背，替他挡住脸。等服务生离开，她才松开手。

温柠没有继续刚才的话题，轻叹了一声，道：“先吃饭吧。”

陆舒扬含泪点头：“好。”

这顿饭吃得很安静，两个人没有再主动说话。

吃完饭从餐厅出来，温柠和陆舒扬并肩走在街上。走到路灯下面时，温柠摘了自己的围巾，帮陆舒扬围上：“夜里风大，别感冒了。”

她关心的举动让陆舒扬好不容易止住的泪水再次夺眶而出。他心中情绪翻涌：“姐姐，你对我好只是因为他吗？你对我有过喜欢吗？哪怕只有一点点。”

温柠鼻尖撞在他的肩头上，浓密的睫毛扇了扇，没有说话。

陆舒扬用力地抱住她，低声呜咽着，温热的眼泪流进她的黑发间。

温柠安安静静地任他抱住，没有出声打扰。

陆舒扬哭了很久，然后断断续续地开口：“姐姐，谢谢你这段时间对我的照顾……我年纪小，很多事情都不懂……谢谢姐姐那么耐心地教我、包容我。”

可能是因为陆舒扬的年纪小，也可能是因为十八岁的他很容易让她联想起当年的沈屹，温柠难得地受到了触动：“舒扬，对不起，我真的很抱歉。”

陆舒扬低声啜泣着，语气坦荡，毫无怨怼：“姐姐，你不用跟我说对不起，我不怪你。认识姐姐我很开心，我还有些庆幸自己和那个人长得相似，不然我就没有机会认识姐姐了。”

说完，他深吸一口气，握住温柠的肩膀和她拉开距离。

昏黄的路灯下，身形挺拔的男生满脸泪水，却还是勉强牵动嘴角，扯出一抹笑容，认真平和地说：“姐姐，你是很好的人，我现在也依然喜欢你。但是我们……”握了握拳，他艰难地说完后半句话，“以后还是不要再见面了吧。”

温柠望着这样的他，一时间有些失神。默然许久，她缓慢地点头：“好。”

“我送你回去。”

陆舒扬擦去眼泪，抬手拦了辆车。这次他自觉地坐到了前面，没有跟温柠坐在同一排。

回去的路上没有堵车，一路畅通。到小区门口，陆舒扬下车，又陪着温柠走了最后一段路。到公寓楼下，他停住脚步，道：“姐姐，这条围巾可以送给我留作纪念吗？”

温柠颔首：“可以。”

“姐姐上楼吧，等你到家，我就回学校。”

温柠深深地看了他一眼：“我走了。”

说罢，她徐徐转身，走向明亮温暖的公寓楼。快走进大门时，温柠还是忍不住回了头。

陆舒扬站在黑暗中，视线自始至终追随着她的背影。见她回头，他高高举起右手，笑容灿烂，没有一丝阴霾，挥手和她告别：“姐姐，再见！”

第十三章

兄弟争斗

温柠斜靠着电梯墙，长睫低垂，神情若有所思。回到家，她不确定沈屹有没有回来，抬手敲了两下门。

见半天没动静，她正打算从包里掏钥匙，这时面前的门被人从里面打开了。

沈屹撞上她的视线，牵动嘴角，道："你回来了。"

"你什么时候回来的？"温柠放下包，弯腰换鞋，随口问道。

沈屹答道："六点。"

温柠直起身，习惯性地抬臂抱了他一下，触及他后背的衬衣时，睫毛轻颤。他的身体是冷的，还带着未褪的寒意，明显刚从外面回来不久。

温柠没有拆穿他的谎言，若无其事地朝客厅走去，给自己倒了杯水。放下水杯，她背对着沈屹说："我跟陆舒扬说开了，以后不会再联系了。"

她以为沈屹听到这个消息会开心，身后的人却陷入了沉默。过了半晌，她才听到他低低地说了句："是吗？"

温柠疑惑地转过身，正好捕捉到沈屹眼中来不及掩饰的复杂情绪。她眉梢微抬，问道："你不高兴？"

"没有。"沈屹想也不想便否认道，唇边扬起轻松的笑容，"我当然高兴。"

他的表情看似没有破绽，温柠却总觉得哪里别扭，不过她也没有多想。

晚上睡觉的时候，沈屹掀开被子上了床，温柠主动钻进沈屹的怀里，揽住他的腰，嗓音甜腻地撒娇："乞乞，快一个星期没见了，我好想你。"

"我也是。"沈屹的手指在她的发间穿梭，鼻息温热。

"今天，我突然想起来一件事。"

"什么？"

"十年前，我忽然不告而别，你是不是很难过？"

沈屹忽然顿住。

温柠疑惑地想要抬头，却被他轻轻按着脑袋，埋首在他的胸前。

沈屹的呼吸蓦地变得急促，胸腔剧烈起伏，昭示着他此刻内心的不平静，但是他却说："没什么，早就过去了。"

他声音中的哽咽藏都藏不住。如果真的早就过去了，为什么他还会这么难过呢？

这天晚上，沈屹和公司其他几个高管开会，开到晚上十点才结束。整理好会议笔记，见沈屹在看新方案，宋高朗说：“这个项目以前都是闻总负责的，要是闻总早点儿回来就好了，沈总您就不用这么忙了。”

临近年关，沈屹本来就忙，而闻尧的休假还没结束，原本属于他的工作都推给了沈屹，各种应酬不断，沈屹几乎忙得脚不沾地，所以宋高朗才会这么说。

沈屹眉心微蹙，淡淡地睨了过来。

宋高朗跟在他身边的时日不短，一看到沈屹这个眼神就察觉出他此刻心情不悦，心里咯噔一下，连忙解释道：“沈总，我刚才没过脑子，就是随口一说，没别的意思。”

放在一旁的手机响了一下，沈屹收回目光，将手中的资料都放进文件夹，起身离开了会议室。

极具压迫力的视线移开，宋高朗长舒了口气，忍不住拍了拍胸口。

沈屹情绪内敛，即便是生气也不会像大多数人那样大发雷霆，但这不代表他在公司没有威严。

越是不显山不露水的人，越是让人摸不透，让人不敢在他面前放肆。

虽然沈屹走了，但其他几个高管还留在公司进行最后的讨论。

讨论完正事，不知是谁提了一句：“你们觉不觉得最近沈总跟闻总的关系好像有点儿奇怪？”

“对对对，我还以为就我一个人有这种感觉，原来你也发现了。最近一提到闻总，沈总的眼神就很恐怖，像是听到了仇人的名字一样。”

“以前他俩关系不是很好吗？连别墅都买在同一个小区。现在公司越做越大，也没遇到什么危机，怎么老板们反而闹起矛盾了？”

“我在公司待了这么多年，还是头一回见沈总跟闻总生嫌隙。”

“果然，再好的朋友也不能一起创业，利益分配的时候难免会……”

宋高朗没有加入讨论，他总觉得这件事跟钱没关系。之前沈总还让他知会财务，眼也不眨地把一个季度的分红都转给了闻总。那么一大笔钱，闻总居然没收，退了回来。怎么看，他们俩都不像是会为了钱不顾兄弟情义的人。

也许有更复杂的原因吧。

刚才在会议室，沈屹收到的是温柠发来的消息，她说她忙完了准备回去。

沈屹便去接她一起回家。

晚上，温柠都准备睡了，沈屹还在书房加班。在床上躺了一会儿，温柠翻来覆去睡不着，于是穿上拖鞋，去隔壁书房找他。

她走到沈屹身后站着，手肘搭在他的肩头，慵懒地打了个哈欠，眸中噙着湿润的水雾："你还没忙完啊？"

沈屹握住她的手，道："还要一会儿，你先回去睡吧。"

"没有你，我睡不着。"温柠顺势坐进他的怀里，轻轻地拍了拍他的胸口，"你最近天天这么忙，身体吃不吃得消啊？"

"我没事。我尽快弄完，回去陪你睡。"

"年底事情多，你怎么不把闻尧叫回来帮忙？他都休息多久了。"

沈屹忍耐着，声音轻得仿佛随时都会消散在空气中："你希望他回来？"

"他在，好歹能帮帮你啊，这么大一个公司，你一个人怎么忙得过来？"温柠眼睛明亮清澈，说出来的每句话都在为他着想。

沈屹没有回话，突兀地陷入沉默。书房没开灯，他清隽的轮廓隐在昏暗的光线中，神色不明。

温柠伸出手指戳了戳他的脸颊，疑惑地问："怎么不说话了？"

沈屹收起思绪，声线低沉，没什么起伏，却没回答她的问题，而是说："他明天就回来了。"

听完这个消息，温柠右手指尖突然传来轻微的疼痛。原来是沈屹将她的手指含进嘴里，不轻不重地咬了一下。

"你咬我干什么？"

沈屹松开牙，低声说："抱歉。"

即便看不清沈屹的表情，温柠也能感觉到，他的视线牢牢地定在她的身上，眼睛一瞬不瞬地看着她。

有那么一瞬间，温柠忽然觉得这样的沈屹有些陌生，她站起身，说："你继续忙吧，我不打扰你了。待会儿回屋的时候，动作轻一点儿。"

"好。"

直到她关门退出去，沈屹的目光都一直跟随着她，像是黏在了她的身上。

第二天中午，温柠去找沈屹的时候，正好撞见迎面走来的闻尧。他一看到她就立刻移开了目光，匆匆地从她身边走过，好像完全忘了他们前段时间在南城见过的事。

温柠正准备叫住他，手机铃声忽然响起。是助理打来的，临时有件急事需要她处理。

沈屹忙完，匆匆回到办公室，推开门却发现里面一个人都没有。刚才和宋高朗碰面的时候，他听宋高朗说温柠过来了，正在办公室等他，怎么不见了呢？

兜里的手机振动了一下，沈屹拿出来，看到了刚收到的新消息。

温柠：临时有事，我先回去了。

期待骤然落空，沈屹眼神微暗，回了个“好的”。

闻尧午休睡过头，差点儿错过下午的汇报，他拿着资料最后一个走进会议室，气喘吁吁地在自己的位置上坐下，倒也没人觉得奇怪。只有沈屹神情寡淡，目光在他的身上稍做停留。

部门主管走上前，将笔记本电脑连上投影仪，开始汇报这个月的工作进展。几人轮流汇报过后，其他人离开，只剩闻尧和沈屹。

沈屹把手头的项目资料给他，道：“前面几个是我已经跟完的项目，有三个项目正在收尾，剩下两个新的交给你。公司在南城的业务越来越多，我跟陈升他们商量在南城开分公司，目前还在筹划中。”

在他讲话的时候，闻尧全程低着头，看似在认真地看手里的资料。

聊完正事，沈屹很突兀地问了一句：“不敢抬头看我是吗？”

闻尧搭在桌沿的指尖微蜷，缓缓抬起头，故作轻松地说：“怎么会？”

沈屹语气略带嘲讽：“我还以为你会觉得羞愧。”

“我……”闻尧眸光微闪，笑容生硬，“我不明白你在说什么。”

“要我提醒你吗？”沈屹的视线落在他的身上，轻轻吐出两个字，“南城。”

闻尧瞳孔微缩，大惊失色。沈屹知道了，他跟温柠在南城见过的事，沈屹都知道了。

闻尧脸上的表情很难看。他的眼神游移不定，内心挣扎了片刻，还是不愿意承认：“南城怎么了？”他心里想的是，说不定沈屹只是猜测。

“我去过南城，也去了赛车场。闻尧，你还要继续跟我装傻吗？”沈屹清俊的脸上没有半分表情，语速异常缓慢。

他去赛车场的时候，闻尧和温柠刚走，他们恰好没有撞上。可沈屹随便一问，就从朋友口中得知了闻尧带来的女人姓温，还知道温柠也在赛车场待了三天。

三天。谁知道会发生什么？

闻尧仅存的一丝希望落空。原来沈屹不是随便猜测，而是真的知道了。

闻尧深深地吸了一口气，底气不足地问：“你想怎么样？”

沈屹薄唇微抿，道：“南城的分公司还需要一个领头的人。”言下之意，他想让闻尧去南城，永远留在那边，再也不和温柠见面。

闻尧突然扶着桌子站了起来，办公椅被他夸张的动作带得后退。他眼神几度变换，道：“就让陈升领头吧，我暂时不想离开南溪。”说完，他别开脸，不敢去看沈屹的表情。

沈屹死死地盯着他，眼底骤然掀起惊涛，有无数复杂的情绪翻涌上来。他声音轻颤，难以置信地质问：“你还没对她死心吗？”

他跟闻尧做了这么多年的朋友，他话都已经说到这个份上了，闻尧还是不肯放手吗？

闻尧气息变得急促，脑子里仿佛一团乱麻。理智告诉他不该继续下去，可他没办法这么潇洒地割舍下温柠，即便他只能静静地看着她也好。

恰在此时，闻尧的手机忽然响了，打破了他们之间的僵局。闻尧如同抓住了救命稻草一般掏出手机，一边接通电话，一边收拾好桌上的文件，匆匆地离开了会议室。

沈屹望着他落荒而逃的背影，手掌渐渐紧攥成拳，清瘦的手背青筋凸起。

上次，他发现闻尧对温柠还没死心，私下提醒过后，闻尧就没再靠近温柠，而是有意和她保持距离。可这一次……闻尧似乎铁了心要和他抢。

沈屹忍不住担心他们会旧情复燃，毕竟闻尧是温柠的初恋。万一闻尧真的抢走了温柠，那他要怎么办？

当初闻尧口口声声说温柠最会花言巧语哄骗人，根本没有真心。他既然知道得这么清楚，为什么还要跟温柠纠缠不清？

以他们这么多年的兄弟情，仅仅是让闻尧放弃一个他觉得花心的女人而已，他都不愿意吗？

所有人都感觉得出来，自从闻总回来后，公司的气氛越来越紧张了。沈总想把闻总逼到分公司，而闻总明显不愿意听从这个安排。两个老板不合，几乎成了摆在台面上的事。

沈屹屡屡在开会的时候针对闻尧，挑他手下人的错处，把他手底下的项目资源拨给自己信得过的人，而闻尧也在用相同的方式反击。

这天，温柠又来A座找沈屹，她远远地看到沈屹和闻尧擦肩而过，却从头到尾都没跟对方有任何眼神或言语上的交流，就像是看到了无关紧要的陌生人。

进了沈屹的办公室，温柠好奇地问："刚才你跟闻尧怎么不打招呼？"难道他们闹矛盾了？

沈屹知道，闻尧不会把他们那天谈话的内容告诉温柠，他也同样不会让他们之间的明争暗斗波及她。

沈屹淡声否认："没有，只是没什么事要说，所以没打招呼。"

"哦。"温柠没再纠结这件事，她绕到沈屹身侧，手臂搭在他的肩头，看向桌上的电脑屏幕，"你最近是不是没那么忙了？"

"嗯。"

"那你可以好好休息了。"

晚上，温柠坐在床边，往脚指甲上涂指甲油。沈屹从浴室里出来，随便擦了擦头发，迈步走过去，道："我帮你。"

"好啊，你小心点儿，别涂出去了。"

"嗯。"沈屹顶着毛巾，半蹲在她的面前，长睫垂下，很仔细地帮她涂匀鲜红的指甲油。

等指甲油干透了，温柠把东西放到一边，朝他伸出双手。

沈屹将她抱起来，转了个身，让她的后背抵着墙，低头含住她柔软的上唇。

温柠圈住他的脖子，仰首娴熟地回应。

过了会儿，沈屹松开她的唇，平复了一下微乱的呼吸，声音微哑："我有样东西给你。"

“什么？”温柠眸中水光潋滟。

沈屹抱着她走到床边坐下，从枕头下面掏出了一样东西。

温柠挑眉，不解地问：“你这是……”

沈屹舔了舔嘴角，语气迟疑：“以前你说起过。”只是他当时没同意，所以就没有尝试。

“你现在愿意了？”

沈屹点头，应道：“嗯。你想怎样我都同意。”

“怎么突然改变主意了？”温柠双手捧住他的脸，与他额头相抵。

望进她笑吟吟的眼中，沈屹的心情也跟着轻松了些：“我是觉得，只要你高兴就好。”

温柠从旁边的床头柜里拿出之前的兔子发箍，道：“戴上这个？”沈屹顺从地低头，配合她的动作。

温柠弯了弯唇，抱着他滚进柔软的鹅绒被里，拿了什么东西遮住他的眼睛。视野忽然漆黑一片，沈屹有些不习惯，下意识地想掀开遮挡物看一眼，却被温柠按住了手，她道：“别动。”

他放下手，安静地平躺下来，胸膛起伏着。沈屹忐忑不安地等待着，眼睛快速眨动，睫毛不小心蹭到眼上覆盖的绒布，有些痒。

过了一会儿，他难以自抑地低声喊她：“温柠，温柠。”

温柠柔软的指腹覆在他的唇上，封住他不安的呼声：“不准发出声音。”

沈屹喉结滚动，艰难地点了点头，咽下所有闷哼。

会议室里。

“这笔单子已经拖了一个月，如果你没能力谈下来，不如把它交给更有实力的人。”沈屹睨了眼投影屏幕上的方案，不客气地当着众人的面指出问题，丝毫没给对方留面子。

汇报的部门主管有些下不来台，神情尴尬地站在那里。

他是闻尧的人，闻尧自然主动给他递台阶：“临近年底，我们的合作商也有很多事情要忙，项目比平时完成得慢，不是很正常？”闻尧看了一眼不动声色的沈屹，对台上的人摆了摆手，道，“你先坐下吧，我们先看看吴总监最近的工作有多高效。”

他不想跟沈屹作对，可沈屹处处逼迫，他如果后退一步，就只有被赶到南城的份儿。被逼无奈之下，闻尧也只能迎战。

紧接着，沈屹的人做项目介绍，闻尧一改刚才的宽松标准，同样挑出不少毛病来。

“这也太啰唆了，要不是讲的人是吴总监，我都听不下去。”闻尧转头看向沈屹，挑衅道，“沈总觉得呢？”

会议室其他人都低着头，唯恐这场战斗波及自己。这样的场景最近每天都在上演，他们已经见怪不怪了。只要是明面上站了队的高管，一定会被另一方针对、挑刺。

有了竞争，公司效益比起以前是好了很多，他们的收入也跟着水涨船高。但每次开会都像上战场一样，这种感觉也着实不好受。

房间里暖气开得很足。沈屹不紧不慢地挽起袖口，从容不迫地回敬：“你对我们公司的各项事宜都很了解，自然觉得介绍那么多啰唆。不过这次我们和对方是初次接洽，他们不了解我们，又怎能放心跟我们合作？”

闻尧正准备接话，却陡然注意到沈屹手腕处的红痕，在冷白肌肤的对比下那道痕迹尤为显眼，一看就是被什么东西给绑的。

除了温柠，谁敢绑他？

闻尧脸色微沉，没再跟沈屹争论下去。

等会议结束，经过沈屹身边时，闻尧低声说了句：“你还真是豁得出去。”

沈屹收拾资料的动作一顿，很快就恢复正常，没有看他，冷声回击：“你不也一样？”

他们俩，一个放弃尊严，一个放弃道德，谁也没资格说谁。

这天中午，温柠从电梯里出来时，正好碰见闻尧。四目相对的瞬间，闻尧明显一怔，温柠唇瓣绽开一抹浅笑，道：“谈谈？”

闻尧想到沈屹去视察产业园区还没回来，便微不可察地点了点头。

温柠把他带到旁边的拐角处，两个人面对面站着。闻尧舔了舔唇，压低嗓音问：“谈什么？”

阳光穿透玻璃外墙倾泻在身边，空气中有细小的灰尘颗粒浮动。从后面看，他高大的身影几乎将温柠整个人笼罩住。

温柠的瞳仁被阳光映成清透的琥珀色，仿佛水浸过的琉璃，她挑起眉峰，轻笑着问：“你跟沈屹最近在搞什么？”

闻尧眸光闪烁，强自镇定地开口：“什么搞什么？我不明白你的意思。”

温柠轻轻地哈出一口气，问：“你们吵架了？”

闻尧心里一紧，脱口而出：“没有。”

“不会是因为南城的事吧？”

闻尧握了握拳，强自镇定地否认：“怎么会？”

温柠笑而不语地望着他，闻尧被她看得心虚，如芒在背，下意识地想要逃避。

他正准备离开，就听到沈屹和宋高朗的说话声从不远处传来，听上去两人正朝他们这边走来。

温柠也听见了，瞳孔微微放大。

闻尧紧张地屏住了呼吸，他们站的这个位置是个死角，现在出去只会撞上沈屹。根本没有太多思考的时间，沈屹和宋高朗的说话声已经近在咫尺，只要拐一个弯，沈屹便会看到他们。

在沈屹二人要过来的瞬间，闻尧身体快过大脑，一个转身，就用身体挡住了她。下一秒，交谈声到了他们身后又戛然而止。宋高朗看到闻尧怀里好像抱着一个人，正准备装作没看见，识趣地离开。一抬头，却发现身旁的沈屹仿佛被钉在了原地，眼神凌厉地盯着那两个人的背影。

女人身形娇小，被闻尧高大的背影挡得严严实实，可那些细枝末节，已经足够沈屹认出她。

温柠……她居然和闻尧光明正大地在这里见面？是当他死了吗？

背后传来的视线几乎要将闻尧整个人给烧穿。凸起的喉结缓缓滚动，他抱紧了怀中的人，放轻呼吸，所有的注意力都集中在身后。

“沈总？”宋高朗小声地提醒了声。

沈屹回过神，眼眶泛起红，他几乎用尽浑身的力气，才克制住上前拉开他们的冲动。他深深地望了闻尧一眼，最终还是没有走上前，而是迈着沉重的脚步离开了。

宋高朗连忙跟上去，他们的脚步声渐渐远去。

温柠觑了眼闻尧额头上的汗，不懂他为什么害怕成这样。

闻尧呼吸急促，解释道："我只是不想把事情闹大。"他后退半步，和温柠拉开距离，"你还去找他吗？"

"去啊。"温柠眼睛半合，若无其事地整理秀发。

"你还去？你不怕他……"说到一半，对上温柠倏然抬起的眸子，闻尧把剩下的话咽了回去。

温柠似笑非笑道："你觉得他刚才没认出来？"

她敢肯定，刚才那一个照面，沈屹已经认出了她。只是她不明白沈屹为什么没有走过来，也没有当场拆穿他们？

猝不及防地看见兄弟和自己的女朋友在一起，沈屹居然毫无反应，就这么平静地接受了？这不像他。

温柠走到沈屹的办公室门口，抬手敲了两下门，里面却没有传来回应。

宋高朗走了过来，说沈总不在。

怎么可能不在？刚才她眼睁睁地看着他走过来的。难道沈屹在躲着她？可他为什么要躲？

下班回去的路上，温柠主动提起中午的事："今天中午我去找你的时候……"

她本意是想跟沈屹解释中午发生的事情，可她刚说了半句，就被沈屹打断："中午我在产业园区，没赶回来和你见面，抱歉。"

温柠诧异地转向他，难以置信。他明明回来了，为什么要装作不知道？

沈屹握着方向盘的手微微用力，望向前方，问道："温柠，你后天晚上有空吗？"

"有。怎么了？"

沈屹勉强地牵动嘴角："后天我过生日，我想带你去见见我的朋友。"

经他提醒，温柠才想起来快到他的生日了，应道："好。"

之前，温柠答应过他，愿意认识他的朋友，这次是个挺恰当的机会。

到了沈屹生日那天，他带着温柠把她正式介绍给自己的朋友。

唐琛曾在餐厅跟温柠有过一面之缘，也从沈屹当时的表情猜到他们曾经关系不简单，如今看到他们复合，自然诚心诚意地送上祝福。

吃饭的时候，唐琛坐到了闻尧身边，搂住他的肩膀问道：“哎，你跟沈屹又闹别扭了？”

闻尧眸光微闪，否认道：“没有啊。”

“没闹别扭，你怎么总往他的方向看？”

闻尧一噎，随便鬼扯：“他长得帅，我多看两眼不行？”

其实闻尧是在偷偷看他身旁的温柠，看他们光明正大地走在一起，当着所有人的面说悄悄话，互相夹菜。

“我长得也帅，怎么不见你看我？”唐琛厚着脸皮道。

闻尧推开他的胳膊，语气充满嫌弃：“滚一边去，你还没我一半帅呢。”

“说正经的，你跟沈屹是同学，他女朋友你应该认识吧？”

“他女朋友我为什么会认识？”

“你真不认识？难道是我猜错了？”

闻尧一口喝光了杯中酒，眉心皱得很紧，语气冷硬：“不认识，别问我。”

唐琛意味深长的目光在沈屹和闻尧之间来回扫，又看了一眼沈屹身边明艳动人的温柠，最后他拍了拍闻尧的肩膀，道：“兄弟，什么都不说了，喝酒吧。”

刚才他就发现闻尧一直在看温柠，所以才故意找闻尧说话，想要提醒他。

闻尧怕被别人再看出来，后面只管闷头喝酒，再也不敢抬头看温柠一眼。众人热闹的说话声中，唯有一道清丽婉转的嗓音总是能精准地传入他的耳中，可她所有的欢笑都与他无关。

“怎么了？觉得闷吗？还是哪里不舒服？”注意到温柠出神，沈屹体贴地问。

“没有。”温柠抬起头，笑意清浅，“就是觉得你的朋友都很特别。”

沈屹低声追问：“哪里特别？”

他喝了酒，但脸色没有变红，反而显得比平时更白了，冷白又细腻，漆黑的瞳仁湿漉漉的，鼻梁挺拔悬直，薄软的唇瓣殷红，一副清冷英俊的好样貌。

温柠在桌下轻轻地握住他的手指，道：“听说过吗？找对象一定要观察他身边的朋友，看他的朋友都是什么样的人。”

热闹的席间，沈屹只垂眸专注地望着她，认真听她说话：“没听说过。那你觉得我的朋友是什么样的人？”

“跟你一样，都是有教养、有分寸的人。”温柠握住他的手。

包间里这么多人，却没有一个人吸烟，光是这一点，就让温柠对他们的印象很好。而且大家谈论的都是很普通的内容，没人自负地高谈阔论，没人聊低俗的话题，更没有人在酒桌上大肆议论女人。

从她坐下起，沈屹的朋友对她都很尊重，只有分寸得当的祝福，没有一个人开不合时宜的玩笑。沈屹的朋友和他很像，都是正直、认真又心思坦荡的人，怪不得他们能走到一起。

散场后，回去的路上，司机在前面开车，温柠靠在沈屹的肩头上，和他一起坐在后排。

车里光线昏暗，窗外明灭不定的光影飞速掠过。温柠凑近沈屹的耳边，哈出的气息带着酒气，声音甜腻轻柔："乞乞，今天是你的生日，你有没有什么想许的愿望？"

"许愿？"

温柠点头："嗯，什么愿望都可以。"

沈屹的目光沉静而幽凉，定定地望进她水雾朦胧的眼中。

见他盯着自己发呆，也不说话，温柠感到好笑，说："没有想实现的愿望？"

沈屹怔了两秒钟，迟疑道："有的。"

"是什么？"

沈屹的心快速地跳了两下，有些冲动地说："温柠，你能不能……"

说到这里，他突然反应过来，蓦地止住话头。

"能不能怎样？"温柠疑惑地追问。

沈屹深深地凝望着她，欲言又止。内心挣扎半晌，他失落地低下头，最终还是没有把心里话说出来："没什么。"

温柠等了半天没等到答案，几乎要被他气笑了："你怎么说到一半不说了？"

沈屹嗫嚅着道："我……我其实没什么愿望。"

车内陷入寂静。过了一会儿，温柠忽然问道："你知道我之前为什么那么照顾陆舒扬吗？"

沈屹揽着她肩膀的手微微收紧，问："为什么？"

"因为他的性格像你。"

沈屹不解地说："像我？"

怎么可能呢，他们两个的性格明明截然相反，哪里像了？

“如果没有那件事，你应该会像他一样，乐观开朗，阳光自信。”

“什么事？”沈屹一时没明白她的意思。

温柠学他刚才的话，道：“没什么。”

难得见沈屹眼神茫然，露出无言以对的表情，温柠心情大好，水亮的明眸微弯，伸手捏了捏他的脸颊，道：“沈乞乞，你怎么这么可爱啊？”

沈屹被她刚才的话勾得心痒，问：“你能不能把话说清楚？”他总觉得她那句话不是随口说说，她一定是知道了什么。

“你先把话说清楚。”温柠笑意温柔地说。

沈屹绷紧了下颌，道：“我不说。”

“那我也不说。”温柠不想跟这个闷葫芦继续耗下去，身子一歪，懒洋洋地枕在他的腿上，“我困了，先睡会儿，到家叫我。”

沈屹只好咽下所有疑问，乖顺地点头：“好。”

温柠没心没肺，在沈屹的怀里找了个舒服的位置，没多久就睡着了。而沈屹却被她勾起了过去的回忆，心绪有些不宁。

路上堵车，虽然路途不算远，可司机开了一个小时还没到目的地。沈屹手掌托着温柠的后脑，稳稳地护住她，视线一遍遍地仔细描摹她精致的眉眼。

刚才温柠问他要不要许愿的时候，他差点儿把心里话说出来，可说出来又有什么用呢？他明知道那个愿望不会实现，就算他说出来，也只会给温柠平添烦恼，还得让她费心想借口哄骗自己，多累啊。与其如此，倒不如不说。

临近年假，温柠想在放假前将手头的几个项目的收尾工作都完成，忙得脚不沾地。等事情告一段落，她跟同事一起聚了个餐。她出来排队买咖啡的时候，凑巧遇见了闻尧。

队伍比较长，温柠觉得有些无聊，有一搭没一搭地和他闲聊。

正好看到一对年轻情侣在旁边打情骂俏，她想起一件事，问：“对了，你以前不是姓谢吗？”

闻尧回道：“我爸妈离婚了，所以我改了姓。”

温柠不着痕迹地转移话题，打趣道：“我还记得你以前有点儿黑，现在怎么这么白？”她边说边转过身，看了他一眼。

闻尧耳尖微红，嘴硬地反驳道：“我以前哪里黑了？”

“不承认是吧，等哪天我回我外婆家，把以前的照片找出来，看你还怎么反驳。”

闻尧愣了一下，问：“你还有我以前的照片？”

温柠点头：“有啊，算是纪念品吧，毕竟以前追你那么费劲。”

听她提起那段过去，闻尧心尖像是突然被掐了一下，鼻子莫名发酸。他的声音很轻，带着不易察觉的颤抖：“我很难追吗？”

“是啊。”温柠如实回答。如果没记错的话，她追过的最难追的人，应该就是闻尧了。

闻尧想说，他不是难追，只是听说了很多关于温柠的传言，所以即便早就动了心，也嘴硬不肯答应她。可他也知道，有些话是不适合说出口的，只能藏在心底。

温柠买完咖啡，笑着对他挥了挥手：“走了。”

“再见。”闻尧神色如常地和她告别，心底却怅然若失。

回到公司，闻尧从电梯里出来，走过拐角，便看见了站在前方的沈屹。这里刚好是上次沈屹撞见他和温柠说话的地方。

闻尧低着头，正准备装作没看到他笔直地走过去，却忽然被沈屹叫住：“你还要纠缠她到什么时候？”

闻尧前行的步伐被他一句话拉住。他没有回头，眼神慌乱地左右看，强自镇定地说：“我不知道你在说什么。”

沈屹走到他面前，嗓音低缓，却暗藏锋芒：“你确定要一而再再而三地错下去？”

闻尧逃避似的后退半步，道：“我说了，我不知道你在说什么。”

沈屹眼瞳漆黑幽深，一瞬不瞬地盯着他。

闻尧想绕过沈屹离开，面前人却突然发难，扬手重重给了他一拳。这一拳毫不留情，闻尧的脸被打得偏向一边，身形趔趄，差点儿跌倒在地。

闻尧稳住身形，只觉得眼前模糊发黑。他捂着左脸，倒吸了一口冷气，终于不再躲避，缓缓地抬起头。

迎上沈屹锐利的目光，闻尧心虚地舔了下嘴角，又一阵刺痛传来，舌尖尝到了血腥味。他下手可真狠。

闻尧也是这时才明白过来，那天沈屹明明看到了他和温柠在这里说话，却没有上前拆穿，不是因为不够在意这件事，而是因为不想跟温柠对峙。

从一开始，沈屹的想法就是在温柠面前装作什么都不知道，然后私下从他这边寻求突破，逼他退出。

“你打我干什么？”闻尧说这话时底气有些不足。

沈屹目光森寒：“你觊觎自己兄弟的女朋友，就不觉得可耻吗？”

闻尧眼神躲闪，喃喃道：“我没有……我……”

沈屹语气咄咄逼人：“你怎么可以毫无心理负担地和她暧昧不清？”

“我……”闻尧不占理，不知道该怎么反驳。

沈屹正欲继续逼问，余光看到宋高朗朝这边走来。等下他要跟宋高朗去合作商那边，时间已经快到了。

“你好自为之。”说完，沈屹单手整了整领带，冷着脸走向电梯间。

宋高朗看到闻尧脸上触目惊心的痕迹后，惊得差点儿喊出声。他看了一眼自家老板不悦的背影，假装什么都没看见，连忙低头跟上。

他心下暗暗想着：沈总平日里最冷静自持，居然会动手打闻总，他和闻总的矛盾已经激化到不可调和的地步了吗？

两天后的下午，闻尧跟沈屹一块儿去见合作商。

两个人坐在商务车中排单独的座椅上，中间隔着过道，谁也不理谁。等到了地方，沈屹走在前面，闻尧赶紧照了下镜子，确定脸上的痕迹没那么明显了，才整理衣服下车，走在他身侧。

原本闻尧打算这次全靠沈屹了，自己就当个挂件，没想到会遇到眼熟的人。之前他陪温柠参加饭局的时候见过这人，似乎是那次颁奖典礼的某个主办方代表，公司本来就在南溪这边。

闻尧暗自期盼对方认不出他，结果一个照面，对方就笑了，跟沈屹握完手，主动和他打招呼：“这位是闻先生吧？上次颁奖典礼，您和温老师一起过来，我们吃了顿饭，还记得吗？”

接收到沈屹不善的目光，闻尧头皮发麻，干笑两声，道：“记得。”

“温老师今天没来？”

“她忙工作，今天没空。”

“这样啊，我以为她是自由画师，还想把她挖到我们公司来呢。”

说话间，对方将他们迎进明亮宽敞的大堂。

后来大家谈起正事，闻尧以为这个话题已经过去了，松了口气。没想到签完合同，众人准备离开时，那人又客套地说了一句：“闻总，什么时候结婚？到时候，别忘了请我喝喜酒啊。”

闻尧不敢抬头看沈屹的表情，僵硬地点点头，含混应下：“嗯，好。”

等上了车，闻尧更是紧张不安，一方面是心虚，一方面是怕沈屹再动手。

车子行驶出去，等了半天闻尧都没等到沈屹开口，他疑惑地朝沈屹看去。

沈屹像是被刺激到了极点，眼睛都是红的，估计这会儿心里很不好受，所以才没心思对付他。

闻尧的心情也变得微妙起来，他叹了口气，最终嫉妒使他没有开口解释。

晚上，温柠准备睡了，沈屹才结束应酬回来。她放下手机，从沙发上起身，问：“怎么回来得这么晚？”

沈屹沉默地脱掉大衣外套，换了拖鞋进来，走到桌子前给自己倒了杯水。

温柠疑惑地盯着他，见他脸色苍白，薄唇颜色比平时更红，猜测道：“你喝酒了？”

沈屹一口气喝了半杯水，放下水杯，动作迟缓地转头看她：“嗯。”他瞳仁清澈干净，看起来莫名有些呆。

温柠走过去，习惯性地想亲他一下，结果却亲到了他的手心。她不解地眨了眨眼睛：“怎么了？”

沈屹抬手挡在下巴前面，另一只手轻轻推开她，语气很乖，声音沙沙的，很温柔：“我喝了很多酒。”

有酒味，不能亲。

温柠扬唇浅笑：“好，那你先去洗澡吧。”

从浴室出来，沈屹坐在床边出神。

温柠盘腿坐在他身边，柔声问道："怎么了，乞乞？有什么心事吗？"

沈屹低着头，默不作声。温柠伸手在他眼前晃了晃，下一秒，突然有温热的液体砸在她的手上。温柠微怔，连忙凑过去看他的表情，这才看到他不知何时红了眼眶，眼里噙满了泪。

刚才沈屹坐在这里发呆，很像一只自闭的兔子，这会儿哭红了眼睛更像了，看着怪可怜的。

温柠揽住他的肩，轻轻拍了拍："怎么哭了？遇到什么问题了吗？"

沈屹顺势倒进她的怀里，手臂圈住她柔软纤细的腰，额头抵在她的颈窝，安静地流眼泪。

"发生什么了，能和我说吗？"温柠抽出纸巾帮他擦眼泪。

"不能说。"沈屹喉咙哽咽，眨了眨湿漉漉的睫羽，许多眼泪纷然落下，根本来不及擦。

"好，那就不说了，等你想说了再说。"

沈屹一声不吭地抱紧她。

不敢哭很久，沈屹很快起身去洗了脸，回来抱着温柠上床，将她按进自己的怀里，拉起被子盖好。

温柠仍有些担心："你还好吗？"

沈屹若无其事道："没事了。"嗓音听起来依然涩哑。

温柠亲了亲沈屹湿润柔软的唇，然后躺进他的臂弯："睡觉吧，睡一觉就好了。"

"嗯。"沈屹关了床头灯，房间陷入黑暗。他今天的体温比平时高，抱着他睡就像是抱着个柔软的大暖炉，温柠的意识很快开始模糊。

迷迷糊糊快要睡着的时候，温柠隐约听到他问，过年的时候能不能去她家里拜访。

拜访？见家长吗？温柠眯着眼在他的怀里蹭了蹭，找了个舒服的位置，迷迷糊糊道："下次吧。"

沈屹气息微颤，难掩失落地闭上了眼睛。

放假前一天，温柠在隔壁碰到了闻尧。刚一见面，温柠就注意到了他嘴角细小的伤口，笑着问他：“你这是怎么弄的？”

闻尧下意识想要躲闪，温柠却盯着他看了两秒，猜测道：“被人打了？”

闻尧尴尬地点头。

“谁打的你啊？”

闻尧的神色有些一言难尽，目光闪烁。

见他这样，温柠心里隐约有了猜测：“不会是沈屹吧？”

闻尧垂着头，嘟囔道：“除了他，还能有谁？”

“他居然会打人？”温柠讶然。她想象不出以沈屹那个好欺负的性子，打起人来是什么样子。

“他当然会打人，你对他究竟有什么误解？”沈屹虽然很少发脾气，但不代表他没脾气。他只是……比一般人更能忍耐。

晚上温柠回到家，在客厅看到了一堆购物袋，全是她喜欢的品牌。

“怎么又给我买衣服？”温柠放下包，走向厨房。

沈屹正在切菜，刀法干脆利落。

“之前预约的，让他们有新款送过来，今天刚到。”

温柠走到他身边，看他手下熟练的动作，抬头望向他轮廓分明的侧颜，忽然生出一种自己从未了解过沈屹的感觉。比如今天闻尧说他被沈屹打了，这件事就让温柠觉得很不可思议。明明是温和忍耐的性格，他怎么还会打人呢？

温柠伸出手指，戳了戳他柔软的脸。

沈屹茫然地转过头，问：“饿了吗？”

温柠收回手，失笑道：“为什么我找你就一定是因为我饿了？不能因为我想你吗？”

“能……”沈屹也弯了弯眼睛。

他似乎总是这样，她一笑，他就跟着笑。傻乎乎的。温柠将垂落的头发拨到耳后，问：“你过年回塘锣巷吗？”

“回，我爸还住在老房子那边。”

“那你妈妈呢？”上次中秋节回家那次，她就想问了，只是忘了问。

沈屹切菜的动作稍顿：“去世了。”

温柠收敛起脸上轻松的笑容："抱歉，我不该提。"

"没事，都过去很多年了。"

"今天炖的汤里有没有放胡萝卜啊？"温柠转移了话题。

"有的，还有玉米和冬瓜。"

"太好了。"

沈屹低声问："你什么时候喜欢吃胡萝卜了？"

"我还好。不过我觉得兔子会喜欢。"

沈屹疑惑地转头："哪儿有兔子？"

温柠笑着点了点他的鼻尖，语气里藏着不自知的宠溺："你啊。总是红眼睛的兔子。"

沈屹这下才明白，为什么她总喜欢让他戴兔子发箍，原来是觉得他像兔子。可她为什么会这么觉得呢？是因为他太爱哭了？还是因为他性格闷，不喜欢说话？

"乞乞，我有件事跟你说。"

沈屹的思绪被打断，眸光微闪，道："你说。"

"我觉得吧，遇到事情可以争论，可以吵架，但是不应该动手。"

沈屹的表情僵了一瞬，声音不自觉轻颤："什么？"

温柠语气诚恳地说："再怎么生气都不能动手伤人，你觉得呢？"

她只是希望沈屹别再对闻尧动手，可她没想过，这些话对于心思敏感的沈屹来说意味着什么。

沈屹薄唇抿成一条直线，一声不吭地切菜。

看到案板上快要被切成碎丁的彩椒，温柠连忙出声阻拦："哎，别切了，菜都被你切碎了。"

料理台上"咚咚"的声响终于停下。沈屹喉结滚了滚，深吸一口气，道："他跟你告状了？"

温柠微愣，说："没有。"

"那你为什么找我说这个？"

"我这不是不希望你再打人吗？"温柠解释道。

沈屹却误解了她的意思，满心都是一个想法——温柠护着闻尧。在她心里，闻尧更重要。他绷紧下颌，语气硬邦邦地反问："我打他，你心疼了，是吗？"

温柠无奈道："乞乞，别闹了，行吗？"

"我哪里闹了？"沈屹霎时被委屈淹没，鼻子发酸。

他还不够听话吗？就算心里难受得要死，他也控制住了自己，不去质问她，不向她奢求承诺。为什么他都这样了，她还是不在意他？

"我只是希望你不要打人。"

"可是他活该！"沈屹轻轻地将菜刀搁在案板上，转身面对着她，泛红的眼中情绪翻滚，胸腔剧烈地起伏，急声说，"谁让他破坏我们的感情！"

温柠没想到他的反应会这么大。这段时间，沈屹的表现明明很温和，连知道她和闻尧在南城见过的事后都没什么反应，怎么突然间就爆发了？

温柠按了按太阳穴，语气轻缓地说："照你这么说，我也有责任，你也要打我吗？"

听到这句话，沈屹眼里的泪一下就忍不住了。他攥紧了拳，声音低落下去，委屈难受到了极点："没有……我不会伤害你，你别这么想我。"

她怎么能不相信他呢？

温柠轻叹了口气，道："是我主动约闻尧见面的，你打他干什么？"

沈屹喉咙火燎般哑痛，唇边的笑意苦涩又无助："那我还能怎么办？"

沈屹跟闻尧说过，让他对温柠死心，可他就是不肯。除了让闻尧破相，不敢跟温柠见面，他想不到其他办法。

思忖片刻，温柠轻声哄道："给我一点儿时间，让我想想怎么处理，好吗？"

笼罩在沈屹心头的不祥预感始终挥之不去。他按捺着不安的呼吸，艰难地应下："好。"

第十四章 离开

过年那天，温柠开车去了外婆家。

刚从院子走进堂屋，她就见老妈正抱着吉他练习，温柠笑着问："妈，您不是从来不碰乐器的吗？怎么学起吉他了？"

温以棠对着乐谱弹了一小段，还挺像那么回事："最近认识了一个玩乐队的小孩儿，看他们搞乐队挺有意思，我也想学学。"

温柠坐着欣赏了一会儿，又跟温以棠聊了聊工作。之后她回到自己的房间，把放在旧书架最上面一层的浅蓝色铁盒拿了下来。房间里被打扫得很干净，盒子上没落灰，只是铁盒边缘有些磕碰的痕迹，还有斑驳的锈迹。

温柠打开盒盖，里面放着一沓信件，还有几张照片。她从里面挑出曾经给闻尧写过的信，还有他们的合照。

看到有些褪色的照片，望着照片中青涩欢笑的少男少女，温柠的眉眼不自觉变得温柔。那个时候，闻尧黑是黑了点儿，不过长得还是蛮帅的。

温柠拿出手机拍下照片，给他发了一条微信消息："你自己看看你那时候黑不黑。"

闻尧："你从哪儿找来的照片？"

温柠："一直没扔，在我外婆家放着呢。"

闻尧盯着照片里的自己左看右看，越看越觉得那时候的他实在傻透了，也不知道哪里吸引了温柠的注意。

反观温柠，小姑娘纤瘦白净，蓬松的头发绑成高高的马尾，阳光下笑容明媚鲜活，永远那么耀眼。青春时代遇上这样好的温柠，谁能不动心呢？

正在闻尧被过往的回忆触动时，他收到了温柠的下一条消息："如果我结婚了，我们还能做朋友吗？"

闻尧满腔热意顿时被浇了个透，眼神冷下来，回复她："你什么意思？"

温柠："字面意思啊。"

闻尧："你想跟沈屹结婚？"

温柠："嗯。"

闻尧："不能。"

一家人吃年夜饭的时候，温柠忽然说："妈，要是我说我想结婚，你们什么想法？”

温以棠说：“你想结就结。老妈相信你的眼光，到时候把人带过来给我们看一眼就行。”

外公外婆也说她的想法最重要，不干涉她的决定。

他们的回答让温柠有些意外：“你们不反对啊？”

“有什么好反对的？”温以棠笑着道，“你跟当年的我不一样，你脑子清醒。所以结婚也好，不结婚也好，怎么样你都不会让自己吃亏，这就够了。”

吃完饭，温以棠从包里翻出了张名片，交给温柠。

“这是什么？”温柠翻转名片，看到了背后的介绍。

“这家定做的婚纱不错，我朋友开的店，在我这儿留了几张名片，你有空了可以去看看。”

温柠失笑道：“我刚才就是随口一问，还没想好要不要结婚呢。”

那天跟沈屹摊牌之后，她不知道怎么安抚沈屹，脑海中突然就冒出了结婚的想法。但这个念头只是一闪而过，她还没慎重考虑，想先问问家人的看法。

“婚纱又不是只有结婚能穿。这么漂亮的衣服，你平时穿来拍照也不错。”

“行，那我就收下了。”温柠将名片放进包里。

吃完饭，温柠一个人离开小院，出去散步。

家家户户院门上都贴着喜庆的对联，大门两边挂着红灯笼，地上还能看到小孩子留下的鞭炮屑，夜空随处可见烟花升起。一片欢声笑语中，不知不觉，温柠就绕到了塘锣巷，沈屹原来的家所在的地方。

她没跟沈屹说，只是想过来看看。跟别处的热闹相比，他家里显得颇为冷清，站在院子外面都听不到里面的声音。

在门外站了一会儿，温柠正准备离开，大门忽然被人从里面打开。看到她的瞬间，沈屹点漆般的瞳眸倏然亮起：“温柠，你怎么来了？”

“我吃完饭随便走走。”

“要不要进来坐会儿？”

温柠有些犹豫：“会不会不方便？”

“不会。我爸不在，家里只有我自己。”

听他这么说，温柠没再拒绝：“那打扰了。”

院落重新修葺过，布局跟原来差不多，东边是厨房，南边有个干净的自行车棚，下面停着一辆生锈的旧自行车。连石榴树和秋千都还留着，只是秋千没再挂在树枝上，而是另立了秋千架。

温柠走到秋千前，伸手握住绳子，道：“秋千你还一直留着啊。”

沈屹目光温和地点头：“嗯。”

所有与她有关的东西，他都不舍得丢，包括那辆生锈的自行车。每次看到它，沈屹都会想起那个下雨天温柠柔声安慰他时的场景。

“我能上去坐一会儿吗？”

“可以。”

温柠坐在秋千上轻轻地荡了两下，问：“叔叔什么时候回来啊？”她今天来得仓促，要是被长辈看见，感觉不太好。

沈屹垂下眼帘，道：“他今天不回来了。”

温柠识趣地没再多问。

记得以前，沈屹每次过年都是一个人——南溪市的监狱规定，春节期间不让探监，所以他不能去看他的父亲。至于他的母亲，温柠那时只隐约知道，她跟别人厮混在一起，没工夫管沈屹这个儿子。

这么热闹的节日，不该这么安静。不远处一束烟花升起，在黑蓝的天空中绽开。温柠想起了什么，从包里拿出两根仙女棒，递给沈屹一根，道：“我们放烟花吧。”

自从知道沈屹一个人过春节之后，温柠会带两根仙女棒过来看他。

那个时候，他们就坐在石榴树下，一边聊天一边放烟花，等烟花放完，温柠就该走了，所以沈屹每次都想把烟花拖到最后再放。

“好。”沈屹低声道。

温柠擦亮了火柴，跃动的火苗映在她明亮的瞳仁中，照亮了她精致的眉眼。漆黑的夜幕下，沈屹眼神专注地望着她。

温柠用火柴点燃她和沈屹手里的仙女棒，火花“噼啪”绽放，他们坐在这个静谧孤寂的小院，各自想着心事。

上次把话挑明后，温柠连着几天都在外面跟朋友聚会，甚少和沈屹见面。

即便是晚上，他们也是分房睡。

温柠在想什么，沈屹猜不到。他也不敢去打扰她，只能像等待宣判的犯人那样，在日复一日的绝望中徒劳地等待着。

送温柠离开后，沈屹独自回到空旷的院子。他走到石榴树下，坐在温柠刚才坐的秋千上，望着无星无月的漆黑夜空发呆。

过去很久，直到脖子都有些酸痛，沈屹才准备回屋。

恰在此时，又有烟花升空，借着短暂的微光，他隐约看到地上有张卡片。他怀着疑惑将卡片捡起来，走到屋里明亮的光线下，终于看清了上面的字，是一家婚纱礼服高级定制设计店的名片。

脑海中有什么东西轰然倒塌。

沈屹忽然想起那天听到的话，那个人对闻尧说："闻总，什么时候结婚？到时候，别忘了请我喝喜酒啊。"

这就是温柠考虑之后做出的选择吗？决定和闻尧结婚，彻底放弃他？

这一次，明明是他比闻尧更先遇到温柠。为什么事情会变成这样？为什么十年前他留不住温柠，十年后还是要被她抛下？

沈屹不敢去求证，怕从她口中听到自己不能接受的回答。悲观的性格让他在脑海中一遍遍地模拟那个最坏的结果，一遍遍用还未发生的场景凌迟自己。

温柠会和别人结婚，会和别人永远在一起。她再也不要他了。

阖家欢乐的新春佳节，沈屹一个人无力地跪坐在地上。

无数璀璨烟花绽放在夜空中，漫天火星划过浓黑的夜幕，他却沉浸在自己的悲伤中，只顾掩面哭泣。

压抑的呜咽声被烟花炸响的声音掩盖，在这个冬夜，无人知晓。

温柠家有守岁的习惯，她和老妈陪着两位老人坐在电视机前看春晚。零点的倒计时结束，窗外的焰火声势一下子浩大起来，震得格子窗玻璃都在轻颤。

温柠手机响了一下，收到了陆舒扬发来的消息。

陆舒扬："姐姐，新年快乐。"

同一时间涌进来的还有许多人的祝福，微信提示音响个不停，很快把他的对话框压了下去。

温柠耐心地往下翻，掠过一条条未读信息，点进跟陆舒扬的聊天页面，给他回了一句“新年快乐，学业有成”。

陆舒扬没有再回复。

千篇一律的祝福中，闻尧的微信消息格外显眼：“你现在跟沈屹在一起？”

温柠身子向后，靠进柔软的沙发里，随手从旁边拿了个抱枕抱在怀里，手肘撑在上面，回复：“没有啊，我在我外婆家。”

闻尧：“为什么突然想跟他结婚？”

温柠：“没有为什么，就是觉得他挺适合作为结婚对象的。”

闻尧：“结婚这么大的事，你就这么轻易决定了？”

温柠轻笑一声，回复：“结婚算什么大事？”

另一头，闻尧盯着手机屏幕上的这行字，心中涌出说不上来的感觉。

对于普通人而言，结婚是一辈子的大事，必须经过慎重考虑才能做决定。但对于温柠来说，结婚只是很普通的人生体验。就算结了婚，她也不会被婚姻束缚，依然该干什么干什么。

因为温柠有足够的底气——家产丰厚，人脉广，事业蒸蒸日上，性格也足够坚韧洒脱。今天她想结婚就结了，哪天她觉得没意思了，抽身离婚也是有可能的事。有谁困得住她？

只是……就算结婚在她眼里不算大事，她也完全可以免去这个麻烦，谈恋爱怎么都比结婚更自由。她会做出这样的决定，说到底，还是因为那个人在她心里是最特别的那一个……

温柠回复闻尧的不是假话，沈屹的确是个很不错的结婚人选。沈屹的长相、身材符合温柠的审美；工作上也有足够的能力；性格安静听话；还很贤惠能干，做饭好吃；更关键的是，他为了避免矛盾，很多事情都能睁一只眼闭一只眼。这就是温柠理想中的另一半了。

但是沈屹大概现在心里正难受着，温柠不知道怎么哄他。跟他结婚好好安抚他？不过这事不着急决定，怎么也得等出了年关再考虑。

偏偏就是过年这几天，发生了让温柠始料未及的事。

在外婆家住了三天，温柠回到自己的公寓，还带上了那个盛满青春记忆的蓝色铁盒。刚好接到骆云心的电话，她随手把盒子放到一旁，又出门跟朋友聚会去了。

沈屹不敢主动联系温柠问她什么时候回去，就每天下午去她停车的地方看一眼。看到原本停在那里的白色奥迪变成了另一辆车，他就知道她回去了。跟父亲说了一声，他同样开车回了温柠的住处。回去的路上，他还买了些食材，准备包饺子。

回到家，他先敲了敲门，屋里没人回应。沈屹用钥匙开门走进去，客厅空荡荡的，温柠果然不在。

压下心中的失落，沈屹脱了大衣，换鞋走进屋，把整个房间打扫了一遍。原本摆在客厅的购物袋也被他打开，他把衣服全部拿出来，一一洗干净、烘干，有条不紊地收进衣柜。

做完这些事，已经到了傍晚。沈屹抬眸看了眼窗外，乌云布满了整个天空，光线昏昧，寒风“呼呼”地拍打着窗户，看起来像是要下雪了。

他关紧落地窗，打开客厅的灯，走进厨房开始包饺子。温柠应该是去见朋友了，不到晚上不会回来，所以他不用着急，可以从调馅料开始慢慢做。

厨房门开着，沈屹衣着轻便，站在料理台前，安安静静地忙碌。他修长瘦白的指尖沾上了面粉，动作娴熟地放馅，将饺子合拢在掌心，把每一枚饺子都包得圆润饱满。

偌大的房间很安静，连风声都被挡在窗外。沈屹不是很喜欢说话，从很久以前起，他就习惯了寂静和孤独，并不觉得难熬。

包完饺子，他洗干净手，犹豫要不要给温柠发条消息，告诉她自己回来了。打出的一行字还没发出去，他突然注意到放在茶几下面的蓝色铁盒，视线微凝。

这个盒子很陌生，以前没见过，应该是温柠刚带回来的。她带回来一个旧盒子干什么？怀着好奇，沈屹放下手机，拿起盒子。

铁盒上的贴纸早就掉得差不多了，只剩下胶印，盒子边缘斑驳掉漆，露出下方黑亮的金属底色，还有一道道细长的划痕。

还未打开盒子，沈屹就没来由地觉得心慌，总觉得盒子里藏着他可能无法接受的秘密。可心底有一道声音催促他快点儿打开，看看里面到底有什么。

手搭在盒盖边缘，犹豫了十几秒，他最终还是打开了盒子。

生锈的金属盖打开时，发出让人牙酸的摩擦声。“咔嚓”一下，盒盖移开，没了遮挡，盒子里的东西映入眼帘。

沈屹一眼就看到了摆在最上面的合照。

少女跳到少年的背上，亲昵地搂住他的脖子，另一只手揪着少年的耳朵。她仰起精致瓷白的小脸，对着镜头笑得灿烂，明亮的眸中漾满了细碎的光。而背着她的少年肌肤略黑，笑容有些害羞，右颊边有浅浅的梨涡，被她揪住的耳朵尖悄悄泛起红。

沈屹盯着这张照片看了很久，然后缓缓地伸出手，将它拿在手里。他一眼认出，照片上的男生是闻尧，拿着照片的手指不禁颤抖起来。这是温柠和闻尧在一起时拍的照片吗？过去这么多年了，她居然还留着。

沈屹又将视线转向盒子里剩下的东西——一沓泛黄的信纸，边缘印着一圈翠绿缠绕的藤蔓图案。纸张薄脆，他小心地拿在手里。最上面一行字字迹清秀，是温柠的笔迹。都是沈屹从没有听过的情话。

沈屹一封封看下去，仿佛通过这些信纸，看到了他们之间的故事。

那时候，温柠经常去看他，给他送水；她会和他一起去 KTV，给他唱情歌；她会在他感冒生病时，给他买药；她甚至帮他洗过衣服。

原来他们一起做过这么多事，原来他们曾经这么合拍。

沈屹心里难以控制地涌上浓浓的悲伤和嫉妒，翻腾的情绪让他眼眶发热。一开始他还能忍住，到后来，越来越多的眼泪不受控制地淌下来。

担心泪水打湿这些信，沈屹连忙用手紧紧捂住下半张脸，但还是自虐般地想要看完所有的信。

就算沈屹在心里告诉自己，这些都已经是过去式，可他还是忍不住想：温柠为什么会把这些东西保存到现在？她又为什么特意从家里把东西找出来拿到这里来？她是要在结婚仪式上，把这些作为最珍贵的纪念品拿出来吗？这十年里，她一直都没有忘记闻尧吗？她就这么喜欢闻尧，心甘情愿和他结婚，一辈子在一起？

原来温柠不是不会爱，只是没有把她的爱给他而已。沈屹望着温柠和闻尧的合照，忽然生出一种可悲的自惭形秽。

他以为是闻尧破坏了他和温柠的感情，可实际上，说不定是他破坏了她和闻尧的感情。不被爱的人，才是真正的第三者。

现在温柠和闻尧都要结婚了，难道他还要死乞白赖地留下来，看温柠穿上婚纱和另一个人幸福地步入婚姻吗？他做不到。

光是想象一下那个场景，沈屹就觉得他心疼得不行，快要窒息了。

他不能看到温柠嫁给别人，他会死的。

温柠从朋友家回来，发现家里一片漆黑，窗户紧闭，一个人都没有。她以为沈屹还没回来，打开灯才看到，餐桌上多出了一个碗，用倒扣的盘子盖着。

温柠疑惑地放下包走过去，拿开上面的盘子，碗里是煮好的皮薄馅大的饺子，清澈的汤里还飘着葱花。她用指腹碰了碰碗的边沿——还残留着余温。

不用想她也知道，这肯定是沈屹包的。不过他包完饺子怎么不跟她说一声，这会儿也不在家，不知道偷偷跑到哪里去了。

温柠其实不怎么饿，但看到沈屹包的饺子，她莫名有了食欲，就在桌前坐下，开始吃饺子。

饺子大到一口吃不完，是虾仁秋葵馅的，还放了胡萝卜粒，馅料饱满又咸香多汁，很好吃。每次看到胡萝卜，温柠都会想起总是红眼睛的沈屹。

吃完两个饺子，温柠打开手机给他发消息：饺子我吃了，味道很不错啊。你去哪儿了？

沈屹一直没回消息，温柠以为他没看手机，没怎么放在心上。

没吃几个饺子就饱了，温柠想把剩下的饺子放进冰箱，起身的时候，她才看到餐桌上落了串钥匙，是她之前给沈屹的公寓钥匙。

温柠不由得蹙起眉：沈屹到底跑哪儿去了？怎么连钥匙都不带？

第十五章……懂事的人

放假期间，温柠各种聚会邀约不断，便没怎么把心思放在沈屹的身上。

开始上班后，沈屹还是没回来，温柠在微信里问他："不过来了吗？"

点进对话框，她才注意到前两天她发给他的消息一直没得到回复。沈屹居然这么久都不回她的消息，这太反常了。

温柠正准备给他打个电话，手机响了一下，是闻尧发来的消息："沈屹要去南城了，这件事你知道吗？"

温柠眉心微皱，回复："不知道啊。他去南城干什么？"

闻尧："去南城的分公司。"

温柠："什么？"

闻尧："今天开会他没有来，宋高朗替他宣布了这个消息。他还带走了几个他的人，他们今天都没出现。"

很快他又回了一条消息："公司的人都以为是我们俩争斗，沈屹输了，所以自动退出，但这事我事先完全不知情。"

公司各个部门开工的时间不一样，前两天有几个部门的人已经回来上班，沈屹也提前了两天过来，安排好了一切就离开了。

温柠盯着手机屏幕，脑海里不由自主地浮现出这几天沈屹的反常。

那天他走之前，把家里打扫得一尘不染，钥匙留在了桌上。自己发给他的消息一直石沉大海，他也没有再出现在她面前。所以沈屹那天就决定要走了，是吗？没跟她打招呼，没留下一句解释，他就这么走了？

温柠抿了抿嘴角，退出微信，打开通讯录界面，犹豫了片刻就给沈屹打了电话。响铃的时候，温柠还担心电话会被拒接。可那边还是接了起来，清浅的呼吸声出现在听筒中。

温柠深深地吸了口气，按捺着怒气问道："你什么意思？"

电话那头安静了一会儿才传来他低沉压抑的声线："我想去南城发展。"

"理由呢？"

"不想留在南溪了……"

温柠略有些不悦，道："这么大的事你也不跟我说，就这么走了？"

她不认为恋爱比工作重要，如果沈屹觉得自己在南城能有更好的发展，她不会阻拦，还会真心诚意地祝福他。可他怎么都应该提前跟她说一声吧？最起码通知她一句，他这样一声不吭地走了，算怎么回事？

沈屹又不说话了。

温柠不耐烦地催促道："说话啊。"

沈屹老老实实地回答："我不知道说什么。"

温柠很讨厌沈屹遇到问题时的消极态度，如果是别人，她早就挂电话了。可她对沈屹到底比对别人多了分耐心："消息不回，要走也不跟我说，沈屹你想干什么？想分手了是吗？"

沈屹眼眶不由自主地泛红，虽然他极力忍耐，但还是藏不住声音中的颤抖和委屈："你都要和别人结婚了，我们分不分手还有区别吗？"

温柠蹙眉道："我要跟谁结婚了？"她自己怎么不知道？

沈屹睫毛轻颤，哽咽着回答："闻尧。"

"你听谁说的我要跟闻尧结婚？"

沈屹迟疑片刻，说："我猜到的。"

这人的性格怎么就这么别扭呢？不知道从哪儿听到的消息，也不知道向她求证，居然就这么不声不响地逃了？

过去这些年，温柠很少生气，她都快不记得自己上次发脾气是什么时候了。可这一次，她是真真切切地体会到了怒火中烧的感觉。

温柠按了按太阳穴，怒极反笑，赌气地冷声道："行，那你走吧。"说完，她毫不犹豫地挂断了电话。

沈屹听着"嘟嘟"声，手臂无力地垂下，望着屏幕上的号码发呆。他特意让宋高朗在他上飞机之前通知这个消息，是因为暗自期待着，温柠能够开口挽留他。这样即便她跟别人结婚，他也有了留下的理由。

可她并没有这么做。温柠已经有了真心喜爱的人，哪里还需要他呢？沈屹低下头，湿润的液体砸在手机屏幕上。

听到敲门声，闻尧头也不抬地说了一声"请进"。

门被推开，高跟鞋踩踏地面发出清脆的声响。闻尧疑惑地抬头，看到衣着鲜丽的温柠走进来，差点儿以为自己看错了。他放下手里的文件，缓缓站起身，视线一直黏在她的身上："你怎么来了？"

“我又不是第一次来你的办公室，你这么惊讶干什么？”温柠慢悠悠地走向他。

闻尧看着她走近，紧张地咽了咽口水：“是，不过……”以前她来这边都是来找沈屹的，可现在沈屹已经走了。

在他迟疑间，温柠已经走到他的面前。

“你不去把沈屹找回来吗？”闻尧嗓音沉闷地问。

温柠精致的眉眼微弯，丝毫不受跟沈屹吵架的影响，娇笑着反问：“你希望我去找他？”

闻尧抿紧唇，最终还是屈服于自私的本能。

“不希望。”他低声道。

“中午一起吃个饭？”

闻尧动作蓦地顿住。这句话在他的心尖缓缓滚过，激起灼烫的温度，他却像是突然丧失了理解能力，听不懂这句话的意思了。闻尧快速眨了两下眼睛，难以置信地问道：“你说什么？”

温柠扬眉浅笑：“我说，中午要不要一起吃饭。”

闻尧喉咙仿佛被什么东西堵住，声音异常沙哑，道了声“好”。

这是闻尧第一次正式和温柠单独见面。餐厅里，温柠笑着给他夹菜：“你知道吗？以前我就特别喜欢看你吃饭。”

“为什么？”闻尧不解地问。

“因为你吃得香啊，吃相又好，看你吃东西让人很有食欲。”

听她这么说，闻尧反倒有些不好意思，放慢了吃东西的速度。

“你紧张什么？我是在夸你。”温柠感到好笑，说道。

“嗯。”

温柠的思绪不知不觉飘远。

那时候的闻尧正是长身体的时候，运动量又大，饭量自然不小。这导致她跟闻尧分手后，第一次跟沈屹一起吃饭时非常不习惯。

沈屹安静秀气，吃饭也静悄悄的，细嚼慢咽，吃得还没她多。

温柠那时候还以为他没吃饱，后来在一起时间久了，她才知道，他就是不喜欢吃东西，怪不得他身材清瘦，衣服穿在身上空荡荡的。

她那时候还打趣沈屹，他每天都没有好好吃饭，肯定是靠喝露水才长这么高的。

闻尧跟温柠说着话，没听到她的回应，疑惑地抬起头，就见她神色怀念，似乎在回忆很久以前的事。他能感觉出来，她现在心里想的人肯定不是他。闻尧忽然很不是滋味，踌躇片刻，打断了她的思绪："温柠，温柠？"

"啊？怎么了？"温柠眨了眨眼睛，回过神来。

"你发什么呆呢？"闻尧牵动嘴角，故作轻松地问。

"抱歉。"温柠浅笑了下，喝了口水，轻巧地转移了话题。

从那之后，温柠经常约闻尧一起出去吃饭，仿佛是为了印证沈屹说的那些话。可闻尧知道，这种关系仿佛海市蜃楼，根本持续不了多久，温柠只是在跟沈屹赌气，可他甘之如饴。

这天在车上，温柠的手机没电了，闻尧让她玩他的手机。

她本来只是随便刷刷微博，结果不小心点进了一个文件夹，里面有两段取名为"WN"的音频，正好是她名字的缩写。温柠不免有些好奇，按下了播放键。

"沈屹……"手机刚播放出前两个字，闻尧就立刻条件反射般地绷紧了身子。他屏住呼吸，紧张地盯着温柠的表情。屏幕上的收音机图案转动，录音继续播放着。

"沈屹，我们好聚好散吧。"

"以后有缘的话，说不定还会遇见。"

听完录音，温柠微微皱眉。这两段音频的确是她的声音，跟现在的声音相比略显青涩，吐字有些含混不清，气息声很重。

这两段话在她的记忆中很模糊，估计是过去太久了，她一时间想不起来是在什么情况下说的。而且当初她是不告而别，应该没有对沈屹说过这些话才对。

温柠用手肘碰了碰身旁的闻尧，疑惑地问："这是我的声音？"

闻尧紧攥方向盘的手心沁出汗，犹疑片刻，点头："嗯。"

"这些话是我什么时候说的？"温柠觉得更奇怪了。

温柠感觉这两段录音是很久之前的，这期间闻尧肯定换过不少次手机，为什么他还保存着录音？除非他每次换手机，都会特意把这两段音频拷贝到新手机里。

闻尧舔了舔唇，声音很低："这是……你十年前说的。"

果然是很久之前。

"那为什么会被你录到，你在哪儿录的？"

闻尧小心翼翼地通过后视镜看了她一眼，斟酌着开口："不是我录的，是我从别人那里要来的。"

"别人？谁？"

闻尧在心底叹了口气，说出一个温柠并不陌生的名字："周原。"

温柠回想了一下，之前她的确听周原提起过，他和闻尧私下里有联系。她的微信，还是闻尧从周原那里要来的。

联想起之前周原得知她要跟沈屹复合时的奇怪态度，温柠总觉得她似乎忽略了什么事。于是她追问道："你跟周原要这个干什么？"

闻尧后背顿时爬满了冷汗。可无论温柠怎么问，闻尧就是不肯说出实情。她只好从周原那边下手，跟他约了后天在清吧见面。

初到南城，有一大堆事等着办，沈屹比年底那段时间还要忙。他正好也想让自己忙碌一点，每天都从清早忙到凌晨才休息。

这天睡觉前，他习惯性地拿起手机，点进了微信。意料之中，自从那天打完电话以后，温柠再也没有主动联系过他。

沈屹离开南溪，不是因为他放弃了温柠，他只是想找个地方暂时躲起来，不想亲眼看到温柠嫁给别人。

他一直期待着温柠想起他，给他发消息让他回去。

只要温柠提，沈屹就可以说服自己，其实温柠心里还是有他的。这样他就有了回去的理由……可温柠没有找他，或许她和闻尧正情深意浓，早就将他忘在了脑后。

沈屹的身体明明已经疲惫到了极点，心里却难受得睡不着，他躺在床上不停地流眼泪。后来实在扛不住，他陷入昏睡，梦里却仍在哭。

沈屹梦到他回了南溪，满心期待地去温柠家里找她。可他一推开门，就看到温柠和闻尧的结婚照挂在墙上，他们两个正抱在一起看电影。

看到他过来，温柠顿时露出厌恶的神情，她冷冷地说：“你过来干什么？这里不欢迎你。”

闻尧也出言讥讽：“难道你是回来当第三者的吗？你走吧，温柠已经不要你了。”

沈屹手足无措地站在客厅中央：“不是，我不是……”

“这里是我们的家，不是你这个外人该来的地方。”温柠说着，往他脚下丢了许多东西。

有她平时买给他的耳钉、袖扣，他过生日时她送给他的领带……温柠送给他的所有礼物都像垃圾一样被丢弃。

“不要扔，不要扔。”沈屹蹲在地上，一边哭一边捡起这些东西抱在怀里。

第二天醒来的时候，沈屹喉咙如同被火燎过一般，头也疼得像是要裂开。他恍惚间听到手机响了一下，顾不得身体的不适，连忙将手机拿在手里。

发来消息的并不是温柠，而是他的下属。沈屹眼里微弱的光顿时暗下去，苍白干涩的唇抿紧，失落极了。

他很想念温柠，很想回去看她。可他也怕梦里的事情成真，怕温柠会将他赶出来，让他只能在远处看着她和闻尧幸福地生活在一起。

为什么温柠要爱上别人呢？为什么他都走了几天，她却一点儿都不想要他回去呢？沈屹隔着衬衫用力地握住自己的左臂，右手不断收紧，他却感觉不到疼，只能继续增加力道，想通过这种方式缓解心里的痛苦。

到了约好的这天，温柠提前到了清吧，找了个僻静的位置坐下。

等待周原过来的时间里，温柠仔细地回想了一下那段录音，还有当时闻尧给出的回答。

那段录音里提到了沈屹的名字，应该是她说给沈屹听的。只是她确信自己没当面跟沈屹告别过，她想不到那段录音是从哪里来的。

闻尧说录音是他跟周原要的，那他要这段录音的目的是什么？自己留着听？那闻尧没必要选这么一段。而且如果没有特殊原因，周原不可能帮闻尧偷偷录她平时的声音。

难道是给沈屹听的？毕竟录音一开头，她就喊了沈屹的名字。可这段话如果是她说给沈屹的，那沈屹应该早就听到了才对，为什么还要特意再给他听一遍？等等，万一沈屹没听到呢？

这段话是她说给沈屹的没错，但沈屹当时并不一定在场。如果是她在其他人面前说了这段话，闻尧想把这段录音要来给沈屹听，就合理多了。

温柠之前一心回想，自己什么时候跟沈屹当面告别过，却怎么都想不起来。现在她换了个思考方向，脑海里浮现出朦朦胧胧的轮廓，隐约记起在国外的时候，她好像曾跟朋友说过这么一番话。

还不等温柠想起当时她为什么要说这段话，周原已经到了。

温柠没心情跟他寒暄，开门见山道："你是不是给过闻尧关于我的音频？"

周原刚坐下，听到这句话顿时一个激灵："什……什么音频？我不明白你的意思。"

温柠眼神冷下来："周原，别跟我装傻，把当年的事一五一十地告诉我，别逼我跟你绝交。"

"别啊，大小姐。我答应过别人绝对不说的。"

"你答应的人是闻尧吧？"

一看周原那个表情，温柠就知道她猜对了。

周原吓了一跳："你怎么知道？你跟闻尧什么时候这么熟了？"

温柠双臂环胸，凉凉地睨了他一眼："我的微信不还是你推给闻尧的吗？"

周原登时惊道："你不会跟闻尧在一起了吧？那沈屹怎么办？"

温柠看出周原不会轻易说实话，故意说："谁知道，我现在联系不上他。而且你瞎说什么呢，谁跟闻尧在一起了？"

周原的反应果然很大："联系不上？沈屹去哪儿了？"

"闻尧说他去南城了。"

"那你赶紧去找他啊。"

温柠疑惑地看向周原："我找他干什么？他一个大人，又不会走丢。"

"不是。"周原急得团团转，"万一他一时想不开，跟上次一样……"

说到这里，他发觉失言，急忙止住话头。

可温柠已经听到了他的前半句话，捕捉到了关键词："跟上次一样？沈屹上次怎么了？"

周原连忙道："没什么。"

温柠思忖片刻，突然想到了什么，眼神骤变，惊讶地问："沈屹自杀过？"

他性格那么闷又悲观，在她毫无征兆地离开后，他是可能做出这样的事的。

更何况……根据温柠的猜测，那时可能还发生了其他事情，把沈屹逼向了绝路。

周原见瞒不住温柠，只能承认，语气复杂地叹道："嗯，你走之后没多久，沈屹就……闻尧只好过来求我。"

温柠不解地问："求你干什么？"

"我们不是去国外找你玩吗，那天出去聚会，闻尧突然给我打电话，说沈屹快不行了，昏迷着，没有求生意志，情况很危险。然后他就说让我把电话给你，让你跟沈屹说两句话，看能不能救他。"顿了顿，周原继续说，"我听闻尧的语气那么慌，也来不及管他说的是真是假，就想回来跟你说一下。正好你玩大冒险输了，我就赶紧趁机跟你提……"

听到周原这么说，温柠之前脑海中的场景逐渐清晰起来。

她想起来了，那天她跟周原他们几个去酒吧玩，那时候她谈了新男友，跟大家玩真心话大冒险。周原出去接了个电话，回来正好看到她输了游戏，其他人还没提要求，他就急急忙忙地说："温柠，如果你再遇到你前男友，你最想跟他说什么？"

当时，温柠并没有多想，喝了口酒，懒散随意地说出了那两句话。

温柠那时只以为是个游戏，说过就忘了。可她随随便便的玩笑话，或许阴差阳错地救了沈屹的命。

从回忆中抽离出来，温柠问："后来你怎么没跟我说？"

"你说完那两句话，闻尧就把电话挂了。我还没弄明白他说的到底是怎么一回事，就先没跟你说。后来闻尧给我发短信想谢我，说沈屹经过抢救，情况稳定下来了，还让我瞒着你这件事。"

起初，闻尧为了救沈屹，没时间在乎这件事能不能告诉温柠。后来沈屹情况好转，他才起了念头，想瞒住温柠，当作什么事都没发生过。估计他也是怕温柠和沈屹之间再发生什么，刺激到沈屹，怕沈屹再出事。

温柠脸上看不出什么情绪，表情淡淡的："所以你就一直没告诉我？"

周原解释道："毕竟是人命关天的事情，说了你肯定有压力。反正沈屹已经好了，我也没想过你们隔了这么多年会再遇见，当时觉得……让这件事就这么过去是最好的，对你、对沈屹都好。"

之后温柠没再说话，只是皱着眉头，一杯接一杯地喝酒，不知道在想些什么。离开时，她突然没头没脑地问了一句："周原，十年前的QQ你能找回来吗？"

黄昏时分，温柠约了闻尧到河边见面。

河岸边嫩绿的草芽稀疏，只竖着几棵细长的枯草，裸露出泛白干燥的土地。他们找了处地势平坦的地方，闻尧脱下外套垫在草地上，和温柠并肩坐下。

他们坐在河边的山坡上，一抬眼就能看到快要落到地平线以下的夕阳正炽烈燃烧着。橘红的霞光映透了半边天，晚霞像是随时都会被夕阳烧化，变成棉花糖，掉落进潺潺流动的河水中。

迎面吹来清风，温柠微微眯起眼，问道："闻尧，十年前沈屹出事的时候，是你送他去医院的吗？"

闻尧一时有些愣怔。转而想到，他那天表现得那么怪异，温柠会放在心上、把事情调查清楚才是正常的。

"周原跟你说的？"他问。

"是。"

迟疑了几秒钟，闻尧低声道："那天早上，我去沈屹家里找他，敲门没人应，我就翻墙进去了。然后……然后我就看到沈屹倒在浴室……"地上都是血。

"他怎么会突然想不开？当时是不是还发生了其他事情？"温柠总觉得，沈屹虽然悲观，但不至于这么脆弱。当年一定还发生了其他事，将他彻底推向深渊。

"嗯，你走后没多久，沈屹的母亲就去世了。"说到这里，闻尧不免有些唏嘘，"出了意外，没抢救过来。"

那个时候，沈屹突遭此生最大的变故——女朋友毫无征兆地离开，母亲猝然去世，而他的父亲还在狱中服刑，债务累累，他身边一个亲人都没有，看不到任何希望。

这样的变故压下来，任谁都会扛不住。

温柠望向河对岸光秃秃的电线杆，无意识地揪住身边的枯草。

闻尧看着她的侧颜，真诚地劝道："温柠，你不用因为这件事有压力。沈屹跟我说过，他这么做跟你没关系，只是出于家庭原因。我那时候实在想不到其他办法，才给周原打电话，想碰碰运气。"

到底是因为家庭变故，还是因为她的离开，已经不重要了。

温柠只是觉得……如果她那时没有不告而别，而是跟沈屹当面说分手，也许能给他留个念想。

在沈屹最脆弱无助的时候，只要有那么一点儿微弱的光芒存在，他也许就不会在绝望之下做傻事。幸好闻尧凑巧去找他了，幸好最后没有真的出事。

"沈屹不想让你知道这件事，也不想用这件事道德绑架你。所以我才不愿意告诉你。"闻尧低声解释道。

温柠点了点头，道："嗯，我知道。"她不是会被人用感情绑架的人，沈屹也不是会用不磊落手段的人。

只是温柠心里还有一个疑惑："录音又是怎么回事？"既然已经给沈屹听过了，为什么那两段音频还在闻尧的手机里？

闻尧弯了弯唇："录音是我自己留下的。"

一留就是十年。

温柠转头看向他，问："为什么？"

闻尧这次难得没有嘴硬，坦荡地承认了："因为私心。"

他想多听听她的声音，哪怕是她对别人说的告别。他眼底盛满了细碎温柔的光，第一次毫不掩饰地表露自己的心意。

温柠愣怔地和他对视，眸光微微闪动，她逃避似的，率先挪开了视线。

闻尧也转回头，凝望着前方垂落的夕阳："沈屹不是那种极端的性格，他只是习惯了有什么事都压在心里。忍到极限，他也只会把刀尖对准自己，绝不会伤害你。"

温柠随手捡了块圆润干净的石头，拿在手里把玩，说："你怎么突然帮沈屹说话了？"

闻尧答道："我不是帮他说话。我只是希望，你不要有任何顾虑。"

最近这几次见面，闻尧感觉得出来，温柠在犹豫，在挣扎。

温柠轻笑了下，发出浅浅的气息声："你比沈屹懂事多了。"

可懂事的人往往不会被心疼。心里这么想着，闻尧出口的话却是："我比他大一岁，一直把他当弟弟看。"

两个人都没再说话，安静地坐在河边的小山坡上，各自想着自己的心事。夕阳还在不断地下坠，四周只剩下风声和河水静静流淌的声音。

天边的最后一丝光亮即将消失之际，闻尧鼓起勇气说："我还有最后一个问题想问你。"

"你说。"

闻尧攥紧了拳头，怕自己再犹豫就会失去问出口的勇气，便不管不顾地急声问道："温柠，你真心喜欢过我吗？"

说完，他紧张地屏住呼吸，等待着她的回答。

他迫切地想知道，当年她主动靠近他，对他有没有动过心。

温柠睫毛轻轻颤动，沉默良久，最终没有给出明确的答案。她颠了颠手中的石头，扬手将它抛进河里。

石子溅出一片水花。

第十六章

为他勇敢

周一，温柠坐在工位上画画，却怎么都画不出想要的感觉，画稿改了好几次都不满意。靠灵感的创作类工作需要静心，也需要保持情绪平稳，不然就发挥不出实力。

上午十点多，温柠放下画笔，关上了数位板。有些困扰了她很久的问题她必须弄清楚，不然工作没办法顺利进行。跟梁疏影说了一声，温柠起身离开了公司。

她叫了辆车，打算回一趟塘锣巷。

下车后，温柠站在熟悉的院子前面，握了握挎包的细链，深吸一口气，迈步走了进去。

温以棠坐在院子里，还在摆弄吉他。她年前忙得连轴转，趁年后空闲，立马给自己放了个长假，打算好好休息一下。听到门口的动静，她还以为两位老人回来了，一抬头才看到温柠神色纠结地站在门口。

“柠柠，怎么这时候过来了？”温以棠疑惑地问。

温柠稍微有些不好意思，毕竟她都这么大了，遇到事情来找长辈，总觉得丢脸。可除了求助温以棠，她不知道还能问谁。

在温柠的记忆中，温以棠是无所不能的，从小到大，不管她遇到什么问题，妈妈一定能完美解决。

“妈，外公外婆呢？”温柠喊了一声，走进来。

“他俩钓鱼去了，估计要晚上才能回来。你来得正好，晚上咱们吃他们从塘子河里钓的大鱼。”

“哦。”温柠搬了个小板凳在她身边坐下，道，“妈，我想听您弹吉他。”

“那老妈就给你露一手。”她不愿意说，温以棠没有追问，对照着乐谱开始弹奏吉他。

温以棠只是想培养一个爱好，没有给自己太大压力，也没找老师，就这么坐在小院里怡然自得地自学。她弹得不算好，有些磕磕绊绊，但温柠还是听得很认真。

这首歌音调平缓，温柔而缱绻，听完，温柠问：“妈，这首歌叫什么啊？”

“《遥望》，一首粤语老歌。好听吧？这首歌发行的时候，你还没出生呢。”又弹了一会儿，温以棠看了眼时间，放下吉他，站起身，“该做午饭了。”

“我帮您。”温柠跟她一起走进厨房。

母女俩在院子里的水池前洗菜，清凉的水声哗啦作响，温以棠柔声问：“是不是遇到什么事儿了？如果你想跟妈妈说，妈妈就认真听。不想说也没关系。”

温柠修长的手指泡在冷水中，晃动的水波在阳光下折射出碎金般的光泽。她轻轻揉搓着菜叶，道：“没什么不能说的。是感情方面的事。”

温以棠耐心地等着她说下去。

过了几秒钟，温柠犹豫地问出自己的疑惑：“妈，你说全心全意爱上一个人，是不是一件挺危险的事儿？”

温以棠看向她，问：“你为什么会这么想？”

“我总觉得，如果太爱一个人的话，万一被辜负了，肯定会特别难受，会很受伤。”

温以棠点点头，道：“是会难受。”

“我害怕会得到这样的结果，所以不敢全心全意地去喜欢谁。不管跟谁在一起，我首先想的都是给自己找退路。”

温柠会有意寻找下一个目标，这样就算被伤害，她也能很快转移注意力。原本她觉得自己的做法是没问题的，直到那天从周原那里，她知道了沈屹十年前的那件事。

温柠继续说：“但是我突然发现，我为了保护自己所做的一切，可能会深深地伤害到别人。我因为害怕受伤，就把自己放到了那个‘坏人’的位置上。”

她不是没意识到，自己在恋爱中的这种做法会伤害到对方。但她一直刻意不去想这个问题，也没觉得自己做得有多过分。

温柠以为，其他人都跟她一样，能很快从一段无疾而终的恋爱中潇洒抽身。可事实是，沈屹差点儿因为她的不辞而别而离开人世。而且，沈屹在原地等了她十年。

虽然沈屹跟闻尧说，那件事跟她没关系，但他也有可能是为了不让闻尧对她有敌意，才故意这么说的。温柠清楚地知道，自己在这件事中不是绝对无辜的。就算她不用负主要责任，她也的确犯了错，她必须承认这一点。

听她说完，温以棠语气复杂地开口：“柠柠，你会这么想，是不是因为妈妈的事？”

温柠犹豫了一下，点头："嗯。"

她觉得妈妈当年被伤得那么深，就是因为爱得深沉，把所有的心思都放在了一个人身上。温柠很害怕自己也犯这样的错。

"可你的情况和妈妈的情况是不一样的。"温以棠想了想，才道，"这样吧，我问你，如果你特别爱一个人，然后有一天发现他有了别人，你会继续和他在一起吗？"

"当然不会。"

"如果你爱的人让你放弃工作，专心在家带孩子，你会答应吗？"

温柠想也不想就摇头："不会。"

她有喜欢并且能胜任的工作，并能从中获得成就感和价值感，她当然不会轻易放弃，更不会为了照看孩子而放弃。

"如果你爱的人不尊重你，看不到你的付出，贬低你的自尊，只把你当成生育孩子和获得人脉的工具，你还会继续爱他吗？"

"不会。"不仅不会，她还会报复回去。

温以棠一连抛出三个问题，温柠隐约猜到了她接下来要说什么。

"你应该明白妈妈的意思了，"温以棠长长地呼出一口气，道，"你跟我当年最大的区别就是你是独立的、清醒的。你再怎么爱一个人，也永远会把自己放在第一位。可惜我当年不懂这个道理，把自己搞得那么狼狈。"

温柠连忙说："没有，您一点儿都不狼狈，您一直都是我的榜样。"有勇气从深陷的泥潭里跳出来，这就很厉害了。所以温柠一直在模仿温以棠为人处世和对待感情的方式，她想成为妈妈那样的人。

温以棠语重心长地劝道："柠柠，妈妈觉得，只要你不会为了爱失去自我，就不用害怕受伤。就算某段感情的结局不好，也只不过是人生中一段微不足道的经历，过去就过去了，没什么大不了的。"

仿佛压在心头的巨石被移开，明亮的光线射进来，温柠心里豁然开朗。

其实这些道理都很朴素，算不得多难懂，如果要论空口说，可能谁都能说出一大箩筐。但真到了面临选择的时候，人往往又会困住自己，完全没有局外人看得通透。

"柠柠，放心大胆地去爱，去做你想做的事情，妈妈永远是你的后盾。"

温柠点点头，道：“我知道该怎么做了，谢谢您。”

温以棠突然喊道：“哎呀，我们这盆菜都快洗半个小时了，赶紧捞出来。”

温柠连忙从水池里拿出沥水篮，母女两人相视而笑。

下午，温柠跟温以棠坐在院子里边晒太阳边聊天。

“你喜欢的人什么样？能不能跟妈妈说说？”

温柠抬起手盖在眼皮上，情不自禁地弯唇露出笑容：“他啊，算是我见过的最特别的男生了。长得白净清秀，很安静，不爱说话，心思特别敏感，什么事都憋在心里，还特别爱哭。”

温以棠“扑哧”一声笑了：“还有这样的男生？”

“遇见他之前，我没想到世界上还有这么爱哭的人，像小兔子一样，总是红着眼睛。”

“是挺有意思的。”温以棠斟酌着措辞，委婉地提醒道，“不过我觉得，跟这样的人在一起，可能会比较累。”

“您放心，我有心理准备。可能因为我了解他的过去，所以比较能理解他为什么会变成这样的性格。”

“他的家庭很复杂吗？”

“嗯，他家里以前挺好的，不过后来出了点儿事。他爸入狱，还留下了一堆债务，他妈妈也跟了别人，不怎么管他。他以前都是一个人过的。”

所以他的性格才会如此压抑内向。

“入狱？因为什么？”

“他爸做生意……被朋友骗了，不知道朋友做的事踩了红线，因为相信朋友就贸然签了字。”各种手续都齐全，所以最后找负责人肯定是找他爸。

温以棠不知想到什么，皱起眉，问道：“哪一年的事？”

“您跟我爸离婚的第二年。”

温以棠睁大眼睛，用眼神询问温柠。温柠对她点了点头，表示就是她猜的那样。

温以棠眼中浮现出厌恶的神色：“你爸那个人还真是什么事都干得出来。对了，这件事儿，那个男生知道吗？”

温柠继续点头：“他知道，但是他没在我面前提起过。”

“他不在乎？”

“嗯，他想得很清楚。”

温以棠感叹道：“这样都能做到不怨恨，是个通透的好孩子，很难得。”

聊到下午，温柠收到周原发来的消息。

周原：“柠柠，你的 QQ 号弄好了，你用以前的密码就能登录。”

温柠：“谢了。”

“妈，我有点儿事，先回屋了。”

“去吧，我去睡个午觉。”

回到房间，温柠掏出手机，点开早就下好的手机 QQ，输入烂熟于心的账号。密码她也还记得。

按下下方的蓝色按键，时隔多年，温柠终于登上了她曾经的账号。账号里为数不多的好友都是离线状态，她的头像也变成了系统默认头像。

温柠从书架上抽出一张白纸，拿起笔开始画画。动笔的时候，她的脑海里掠过许多过往的回忆。

沈屹对她来说是特别的，这一点温柠以前就隐约发觉了，却不愿意去细想。她害怕会得出自己爱上了一个人的结论，害怕会受伤，所以不敢直面自己的心。

直到那次陆舒扬问她，沈屹是不是她爱的人。她发现，她没办法不假思索地给出回答。

她谈过很多次恋爱，但跟沈屹在一起的时间最久。分手后，她偶尔会梦到沈屹，总是有意无意地寻找跟他相似的人。

这次重逢，明明两个人早已没了交集，她却还是想要靠近他，主动撩拨他。复合后，她不自觉地关注沈屹的心情，对他比对其他人耐心得多。听到他出事，她连工作都顾不上了，第一时间赶去医院……还有上次，沈屹因为闻尧的事和她闹脾气，她想哄他，最后想到的办法居然是和他结婚，给他足够的安全感。可这件事明明有比结婚更简单的解决办法。如果换了别人，她还会做出这样的决定吗？

答案是不会。只有沈屹能让她动结婚的心思，他是最特别的那一个。

温柠不知道，她对沈屹这么多年都难以忘怀的牵挂和不舍，算不算得上爱。但她愿意为了沈屹勇敢一次，抛开所有顾虑，诚实地面对自己的心。她愿意为了他，试着做出改变。

晚上，温柠从外婆家回来后，给闻尧打了一个电话。

昨天，闻尧把选择权交到她手里后，就对结果有了心理准备。或好或坏，事情总要有个了断。他控制着情绪，强装无事地问道：“怎么了？”

温柠在电话里道：“闻尧，明天陪我去打个耳洞吧，就当留作纪念。”

闻尧眼眶难以自抑地泛红，嗓音异常沙哑：“明天的事，明天再说。”

手底下的人走后，办公室骤然安静下来。沈屹拿起手机，一遍又一遍地点进温柠的微信聊天框，看她上周发的消息。

离开温柠的这几天，就像上次分手一样，沈屹没心情吃饭，没办法安睡，夜里总是频繁地被噩梦惊醒，一摸脸上全是冰凉的泪水。

他快要撑不下去了。

他徒劳地等待着温柠想起他，让他回去，每天起来的第一件事就是看她有没有给他发消息。奇迹却一直没有发生。再这么等下去，或许他等到身体垮掉，也等不到温柠。

沈屹不想这样痛苦下去了，他迫切地想回到南溪，想见温柠。就算要看着她和别人在一起，也好过在这个遥远的城市，连她的半点儿音信都得不到。

挣扎再三，沈屹订了第二天回南溪的机票。也许温柠根本不期待见到他，可他还是想回到她的身边。只有待在温柠的身边，他才觉得自己能活下去。

闻尧今天来上班后，刻意让自己忙碌起来，不去关注温柠的消息。

到了中午，他收到了温柠发来的新消息：“闻尧，别躲了，这次我不想不告而别。”

她总是要去找沈屹的，就算他躲起来，也拦不住她的脚步，倒不如体面地说再见。

从双子塔离开，闻尧开车去了南溪九中。下车后，他在熟悉的校园门口看到了温柠。

她今天的打扮风格跟平时很不一样，似乎没化妆，桃心小脸素白干净，唇瓣淡红，蓬松的头发在脑后绑了个高高的马尾。她穿着白色的单肩针织衫，浅蓝色的牛仔短裤被上衣盖住，露在外面的长腿白得晃眼，连脚下的鞋都从平时的高跟鞋换成了平底小白鞋。

温柠手里提着纸袋，不知道里面是什么。

她正望着校门口烫金的几个大字发呆。察觉到身侧有人走过来，温柠转过头看向他，笑颜一如他记忆中那般明媚：“你来了。”

闻尧故作轻松地笑一笑，勉强应道：“嗯。”

“我们走吧。”

“嗯。”

温柠和闻尧并肩走在人行道上，因为还不到开学的时候，路边的文具店、小吃店很多都还没开门，往来的人也不多。

悬铃木树叶凋零，光秃秃地立在道路旁。

温柠嗓音低缓轻柔：“校门南边的那几家店换了好几茬了，北边这些店倒是一直没变，从我们上学那会儿开到了现在。”

闻尧的视线扫过这些老店，心绪复杂地轻轻“嗯”了一声。

“以前这里的地砖凹凸不平，一下雨就容易被踩得翘起来，溅出很多泥水。现在重新铺过，平整多了，看起来也干净。”

“嗯。”

“那时候一到放学，这条街就摆满了小吃摊，乌泱泱的，全是学生，来晚一会儿就买不到想吃的东西了。不过现在好像都不让摆摊了。”

“嗯。”

不管温柠说什么，闻尧都只回答一个单音节的“嗯”。他不是不想和她说话，只是怕自己一开口，就会暴露声音中的哽咽。

温柠带他来到一家文身店。她将细软的碎发撩到耳后，摘下了左耳的珍珠耳夹，道：“师傅，麻烦您帮我在左边打个耳洞。”

“好嘞。”

打耳洞不需要很久，几乎只有一瞬，好似被针扎了下，温柠心尖微麻，下意识地闭上眼。

听到师傅说已经好了，她松了口气，出来问闻尧要不要也打一个。闻尧点了点头。

没多久，闻尧从里面出来，他没打左耳，而是在右边的耳朵上打了个耳骨钉。温柠觉得这样也好，酷酷的，很适合他。

走出文身店，温柠正准备开口说话，一转头却见闻尧眼睛红了。愣了两秒，温柠轻笑着问："打耳洞这么疼吗？"

闻尧攥紧了拳，几乎用上全部的自制力，才让自己不至于狼狈地哭出来。他脸色苍白，艰难地扯动嘴角："是啊。"很疼，疼得要死。

本来打算打完耳洞就分开的，温柠临时改了主意，问他："吃午饭了吗？"

"还没。"

"那我们在附近吃吧。"

"好。"

"就这家吧。"温柠停在了一家普通的快餐小店前面。

闻尧和她一起走进去。店里没几个人，空位很多，他们随便找了个位置坐下。看过菜单，温柠点了番茄鸡蛋盖饭，闻尧脱口而出："麻烦放点儿青椒。"

说完，他自己先愣住了。突如其来的酸涩缠上心尖，闻尧低着头，尽量用平静的语气低声道："再要一份蛋炒饭。"

等待的时间里，闻尧要么低头看桌子，要么看菜单，唯独不看温柠。

温柠也没再说话。

等两份饭端上来，两人默默地开吃。

番茄鸡蛋盖饭还是记忆中的味道，酸酸甜甜，温柠吃得很慢。吃到一半，她突然听到对面的闻尧出声，声音低低的，有些哑："你要去找他？"

温柠迟疑片刻，点了点头："嗯。"

之后，闻尧便不再说话了，继续沉默地吃着饭。

时间差不多了，温柠起身走到桌子对面，把手里一直提着的纸袋放到闻尧身旁的座位上。纸袋敞开，露出铁盒的边缘。

温柠解释道："这些东西是当年我从你那里要过来的，现在还给你。"

闻尧低头吃了一大口饭，没有回话，也没有看身旁的她。

温柠站在他身边，轻叹了口气，道："那天你问我的问题，我没有回答，是因为那时候我心里很乱，不知道该怎么说。有些话当面说不出口，我写下来了，你自己看吧。"

闻尧笑意苦涩，湿润的睫毛快速眨动，喉间哽咽着说：“你走吧。”

去机场的路上，温柠望着窗外飞逝而过的街景，回想起大学时代，心情难免有些复杂。

年少时谈过那么多场恋爱，其中很多人的面容都已经模糊，温柠记不起他们的样子，连看到那些人的名字都不会有任何情绪波动。除了沈屹，她印象最深刻的就是“谢尧”。所以之前在外婆家，温柠把关于她记不起来的那些人的信件都丢了，铁盒里装的是她跟闻尧的回忆，最后她也全部送还给了他。

坐上飞机后，温柠解开手机锁屏，点进了QQ。与此同时，远在另一个城市的沈屹收到了一条验证消息——沈乞乞，我是温柠。

温柠走后，闻尧仍然坐在原处。他眼眶红透了，大口大口地吃着蛋炒饭，嚼得很用力，像是跟它有仇。一份饭被他吃得干干净净，一点儿不剩。

最后看了一眼对面空荡荡的座位后，闻尧起身离开。他哪里都没去，独自回了公司。

浑浑噩噩地过了一下午，他又出去喝了场闷酒，很晚才回到明湖湾。

他疲惫地坐在沙发上，愣怔地望着头顶巨大的水晶吊灯，无边无际的苦涩在心底蔓延开来。后来他觉得口渴，起身去厨房倒水，才注意到温柠给他的那个纸袋。闻尧坐回沙发上，打开手提袋，拿出了里面褪色的铁盒。

想到温柠说里面有她的回答，闻尧心下有些犹豫，但最后还是鼓起勇气打开了盒子。

一张合照和一沓厚厚的信纸出现在眼前。看到纸上漂亮工整的字迹，还有自己笨拙的回应，过往的回忆好似开了闸门，如汹涌的浪潮一般将他席卷。

看到这些字的瞬间，闻尧压抑忍耐的情绪再也绷不住，眼泪夺眶而出。他肩膀止不住地颤抖，掩住嘴失声痛哭。

那时，他年轻气盛，两人吵了一架，他就冲动地提了分手。自此，便错过了一生。

上次沈屹问他，这么多年都没有谈恋爱，是不是还在等温柠。

他否认了。

闻尧没有特意等她，他只是……再也没办法爱上别人了。

看到温柠发来的好友申请，沈屹差点儿以为自己出现了幻觉。

当年温柠离开后，沈屹为了等她的消息，一直没有卸载QQ。后来每次换手机后，他做的第一件事都是下载QQ，这个习惯从十年前保留到了现在。

发来验证消息的是他再熟悉不过的账号，头像是和他配对的情侣头像，一张黑白的小女孩简笔画，画上的小女孩正眯着眼睛伸懒腰。

就连发来的验证信息，也和温柠当初主动加他时一模一样。

沈屹确认了好几遍，这是温柠曾经用过的账号没错。不过头像不是当初的那张了，看上去像是新画的，连笔迹都没干透。可温柠不是早就不用这个账号了吗？难道她被盗号了？

犹豫片刻，他同意了好友申请。

刚加上好友，那边的人就发来了新消息："乞乞，是我，我把以前的账号找回来了。"

沈屹半信半疑地回复一句："嗯？"

温柠："沈兔兔。"

这个外号是温柠给他起的，只有温柠知道，所以真的是她……

沈屹浓黑的睫毛轻颤，不解道："为什么突然开始用QQ了？"

温柠："因为我觉得，有些话必须通过这个平台跟你说。"

沈屹："什么话？"

温柠："乞乞，现在的时间是2011年12月16日。"

沈屹一头雾水："什么？"

这不是温柠十年前出国的日期吗？

温柠："乞乞，我要出国了，不知道什么时候回来，你自己要好好的。"

温柠："飞机在半个小时后起飞。对不起，我不能陪你参加颁奖典礼了。你不要等我，结束以后早点儿回家。"

沈屹漆黑的瞳仁颤了颤，隐约猜到她要说什么。他没有打断她，沉默地看着屏幕上的一条条消息。

温柠："没有当面向你告别是因为我突然知道了一件不好的事情，心情很复杂，不知道该怎么面对你。”

温柠：“我刚刚得知，是那个人把你的家庭害成了现在这样，让你这些年只能独自生活，吃了那么多苦。我替他向你道歉。”

沈屹呼吸一滞，眼底骤然涌上复杂的情绪。那件事，她果然知道了……

温柠：“非常抱歉一开始靠近你的时候，我没有很认真。还有我不应该每次一和你闹矛盾就轻率地提出分手，还说了那么多伤人的话，对你忽冷忽热，真的很抱歉。”

温柠：“选择出国是我跟家人早就决定好的事，可能未来还会在国外待很多年。异国恋太累了，我没有信心坚持下去。我觉得让我们的感情止步于此，是最好的选择。”

时间仿佛真的倒退回了十年前。那时，沈屹从学校出来，在约好的梧桐树下枯等一夜，没有等到温柠的到来，也没等来她的任何消息。

此时看着这些话，他的心尖好似突然被人掐了一下，弥漫上浓浓的酸涩。沈屹想要做出回应，可手指颤抖得厉害，连一个字都打不出来。

而那边，温柠还在继续发消息：“我往你的卡里打了二十万元。乞乞，用这些钱把你们家因为那个人欠的债还了吧，然后忘了我，去做你想做的事。”

最后一句是：“沈屹，我们好聚好散吧。以后有缘的话，说不定还会遇见。”

沈屹鼻子发酸，努力逼退眼中朦胧的水雾。记忆被带回十年前的冬天，他站在枯叶凋零的树下，寒风冻得手指发僵。

那时的他，艰难地打字：“你要去哪个国家，去哪所学校？”

这一次，温柠给了他回答。

沈屹：“温柠，不管多远，不管多久，我都会等你。我会努力赚钱去找你。但你不必特意等我。”

沈屹知道当年的他和温柠之间的差距有多大，也知道她的前途更重要，她不可能为了他驻足。从头到尾，他执着的都不是温柠的离开，而是她没有好好向他告别。

那个时候，他甚至不知道她去了哪里，他怎么去找她？他要怎么说服自己，他们还有机会再见？所以在亲人猝然离世、家庭支离破碎后，看不到任何希望的沈屹选择了那样决绝的方式。

温柠："乞乞，这是我迟到了十年的告别和道歉。如果时间能重来，我一定好好跟你说再见。"

沈屹忍着泪回复："没关系，我没有怪你。"

刚好到了登机时间，沈屹起身走出候机室。而这时温柠也刚下飞机，拨过来一个电话。

沈屹将手机贴在耳边，略显嘈杂的背景音传入耳中，他却能清晰地从中分辨出温柠轻柔含笑的声音："乞乞，是我。"

久违地听到她的声音，沈屹心里一颤，艰难地说："嗯，我知道。"

温柠打着电话走在廊桥上："你那天突然不打招呼就走，是不是因为看到了那个铁盒？"

"是……"

温柠低柔地叹了口气："乞乞，闻尧是我在遇到你之前谈的男朋友。他是我真正意义上的初恋，跟他在一起的回忆对我来说很宝贵，所以我把那些东西保存到了现在。"

回忆起那个盒子里美好的点点滴滴，沈屹心中克制不住地生出嫉妒，更多的却是羡慕，他压着哽咽点头："我明白。"

温柠走下廊桥，转过弯，走进汹涌的人潮："你离开的这几天，我想了很多，我想要的是和你在一起时的安心和平平淡淡的幸福。"

兜兜转转这么多年，能让她牵挂惦念、难以忘怀的，还是只有他。

沈屹呼吸微变，难以置信地眨了眨眼睛："你说……什么？"

"乞乞，我没有想跟闻尧结婚，那个铁盒我原本就打算找出来还给他的。从今往后，我只想和你好好在一起。"

梦寐以求的承诺入耳，沈屹恍惚间还以为自己身在梦中。巨大的惊喜将他整个吞没，心跳怦然加速，他有些语无伦次地问道："你说的是真的吗？这次不是骗我？"

"是真的。"温柠目光温柔，一字一顿道，"乞乞，我爱你。很抱歉，让你等这一句话等了这么久。"她的声音轻柔缱绻，语气比任何时候听起来都要郑重其事。

沈屹霎时红了眼眶，喉咙仿佛被什么东西堵住，一句完整的话都说不出来，只能低低地重复着："温柠，温柠……"他想说没关系，等多久都没关系。因为她是温柠啊，他愿意一直等下去。

温柠顿了一下，继续说："我知道我们两个人的性格都有缺点，以后在一起肯定会有很多需要磨合的地方。但我这次会认真对待你的感情，诚实地面对自己的心，不会再像以前那样伤害你了。我们一起努力，好吗？"

沈屹气息止不住地颤抖，声音涩哑："好，我也会改的。"

他再也不会像这次这样，一味地逃避了。

沈屹正准备再说些什么，就听见登机口即将关闭的提示音。他想早点儿回南溪见温柠，于是对她说："你等我。我马上就回去见你。"

温柠也听到了那道提示音，和手机里传来的声音几乎同时响起。她忽然意识到什么，抬头看向四周，在偌大的大厅里寻找着声源。

终于，在7号登机口的下方，温柠看到了熟悉的身影。她连忙拨开拥挤的人群，朝着他跑去。机场人来人往，温柠跟沈屹之间的距离几乎横跨了半个候机厅，一眼望不到头。所幸她今天穿的是平底鞋。

他们之间的距离逐渐缩短，前方，沈屹拿着登机牌，马上就要离开。在他高大清瘦的背影消失在视野尽头的前一秒，温柠终于来到他身后，气息微喘地叫住了他："乞乞，你回头。"

沈屹脚步顿住，疑惑地将手机从耳边移开，然后像是想到什么，他握着手机缓缓转回身，来来往往的人影都变成了被虚化的灰色背景，只有一人鲜艳明媚地立在那里。

沈屹的心重重一跳，眼眶发热。

温柠遥遥地注视着他，她的嗓音从听筒里传了过来："所以，乞乞，那天你没有说出口的愿望，现在可以告诉我了吗？"

沈屹蓦然回忆起很多年前的场景。某天下课后，他送完卷子从办公室回来，穿过热闹的走廊，侧身避开打闹的同学，快要走到教室门口的时候，有人叫住他，指了指楼下的方向。他不明所以地靠近走廊边缘，低头往楼下看去。

教学楼前的空地上挤满了下课后疯跑出来的学生，那么多人中，他一眼就看到了温柠。她穿着干净宽松的衣服，身形娇小，蓬松的马尾绑得高高的，正跟身边的女同学说笑。似是察觉到他的视线，她抬眸望了过来。

四目相对的瞬间，少女弯起唇，肌肤在阳光下白得透明，年轻的脸孔生动鲜活，眼里盈满了细碎的光。

沈屹屏住呼吸，眼睛一眨不眨地望着她。

朋友好奇地询问她在看什么，温柠收回视线，继续跟同伴一起走。她将手背到身后，对着他的方向，悄悄晃了晃手里的羽毛球拍。

从思绪中渐渐回到现实，沈屹深深地凝望着眼前的温柠。

过去十年的无望等待终于在这一刻得到回应，无数复杂的情绪刹那间涨满了胸口，他既心酸又觉得甜蜜。他攥紧了汗湿的掌心，终于鼓起勇气，决定把那天不敢说出口的话说给她听。声音和眼泪几乎同一时间落下，沈屹红透了眼眶，声线颤得厉害，低声问她："温柠，嫁给我好吗？"

温柠眼里盈着光，浅笑着，一步步朝他走来。她停在他面前，放下了手机，然后主动牵起他的手，嗓音温柔而坚定地应下："好。"

番外

愿望

沈屹做完兼职回到塘锣巷，已经是晚上十点。推开院子大门，院子里一如往常般地漆黑，静悄悄的，没有半点儿声响。

沈屹对此早已习惯。他沉默地走进屋，给自己倒了杯凉水，一饮而尽，然后回到卧室，反手关上门。“啪嗒”按下台灯开关，狭小的房间亮起一豆灯火，他坐在老旧的书桌前，抽出一本练习册，开始做题。

写完一套卷子刚好到晚上十一点。

沈屹收好书桌上的东西，用凉水冲了个澡，回到床上准备休息。晚上睡觉前，他习惯性地打开手机看一眼，然后就看到一条新的好友验证消息。

这个网名叫“池鱼”的人发来一条好友验证消息：沈乞乞，我是温柠。

看到这条消息，沈屹微弱的睡意顿时荡然无存。

前天晚上，他在便利店做兼职，结账的时候，有位少女手撑着收银台，踮起脚看他的工作牌。她弯起眼睛，缓缓念出：“沈乞乞？”

那时沈屹一眼就认出了她是谁，但猝不及防与她重逢，她又好像完全不认识自己，沈屹不知道该如何回应。他拿起她放在收银台上的东西，故作平静地帮她结账，其实手都在抖。

临走前，少女浅笑着冲他眨了眨眼睛：“我记住你了。”

会是她的账号吗？心快速地跳了跳，沈屹最后还是通过了这条好友验证。

课间，温柠百无聊赖地看着漫画书，跟她同桌的体育生凑了过来，非要跟她一起看。温柠嫌他碍事，不客气地推开他的脑袋：“起开。”

杨斯晖嬉皮笑脸地又凑了过来：“一起看呗，我挺好奇后面的剧情。”

“你自己看吧。”温柠敛了眉眼，合上漫画书，随手丢到他的桌子上。

杨斯晖却没有管漫画书，而是坐得离她更近了，关心道：“你怎么了？心情不好啊？”

温柠睨了他一眼，神色恹恹：“没有。”她趴在桌子上，枕着胳膊埋头睡觉，“我困了，别吵我。”

“哎……我话还没说完呢。”杨斯晖的手已经伸了出去，可到底还是没敢落到温柠身上，怕她生气。他收回手，疑惑地抓了抓耳朵，不知道她最近怎么了。

下午最后一节是自习课，温柠趴在桌子上发呆。快放学的时候，外面淅淅沥沥地下起了小雨，教室里突然热闹起来。

温柠这才发现班长拿到了成绩单，班里的同学都争先恐后地去看自己的成绩和排名。

“赵明这次居然不是年级第一，谁这么厉害，把他给拉下来了？”

“沈屹？高二三班的。这谁啊？没听说过。”

“我也没听说过。这人居然能把赵明拉下来，不会是作弊吧？”

“怎么可能？监考那么严，你作弊试试。”

听到熟悉的名字，温柠停下动作，转身敲了敲后桌的桌角：“给我看看。”

“给你，柠姐。”后桌殷勤地递过来成绩单，温柠一眼就看到了最上方的名字——沈屹。

这不是那天她在便利店遇到的那个男生的名字吗？自从打听到他的QQ号码，跟他加上好友以后，温柠就把他忘在了脑后，还从来没主动找他聊过天。之前她只打听到他刚从三中转过来，还不知道他学习成绩居然这么好，一来就抢走了九中年级第一的位置。

温柠开始出神，视线不知不觉中飘到了窗外。窗户外面雨丝如烟，蜿蜒的水珠顺着玻璃流下，砸在窗台上，溅起一朵朵水花。她忽然回想起自己那天在便利店见到的少年。临走时，温柠透过被雨打湿的玻璃橱窗向里面望，看到少年身形挺拔地站在那里，面容白净清俊，长得比大多数男孩都要秀气。

放学铃声在此时响起，打断了温柠的思绪。她拿了两本书装进包里，从后门离开了教室。

晚上八点多，温柠撑开一把浅蓝色的伞，迎着融了路灯光亮的雨线，没多久就来到了沈屹兼职的那家便利店门外。

今天便利店里的客人不多，少年正在整理货架。听到玻璃门被推开的声音，他下意识地抬头看过来，然后眼神一愣，停下了手中的动作。

温柠轻松地和他打招呼：“嗨。”

沈屹咽了咽口水，嗓音低低的：“欢迎光临……”

收起伞，温柠站在门口没有进来，隔着明亮的光线望向他：“沈乞乞同学，听说你学习成绩很好，能不能请你帮忙给我当一个月的家教啊？”

沈屹语气有些犹疑：“可我没时间。”

少女身后是如丝夜雨，她唇边带笑，眼里有光：“不用特意抽时间出来，晚上我来便利店找你，只需要你在没客人的时候教我功课，酬劳按市场价算，怎么样？”

沈屹愣怔地望着她，不知在想什么，过了好一会儿才缓缓点头：“可以。”

“那就从今天开始吧。”她笑得更加明媚灿烂。

“好……”四目相对，沈屹率先移开视线，耳朵有些红。

从那以后，温柠跟沈屹几乎每天都会一起学习。凑巧他们住的地方也近，都在塘锣巷附近，晚上结束补课以后，他们还可以顺路一起回家。

起初温柠以为沈屹是那种很闷的人，相处没多久她就发现，他并不像表面看上去那么难相处。相反，沈屹为人温和。或许是因为他刚转学过来不适应，或许是因为他不喜欢热闹，他总是孤零零的一个人。

沈屹坐在靠窗的位置，有时温柠从他们班门口经过，就会看到他眼神有些落寞地看向窗外打闹的同学。少年身形清瘦，身上罩着空荡的干净校服，薄唇微抿，看上去莫名可怜。

温柠心神微动，顺着墙壁蹲下身子，悄悄走到他所在的位置的窗户下方。她在心里默数“一二三”，然后猛地站起来，扬声吓唬他：“嘿！”

沈屹原本用手掌托着侧脸正看着窗外，被她这么一吓，漆黑的瞳仁骤缩，撑着脸的手掌都滑了出去。他低低地惊叫了一声，瞪大眼睛愣愣地看着她，胸膛上下起伏。

温柠笑弯了眼睛，打趣他道：“你胆子怎么这么小？”

沈屹喘着气，眨了好几下眼睛，这才回过神，放松下来：“是你啊。”

“中午放学一起吃饭呗，我有一道数学题想问你。”温柠站在走廊上，隔着窗户和他讲话。身后有同学打闹，为了让他听见，她的说话声比平时要大。

“好。”沈屹浅浅地笑了下。

“那就这么定了，放学我来你们班找你。”

“每次都是你来找我，这次我……”

沈屹正想说这次自己去找她，可温柠快速看了一眼走廊的方向，匆忙打断了他：“老师来了，我先走了。”说完，少女的身影消失在窗前。

沈屹轻呼了一口气，望着她原本站的位置，有些怅然若失。他忽然感觉班里似乎有人在看向这边，疑惑地循着视线看过去，却只看到班里同学说笑打闹，似乎没有人关注这个角落。或许是错觉吧。

放学后，沈屹慢吞吞地收拾着东西，时不时往窗外看一眼，期待能看到那抹鲜活的身影。

“要一起去吃饭吗？”身后传来一道陌生的声音。

沈屹疑惑地抬头望去，一个高大俊朗的男生站在面前，他的皮肤晒成了小麦色，手长腿长，一看就经常运动。

“不了，我和人有约了。”沈屹礼貌地拒绝。

“好吧，那我先走了。”说完那人就转身，腿不小心碰到了前面的课桌，他扶了一下之后走出了教室。

这个人好奇怪，沈屹这么想着。

男生走后没多久，温柠就敲了敲他边上的窗户，亭亭地站在走廊上，蓬松的头发绑成高马尾，露出精致瓷白的小脸。

沈屹收起思绪，从后门离开教室，和她走在一起。

去食堂的路上，温柠随口说了一句：“我刚才看到你跟一个男生说话，他找你干什么啊？”

沈屹沉吟片刻：“他约我一起去吃饭，我说我和你约好了，他就走了。”

“哦，这样啊。”

快走到食堂的时候，温柠忽然拉了拉沈屹的袖子，沈屹回头看她，听见她说：“乞乞，我觉得他可能是想跟你做朋友。”

沈屹微怔了一瞬，停住脚步：“朋友？”

他已经很久没有交到新朋友了。

“嗯，如果他人还不错的话，多一个朋友也不是坏事嘛，对吧？”温柠仰起头看他，语气温柔。

沈屹心底下意识地升起排斥，正要拒绝，可看到温柠眼中的期待和鼓励，到嘴边的话又说不出口了。他总不能一辈子都拒绝别人善意的靠近，总要试着融入环境，做一个“正常”的人。

“好。”沈屹垂下眼，点头应下。

沈屹往前走了两步，温柠却还站在原地没有动，他不由得问道：“怎么了？”

温柠细细地打量他的神色：“等下，我觉得你可能误会我的话了。”

“嗯？”沈屹不解。

“你是不是觉得我让你交朋友是因为我认为这样才是正确的？”

这句话有些拗口，但温柠相信沈屹能明白她的意思。

果然，聪慧的少年一下就听明白了，点了点头。因为他确实是这么想的。过于孤僻的人，看上去一定很不合群、很不讨人喜欢吧。

温柠很认真地对他说：“可我没有这么想。我想让你试着接受别人的靠近，不是因为这样正确，而是因为我希望，在我不能陪在你身边的时候，还有人能陪着你。”她不想看到沈屹孤身一人坐在角落里，被排斥在热闹之外，只能羡慕地看别人打闹。“所以，如果你想交朋友，我会很开心；你不想交朋友，也没关系，大不了我多陪陪你啊。”

少女清澈的瞳仁被阳光映成琥珀色，像一汪柔和的清泉。

沈屹的嘴唇颤了颤，眼睛开始发热。他从来没遇见过像温柠这样洒脱随性的人，就连亲人也会嫌他性格孤僻沉闷，嫌他不与人交流，可温柠从来不在意这些。他既羡慕，也心向往之。

沈屹不想在她面前表现出脆弱的一面，头转向一边，闷闷地说了声：“那我试试。”

“我们快去吃饭吧，晚了可就吃不到想吃的菜了，走啦！”温柠活泼地拉着他的胳膊，带着他跑向食堂。沈屹弯了弯眼睛，很配合地加快脚步。

在温柠的鼓励下，沈屹试着接受班上同学善意的接近，终于开朗了一些。

这天，沈屹去办公室找老师交表格。敲门进去，他一抬头便看到温柠站在办公室里，似乎是因为没穿校服正被主任教育。

沈屹一进来，年级主任的态度立马来了个大转弯，和气地问他：“沈屹同学来这里有什么事吗？”站在老师身后的温柠偷偷地对沈屹眨了眨眼睛。

沈屹看似不为所动，漆瞳却不由自主地亮了亮，他低声说：“老师，这张表格我还有几个疑问。”

“哪里不明白？我看看。”年级主任笑眯眯地接过他的表格。

沈屹其实早就填完了，但他还是问了好几个问题，年级主任耐心地一一解答。余光瞥见温柠还在办公室，年级主任板起脸，严肃道：“你先回去上课吧，下次必须好好穿校服。”

“知道了。”温柠乖乖认错，从办公室出去的时候，借着袖子的遮挡，悄悄勾了下沈屹的小指。

等温柠离开办公室，沈屹也迅速结束话题离开。他刚一走到拐弯的地方，手腕就被人轻轻拉住，他猜到是谁，没有反抗，任她把自己拉到了办公楼后面。

“刚才谢谢你了，不然我还不知道要听他唠叨多久呢。”温柠拉着他躲在背阴面，压低声音说道。

他们离得很近，沈屹一低头就能看到她修长白皙的脖颈，他不太自在地别开视线，道：“没什么。”沉默了一会儿，他又问，“你今天怎么没穿校服？”

温柠苦着小脸道：“说出来你可能不信。我的校服洗完挂在院子里晾晒，我外公在院子里试钓竿，不小心把它钩进鱼缸里了。”

衣服泡到鱼缸里，她肯定不乐意继续穿，但是新订的校服还没到，她暂时只能穿其他衣服。就这么不巧，她一天没穿校服就被年级主任抓了个正着。

温柠学习成绩一般，这么离谱的理由，说了估计老师也不会信，所以她干脆没解释，乖乖挨训。

听完她的话，沈屹没忍住勾起唇，胸腔里溢出低低的笑声。

温柠哭笑不得：“我真没骗你，事情就是这样的。”

“我知道。”沈屹停住笑，但眼里依然泛着笑，“我信你。”

“不说这个了。”温柠叹了口气，转移话题，“今天你不去便利店吧，晚上一起回家？”

“不去。晚上我在学校门口等你。”

“好，不见不散。”

晚自习结束后，两人一起回家，沈屹推着自行车，温柠走在他右边，两个人边走边说话。

经过一条小巷时，某个院子里忽然传来“汪汪”的狗叫声，似乎那只狗还在朝着这边奔跑。

沈屹被吓了一跳，回过神后，连忙对温柠说：“上来。”

温柠反应也快，跳上他的自行车后座，双手一开始扶着自行车后座，后来改为抓住他的衣服。

沈屹载着她飞快地逃出小巷，把那只叫个不停的小狗甩在了身后。

夜里风很大，两个人一开始都紧张得不行，后来很有默契地同时笑了起来，高高低低的笑声被冬日的寒风送出去很远。

温柠拨了拨被夜风吹乱的头发，道："先去你家。"

"为什么？"

"到了再告诉你。"

"好。"

沈屹骑着自行车，带温柠回了自己家。跳下车子，温柠摘下书包，急匆匆地往漆黑的屋里走。沈屹停了车子，帮她打开门，开了灯，问："怎么了？"

温柠没回答，搓了搓冰凉的手后，拉开书包拉链，从里面掏出一个四方的盒子，通过透明的外罩可以看到里面洁白的兔子蛋糕。因为刚才的小意外，蛋糕撞在外罩上，形状有些变化，不过还没到面目全非的地步。

温柠松了口气："呼，幸好没坏。"

"怎么买蛋糕了？"沈屹帮她拿了双拖鞋。

"今天不是你的生日吗？"所以温柠提前订了蛋糕，打算给沈屹一个惊喜。

经她提醒，沈屹这才想起来今天是自己的生日。自从父亲出事、母亲离开这个家，他独自生活的这些年连生计都成问题，从来没想过过生日，连生日是什么时候都忘了。

温柠倒了倒书包，忙活着在小蛋糕上插蜡烛："蛋糕原本是兔子形状的，刚才不小心被撞了一下，变成了垂耳兔，不过这样也挺可爱的，对吧？"

望着她忙前忙后的身影，沈屹鼻子莫名发酸，艰涩地从喉咙里发出一个"嗯"的音节。

"快许愿，你今天许的愿望一定会实现的。"温柠把蛋糕托在手里，递到他面前。

客厅暖黄的光洒落在少女年轻漂亮的面庞上，她眼眸晶亮，眼里盛满了他的倒影。一向冷清的房间因为她的存在而变得鲜活温暖。

沈屹认真地望着她，声音很轻地说了句话。

温柠没听清楚，问："什么？你许的什么愿望？"

沈屹没有回答她的问题，说："以后再告诉你。"